小叔的花样年华

孙兆泽 著

天津出版传媒集团
天津人民出版社

图书在版编目（CIP）数据

小叔的花样年华 / 孙兆泽著 . -- 天津：天津人民出版社，2020.10
ISBN 978-7-201-16479-3

Ⅰ . ①小… Ⅱ . ①孙… Ⅲ . ①长篇小说 - 中国 - 当代
Ⅳ . ① I247.5

中国版本图书馆 CIP 数据核字（2020）第 186077 号

小叔的花样年华
XIAOSHU DE HUAYANGNIANHUA
孙兆泽　著

出　　版　天津人民出版社
出 版 人　刘　庆
地　　址　天津市和平区西康路 35 号康岳大厦
邮政编码　300051
邮购电话　（022）23332469
电子信箱　reader@tjrmcbs.com

责任编辑　谢仁林
封面设计　彭明军

制版印刷　天津雅泽印刷有限公司
经　　销　新华书店
开　　本　710 毫米 ×1000 毫米　1/16
印　　张　19.5
字　　数　361 千字
版次印次　2021 年 3 月第 1 版　2021 年 3 月第 1 次印刷
定　　价　58.00 元

目　录

CONTENTS

一、晚霞

窗外的雨，淅淅沥沥下着，丝毫没有停的迹象，雨滴飘落在窗户上，发出清脆的噼啪声，忽大忽小，变换着节奏，缭乱人心。课堂一如以往的静，只有戚雨蝶老师讲个不停，浸润着课堂里的少男少女。她神情专注，话语柔美，绵长的音质里，带有一丝甜甜的意味，吸引着台下的少年，大家都瞪大了眼睛，屏住呼吸，像是被施了魔法，一动不动。

戚雨蝶大学毕业不久，临危受命，接手了京都五十中高二（3）班的语文课。据说，原先的语文老师被学生气跑了，可轮到雨蝶，却是另外一番天地，轻狂的少男少女们变得乖巧了许多，正应了那句老话，在对的时间，对的地点，遇到了对的人。戚雨蝶皮肤白里透红，一张娃娃脸，眉宇间露出些许调皮，尤其是那双水晶般透亮的大眼睛，如卡通里的美仙子折射出水一般的灵动，瞬间，秒杀了众人。她穿着时尚而又不失青春少女的韵味，细长的脸盘挂着一幅大大的黑色眼镜框，粉嫩的T恤，搭了牛仔短裤，更平添了几分阳光稚气，笔直的长腿在众目睽睽下愈发显得富有弹性和表现力。中学的课堂，从某种程度上说就是一门公关课，仪态万方的颜值，在很多时候可以弥补专业技能的不足，也可以使你的学识锦上添花。戚雨蝶做到了这一点，她渐渐征服了这些古灵精怪的孩子，正如她身上也闪现着几分鬼精灵般的稚嫩，总是能跟这帮小鬼头们惺惺相惜。

课堂是如此的静谧，孩子们聚精会神，沉浸在戚雨蝶的柔美声律中，也不知道是老师的故事吸引了大家，还是她散发出摄人心魄的魔力所致，这里仿佛成了另外一个世界，时间早已停下了脚步。

不过，总有例外的时候，后排靠窗户的男生一直凝望着窗外的世界，聆听着雨水击打的变奏曲，仿佛跟这里的一切没有半点关系。他叫李元哲，是高二（3）

班的体育委员，校篮球队主力，身高近两米。他的眼睛深邃迷人，冷峻中又带有几分柔情，是众多女生的偶像。雨渐渐小了，太阳半遮半掩地露出了点点霞光，突然间，绿茵茵的球场上升起了一道彩虹，像是通往银河的七彩桥，魔幻流彩。李元哲惊呆了，几乎喊出了声，幸好他手快，紧紧捂住嘴，待平静之后，露出了微笑，甜美、率真荡漾在他稚嫩的脸上。这一切，没躲过戚雨蝶的眼睛。她的脸颊微微泛红。下课的铃声不经意间响起，打破了原有的宁静，大家开始骚动起来，只待老师一声令下，放学回家。

戚雨蝶很懂这些孩子们的心思，铃声还没结束，小脸蛋就开始露出善意、调皮的微笑。“辛苦啦，辛苦啦，下课。”教室里爆发出一阵欢闹，大家伙鱼贯而出，离开了教室。只有李元哲漫不经心地收拾书包，显得与众不同。戚雨蝶充满好奇，看着元哲，不知道该说什么。这个帅气的男生腼腆、沉稳，显得与众不同。一种说不出的欢喜涌上戚雨蝶心头，可自己毕竟是老师，这样的念头还是一闪而过，理性压倒了感性。

“李元哲，听说你篮球打得不错？”

“啊，老师，过奖了。喜欢篮球吗？”元哲看着雨蝶，双颊微红。

“喜欢！”

李元哲笑得很灿烂，从羞怯到舒畅的满足，在他稚嫩的脸上变化着。青春的热烈，会让彼此忘记现实，分不清你我。

“有机会教我打球吧。”戚雨蝶随口说道。

“啊，老师，你跟我学吗？”元哲瞪大眼睛看着雨蝶。

“有什么不可以的，怎么，你不想教我吗？”

“老师，你真是太可爱了！”

“你难道不可爱吗？”戚雨蝶微笑着。

“老师，别给我压力，我永远是您的学生。”

“你做我的篮球教练吧。”

“我，我行吗？”

“我说行，就行！”

“那，好吧！”

“一言为定！”

戚雨蝶伸出了手，跟李元哲拉了勾勾。李元哲受宠若惊，清纯的面庞顿时红透了半边，但内心还是充满了喜悦和成就感，真没想到，老师居然这么有趣。戚雨蝶双眸炯炯有神，似乎要穿透他的心魄。

“兴趣是最好的老师，融入他的世界才能找到默契。”戚雨蝶暗自思量着，两人走出了教室，湮没在人流中。

雨后的天空湛蓝清澈，霞光溢彩，空气中弥漫着泥土的清新。微风徐徐，杨柳依依，路中央的月季争相斗艳，绵延无尽，犹如仙境的花海，亦如豆蔻少女，让单调的生活变得富有情调，充满激情。车流缓缓而行，如巨龙盘绕，点缀着都市的繁忙。李元哲戴着太阳镜，背着红色双肩包，骑着山地车，穿梭自如，少年派的清新自由在雨后的都市里生机勃勃，不时引起路人的注意。他似乎在跟汽车赛跑，时而超越，时而被超越，此时，五十中的校车进入了他的视线。他一溜烟追了上去，满心欢喜，把太阳镜架在头上，从车梁上取出矿泉水，畅饮一番，晚霞映在他脸上，美极了。

校车里坐满了人，大多是京都五十中高三年级的学生。秋日的晚霞洒在校车上，穿过窗门，温暖着他们，鲜活透亮。车里一如既往的喧嚣，似乎只有在此时，才能感受到片刻的惬意和自由。十年苦读，只为今朝，离高考的日子越来越近了，毕业班的少年派们享受着每日里仅有的放纵，欢歌笑语，无拘无束。

坐在第五排靠窗的梅芳凝看着琼瑶的小说，丝毫不为车里的喧闹所动，她深陷的双眸清澈饱满，仿佛山里的清泉，流淌着星光般的童话，鼻尖坚挺，充满质感。坐在一旁的林美娇是梅芳凝的“死党”，乌黑的眼睛犀利灵动，跷着纤细的二郎腿，在音乐中尽享片刻自由。她情感丰富，卖萌、撒娇成了她的专长，大伙都叫她“娇娇”。晚霞映红了蓝天，林美娇凝望着窗外，沉浸在幻想中，美妙的音乐把她带入另一个世界。

车外，人与自然的和谐构筑了每一个人的精神归宿。李元哲矫健的身影，不经意间闯入林美娇的眼帘。他喝水的瞬间，犹如一幅美丽的风景画，吸引着她的注意。

林美娇碰了几下梅芳凝，用迫不及待的眼神暗示着稍纵即逝的一幕。梅芳凝望向窗外，和李元哲的目光瞬间交织在一起，很快又断开了。梅芳凝双颊泛起一丝红晕。

“我们似曾相识，今日偶遇，难道是天意吗？”梅芳凝在想象中停留了片刻，但很快又回到现实中，“又在瞎想，小说看多了！”她笑了笑，有点自嘲的意味。李元哲想再多瞄一眼，可惜，梅芳凝低下了头，没再看李元哲一眼。他略带羞涩，笑了笑，像一只快乐的小鸟，瞬间消失在车流中。

林美娇注视着梅芳凝，调皮地问道：“怎么，帅不帅呀，喜欢吗？”梅芳凝反应慢了半拍，脸蛋红彤彤的，故作解释道：“你胡说什么呀。”她的语调有些发颤，面部表情紧张，心里却一次又一次地回顾着那个瞬间。

“小妮子，别瞒我了，你的小九九，我最清楚啦，他可是校篮球队的主力中锋，哈哈。”梅芳凝怔了一下，立刻把书扔到一边，使劲掐着娇娇，宣泄着被戳穿的羞怯。

“让你再胡说，看我不好好收拾你……”

“啊，啊……”

林美娇春情萌动，乐开了花，似乎这才是她渴望的结局。她们戏谑，尖叫，车里成了喧闹的海洋。青春在绽放与压抑中舞动着，晚霞变得更美了，映红了青春的梦幻。

二、篮球课

一声闷雷炸开了锅，李元哲从梦魇中苏醒过来，仿佛还听到了自己的哭声，王月守在他身边，满是爱抚和忧虑。她摸了摸孩子的头，脸颊贴在一起，生怕失去这唯一的爱。

“元元，你发烧了，妈妈陪着你……”王月紧锁眉头，忧心忡忡。李元哲恍如隔世，渐渐恢复了神智，浑身上下软软的，拖着沙哑的嗓门，低沉费力地说：“妈妈，我梦到爸爸了。”

王月的心咯噔一下，一种难以抑制的酸楚涌上心头，在焦灼中燃烧，但很快又熄灭了。她紧咬着下唇的牙齿渐渐松开了，带着一丝忧伤，劝慰道：

“元元，你做噩梦了吧，有妈妈在你身边，不怕啊。”

“妈妈，我想爸爸，他抱过我吗？”

王月的鼻子一酸，眼泪咕咚滚落出来。她躲开了儿子的目光，擦拭着眼角的泪水，不经意间看到了桌上的一本特殊年代的书。她一把拿起书，仔细地端详了一阵，若有所思。

“元元，这书是谁的。”

“我在旧书市买的。”

“妈妈不许你看这样的书，你还小，很多事都不明白，等你长大了再看，好孩子，听妈妈的话。”李元哲望着母亲忧郁的脸庞，没说一句话，回想着梦里爸爸被拖走的那一幕。俗话说：日有所思，夜有所梦。王月看着儿子柔弱的眼神，想起了丈夫李安宁临终的嘱托。

“月儿，如果是男孩儿，就叫元哲，如果是女孩儿就叫元思。”

文人的情感总是会以各种方式寄托在下一代身上。20 世纪六七十年代，耿直、善良的李安宁曾在狱中度过了五个年头，又历经一年零三个月的五七干校整肃，对生活已心灰意冷，怯懦中带着厌倦走完了人生的最后一程。

王月是李安宁的学生，他们是典型的师生恋，相差十二岁，历经各种坎坷，一九八五年十月，终于走到了一起。李安宁从大成巷被带走的那刻起，王月便默默忍受着分离之痛，爱情的力量支撑着王月度过了那段艰难岁月。一九九一年八月二十日，已有身孕的王月送走了自己深爱的丈夫。想着他们一起度过的那些日日夜夜，甜蜜中更多的是哀恸和牵挂，她总是偷偷抹泪，发誓要把他们的骨肉抚育成人，让他幸福快乐地活着，以告慰自己的丈夫。

“哎！”王月看着儿子，长叹一声，想起了往昔的岁月，想起了心爱的男人。

“我也想你爸爸，他也许托梦给你了。”

王月忍不住哭了起来，母子俩沉浸在悲痛中，伴着晚风月夜，黯然神伤。

秋阳在羞涩中绽放出清晨的红晕，梧桐满是清香，绿草铺满大地，在微风中伸着懒腰。鸟儿快活了一个早晨，叽叽喳喳，兴奋至极。

戚雨蝶拿着画笔，大自然的美妙尽收眼底。远处，一对情侣端坐在梧桐树下，爱意渐浓，平添了几分秋的韵味。看到此景，她停住了画笔，兴许是被感染，心飞向了远方。

札幌，绵延的雪山，层峦叠嶂，银装素裹。几家农舍，散布其中，升起袅袅炊烟，让这素净的世界变得鲜活起来。在雪地里背着戚雨蝶前行的大男生，高仓健二，哼着小曲，没有丝毫疲惫。戚雨蝶抱着他，聆听着小曲，时而亲吻着他的脖颈，那种甜蜜是常人无法想象的。高仓健二操着生硬的中国话，慢慢说道：“你看，这远方的群山像什么？”

“像大白龙，腾云驾雾。”戚雨蝶抬起头，凝望远山，留恋中又夹杂着些许忧伤，那份纯真融入这洁白的世界。

“你会带我飞吗？哈哈。”

“我会带着雨蝶飞得很高很高！一定会的！飞啊，飞啊……”喊声响彻山间，在雪国里化成了美妙的音符。

“雨碟，愿意嫁到雪国的大山里吗？”

戚雨蝶双颊泛红，她把小嘴凑到了他的耳边，闭紧双眼，欲言又止。高仓健二感受着她的爱抚，黯然销魂。

戚雨蝶突然耳语道：“你妈妈会喜欢我吗？”而立之年的高仓健二望着雨蝶，笑了笑，似乎有难言之隐，戚雨蝶猜出了几分，此时的山路静得出奇，彼此的心跳愈发清晰急促。

一块石子砰的一声砸在窗户上，扰乱了戚雨蝶的思绪。她定了定神，仿佛从梦里醒来。李元哲在楼下看着她，微笑着。

“老师，怎么没接电话？”

“等我一下，马上。”戚雨蝶略显羞涩，撂下画笔，匆忙出去了。李元哲像一颗小白杨，一动不动，望着戚雨蝶穿梭的身影，似乎找到了某种成就感，这何尝不是一种恩赐呢。

篮球场空荡荡的，只有阳光享受着难得的安宁。球场上的李元哲似乎找到了自信，他迫不及待，飞奔过去，一跃而起，像飞天神龙，把球送进了篮筐，一个，两个……拍击声此起彼伏，球场变得热闹起来。戚雨蝶看着他的矫健，感受着青春激扬。元哲耐心做着示范，显得稚气清纯，戚雨蝶心底泛起一阵涟漪，春意荡漾于胸，她的眼神里充满了火一样的激情。

“老师，身体前倾，膝盖微曲，重心在两脚间……”戚雨蝶显得笨笨的，步履蹒跚，跟着元哲亦步亦趋。她看着这个率真的男生，面颊泛起了红潮，细微的喘息中伴随着不均匀的呼吸，莫名中充满了力量和幸福感。

戚雨蝶很吃力，却没有丝毫松懈。李元哲突然抓住她的手，带着她往前移动步子。戚雨蝶春潮涌动，心快要跳出来了。此时，她像被磁石吸引着，不自觉地跟着元哲前行。忽然，她上排的衬衣纽扣崩落了，微风吹拂，妩媚动人。李元哲看到此景，一下子红遍了全身，动作突然放缓，羞怯地说道：“老师，扣子掉了。”

戚雨蝶低下头，略显尴尬。她顺手捂住胸口，红扑扑的脸蛋，绽放着女人的韵味。

“扣子在那儿。”元哲捡起扣子，交给雨蝶，两人沉默了片刻。

“谢谢你教我打球，跟我一起吃饭吧？”

“老师，别客气，我得回家了，妈妈在等我，您很棒！”

“恩，谢谢你的鼓励，我们下次再约。”

戚雨蝶拿出手帕，给元哲擦拭汗珠。李元哲一动不动，手帕的清香浸染着他全身，惹起青春骚动。看着眼前这个温柔、体贴的“大女孩儿”，李元哲似乎无法抵挡“诱惑”，热血沸腾，暗想到：“老师如果变成了女生，我会吻她。”

忽然，戚雨蝶靠近元哲，踮起脚尖，亲吻元哲的脸颊，如天使般柔美。李元哲傻傻的，像是被电流击中了全身，浑身酥软，语无伦次。

“你是个好教练，再见啦。”戚雨蝶拍了拍他的肩膀，带着微笑转身离开了球场。李元哲直愣愣站着，直到她消失在远方。他摸了一下胸口，又摸了一下被吻过的地方，还是轻轻笑出声来，脸颊上荡漾着斜阳般的光艳。这是他生平第一次被女生吻。他犹如一个失魂的少年，在情窦初开的春天里，幻想着所有美好。

三、《廊桥遗梦》

京都五十中，是一所有名的“贵族”学校，能进这所学校的孩子，除了学习不差外，家里也颇有背景，用“非富则贵”来形容并不过分。李元哲凭借着篮球特长，跨进了这所名校，对于大多数孩子来说，他幸运极了。梅芳凝却是个例外，她学习没有那么好，但却神不知鬼不觉地来到了这所众人仰慕的名校。你常会看到，学校门前豪车云集，像在办车展，宝马、奔驰也显得平淡无奇。

今天不知怎么搞得，路上格外拥堵，李元哲骑着山地车，比平时慢了许多。学校门口，车辆乱作一团，喇叭声，轰鸣声，不绝于耳，保安吃力地维持秩序。突然，一阵轰鸣声吸引了众人的注意。元哲扭头望去，一辆蓝色跑车停在了马路对过，轮毂大得惊人，十分显眼，车门朝天开启。一位高挑女子迈出车门，戴着太阳镜，优雅从容。随后，一个学生模样的女生，急匆匆钻出车门，头也不回地奔向校园，美丽动人，如童话里的九色鹿。

李元哲似乎想起了什么，预备铃声响起，瞬间打破了他的沉思。他跟着大伙儿挤进校门，匆忙前行。忽然，他隐约听到有女生央求道：“同学，能带我到实验楼吗？我快迟到了。”李元哲回头一看，愣了愣神，原来是她。梅芳凝站在那儿，用哀求的眼神看着元哲，喘着气，快要站不住了。她像是想起了什么，小脸蛋不觉红了。

“快上车。”

梅芳凝跑了过去，坐上自行车，扶着元哲的腰，飞奔而去。他们谁都没好意思先开口。梅方凝看着那天跟她对视片刻的男生，正给她当“车夫”，既羞涩又甜美，仿佛在梦里。李元哲在想：“如果自己有一辆那样的跑车，一定会带着妈妈周游世界。也许人的命运早已注定，没什么好羡慕的。不过，还是庆幸自己能来到这所名校。”

“我到了，谢谢你。”梅芳凝迅速跳下了车，背着包包，飞奔而去，像初秋的风，来去匆匆，只留下清香让人回味。

梅芳凝瞬间离开了他的视线，李元哲有些失落，俨然忘记了时间，他发现一本书掉在路边，俯身拾起，原来是本小说——《廊桥遗梦》。他打开封皮，空白处写着：“梅芳凝购于五柳书园，2009 年 8 月 18 日。”

“难道这是她的书？”李元哲看了一下手表。“不好，已经迟到了，数学老师的脾气是出了名的火爆，迟到了还不知道要怎么惩罚我。”

李元哲一路上忐忑不安，到了教室门口，犹豫片刻，喊道：“报告！”半天没有人应答。“难道没听到吗？”他有些发怵。“报告！”这次声音大了很多，隔壁的老师都探出头来观望，但还是没有回应。

“这可怎么办，硬闯吗？”李元哲怯生生地开了门，数学老师看都没看他一眼，滔滔不绝地讲着，唾沫星子飞溅。前几排的同学苦不堪言，用各种奇招对付着乱喷的唾沫。他们会戴各种帽子，穿皱巴巴的长袖装，或者戴大框边的普通眼镜，有的还戴着口罩，与后排同学形成了巨大反差，仿佛是两个世界的人。看到这一幕，李元哲把笑都憋在肚子里，猫腰走了进去。他刚要落座，只听老师怒斥道：“站住，谁让你进来的。”

“我，我拉肚子。”李元哲转过身，看着满脸怒气的老师，一时间语无伦次。

“拉一个早晨？”

“老师，我，我便秘。”班里顿时炸开了锅，一阵哄堂大笑。老师朝李元哲走来，重重地给了他两巴掌，教室里立刻安静下来，他的鼻子顿时鲜血直流。

“你给我滚出去。”老师放出了重话，李元哲眼圈红了，捂着鼻子，默默走出了教室，心里满是委屈，这种委屈也只能装在心里。他宁愿烂在肚子里，也不会跟任何人诉说。他咬着双唇，眼泪夹杂着鲜血滚落到地面，死活都不想哭出来。楚熊，是高二年级数学主任，教学标兵。据说是校长的女婿，前途无量，在学校里他一向强硬惯了，霸气十足，是出了名的暴脾气，校领导也让他三分，撞在他手里，可不是件好事。

今早，戚雨蝶没课，在教学楼查看高二年级上课情况。看到李元哲的模样，立刻走了过去，急切地问道：“你这是怎么啦？”李元哲一句话也不说，眼泪顺着脸颊流下。

“你说话呀。”戚雨蝶几乎哭了出来。她拿出纸巾，揉成团，塞到了李元哲的鼻孔里，拽着他就往宿舍走。进了屋，她打开冰箱，拿出药棉和冰块，擦拭着元哲脸上的血迹，又为他消肿，看着傻傻的李元哲，她落泪了。

“你说话呀，这是怎么了，谁这么对你！”

“老师，我没事。”李元哲终于说话了。看着他委屈的样子，戚雨蝶过去抱着他，安慰道：“你受委屈了，能告诉我经过吗？”戚雨蝶沉默了片刻。“是老师动的手吗？”

戚雨蝶温暖着他的全身，赶走了他的悲伤和恐惧。李元哲点点头，心里热乎乎的。

“他凭什么打人，我去找他！”戚雨蝶转身就往门外冲去，李元哲一把拉住了她。“是我迟到了，我的错。”

“迟到了，就该打人，这是什么逻辑！”

“老师，求你了，别去找他好吗？我不想闹大，更不想让妈妈知道！”

李元哲哀求着，戚雨蝶只好作罢。

梅芳凝进了实验室，终于舒了一口气，幸好没迟到。老师叫李靖，清华高才生，不知怎么到中学当了一名教师，在别人看来，真是大材小用了，学生私下里都管他叫“戏子”，总喜欢拿腔作势，像个唱戏的。李靖扶了扶眼镜，瞥了梅芳凝一眼，用食指晃了几下子，别提多矫情了。梅芳凝莞尔一笑，看着老师拿她没辙的样子，暗藏一丝窃喜。王丹亚示意梅芳凝赶紧过来。

“上次不是说好早来五分钟吗，别的小组都开始了，就等你这位大小姐。”王丹亚撅着小嘴嘟囔着。

“瞧你，这么着急，又想我啦。”梅芳凝俏皮地笑了笑，捏了王丹亚一把。

“大小姐负责点火，记录燃烧过程。”田小雅拉着梅芳凝说道。

“Yes，madam.”梅芳凝顺势吻了她。

“花子，看我一会儿怎么收拾你。”田小雅一副害臊的样子。王丹亚在一旁偷笑着。她们三个是出了名的校花，也是学校的“四小天鹅”，都有自己的名号，明子是田小雅，王亚丹叫仙子，花子是梅芳凝，还有高二（3）班的芜影，叫林子。

梅芳凝看着蓝蓝的火焰，一会儿又变成了金黄，没多久，又化作紫青色，充满了奇幻，不经意间，想到了校园里载她到实验楼的李元哲。

“怎么，这么巧，怎么是他呢，《泰坦尼克号》里的Jack，莱昂纳多，对，他们像极了，除了声音之外，其他没有什么不同，尤其是那双眼睛，如山泉般清澈，似乎要把一切慢慢消融。”

“我要是Rose，该多好，能有一个懂她的大男生，守护在身边，一起疯狂，一起感动。梅芳凝此时满脑子都是李元哲和Jack……”

“花子，花子，‘戏子’来了，你怎么搞的，这么不专心！”王丹亚皱着眉头，轻轻推了一把梅芳凝。

“啊，糟了，我还没记录。”李靖一路检查着，走到她们跟前，拨了两下头发，清清嗓子，声调比平时高八度，问道：“实验结果呢，把记录拿给我。”

梅芳凝犯愁了，王丹亚和田小雅站在一旁沉默无语，低下了头。

“戏子，啊，不，老师，我……”

“你说什么？”李靖的声音很大，教室里顿时鸦雀无声。大家为梅芳凝捏着一把汗。

“我，我还没来得及做记录。”

“你今天怎么啦，从一进教室就觉得你心不在焉，什么戏子，我看你是看戏看多了吧。”

班里顿时乐开了花，一个个笑得人仰马翻，只有李靖丈二和尚摸不着头脑。王丹亚捂着嘴忙凑过去解释：“李老师，梅芳凝最近迷上了昆曲，有点走火入魔了。”大家伙笑得合不拢嘴。“梅芳凝，我也喜欢戏曲，还是个昆曲迷，而且鼓励同学们涉猎广泛，但是不能影响正常的课堂教学，高考离我们越来越近了，轻重我想大家是知道的。”李靖发表着感言，表现出一副大度的样子。“老师，我错了，下课前把实验记录给您。”梅芳凝为自己的口误冒了一身冷汗，没想到化险为夷，庆幸躲过此劫。“合理安排时间，时不我待，要有紧迫感啊。”李靖面色凝重，语重心长。“老师，我会的。”梅芳凝差点没忍住，笑喷出来，眼角湿润了。

课后，楼道里只有她们三个说个不停。忽然，传来一阵昆曲唱段：“春江潮水连海平，海上明月共潮生……”她们面面相觑，不约而同笑出了声。

“戏子！”

“对，戏子，一定是他！”梅芳凝诙谐地说道，“《夜半歌声》看过吗？如果是在晚上十二点听这么一出，非得吓死人。”

“好像真是这么回事，别说，这声音还真瘆人。”田小雅坏笑着。

“莫非咱们那位‘戏子’老师也有一段悲情史？”

三个人一路走着，笑声回荡在实验楼里。

四、莱顿庄园

莱顿庄园，周边依山傍水，清幽的温凉河如长龙盘绕在庄园周围。河水两岸郁郁葱葱，亭台楼阁，错落有致。庄园里，别墅鳞次栉比，恢宏庄严，又不乏个性鲜明，与河对岸的中国式园林交相辉映，别有洞天。

梅芳凝漫步在河边，轻盈妩媚，宁静的外表洋溢着几分优越，怡然自得。不远处，漫山遍野盛开着紫罗兰，生机勃勃。落日余晖映红了天边，掩映着莱顿庄园，还有那片静静的紫罗兰，如睡美人般娇艳。梅芳凝走了过去，与这花海窃窃私语，融入其中。她俯身蹲下，双眸紧闭，回味着美妙芬芳，面庞如弯月，洁白安详。

不远处两个保安走来，其中一个吼道："你怎么毁坏花草呢。"梅芳凝吓了一跳，迅即站了起来，惊惧地望着对方。"你住哪儿，是莱顿庄园的吗？"她点点头。另一个保安好像认出了什么，很和气地问道，"你家住 8 号院吧，你爸爸姓梅？"梅芳凝有些诧异，看着对方，沉默无语。两个保安交头接耳，嘀嘀咕咕了一番，也不知说了些什么。温和些的那个保安笑盈盈地说道："你好好玩儿吧，我们就当没看见，他是刚来的，不会说话，抱歉，抱歉！"两个保安诚惶诚恐地离开了。梅芳凝感觉怪怪的，赏花的兴致也没了，只好回去了。

莱顿庄园 8 号院是梅新市长的公馆，知道的人不算多，进出的人似乎很神秘，但看起来都颇有来头。公馆的塔式烟囱格外醒目，暗红色的方砖贴墙，在斜阳点缀下愈发生气动感，红砖青瓦，棱角分明犀利，仿佛回到了文艺复兴时期的欧陆城堡，古典味道十足。

梅芳凝按了门铃，厚重的黑色铁门缓缓拉开，里面仿佛是另外一个世界。法国梧桐和银杏散布在院落四周，满世界的月季和玫瑰，令人眼花缭乱，散发着阵阵幽香。不远处，偌大的草坪，显得分外静谧，两棵大橡树像一对恋人矗立在中央。草坪的西北角插了几把各色小旗，旁边是高尔夫球洞，周边散落着白色小球，梅新把球场搬到了家里，也算极致了。

“老爸，就知道打球，除了它，你还想得起女儿吗？哼！”梅芳凝噘着小嘴，一副很委屈的样子。梅新远远看着宝贝女儿，乐开了花。

“妞子，你在爸爸心目中比天还大，其他都是神马浮云，哈哈。”看着女儿撒娇的样子，梅新对高尔夫的专注瞬间消失了，也只有女儿能让他变得惬意。

梅新四十出头，一表人才，戴着一副金丝边眼镜，魁梧的身躯显得格外庄重。他曾在普林斯顿大学攻读经济学博士，毕业后一直在投行做高管，后来从政，可谓官运亨通，前景看好。他把球杆扔在了一边，一把抱起了女儿，转了起来，梅芳凝高声尖叫，洋溢着幸福。

“坏爸爸，坏爸爸，你坏……”

“舅舅，开饭了。”梅芳凝的堂弟慢悠悠地走到跟前，大眼睛眨巴了几下，透着些许忧伤。“青儿，听说你是《爱无尽》里的男一号，是真的吗？”兰青会意一笑，多了几分冷漠。梅芳凝看着堂弟，不免愈发喜欢起来，倒似《红楼梦》里的蒋玉菡，更惹人爱怜。“青儿，晚餐吃什么？”梅新问道。他看着这个秀气的男孩儿，浮想联翩。“西餐，舅妈亲自下的厨。”兰青没敢盯着梅新，日光瞬间聚在了那两株连体橡树，仿佛它们会善解人意。“姐，你看，橡树比从前更亲密了，它们在拥抱呢。”梅芳凝抬眼望去，但见枝繁叶茂，郁郁葱葱，两株橡树枝干勾连，在顶端愣是铺出一条弧形长廊，在斜阳中，就像掏空的蘑菇云，美若仙境。

门是开着的，客厅宽阔宏大，红木地板被打理得光鲜照人。西式沙发散布在客厅的各处，随处可以小憩优雅一番；墙壁上挂着不同时期的油画，雍容典雅，艺术味儿十足；红松木制的长方形餐桌，矗立在客厅中央，被十二把西式皮椅子簇拥着，中间摆放着玉兰和玫瑰，芬芳浸润着整个屋宇；几扇大窗分布于不同的方位，从日出到日落，阳光从来没有丝毫的吝啬；盘旋而上的楼梯深不可测，被七彩地毯包裹着，仿佛来到了王族城堡。

穆瑶端坐在中央，双手交叉，面露喜色，骨子里却显出几分威严，俨然一副女主人的仪态。家人总算到齐了，她很干脆地发了话：“Simon，上菜。”

Simon 是一个混血儿，穿西装打领带是他最大的嗜好，性感的大鼻子，令人多了几分食欲；他眼窝深陷，浪漫而忧郁，或许是思考问题的缘故，每一道菜都融入他的思想。Simon 是主厨兼管家，他吩咐其他两个厨师布菜，自己则亲自掀盖，好像菜品就是他的孩子。他对品质精益求精到极致，乃至于苛刻，享用的人都觉得有些过分，但 Simon 从没有因此而改变，而穆瑶也正是看中了他这一点。作为成功的商人，穆瑶追求完美，庞大的商业帝国在她手里如玩于股掌之间。

“这是我做的煎小羊排，大家尝尝。”穆瑶有几分得意，期待大家给出不一般的好评。

“羊来自澳洲昆士兰，是今早刚宰杀的小羔羊，鲜嫩无比，六成熟，口感极好。”

刚端出的羊排发出吱吱声，仿佛能想象到羔羊被宰时的痛苦。

“Perfect！（太美了！）”梅新大快朵颐，忘不了恭维他的妻子。

“舅妈，真好吃。”兰青恭维道。

“老妈，你要是男人，我一定嫁你。”全家人都笑了出来。穆瑶大笑着，仿佛她就是上帝，“丫头，你妈才不娶你呢！ cheers。”

觥筹交错间，只有时间默默等待着。

五、情天神柱

李元哲蜷曲在床上，翻着那本小说，不时蹙眉，掩卷沉思。白炽灯又多了些黑圈，闪烁着。父亲的遗像摆放在写字台上，多少年来从未动过。李元哲想象着金凯和弗朗西斯卡如果各自背叛自己的家庭将会是怎样的结局，感觉人生无常。“如果给了我这样的选择，还不如死掉，爸爸要是还活着，我就没这么多烦恼了。”他看着爸爸的遗像，不免伤感起来，

院子里依旧嘈杂，十几户人家住在大杂院里，干什么的都有，忙活了一天的人们一到晚上总是聚在一起，各找各的乐子，有下棋的，有搓麻的，有玩儿牌的，还有一帮小孩儿，喧闹不休。

“将军……”

“卧槽！”

“拱卒子……”大爷们的嗓门快要把玻璃震碎了，再配上那落子时的铿锵有力，仿佛是一场豪赌。搓麻的人群丝毫也不示弱。

“三万！”

“幺鸡！”

“糊了！”洗牌声似乎永不停歇。公共卫生间里偶尔也会听到屎、尿、屁的酣畅淋漓。最要命的是，刺鼻的臭气绵延不绝，让人窒息。李元哲像往常一样，把窗户关得严严实实，戴上耳机，关掉那盏小台灯，借着水泥地板上的月光，与周公相会去了。

清晨的郁金香如少女般羞涩水嫩，姹紫嫣红中变换着金光白玉，温柔妩媚，迎接着初升的太阳。实验楼在花海弥香中慢慢苏醒，晨时的庄重渐渐褪去，平添了几分妖娆奇幻。天青色的六根大柱子威武庄严，散发着迷人的诱惑，在红砖青

瓦的怀抱里流淌着传奇，如古罗马竞技场，梦想与死亡并存，激情与幻灭绽放。这六根柱子早已声名远扬，被冠以“情天神柱”的美名，传说在此柱前表白发誓的恋人，上天一定会成全他们一次不朽的爱情。所以，总会有慕名而来的少男少女，顶礼膜拜，让神柱赐予他们不朽之爱。

李元哲早早来到学校，漫步在实验楼前。拿着那本遗落在此处的小说，想着物归原主，不过心里还是有些忐忑。“这书，竟然是她的，她会怎么看我，我该怎么看她？反正，给了她我就走。”元哲望着那些娇羞的郁金香，脸颊微红。

说来也奇怪，梅芳凝也起了个大早，心想：“‘戏子’的课不好意思再迟到了，否则他一定会疯掉的，况且他本来就不太正常。”

司机把她送到了学校，看看时间还早，就四处逛着。梅芳凝远远便闻到了郁金香的芬芳，兴冲冲走来，领略这花海绚丽。她眼睛一亮，被这花的精灵吸引，沉醉其中。

“梅芳凝，是你吗？”李元哲在她身后轻轻喊道。梅芳凝的魂灵像是被勾走了，无动于衷。

“是梅芳凝同学吗？”元哲提了提嗓门，还是没动静。他走了过去，拍了拍她的肩膀。

梅芳凝一怔，转过身子，吃惊地看着元哲：“你？”

“这本书是你的吗？”

梅芳凝看了看，点点头，羞涩难当。

“你看过了？”

“我，我只看了一点。”李元哲的呼吸有些沉重，支支吾吾。

“你叫什么？”梅芳凝更觉得不好意思了，小脸蛋儿涨得通红。

“李元哲，高二（3）班。”李元哲看着梅芳凝，几乎忘记了自己的名字。

“谢谢你，放了学去吃冰淇淋吧。”李元哲双颊泛红，心跳加速，丧失了拒绝的勇气。

“好吧，我们在哪儿见？”

“就在这儿见吧。”李元哲看了一眼“情天神柱”，无地自容。

“可以。”

“李元哲。”戚雨蝶从远处走来，水一般的肌肤浸润着晨光，宛若神话中的塞姬。她看了一眼梅芳凝，会意地笑了笑。

“老师好……”李元哲尴尬至极，还想解释什么。戚雨蝶微笑着与他擦肩而过，留下淡淡清香。女人之间总是有着特别的感觉，梅芳凝的潜意识里生出几许不安，总之怪怪的。

“同学们，今天月考！妮妮把卷子发下去。”戚雨蝶进了教室环视四周。吴妮妮走上前去，瞥了一眼李元哲，一脸坏笑。李元哲很纳闷，丈二和尚摸不着头脑。吴妮妮发完卷子，跟同桌的龙吟使了个眼色，耳语道：“你也看到啦？”龙吟笑嘻嘻地应和着：“那是！”她们不约而同地瞅着李元哲，笑出声来。“大家保持安静，用心做题。”戚雨蝶看着这些孩子，快乐中伴着几许忧伤。

时间过得很快，转眼到了快放学的时候，英文老师 Pandora 表情搞怪，居然捏着鼻子翻起了白眼，拖着长长的嗓门，喊道：“everybody，bye！”同学们异口同声道：“bye！”

李元哲急着赴约，匆忙站起。吴妮妮纠集了几个捣蛋鬼，在一边窃窃私语，像是在密谋着什么。李元哲还没出教室，便被这几个家伙堵在了门口，他们一脸坏笑，戏谑道：“这位爷，这是要去哪儿？”

“对啊，这么赶，有什么好事？”

“带我们一起去呗，还能给爷当保镖呢……”

“别闹，有急事！”元哲苦笑道。

“那可不成，得看什么急事。咱们是哥们，再大的事，也没我们大吧。”斯男挡在路中央，嬉皮笑脸。

“我们呢，我们也算是你的铁杆女粉丝吧，有什么喜事，不吭一声，就想溜啊，太不够意思了。”龙吟怨气十足地嚷嚷着。

大家嘻嘻哈哈了一阵子，李元哲慌了神，心想：“毕竟是女生主动约的，这放人家鸽子，可就是弥天大罪了。”

“各位大仙，你们就别为难我了，回头请你们吃冰淇淋还不行吗？”

吴妮妮站在中央，活像个“大姐大”，她终于发话了：“我看这样吧，你老实交代，我们就放行。”

“我们听妮子的！”大家伙起着哄。李元哲看了看手表，犹豫了一下，惨兮兮地说道：“那好，我就直说了，去见一个学姐。”

“去见谁，在哪儿啊？”吴妮妮咄咄逼人地追问道。

“嗯，去，去实验楼。”李元哲脸色惨白，支吾道。

“去见谁，快说呀。”

“去见我们的大校花，对吗？”

几个家伙嘻嘻哈哈，好不热闹。戚雨蝶匆匆走来，喊道：“李元哲，你来我办公室一下。”他们一哄而散，嘴里念叨着：“姐弟恋……”

梅芳凝名声早已在外，又是校芭蕾舞团的“四小天鹅”，天生丽质，清纯无邪，爱慕者大有人在，为其争风吃醋，比富斗狠者不乏其人。不过，她心气极高，目中无人。关于她的各种传说，早已成为校园谈资。李元哲一不小心闯进了她的世界，不知是祸是福。

“元哲，今天考得怎么样？”戚雨蝶眉头紧锁，问道。

“感觉，还好吧。”李元哲若有所思，心猿意马。

“你在想什么呢，魂不守舍的。”

“我，我，老师，我有事，能先走一会吗？”

戚雨蝶怒了，满脸通红。“看看你考的，全班倒数第一，45 分，怎么交代，你还想考大学吗？”

“啊，我考得这么差！”元哲脸上惨白，渗出了虚汗。

“你说说吧，什么原因？”戚雨蝶表情凝重，问道。

“也许发挥失常吧，没太重视。”元哲疲于应付。

“你胡说，别想瞒着我！”

“我最近在看小说……”元哲喃喃道。

“什么小说？”

“《廊桥遗梦》。”元哲的脸涨得通红。

“这书是你该看的吗？你是不是谈恋爱了，你说，是不是？”戚雨蝶面带羞红，不知道该说什么好。

“你对得起我吗？我一直想着你能上进，考上大学，想着你能顶天立地……”戚雨蝶哽咽道，呜呜地哭了起来。李元哲手足无措，不知该如何是好。戚雨蝶拽着他的胳膊，哭了起来。这可把李元哲吓坏了，看着身边的这个姐姐，他懵懂中意识到了什么。

“老师，别哭了，我错了！好姐姐，我听你的话，不胡来了！好姐姐……”

戚雨蝶情绪有些失控，居然抱着自己的学生哭哭啼啼。她听了李元哲一番话，情绪渐渐恢复了平静，感觉有些失态，擦着眼泪，露出笑容，宛若小女生般天真无邪，轻声说道：“我失态了，还请你原谅。”

早晨过后，戚雨蝶一天都觉着六神无主，但也没有什么特别的理由，也许梅芳凝的出现让她颇感意外。戚雨蝶弱问道：“早晨，你们在约会吗？”

李元哲没有说什么，只是盯着她的大眼睛，想要看穿她的世界。戚雨蝶转移了话题。

“我看过那部小说，喜欢那红色的桥，还有那淳朴的农舍，没想到你也在看！”李元哲眼睛一亮，惊喜道：“啊，太巧了，没想到，真没想到！”

“我其实不反对你看这样的小说，更不反对你谈恋爱，只是别辜负了我对你的期望，盼着你有个好出路。将来陪我打球的时候，也心安理得。”说着说着，戚雨蝶的眼圈湿润了。

“我会努力的，请姐姐放心。”

看着这个清秀的小男生，戚雨蝶好想拉着他徜徉在花海云湖中，这个幻觉在她脑海中一闪而过，显得荒诞不经。

梅芳凝在“神柱”前矗立着，时间一分一秒过去了。她的心渐渐凉了下来，在失望中，夹杂着羞辱和愤怒。天色已黑，只有一弯明月陪伴着她。看着郁金香，和冷漠的“情天神柱”，梅芳凝怒火中烧，放鸽子的事只有她做过，其他人还没那个资格。

她走在路上，灰头土脸，满身怨气。忽然，路对面边传来说笑声，李元哲骑着自行车，载着戚雨蝶一阵风似的消失在夜色里，“是他，就是他。”梅芳凝认出了李元哲，她的怨气终于爆发出来，眼泪齐刷刷地奔涌而出，竟然一个人呜咽起来，哭声让人哀怜心颤，夜色也多了凄婉。

六、“结婚纪念日”

梅芳凝一连几天闷闷不乐，话也很少，仿佛变了个人似的。这样的委屈跟谁说去，太丢人了，只能烂在自己肚子里。

林美娇的父母早已离异，跟着母亲过，比同龄女孩子成熟许多，也许是承担了父亲角色的缘故，她的气质中流露着男孩子的洒脱和任性。看着梅芳凝郁郁寡欢的模样，林美娇也多了几分惆怅。

“媳妇，后天是我们‘结婚’纪念日，给老公笑一个？求你了，我的好媳妇。”林美娇的煽情没能打动梅芳凝，气氛显得沉闷。

“你这是怎么啦，有什么事还瞒着我不成，谁欺负你了？告诉我，老公替你出头！”林美娇摇晃着梅芳凝嚷嚷道。

“别说了，烦死了。再说，我不理你了。”

林美娇冷不防抱住梅芳凝，给了她一个大大的吻。梅芳凝大叫一声，脸涨得通红，拼尽了力气才挣脱开。

“你那个好大，这才多久没抱你！”林美娇调侃道。

梅芳凝愈发羞愧难当，她狠狠地揪了一把娇娇。

“哎呀，疼死了，你够狠，看以后谁敢娶你。”

梅芳凝看着林美娇赖皮的样子，爱也不是，恨也不是，扑哧笑出声来。“亲，你终于笑了。”看着梅芳凝无邪的笑，林美娇眼圈湿润了。她们拉着手，亲密无间，丝毫不在意路人的眼光。

两年前的一次邂逅，她们一见如故，恍若前世的缘分，成了好姐妹。后来便盟誓相约：以“夫妻”相称。就这样，她们的感情日久弥深。林美娇是一个爱热闹的女孩儿，最怕寂寞了，‘狐朋狗友’自然少不了。她老妈成天不着家，迷恋搓麻，是远近闻名的搓麻高手，人称“二摸”，一上手，眨眼的工夫便糊了。

那天，林美娇请了病假，专门回去准备聚会的事，忙活了一天，总算齐备了。还特意买了酒，“道”上的朋友要来哪能没有酒。林美娇摆着桌椅餐具，哼着小曲《稻香》。忽然，门铃响了，隐约听到楼道里吵吵嚷嚷的，她瞄了一下门眼，迫不及待地开了门，嗡的一下子，一帮古灵精怪的男女，都拥到了屋里。

“姐，想死你了，还是那么漂亮。”林美娇的结拜小弟汪雨涵，拎着头盔，一把抱住了她。他眉清目秀，玉树临风，不用说，也是那种特招女生喜欢的主，就连男生都恨不能把他占为己有，也不知伤了多少人的心。两个花季少女紧随其后，浓郁的香水味扑鼻而来，她们穿着短裙子，一黑一白，妩媚性感。

“哈喽，美女姐姐。”没等林美娇反应过来，她们扑上去拥抱，乱啃，仿佛要把她吃了似的。

“魔仙组合”汪雨涵介绍道：“我们‘风语社’的精灵，梧桐，凤凰。”两女孩儿像是到了自己家，随意极了。

“风语社”是一帮少年自发成立的摩托赛车俱乐部，年龄从十四到十八，大多贪玩儿，酷爱摩托。他们定期演练各种惊险动作，举办“赛事”，颇有名气。

“哇，今天是什么好日子，这么丰盛。”汪雨涵看着满桌子美酒佳肴，眼睛都绿了。梧桐和凤凰干脆直接下手了，边吃边说：“娇娇姐，这是什么酒，好漂亮唉，要一醉方休？”她们撅着小嘴，卖起了萌。

“这是法国香槟，还有拉菲酒庄的红酒，还有 SALON 酒吧调制的鸡尾酒……”林美娇颇有成就地介绍了一番。

“你们俩乖点吧，老大还没到呢。”汪雨涵吐了一下舌头，调皮地瞅着这两个小不点。她们听到“老大”这两个字，心生敬畏，撇着嘴，规矩了许多。

屋里一下子安静起来，让人感觉有些不适应，大家似乎都把注意力集中在“老大”那儿了，只是感受有所不同。林美娇早有耳闻，今天如能一睹尊容，也算了一桩心愿，在她心底，“老大”简直就是一个神，来去无踪，好似浪迹江湖的大侠。

轰隆隆……如滚雷般的马达声，隐约传来，由远及近。三声响亮的口哨清脆悠长，打破了海莲胡同 84 号大院的宁静，一位大婶居然无法忍受，打开窗户，怒吼道：“你们家缺八辈子德了。”

“我爱你奶奶。”有女生喊道。

“是警幻仙子，老大来了，你俩快去接一下。”汪雨涵吩咐道。凤凰和梧桐转眼消失了。林美娇也变得兴奋起来，躲到卫生间，瞅着镜子里的自己，横挑竖拣，总不满意自己的装扮，心想：“我这样子能见人吗？”

院子里一对男女，像是天外来客，瞬间把一辆四汽缸摩托停在了路边，轮子超大，显得结实有力，车身骨感流线，透着几分霸气。他们一袭黑色装束，戴着太阳镜，威风凛凛地走来。男孩儿偏瘦，悠闲地走在前头，女孩儿则显得丰满了许多，紧随其后。他们话不多，在静默中，彰显出老大的威严，女孩儿的放荡顿时收敛起来。她摘下了墨镜，深情地望着走在前面的“男人”，似乎人生的意义都在他的影子里。

“老大”是“风语社”的创建人，人称“风之子”，据说驾车能飞越五十米的天堑，疾驰腾空三百六十度大旋转，让一辆重卡通过……总之他是很多人的偶像，也是一个传说中的神。

凤凰和梧桐风风火火扑到楼下，直接杀到他们跟前，激动地喊道：“风哥，风哥，想死你了！”

“你们两个小丫头，几天不见，说话就这么甜，来抱一个。”她们一下子抱住风哥，靠着他的臂膀，欣赏着那张沧桑骨感的脸庞。“警幻仙子”站在一旁，眼神里露出一丝醋意。她瞪着凤凰和梧桐，一种无形的力量穿透了空气，让她们不寒而栗。凤凰和梧桐还是极不情愿地松开了风哥，望着一旁的“警幻仙子”，怯生生地叫了一声：“警幻姐姐。”

“警幻仙子”真名叫蓝可儿，双眸清澈，深沉冷漠，靠近胸部的位置，有块深红的胎记，形如一团燃烧的火，凭借着傲人的身材，本以为可以成就名模的事业，然而梦想在现实面前总是甘拜下风，“风语社”成了她最终的归属。看着这两个涉世未深的丫头，蓝可儿挤出了不屑的微笑，极不情愿地应和着：“对了，你们别这么叫我，叫我‘可儿’就好。”

“可儿，可儿。”凤凰和梧桐面面相觑，一脸尴尬。

门是开着的，汪雨涵站在门口紧紧抱住老大，两个人亲热得难舍难分。

“娇娇，‘风之子’到了，你的大神到了！”汪雨涵环顾四周，不见了她人。“怎么，人间蒸发啦，躲哪儿去了，再不出来，我们可就撤了。”

卫生间的门吱扭扭开了，大家都把目光聚集在那儿，却看不到人。汪雨涵心想：“这是玩儿哪出呀。”

“谁啊，可别吓人！”

大家的眼睛直勾勾盯着，恨不得把墙穿透。突然，门后窜出一人，飞奔到“风之子”面前，一把搂住了他，送上了一个大大的吻。大家没看清楚是谁，因为实在太快了。“老大”怔了一下，等大家回过神来，原来却是娇娇，完全变了个人，浓妆艳抹，女人味儿十足，鲜红的唇如白日烈焰，那熏染的眼圈仿佛黄昏时的港湾，胸部隆起，深藏的乳沟隐约可见，这哪里还是高中生。

“你变魔术呢，孙猴子还是白骨精。”汪雨涵戏谑道。林美娇沉浸在幸福的海洋里。

“风之子，林语风。”汪雨涵介绍道。“林美娇。”

林语风摘下太阳镜，目光如炬，如天上的流星滑过，摄人心魄。

“喊我风哥。”林语风话音粗犷，男人味儿十足。

“风哥。”林美娇声音微战，娇羞可爱。其余三个女生看傻了眼，心想这是在演话剧吗？蓝可儿忍无可忍，直接走到跟前，拿出手帕擦拭着“老大”脸上的唇印，冷冰冰的令人不快。

汪雨涵看出了其中的火药味，打圆场道：“这位是我们的天使，‘警幻仙子’，蓝可儿。”林美娇不情愿地堆出一副笑脸，说道：“貌似我比你大，你得叫我姐了。”“警幻仙子”没搭腔，只顾着擦口红，林语风拨开了她的胳膊，直接走到餐桌前，假装欣赏着那些五颜六色的酒，蓝可儿站在一边，备受冷落。

“喊我可儿就好，我从不叫人姐。”

“喊我娇娇，大家随意。”

“姐，我这儿可是人齐了。”

“你急什么，我这儿还差一位呢，没她可不行！”

“谁啊，还这么神秘，这排场够大的，还得让我们老大候着。”林美娇扑哧笑了出来。“我媳妇！”她的声音够大，就怕别人不知道，屋里变得安静下来，大家齐刷刷地瞪着娇娇。

“我的个天哪，又是 Lesbian（女同性恋者），这个世界太疯狂了。”汪雨涵尖叫了一声，惊呆了所有人。

忽然，有人敲门。“她来了。”娇娇迫不及待地跑过去开门，好大一捧红玫瑰横空出世，散发着清幽的香气，瞬间弥漫了整个屋子，惊呆了所有人。凤凰和梧桐跟着跑了过去，闻着花香。娇娇签收后，快递小哥匆匆离去。大家都猜是谁送的这么大方。凤凰和梧桐竟然不厌其烦地数了起来。“1、2、3……”数到最后，所有人都情不自禁地加入其中，大家一起喊着：“990、991、992……999！”他们狂欢着，呐喊着，娇娇热泪盈眶。

“这是谁啊！”

一张便条飘落在地上，汪雨涵立刻捡了起来，一本正经地朗读道：“亲爱的娇，我们两年前不期而遇，便再也没有分离，有木石前盟，从此便相知相融，形影不离，你的爱人娇妻，梅子！”

大伙又一次被震撼，风哥居然吹起了口哨，两手竖起了大拇指，说道：“就冲这么有情有义的姐们，我等也值了！”

蓝可儿脸颊绯红，心情复杂了许多，她似乎明白了其中的情愫。娇娇无法控制自己的心绪，号啕大哭起来。这份爱积淀了很久，今天终于爆发出惊涛骇浪般的力量，感动着每一个人。

大家还没回过神来，门被轻轻推开了，梅芳凝如天使般矗立在门前，凝视前方。她身穿洁白长裙，宛若百合盛开，背着粉嫩的双肩包，长发飘飘，荡漾着少女的静谧。双眸有如清泉，能让每一个人心如明镜。所有人愣得出神，半天没反应过来，还以为是在做梦。娇娇第一个尖叫起来，立刻飞奔过去，紧紧抱住梅芳凝，仿佛抱住了她的生命。

“亲爱的，你这么美，我好喜欢，想死你了，谢谢宝贝的大玫瑰！”她们竟然热吻起来，屋里一片沸腾。

娇娇一一做了介绍，梅芳凝的芬芳和气质显得超凡脱俗，少男少女们惊羡不已，这种感染力是他们从来没有过的。娇娇开始发表感言：“我的爱姬梅芳凝，年芳十八，贤淑端庄，善解人意，美丽温柔，倾城倾国，与鄙人婚配两年，忠贞不渝，今天是我们结婚两周年的日子，各位大仙能在百忙中来捧场，万分荣幸！”

汪雨涵哈哈笑个不停，凤凰居然害臊地倒在梧桐怀里捂着小脸蛋发抖，林语风点着一根香烟，吐着烟圈，露出了少有的微笑，他犀利的眼神穿过烟雾，打量着梅芳凝。蓝可儿是酒坛子里泡大的，有了酒更像是爷们，豪气冲天。还没等主人发话，一杯酒已下肚，面不改色，心不跳，之前的怨气也消失得无影无踪。

梅芳凝端起酒杯，走到娇娇跟前，望着对方，娇娇也端起酒杯，凝视着梅芳凝。她们就这样默默注视着彼此，荡漾在她们心头的甜美燃遍了全身。她们喜极而泣，喝起了交杯酒，感动着所有人，大家尖叫着，欢呼着。

聚会进入了高潮，林语风叼着一杯红酒，纵身一跃，站在了餐桌上，仰着头，弯着腰，一饮而尽，利落潇洒。女孩儿们的尖叫声此起彼伏，只有梅芳凝不动声色。汪雨涵给他递过去一把老旧的枣红色吉他，娇娇给他戴上了一顶道具用的大圆顶帽子，林语风扮作西部牛仔，唱起了《伤心的猎人》，大伙儿跟着节奏击掌哼唱，如痴如醉。

梅芳凝不停地给自己斟酒，她一边喝，一边听着小曲。曲调一会悠扬凄婉，一会儿铿锵有力，梅芳凝脸蛋泛着红晕，想起了李元哲。她看着杯里仅剩的红酒，仰起脖子，一口饮下。突然呜咽起来，嘴里喊着：“李元哲，你是个骗子，骗子，我恨你！”她哭得愈发伤心起来，所有人都愣住了，林美娇赶紧抱住了她，急问道：“宝贝，别哭，别哭，你怎么啦，谁惹你了，我替你出头。”

“没你的事，我要喝酒。”

“宝贝，你醉了，来，咱们到屋里休息去，睡咱们的大床床。”林美娇正要扶她起来，梅芳凝喊道：“别碰我，酒，酒呢，我要酒。”

“酒喝完了，宝贝，下次一定陪你喝个够。”林美娇皱起了眉头。

“快给我打酒去，那个什么风，风哥，你去，你要是不去，你就不是风哥。”梅芳凝看着林语风，醉意渐浓。林语风叼着烟，一句话也不说，显出老道的样子。他看着梅芳凝，一种莫名其妙的冲动轰然而至，少女的醉居然如此动人心魄，让他久久不能释怀。他突然起身，走过去说道：“妹妹，风哥跟你喝，好吗？有什么话跟我说。”梅芳凝盯着林语风，泪眼晶莹剔透，如水中月，让人销魂。

“你认识李元哲吗，是他骗了我。快去，快去把他给我找来，我要当面审他，我要审他！”梅芳凝声嘶力竭，房间里静得让人窒息。林语风斟满两杯酒，梅芳凝笑了起来。

“就知道你是个爷们。”

“妹子，李元哲是什么人呢？”

“是个骗子，别理他。”梅芳凝前言不搭后语。

“那风哥怎么抓他回来呢。”

“先干了这杯。”

“干了！”

梅芳凝喝下这杯酒，又哭喊起来：“他是篮球队的，你，你去给我把他带过来。”梅芳凝慢慢低下了头，趴在了桌子上一动不动。

七、“风语”出山

初升的太阳鲜红可爱，李元哲起了个大早，微风拂面，他骑着那辆有了年头的山地车，疾驰在满是梧桐的林荫道上。他的长腿在急速旋转中连成一线，如银蛇飞舞。今天是个特殊的日子，五十中和西城中学争夺京都高中男篮总决赛冠军，李元哲是主力中锋，荣耀与压力在他的心里此起彼伏，难以平静。

篮球馆里弥漫着备战的气氛，五十中男篮的“五虎”，基本已到齐，独缺“白虎”李元哲。教练焦急地看着手表，早晨的编排布阵对下午的比赛至关重要。“青虎”王子腾，跟李元哲私交最好，他安慰教练道：“阿哲快到了，三分钟之内肯定出现。”“黑虎”用指尖挑着篮球转个不停，笑嘻嘻地调侃道：“不出现，怎么办？”“翼虎”满脑子鬼主意，说道：“你这么肯定的话，那干脆扣篮去，直到阿哲出现。”教练耳根子还是软了点，这几个小家伙多少缓解了他的紧张情绪，“这个主意不错，王子腾，练你的绝活去。”教练瞪着他，骨子里露着一丝惬意。“翼虎”得意扬扬地笑喷出来，“黑虎”也跟着起哄道：“快去呀！”王子腾一脸无奈，灰溜溜地练扣篮去了。

“云虎”在一旁大汗淋漓地举着杠铃，他总是那么深沉，让人捉摸不透，肌肉饱满有力。他是“五虎”的老大，最沉得住气。王子腾纵身一跃，篮球架微微晃动，球进了，心想：“阿哲，你可快点出现吧，不然我会累死的。”说曹操，曹操果真就到了。远处传来跑步声，李元哲终于出现了，微笑中带着一丝愧疚。

“我迟到了，对不起！”李元哲来了个九十度鞠躬。

“对不起，就完啦？下午这么重要的比赛，你都不放在心上，跟我对着干，是吧。”

“好教练，我哪儿敢呢，喜欢你还来不及呢，今儿确实有特殊情况。”

“我不管那么多，做一百个俯卧撑去。”

李元哲一摆手，笑嘻嘻地说道：“yes，sir！”

李元哲蹦蹦跳跳来到“云虎”身边，跟着学长一起锻炼起来。球馆里备战的气氛越来越浓，教练时而大喊，时而嗔怒，一会儿站着，一会儿又大步流星，仿佛比赛已经开始了。

此时，梅芳凝正直勾勾看着黑板，出奇认真，讲台上的“文艺青年”更加神采飞扬，卖力地表演着，肢体语言比平日里丰富了许多。杨柳依的音容笑貌在梅芳凝的视线里渐渐模糊起来，最后连声音也消失了。李元哲仿佛又出现在她面前，情天神柱下的相遇，丁香花的芬芳，彼此目光的交融，淡淡的话语，微风中的承诺，伤心的夜晚……

杨柳依，毕业于京都师大中文系，出版过小说、诗歌，代表作《岁月流觞》，还是当年的畅销书。他讲起课来，夸张得更像是诗人在表演歌剧，不过，挺好玩儿的。他尤其喜欢漂亮女生，并有一句名言：“所有的故事和灵感都在彼此的眼睛里。”“文艺青年”的雅号也就这样广为流传了。

“梅芳凝！”

杨柳依盯着梅芳凝一动不动。

“梅芳凝！”

“啊！”

梅芳凝似乎在梦里，两眼凝视前方，缓缓站了起来。

“‘大象无形’怎么解释？”

“无影无踪地消失了。”

“你说什么？”杨柳依吃惊地望着她，惹得众人哄堂大笑。坐在旁边的田小雅顺势捏了一把梅芳凝，冲她使着眼色。梅芳凝恍然大悟，脸憋得通红，连忙解释道：“老师，对不起，对不起，我说错了，应该是大象消失得无影无踪了吧。”

“大象怎么会消失呢？”

“我想是被骗走了，离开了象群。”

“被谁骗走了？”

“被，被狐狸吧。”

“你怎么不说大灰狼呢？讲童话呢？”大家实在忍不住了，一个个前仰后翻地大笑起来。杨柳依望着梅芳凝苦笑着，叹了口气道：“真拿你没办法，我服了！”梅芳凝总算清醒过来，却为时已晚。

一天下来，梅芳凝的注意力总是不集中，终于撑到了放学，班主任突然走上了讲台，郑重宣布：“同学们，西城中学与五十中的篮球比赛今晚举行，别忘了给校男篮去加油助威……”大家一片欢呼。梅芳凝早把这事忘在了脑后，猛然醒悟，心想：“李元哲不就是校男篮的吗？”

林美娇远远瞅着梅芳凝，似乎看出了她的心事。趁乱，悄悄地溜到她跟前，搂住她的腰，亲昵着，魂不守舍的梅芳凝尖叫起来。教室里鸦雀无声，大家瞅着她们俩，表情怪异。老师呵斥道：“你们还有女生的样子吗？二位同学，这是课堂，可不是你们家，要注意形象。我们抓紧时间，准备出发。”班主任一声令下，同学们鱼贯而出，梅芳凝犹豫着。

“亲爱的，走吧，去看看那什么来着，哦，李，李元哲，负心人，骗子，说不准还能抽他一大嘴巴子。”林美娇调侃道。梅芳凝还是有些不自在。林美娇拉起她的手，安抚道：“走，我们去看看那个大帅哥去，兴许见了你，会向你道歉呢。”

“我才不稀罕他的道歉呢，不去，就不去。”梅芳凝半推半就地被拉着离开了教室。

篮球馆里早已座无虚席，梅芳凝和林美娇缓缓落座。五十中的同学占据了半个球馆的位置，西城中学占据了另一半的座位。戚雨蝶领着高二（3）班的同学充当啦啦队，正好坐在梅芳凝的后方，她拿起高音喇叭，喊道：“五十中加油，五十中加油，李元哲加油，李元哲最棒……”声音清脆嘹亮，富有磁性，像一股甘泉浸润着每一个人，啦啦队也跟着喊起来，球馆沸腾起来。西城中学也不甘示弱，啦啦队的喊声此起彼伏。

戚雨蝶引起了梅芳凝的注意，她回头望去，两人无意中对视了片刻，一个成熟热烈，一个青纯恬静。戚雨蝶似乎想起了什么。梅芳凝双颊绯红，把头扭了回去，心想：“原来是她……”

“快看呀，快看呀，队员出场了。”林美娇激动地喊道，她蹭了蹭梅芳凝，指向远方，“你看，走在中间的那个，像是李元哲，对，就是他。”

梅芳凝对被放鸽子的事，耿耿于怀，不情愿地抬起了头。她看到了李元哲，爱恨之情交织在一起。五十中的男篮，特立独行，做着搞怪动作，只有李元哲微笑着，如王子驾临。球馆里，居然有女生喊道：“我爱你，李元哲。”一旁的同学起哄道：“在一起，在一起……”气氛热烈起来。

裁判哨声响起，比赛开始了。接到王子腾的传球，李元哲腾挪辗转，晃过两名西城队员，腾空跃起，率先得分，全场一片欢呼，尖叫声，锣鼓声，充斥着每一个角落。西城中学也不甘示弱，展开了激烈的攻势，球场宛如黑白相间的棋子快速变换着。梅芳凝也不自觉地被吸引到比赛当中，她紧紧盯着李元哲，每当他进球，她的眼神就会放出电一般的光，仿佛要照亮他。她想喊出来，但还是没能喊出来，不过她的心怦怦乱跳着，被这个球场上的精灵拽着东飘西荡，弄得神魂颠倒。

时间飞快，还有最后一节比赛就要结束了，五十中领先四分，看台双方的观众都心弦紧绷，安静地注视着比赛的每一个细节，生怕错过一丁点。很快，西城中学，连续得分，双方打成了平手，离比赛还有三分钟就结束了，看台的观众异常紧张热烈。梅芳凝表情凝重，四肢麻木，手心里渗出了汗珠，她看着李元哲左冲右突，被对方围剿，甚至被下“黑手”，莫名的难受涌上心头，之前对他的怨恨也随之烟消云散了。

助威声再次想起，“五十中加油，五十中加油，李元哲，爱你，李元哲，爱你！……”李元哲俨然成了赛场的中心人物，他的一举一动牵动着所有人的心。梅芳凝悄悄地扭头望去，此时，戚雨蝶站在不远处，庄重坚定，泪花在眼圈里打着转转，她声嘶力竭地喊着，像要把心掏出来似的。梅芳凝又把头转了回来，心想：“难道他们之间……不可能，不可能，我这是怎么啦？”

比赛进入到白热化状态，双方都想在最后的时刻赢得宝贵的两分。西城队员投篮不中，篮板被“云虎”抢到，借着粗壮有力的块头，他冲出重围，把球迅速传给外围的“翼虎”。对方后方空虚，正是打反击的好时候。李元哲果断出现在中场，对方只有两名队员防守，对于他来说这个不构成威胁。“黑虎”快步带球，对方无法拦截，居然使出了“黑手”，拽住了他的短裤，“黑虎”义愤填膺，看着对方，把球快速传给了迅速跟进的李元哲。裁判没有吹哨，五十中的同学一片唏嘘。李元哲突破对方后卫阻挡，腾空跃起，长长的手臂粘着偌大的球体，伸向篮筐，这分赢定了。大家屏住呼吸，等待着激动人心的时刻。梅芳凝，却闭上了眼睛，她宁愿这个时间永远停止。

西城中学的后卫目露凶光，情急之下，直接撞向李元哲的臀部。李元哲摔倒在地上，篮球飞出了球场。教练此时本该判罚，却无动于衷，五十中的观众席上一阵骚动。“云虎”立刻揪住了那名后卫，理论起来，教练走来，却给“云虎”举起了红牌。双方队员冲向前去，拉扯推搡，情绪已失控，看台上的人群，谩骂起哄，乱成了一锅粥。

突然，半瓶矿泉水从看台上扔了出来，砸在了教练身上。这一举动激起了千层浪，矿泉水瓶从四面八方扔向了球场中央，双方队员恶斗起来。观众席上，双方互相谩骂起来。越来越多的同学冲到了赛场中央，加入到冲突中，此时的篮球馆完全失控了。

梅芳凝和林美娇依偎一起，慌作一团，她们还没见过这样的阵势，双方的同学由谩骂演变成了冲突搏斗，不少女生也加入其中，球馆里炸开了锅，呐喊声，厮打声，尖叫声混杂一起，让人窒息。林美娇心急如焚，看着身边瑟瑟发抖的梅芳凝，她的眼圈湿润了，心想：“我就是拼死也要让她活着出去。”此时，她的手机在裤兜里发出嗡嗡地震动声，林美娇掏出手机，电话断了，有三个未接来电，显示汪雨涵，她眼睛一亮，心想，有救了。她打开微信，找到“魔天轮”，写道：“弟弟，我们被困篮球馆，请速来救援！”对方回复得极快，说道：“老姐，我们尽快赶到，有我们在，不用怕！”林美娇看着惊魂未定的梅芳凝，总算松了口气，两人缩作一团，惊恐地望着这里发生的“暴乱”，彼此抚慰着。

很快，林语风、汪雨涵、白山、木涯、颜夕、蓝可儿、凤凰、梧桐，齐聚蓝影街。每个人从头武装到脚，清一色黑，“魔天轮”发出低沉地轰鸣，明晃晃的头盔让人想起了中世纪的骑士。此时的蓝影街，早已水泄不通，五十中门口密密麻麻挤满了人，汽车排起了长龙，一直绵延到那颗古老的大橡树下，林语风望着前方，心想：“人就是走过去也困难重重，更不用说车了。”时间在一分一秒过去，人命关天的时候，没想到老天爷如此无情。

白山摘下了头盔，四处张望着，寻找捷径，他捋了捋头发，点燃一根香烟，喷云吐雾，观察着周围的一切，双眸里除了车就是人，泛黄的树叶不停地飘落。他拾起一片叶子，闻着深秋的味道。不远处的橡树盘根错节，粗大的枝干不知道缠绕了多少圈，穿过五十中的红墙，伸向另一头。那橡树已有百年历史。

五十中曾经是一所教堂，一位洋教士把橡树种在这里，后来教堂拆了，只保留了橡树。如今橡树枝繁叶茂，大约成四十五度倾斜状，宛若休憩的老翁。白山眼睛一亮，吹掉树叶，喊道：

“有了！”

“什么有了？”林语风迫不及待地看着白山。

“风哥，你看那橡树。”

“天无绝人之路！”林语风抬头望去，幡然醒悟。

“我试试。”白山一向冲锋在前。他二话没说，飞身上车，踩响油门。巨大的轰鸣声，吸引了路人，有的摇下车窗，有的驻足观望，有的指指点点。白山目光坚毅，死死盯着盘旋的树干，紧咬下唇。突然，他加大马力，一股烟似的退后了一百米。人们把头都扭了回去，半张着嘴，等待着他的惊人之举。“魔天轮”的轰鸣声重叠起伏，集聚着力量。

白山驾着“魔天轮”“嗖”的一声爬上树腰，稳稳地停在了墙沿上，路人发出了啧啧的惊叹。林语风还是老样子，吹了一声口哨。

“风哥，下头是草坪，看我的。”

白山沿着狭窄的墙沿疾驰，突然一个侧空翻，连车带人消失在众人的视线中，路人惊呼一片。林语风早已蓄势待发，他驾着“魔天轮”，爬上树干，一跃而起，飞入墙内，震撼着周边的路人。有人拍照，记录了激荡人心的瞬间。大家都在想，这是何方少年。汪雨涵、蓝可儿、颜夕、木涯悉数登场，演绎了一场“魔天轮”表演秀，令路人大饱眼福。

凤凰和梧桐留守，负责接应。林语风率领众人风驰电掣般，驶向了篮球馆。椭圆形球馆南北凸起，中间凹入，矗立在操场一侧。此时不断有人从四面的通道涌出，人心惶惶，狼狈不堪。林语风伸出了拳头，众人立刻心领神会。风语组合摆出了阶梯式阵型。木涯疾驰向前，瞬间消失在从篮球馆涌出的人流中。“魔天轮”有一种天然的感召力，奔跑的人群不自觉地让开了一条大道，他们毫不费力地冲了进去。

球馆中央黑压压地围着一堆人，推搡谩骂，保安力不从心地维持着秩序。看台上早已沦为厮打的战场，喊声、哭声、尖叫声此起彼伏，让人想起了武斗时的场面。“魔天轮”的轰鸣声，回荡在球馆里，六个神一般少年的出现，宛如从天而降的救世英雄。

林语风憋足了劲儿，一声刺耳高扬的口哨回荡在球馆，然后他在空中画了一个大大的圆。六个风语少年摆开阵势，形成高中低三个维度绕行，速度越来越快，眨眼的工夫，球场里飞舞着三条动感的弧线，张扬着穿越时空的力量。“魔天轮”所到之处，如秋风扫落叶，无形中恢复着原本的秩序。

蓝可儿疾驰在看台上，腾挪翻转，如入无人之境。林语风像战神驰骋在前头，冲散厮打的人群，拯救那些处于劣势的个体，用鹰一般的眼睛扫视着球馆。此时，梅芳凝和林美娇缩在偏僻的角落里，等待救援，在忐忑和恐惧中煎熬着。

“天哪！”梅芳凝被疾驰的“魔天轮”惊呆了。

“快看！”她推了一把林美娇。

“啊，风哥，是风哥，老弟来救咱们了！”林美娇高举双手，召唤着她们的救星。两人绝望的表情消失了，她们呼喊着，“风哥，风哥……”球馆像无情的黑洞吞噬着她们的声音，呐喊似乎没有奏效，看着黑压压四处冲撞的人群，她们一脸茫然。

“魔天轮”上天入地般地驰骋，始终没有发现她们。林美娇眼前突然一亮，“快，跟我到广告牌那儿。”她指着前方看台说道。梅芳凝也顾不得许多，被她拽着左冲右突，来到了广告牌旁边。

“我爬上去，你扶住我。”

“你要干吗？”

“别问那么多了，一会你就明白了。”

梅芳凝望着林美娇，担心起来。她们跌跌撞撞，直往前冲去，看台上早已变作了战场，谩骂逐渐变成了“肢体语言”的暴力，矿泉水瓶如爱国者导弹在空中飞舞。在“枪林弹雨”中，两个柔弱的少女终于来到了看台，一副偌大的广告牌伸向前方。林美娇立刻脱掉了自己的外套，梅芳凝张大嘴巴看着她，一脸惊愕。

“你疯啦！”

“快，你拉着我。”林美娇把长外套的一头递给了梅芳凝，自己拽着另一头，果敢地爬上了固定着广告牌的栏杆。

“娇娇，我不会松开的，你要抓紧啊！”梅芳凝明白了林美娇的用意，两行热泪滑落在脸颊上。

林美娇向台下看了一眼，一阵眩晕，微微晃了晃，毕竟十米高的台子，不啻于在悬崖上行走。

“亲爱的，现在还可以回来，我要你回来。”梅芳凝此时已哭成了泪人，不停地喊着：“我要你回来，不要……”

林美娇回头看了梅芳凝一眼，只是淡淡一笑，泪花在双眸里闪烁。她颤巍巍地往前走着，如履薄冰，俯瞰着人潮涌动的球场。她最终还是松开了梅芳凝拉着的外套，像一个绝望的女神矗立在球场上空，冷冷地望着这个纷乱躁动的世界。突然，她失声痛哭起来，所有委屈和愤懑一股脑爆发出来。

梅芳凝失神地看着，仿佛置身于另外的世界。此时，无论是在台上还是台下，“暴动”的人群渐渐平息下来，他们开始把目光汇聚矗立在半空中的林美娇，被她的绝望和哀怨所感染，沉浸在死寂一般的世界里。疾驰的“魔天轮”发出忽高忽低的嗡嗡声，静谧中透着一种力量。

林语风开足了马力，冲向悬在空中的林美娇。林美娇突然脚底打滑，一个趔趄几乎要从十米高空中坠落，心想：“也许这就是我的宿命，希望痛快点……”。全场的人顿时一阵惊呼。一辆“魔天轮”突然冲出看台，林语风一把抓住摇摇欲坠的林美娇，一使劲，林美娇安稳地坐在了他的身后。

“抱紧我，闭上眼睛。”林语风喊道。林语风驾着“魔天轮”腾空而起，如飞龙在天。大家瞪着大眼睛，屏住呼吸，仰望着盘旋在空中的这个黑衣使者，浮想联翩。林美娇抱着林语风，感到生死之间的跨越是如此激荡人心。此时，她已忘却了生死，体验着生命中最奇特的感觉。人们都为他们捏着一把汗，众人开始尖叫起来，如海啸发出的怒吼。

梅芳凝从绝望中看到了希望，又从希望中看到了绝望，她被突如其来的这一切吓傻了。她几乎要疯了。汪雨涵的额头上渗出了汗珠，这样的高度落地，即使不死也得残废了，他默默祈祷着……蓝可儿看着林语风的壮举，热泪盈眶，心想：“风哥永远是我的男神！”。

林语风在空中用力踹了一脚旗杆，“魔天轮”借势向相反的方向冲去，林美娇紧紧抱着林语风，心想：“即使这样死了，也值了！”。“魔天轮”翻腾一周半，如一把利剑斜插下去，林语风用力蹬了一脚篮球架子，缓冲而下。只听轰隆一声，“魔天轮”颠簸了几下，平稳地落在了空地上，人们长舒了一口气，欢呼声响彻球场。林语风铆足了劲，吹响了集结的口哨，然后如风一般消失在众人视野中。

汪雨涵看着老大平安无事，心里的石头落下了。他娴熟地在看台上驰骋跨越，如入无人之境，梅芳凝丝毫没觉察到他的到来，冷不丁被他抱了起来，麻利地放在了后座上。梅芳凝如僵尸般一动不动，紧紧抱住他，失声痛哭。“娇娇没事了，抓紧了。”汪雨涵快速驶出球场，其他的伙伴紧随其后。

一场突如其来的“暴动”就这样结束了，风语社横空出世，让一切又复归了平静。戚雨蝶守在李元哲身边，帮他擦拭着脸上的血迹，安慰道：“别怕，有我在，坚强些。”她一边抚摸着他的额头，一边用心微笑着，仿佛他是自己的亲人。李元哲忍着痛，脸颊微红，抿嘴一笑，说道：“谢谢老师。”两股热泪流淌下来。戚雨蝶端详着这个大男孩儿，眼圈也红了，她低下头，轻轻地吻了李元哲。面对此景，李元哲不知所措，只好闭上眼睛。

篮球队的“四虎”也都聚拢过来，他们嘀嘀咕咕，挤眉弄眼地坏笑着，似乎看出了老师的心事。大家假模假样安慰着，看着美丽的姐姐，愈发激起了青春的萌动。大家你一言我一语地唠叨起来，“我们的大英雄，今天光荣绽放，向你学习！”“好孩子，向你致敬！”“人家都是英雄救美，你可倒好……”大家咯咯笑起来，欲言又止。戚雨蝶站了起来，瞅着这帮男孩儿，尴尬了许多，只是不停地笑着。

八、布加迪

梅芳凝连着几天都没睡好，噩梦连连。过度惊吓之后恢复起来自然困难，更何况，她一向是被呵护到极点的，哪里见过这阵仗。梅新看着女儿心神恍惚的模样，问道：

“我的乖女儿，有什么心事，能悄悄告诉爸爸吗？爸爸给你保密。”

“没事，烦死了。”梅芳凝无精打采地看了看梅新，淡淡地说道。

“爸爸不问了，也只有你敢这么对爸爸。”梅新自讨没趣，笑嘻嘻地给女儿剥着鸡蛋。

穆瑶走下楼梯，每天清晨六点到七点一刻，是她的化妆时间，雷打不动。今天她的装扮跟以往不同，俨然一副少女的模样。梅新对慕瑶的标新立异总是习以为常，眼神中带有一些倦意，但又强打着精神赞美道：“我们家的天使，快来用早餐吧！”穆瑶似乎并不在意丈夫的恭维，她走到女儿跟前，故意摆弄了几下身姿，期望着女儿能有不俗的赞许。梅芳凝没什么反应，只是哼了一下，假装一笑，应付都觉着有些勉强，令穆瑶有些失望。她坐在了椅子上表情黯然，像个挨批的女生，闷闷不乐。

梅新的电话早晨不断，吃饭都不得安宁，京都市长不好做，除了九百万市民的吃喝拉撒要管之外，还要谋划这个超大城市的发展，还得去应付各种上下级的关系，还要去面对各种突发问题的处置。只要是这个地界上的事情，他都没有逃避的理由。怎么办，这位喝过洋墨水的市长很多时候也是焦头烂额，恨不得自己有三头六臂。

还没吃完早餐，钱秘书就打来电话，急匆匆说道：“梅市长，岭东大学的学生上街游行示威，抗议日本右翼势力购买钓鱼岛，还有部分学生和市民甚至打砸日本汽车和经营日本商品的店铺，事发突然，吴风城局长请求您的指示。”梅新皱起了眉头，语气凝重地说道：“我知道了。”

“梅市长，美国旧金山政府代表团上午的会见还进行吗？”

“按原计划！”梅新犹豫了一下说道。

梅市长在花园的草坪上来回踱着步，一副忙碌自信的神情，显露着成功男人的气势和威严。穆瑶坐在餐桌旁，阳光洒满整个大厅，明亮而空旷，她望了一眼梅新，又看了看无精打采的梅芳凝，重新打起了精神，笑呵呵地说道：

“宝贝女儿，妈妈今天带你玩儿刺激的如何呀？”

“什么刺激的，可别哄我。”梅芳凝慢慢回过神来，充满了好奇。

穆瑶故意拖延着，梅芳凝急不可耐，眼睛瞪得大大的，脖子直挺挺的，央求道：“老妈，快说嘛，你这么美丽动人，闺女我都自叹不如啦。”穆瑶听到这话，乐开了花，站了起来，两手一挥说道：“咱们开跑车兜风去！”梅芳凝一下子蹦了起来，欢呼雀跃，搂住了穆瑶，喊道：“爱死你了，老妈！”梅芳凝一直以来的心愿今天总算如愿以偿了。

梅新上了轿车，匆忙离开了。梅芳凝兴奋地连吃早餐都没了兴趣，凑合吃了几口，迫不及待地要去拥抱刚刚买回的布加迪超级跑车。穆瑶看出了女儿的心思，抿嘴一笑，安抚道：“宝贝儿，把牛奶喝了，妈妈就带你去。”梅芳凝撇了撇嘴，端起杯子，一饮而尽。穆瑶就像个姐姐似的，咯咯地笑着。

“丫头，慢点儿，没人跟你抢。”

“老妈，我等不及了，快点，快点。”

穆瑶拿出钥匙，梅芳凝抓起就往外跑，一阵风似的。

清晨，阳光灿烂，浸润着暮秋的盛荣。梅芳凝奔跑在绿草花丛中，像自由的小鹿，呼吸着深秋的气息，体会着大自然的勃勃生机。车库坐落在花园的东北角，宛如欧式的古堡，散发着静谧恢宏的灵光。她满怀喜悦矗立在跟前，等待着最美妙的时刻，静静地闭上了眼睛，屏气凝神，车门慢慢升起，宛如揭开新娘的面纱，充满了无限遐想。

橘黄色的布加迪照亮了她的世界，光滑透亮，鲜活骨感，娇嫩中蕴含着饱满的成熟，自由激情的光影穿透了时光极限，宛如梦幻中神泉里沐浴的王子。梅芳凝飞奔过去，扑倒在车身上，仿佛把所有的爱都给了它，她不停地抚摸着，亲吻着，好像是自己的初恋情人。穆瑶看着女儿如此惬意，拿起了相机，按动了快门，镁光灯闪烁着，车变换着色彩，在光和人的感化下，仿佛有了生命。

京都的街道秩序井然，人们早已习惯于这座城市的慢时光。穆瑶踩着油门，目视前方，咖啡色风镜反射着刺眼的阳光，她丝毫没有畏惧跑车疾驰的狂野，表情宁静端庄。梅芳凝在兴奋中体验着超越时空的快感，聆听着布加迪的呐喊，在声音与速度的交融中时而狂喜，时而惊惧，尖叫声淹没在轰鸣声中。穆瑶感受着女儿的自由、放纵，愈发亢奋，油门给得异常有力稳健。她想起了电影《速度与激情》，速度融化成了激情，激情变幻出了爱，这的确是真理，自己是最幸福的母亲。

跑车如旋风般呼啸而过，轰鸣声此起彼伏，打破了原有的宁静，路人瞠目结舌，有人嘴里咕哝着："疯子，早点撞死！"

"真有毛病！"

布加迪刹那间的出现，眨眼又没了踪影，像是梦游奇幻，路上大小的车辆仿佛经历了一次时光倒流，倏忽间戛然而止，定格在时间轨道里。

"老妈，我也想开！"

"那可不行，你还小，妈就你这么一个宝贝。"

"妈，你就开开恩吧，就开一小会儿！老妈最疼我了！"

梅芳凝撅着小嘴，撒着娇，冷不丁凑过去，贴在母亲的脸颊上一个劲地吻着。母爱超越了理性，穆瑶哀叹道："妈妈认输了，斗不过你，不过只能开一会。"

"好嘞，我就知道老妈会同意的！"

梅芳凝说着又来了一波狂轰滥炸地热吻，慕瑶看着女儿，爱意浓浓，她重重地吻着梅芳凝，忘记了周围的一切。

"妈，灯变绿了。"

穆瑶把头一扭，居然不好意思起来，前边的车早已远去，路中央只剩下这辆惹人注目的精灵。"宝贝，闭上眼睛。"穆瑶踩下油门，如坐上了火箭，很快淹没在前方的车流中。

美迪亚电影宫的门口挤满了观影的人，今天是天王费嘉伦的电影《灌篮少年》的首映日，院方为了吸引眼球，在大厅搭建了一块篮球场，京都五十中的"五虎"聚齐，参加院方的篮球秀场。篮球对抗赛吸引了众多的青少年，场外尖叫声此起彼伏，闪光灯从各个角落不停地变换着，发出咔哧咔哧的声响，仿佛是 NBA 的比赛。

李元哲突然一百八十度转身，晃过"翼虎"，如越出海面的巨鲸，直扑篮筐，干脆的扣篮立刻激起了场外的尖叫声，李元哲面对狂热的粉丝，脸涨得通红，他像大家挥手致意，尖叫声再次响起。

"这是谁呀，跟费嘉伦有的一拼。"一个女孩儿痴痴地问着同伴。

"他比费嘉伦还迷人，不是吗？你看他的腿那么那么长，肩膀性感有力，还有那双深沉的大眼睛，会把人电死的。"

"我看你嫁给他算了，快去表白！"女孩儿捂着嘴笑着。

“是你想了吧，一会儿我去替你说媒，看人家愿意不！”

“坏种，看不抽死你！”两人打闹嬉戏，沉浸在欢乐的海洋里。

李元哲接过王子腾传球，篮球像着魔似的跟他绑在了一起。他用自己的绝活“乾坤大流影”，如入无人之境，瞬间穿越了“黑虎”和“云虎”的铁盾防卫，单手托球，来了一个倒挂金钩的扣篮动作，惊呆了全场。李元哲单手抓住球筐，足足停留了五秒，篮球架在晃动中经受着考验。球场一片沸腾，欢呼声、尖叫声不绝于耳。

大铁门突然被撞开了，兴奋的女粉丝们如狂潮般涌向了“五虎”，她们索要签名，合影拍照，有的甚至强行拥抱亲吻，现场一度失控。保安迅速出动，驱散人群。李元哲的脸上、脖子上隐约可见的口红让他无地自容，心想：“早知道，就不来挣这个钱了。”

“终于知道，什么叫万人迷了。”其他几个调侃道。

“男生也可以做万人迷嘛。”

“过河拆桥吧，不是给你们面子，我才不来呢，现在可倒好，落井下石啊！”李元哲有些懊恼。大家伙会心地笑着。

“美人，逗你玩儿呢。”

“哈哈哈……”同伴们大笑不止。

九、“魔兽天兵”

“三胖，你还记得那家伙吗？”两个男生指着李元哲议论道。

“好像在哪儿见过，眼熟。”

“你再想想。”

“想起来了，就是他，那次篮球赛，就是因为他老子回去挨了处分，早想收拾那个王八羔子，踏破铁鞋无觅处，得来全不费功夫。”

金三多瞪着远处的李元哲，心里盘算着：“小子，有你好果子吃。”此时，李元哲沉浸在喜悦中，根本没想到厄运的来临。

“老大，你不是要收拾那家伙吧？”

“早想收拾那家伙了，要不是因为公安找我谈了话，我早找他了。”

“咱们俩，人家五个，对付得了吗？”

“瞧你那怂样，我三多在京都还没怕过谁，最不缺的就是人。”

金三多拿起了电话，命令道：“四喜，我在梅地亚，你带二十个兄弟来。”

“多子，谁欺负你了，他不想活了吧。”

“别管那么多，赶紧的！”

金三多看着李元哲这么得意，愈发气不打一处来。心想：“在京都，敢跟我过不去的还没出生，小子，有你好看的！”

金三多个头不算高，不过膀阔腰圆，脑瓜壳子贼大，眼睛小得可怜，只剩下了一道缝，嘴唇厚厚的，上下唇总是合不拢，露出参差不齐的两排虎牙，仿佛随时要扑上去咬你一口。大家送给他一个绰号“野猪”。这个绰号可是名震“江湖”，学校里没有不知道的，一则可笑，二则可怕，一旦谁犯到他的手里，那就倒大霉了。在他身边聚集了一帮混混，一则仗着自己人多，二则还靠着他的黑道大哥金

利，坏事做了不少，也没人敢把他怎么样，

毛四喜是金三多的小弟，热衷于滑板，是西城一带出了名的滑板高手，绰号“草上飞”。人高马大，脑门左侧有一道不规则的刀疤，凶神恶煞，仿佛这个世界都跟他有仇。为了攀上京都黑道大哥金利这棵大树，他在金三多面前极力讨好，甚至不惜牺牲人格。金三多则看中了他的凶狠忠心，两人一拍即合，成了兄弟。

他们组建了一支“魔兽天兵”，在拥挤的京都城里，穿梭自如，犹如一股幽灵，无处不在。这个组织的成员都有固定的特征，左耳打着耳钉，耳根下有梅花图案的文身，留着如猎狗尾巴般的长发，两鬓无毛，腰里别着双节棍，随时都处于战备状态。只有金三多例外，剃了光头，后脑勺只留一小撮毛，以显得与众不同。

金三多身边的跟班是他的同班同学贾三笑，他有个外号叫“狗秘书”，金三多学业上所有的事情，他全权负责，而且戴着将近一千度的眼镜，看人总是凑到跟前，因此得了这么一个诨号。他看了看了金三多，摇了摇头，叹道：“哎，又是一场杀戮，涂炭生灵。”金三多瞪着他，揪着他的耳朵嚷嚷道：“你狗崽子，懂个球，什么叫杀戮，你见过杀人嘛，再啰唆，我抽你。”贾三笑疼得嗷嗷直叫，喊道：“老大，老大，我服了。”贾三笑快掉出了眼泪，几乎成了金三多的出气筒。

毛四喜混迹江湖多年，年纪不大，却是一个精明的打架高手。李元哲在现场的照片早已传到了他那里。美迪亚电影宫的四个出口突然间冒出一群玩儿滑板的小青年，毛四喜一到现场立刻做了部署，把四个出口堵了个严实。他驾着滑板飞奔到金三多面前，身后跟着一群小青年。

“老大，那王八羔子在哪儿。”

金三多怒目圆睁，指着球场中央，嚷嚷道：“就中间那个小白脸，跟女生合影的，早看他不顺眼了。”

毛四喜手一挥，十几个如饿狼似的小青年，扑向了李元哲。“云虎”早有警觉，注意到了场地外的一群人指指点点，蠢蠢欲动，他预感到有不好的事情要发生，推了一把李元哲，但有点来不及了，双节棍的嗖嗖声就在耳边响起，围观的粉丝一个个吓得惊声尖叫，四处散开了。

“给我围起来！”

毛四喜得意地坏笑着，想着这场“杀戮”一定是大快人心的“歼灭战”。“五虎”被围了起来。经验老到的“云虎”有跆拳道的功底，在社会上也小有名气，他紧盯着毛四喜，喊道：“这位大哥，有什么事好商量，有冒犯大哥的地方，请高抬贵手！”

“没你们的事，中间的小白脸给我留下，其他的赶紧滚！”

毛四喜恶狠狠地瞪着李元哲，像要把他吃了似的。“云虎”跟“黑虎”使了个眼色，他俩好像十分默契似的，走了出来，慢慢离去，毛四喜并没有觉察到这两个少年的与众不同，冷笑道：“你们俩快滚开，棍子可不长眼。”

突然间，“云虎”和“黑虎”象两头狮子扑向了这帮舞动着双节棍的小青年当中，大喊道：“带着‘白虎’快跑！”

“黑虎”从小跟父亲练习搏击和散打，早几年也是打群架出了名的，如今收敛了许多，闲暇时也跟“云虎”切磋功夫。面对如此场面，他们没有丝毫畏惧，“云虎”身轻如燕，一个旋风劈劈腿，扫到三个，其他人蜂拥而上，“黑虎”眼疾手快，一个飞龙在天，顺势夺下了几把双节棍，双方展开了肉搏。仗着人多，毛四喜的人逐渐占了优势，“云虎”的背心也被扯烂，伤痕累累。“黑虎”被这些家伙紧紧围着，有的啃，有的咬，有的抱，纵然力气再大，也是寡不敌众。大家打红了眼，谁都不肯认输。

“五虎”就属李元哲腼腆文弱，他没见过这阵仗，豆大的汗珠子滚滚而下，表情僵硬，焦躁中夹杂着几分忧惧，心都快蹦出来了。

“翼虎”和“青虎”仗着人高马大，带着李元哲左冲右突，吃了不少棍棒，最后还是杀开了一条血路。

“别让那王八羔子跑了！”

金三多在旁边又急又狠地骂道。

“你们这帮废物，猪，猪！”

李元哲冲到了门口，脑门子上有一处瘀青，胳膊上也见了红。金三多恶狠狠地瞪着他，急冲过来。

“我让你跑！”

话音没落，那飞速旋转的棍子劈头盖脸地朝李元哲抡了过来。李元哲也顾不了许多了，把抱着的篮球，冲着金三多的大猪头重重地甩了过去，正好砸在了鼻梁骨上，双节棍顿时飞了出去，人被打了个趔趄，扑通坐在了地上，鼻血瞬间染红了他的半个脸。

“该死的！”金三多瘫坐在地上，看着李元哲，气急败坏，叫骂着。

“你们还不去追！”

“老大，楼下有我们的人，他跑不了。”

“别废话，赶紧追！”

金三多鼻子不停地冒血，从头到脚，血淋淋一副惨相。毛四喜嚷嚷道：“弟兄们，追那小子，快点！”

这帮人呼啦啦冲了出去，像一群饿狼直奔猎物而去。

美迪亚电影宫的门前热闹非凡，正上演着一出大戏，一群滑板少年把李元哲、

“翼虎”和“青虎”层层围住。他们在飞速地滑板上表演着双节棍的各种招式，彼此间默契穿插，里三层外三层轮番交替，咄咄逼人，无形中给人以强大威慑力，路人仿佛在看港版的古惑仔，越来越多的人聚拢而来。“翼虎”拿起手机准备报警，刚把电话放到耳边，毛四喜用手中的双节棍砸了过去，电话甩出了几米，零件散落一地，“翼虎”的胳膊上留下了一道深红的血印子。

“你有种，还搬救兵呢。老子告诉你，这京都里敢当救兵的还没出生呢！”

“老子也告诉你，有种单挑。”

“怎么着，还跟我来激将法啊。‘狮子王’，教训教训他。”

“狮子王”常林身形矫健，玩一手好棍法，话音还没落，他顺着滑板的速度，一个腾空，飞身而起，明晃晃的棍子如闪电劈向“翼虎”，他躲闪不及，一个踉跄坐在了地上，棍子末梢正中他的下巴，顿时鲜血直流，常林轻松地落在了滑板上。滑板少年们口哨四起，首战告捷的喜悦溢于言表。

“弟兄们，把那个小白脸给我绑起来，老大被他打了。”

“翼虎”浑身是血，呻吟着，李元哲冒着冷汗，孤独无助，表情茫然。“青虎”看着这一切急红了眼，大吼道：“有种的冲我来！”

“你还没那个资格，不想活的话，你就试试。”毛四喜放出了狠话，一脸怒不可遏的样子。“青虎”冷不防从腰间拔出了一把短匕首，挥舞着。毛四喜吃了一惊，很快又镇定下来，咆哮道：“小子，你玩儿狠哪。‘火影兄弟’，给他点颜色。”

从人群中突然窜出四个敏捷的滑板少年，各个身怀绝技，他们使出了飞龙火影棍法，在滑板飞速地旋转中，双节棍连成了一线，围成了一个圈，仿佛一个收紧的金钟罩。王子腾一阵眩晕，心想：“这下子彻底完了，李元哲可怎么办！”

李元哲环视着咄咄逼人的情势，呼吸变得急促起来，手足无措，出于本能的防卫只剩下了花架子，他不知道有什么后果，恐惧，渺茫，绝望，思念都一股脑地都聚集过来，想起了母亲给他盖被子时的慈祥，梅芳凝回眸瞬间的神采……感觉自己不久于人世了。

“青虎”豁出了性命，带着满身的伤冲出了四个人的包围圈，扑向了毛四喜，这帮人大吃一惊，呼啦啦一股脑地全部围了上来，毛四喜也没想到他居然能冲出“火影兄弟”的棍阵，惊叹之余，打了个冷战。

李元哲拔腿就跑，脑海里完全是一片空白。他从来没有像今天这样狼狈恐惧，仿佛生命要到此终结。他对生命的理解似乎只是一个开始，远远没有尽头。毛四喜立刻回过神来，望着不远处狂奔的李元哲，大骂道：“快去追那个小白脸！”“青虎”被众人打翻在地，双手捂住头部，身体蜷曲，听任他们的摆布。这帮小青年一时还无法控制自己的情绪，没有停手的迹象。毛四喜拿起棍子一顿噼里啪啦的抽，这帮家伙才住手，一个个凶神恶煞地蹬着滑板，直追李元哲去了。

李元哲拼命地奔跑，一群如狼似虎的少年蹬着滑板穿堂过坎，紧追不放。距离越来越近，李元哲仿佛听到了自己的心跳，脑海里闪现着群狼追逐小鹿的凶猛、被撕咬分食的惨状，不禁浑身发软，四肢无力，感叹命运的不济。

杨柳街还不足以容下这些孩子们的撒野和咆哮，来往的路人不自觉地给他们让出了一条道，堪比拍大片的情景。“火影兄弟”冲在最前面，他们时而在座椅上穿行，时而翻过栏杆，机动车也成了他们跨越的障碍，司机愤怒得鸣笛，不绝于耳。

“老妈，我的车技还不错吧。”

“可以当赛车手啦！”

“哇，那我可真要去了！”

“考上大学，妈妈送你一辆。”

“真的？”

“妈妈什么时候说话不算数了！”

穆瑶跟女儿会心地笑着。汽车的喇叭声四起，由远及近，引起了梅芳凝的注意。她不经意间看到了后视镜里的场景，一个光着膀子的男生在奋力奔跑，伤痕累累，一群驾驭滑板的小青年在拼命追赶，难道是在拍电影，奔跑的男生越来越近，梅芳凝越看越像一个人。

“李元哲？”

“宝贝，念叨什么呢？”

梅芳凝摇下了车窗，李元哲气喘吁吁地向前奔跑着，他似乎快跑不动了。突然一根双节棍飞舞而来，直接命中李元哲的小腿，他的步伐明显放慢了。

“看他往哪儿跑，弄不死他……”

这帮小青年蹬着滑板，骂骂咧咧地直追过去。梅芳凝如死尸般凝视着这一切，她想到了篮球场上的那个英俊少年，校车里的瞬间回眸，郁金香花前的不期而遇……爱恨一下子突然袭来，梅芳凝眼圈红红的。穆瑶环顾四周，保护女儿的意识一下变得强烈起来。

“宝贝，这里不安全，妈妈来开！”

梅芳凝呆若木鸡，没有搭茬。她望着李元哲疲于奔命的身影，看着他被人追赶、欺辱，一种无名的辛酸涌上心头。梅芳凝突然猛踩油门，迅速变挡，让穆瑶大吃一惊。

“妈妈，我要去救人，坐好了！”

“天呐，你疯啦！”

布加迪带着刺耳的轰鸣，一溜烟地直窜出去，一眨眼停在了李元哲的前方，穆瑶瞪大了眼睛，惊呆了！梅芳凝推开车门，站了起来，喊道：

“李元哲，李元哲，快上车！”

梅芳凝焦急地望着狂奔的李元哲，穆瑶迅速坐在了主驾上，喊道：

“坐后排，妈妈开车！”

梅芳凝扭头看了看慕瑶，又惊又喜。她立刻打开了后门，看着李元哲疲于奔命的狼狈相，心都快蹦出来了。穆瑶轰起了油门，满大街弥漫着血拼的味道。

李元哲上气不接下气地奔跑着，步子开始放慢，身子越来越沉，感觉要死过去了。这帮少年蹬着滑板紧随其后，步步紧逼。梅芳凝在不远处向他招手，声嘶力竭地喊他的名字。李元哲突然眼前一亮，似乎看到了希望，他使出了最后的气力加速向前，近了，越来越近了，十米，五米，他纵身越过栏杆，紧紧攥住梅芳凝的手钻进了车里。车门刚关上，穆瑶脚踩下去，那车嗖的一下子窜出百米开外。

满以为能甩掉这些家伙，没想到前方绿灯变红，车乖乖地停了下来，穆瑶改变了后视镜的角度，观察着后方的一举一动。李元哲倒在后排座椅上，惊魂未定，两眼失神，紧紧地攥着梅芳凝的手，像是抓住了救命稻草。梅芳凝并没有急于挣脱出来，少女的芳心在爱恨之间摇摆。车里异常安静，在一个空间里却生成了三个不同的世界，语言似乎是沟通最大的障碍，只有沉默才能感受彼此的世界。

毛四喜率领着这帮疯狂的少年丝毫没有放弃的念头，“火影四兄弟”中的“赤焰啸天罡”脾气火爆，看着不远处亮闪闪的跑车，冲着毛四喜嚷道：“二哥，这家伙搬了救兵，砸他的车！”

这帮小青年也跟着嚷嚷起来：“对，砸车……”

毛四喜沉默了片刻，他毕竟在道上多混了几年，见过些世面，似乎嗅出了车主的味道，他摸了摸脑袋，看着红灯下岿然不动的布加迪，似乎在藐视他们的存在，自言自语道：“不简单，不简单啊！”

“二哥，就这么放了小白脸吗？”

毛四喜最终还是下定了决心，大手一挥，放狠话道：“拦车，抓人！”

这帮人蹬上滑板，直扑前方，滑板的声音弥漫着整条大街的空气。声音越来越近，车里的气氛似乎变得紧张起来，李元哲的手心冒出了冷汗，梅芳凝想拔出小手，没想到被抓得更紧了，她抬头望着李元哲，羞涩中又掺杂着几分焦虑。她拿出手帕，轻轻地擦拭着他脸上渗出的汗珠，似乎在说：“别怕，我和妈妈保护你……”

刺耳的滑板犹如坦克碾过阵地，发出怒吼。穆瑶的耳朵里嗡嗡地震颤着，她感觉到了浓重的火药味。这个在商场里打拼了多年的女人，大风大浪早已是她的家常便饭，黑吃黑，白吃黑，黑白通吃……她什么没见过，眼前的这一切对她来说只是“不屑”而已。

今天，红灯出奇的时长，梅芳凝额头紧蹙，恨不能亲手去砸掉那盏红灯，她拍了拍穆瑶的肩膀，催促道：

“妈，他们追上来了，我们怎么办？”

穆瑶沉着自如，只是轻蔑地笑了笑。她把细长的胳膊伸了出去，抬得老高，慢慢地伸出中指。梅芳凝瞪大了双眼，无法想象母亲会如此彪悍乖张，虽然一时无法接受，却多了几分安全感。

毛四喜看着车窗里伸出的中指，怒火中烧，无异于当众接受羞辱，他狂叫道：“把那车给我砸了！”

十米，五米，“魔兽天兵”伸伸手就能摸到等待着死亡的布加迪。“火影兄弟”借着滑板前行的速度，腾空跃起，围堵就要成功了。梅芳凝看着天窗外跃起的人影，吓哭了出来。穆瑶心如刀绞，激起了万丈怒火，她突然猛踩油门，车如离弦之箭，闯过了红灯，消失在远方，只有轰鸣声回响在耳边。

“火影兄弟”满以为胜券在握，不想，布加迪像发了疯的公牛，把他们一个一个打翻在地，然后逃之夭夭。他们几个重重地摔在路边，呻吟着，狼狈之极。毛四喜唾了一口唾沫，什么话也没说，紧咬着干巴巴的嘴唇，来回蠕动着，嘴角渗出了血。

“等着……”

十、大成巷

戚雨蝶走在回宿舍的路上，心里空落落的。李元哲一周没来上课了，杳无音信，不知道发生了什么。她尝试了所有的联系方式，还是无济于事，满脑子胡思乱想。

“难道他又遇到什么麻烦了吗？那也不至于不来上课啊！”

“也许是家里遇到了困难，需要帮助？”

……

她眉头紧蹙，表情凝重，连跟人打招呼都懒得动嘴皮子，一路强装笑脸，行色匆匆地回到宿舍。刚进屋，就一头栽倒在床上，不知不觉睡了过去，一觉醒来，已是晚上九点钟。一轮弯月挂在树梢间，照进小木窗，屋里变得愈发朦胧幽静。戚雨蝶睡眼惺忪，爬了起来，看着惨淡的月光，不觉伤感起来。

“不行，我得去找李元哲。无论如何，也要找到他。”她匆匆化了妆，骑着自行车，直奔李元哲家去。

京都三元街大成巷有近两千户居民，老式四合院错落有致，泛着泥土味道的青灰色砖墙，饱含着历史的沧桑。巷子拐三个弯儿，通向南边的王府街，巷道狭小，机动车无法相向而行，这里的居民有个不成文的规定：机动车从北口进，南口出，巷道里没有特殊情况不能停车。巷子虽然不大，做小买卖的却不少，过道边上的人家要么出租自己的“门脸”，要么自己做个小生意，麻雀虽小，五脏俱全。

夜幕下的大成巷，各色小店灯火通明，为了招揽生意，一些“门脸”装上了霓虹灯，这里丝毫没有初冬的寒意。“龙须面馆”的招牌在霓虹灯的衬托下，吸引着来往的过客，这家老店差不多有三十年的历史，成为这条巷子的名片，人们慕名而来就是为了品尝龙须面，坊间有个说法：“三尺龙须面，入口美延年。”看到了吗？这都晚上九点了，门口排号等位的黑压压一片。店小二的吆喝声铿锵有力，富有节奏感。"'滋溜'一口龙须面，好运连连美延年，得嘞，这是您的！"等位的客人在吆喝声中想象着龙须面的鲜美爽口，时间不知不觉消失在记忆里。

大成巷四排三号院住着五户人家，洗手间和厨房是公用的，都是老街坊，收拾的还算干净。院中间有颗大槐树，枝繁叶茂，夏天是人们纳凉的好去处，据说有上百年的历史。李元哲的家正对着那棵树，家里多了些阴凉，少了些光照。此时，他躺在床上，两眼紧闭，面色苍白，像是睡着了。王月看着自己的孩子，愧疚和伤感涌上心头。

"这孩子小时候受到过刺激，没有及时发现，患上了恐惧幽闭症。每次受到惊吓就会头晕失忆，静养几天。"

"阿姨，这是跌打药，很管用，您收下吧！"梅芳凝看着王月，想象着这位母亲的艰辛，内心满是辛酸。一张陈旧的老书桌，散发着淡淡的木香味，李安宁的遗像摆在桌子正中，一放就是近二十年。林美娇看得出神，她从来不知道爸爸长什么样，妈妈也从不告诉她，在她的记忆里似乎没有"爸爸"这两个字。

"阿姨，这是元哲的爸爸吗？"王月点点头，沉默不语，像是勾起了从前的记忆。林美娇黯然神伤，这么多年过去了，有个爸爸的念想也变成了奢望。泪水打湿了她的眼眶，终于还是没忍住，顺着脸颊滑落下来。她赶紧拿出纸巾擦拭着，转移了话题。

"阿姨，您反对元哲谈恋爱吗？"

梅芳凝突然扭过头来，双颊微红，瞪着林美娇欲言又止。王月微笑着，避而不答。她看了看挂在墙上的老钟，委婉地劝道：

"孩子们，不早了，爸妈会担心你们的，早点回去！阿姨，谢谢你们了！"

梅芳凝还想多待一会，也许运气好的话，等李元哲醒来，还能跟他说说话。王月这么一催，只好装作告别的样子。王月把她们送出了门，叮咛嘱咐了几句，回了屋。

"你老弟跑哪儿了，说好的在门口等，真讨厌！"她们俩环顾四周，死活不见汪雨涵的人影，索性溜达着逛逛大城巷。

"怀旧时光"是一家旧书店，在大成巷中间一个不起眼的位置，小屋面积不大，四周的墙壁上固定着几层书架，动漫画报和小人书摆在了醒目的位置。你可以清晰地看到分类标记：宫崎骏、柯南……让人一下子回到了儿童的世界。陈旧的木地板发出咯吱咯吱声，感觉要陷进去似的。这里的孩子们异常安静，有的在回味着小人书里的老故事，有的在想象着卡通人物的神奇世界。屋子中央摆着一张小矮桌，五六个小朋友围坐在一起。他们抬起头，看着电视里的卡通片。书店的主人有四五十岁，是大成巷的老街坊，叫忆童年，熟客都叫他忆叔。他坐在小朋友身后，沉浸在卡通世界里，像个孩子般天真无邪。你会看到他内心的喜悦溢于言表，双颊下的酒窝盛满了幸福。

汪雨涵看着变形金刚的画报，爱不释手。也许，他的座驾有一天也会变成无坚不摧的金刚英雄跟他一起叱咤风云。他浑然没有发觉时间的流逝，感觉自己只身来到了另一个世界，面带喜色，双眸放光，时而喃喃自语，时而怪笑长叹。

“嗨，请安静。”忆童年把头歪了过去，希望引起他的注意。一阵窃笑又传了出来，忆童年站了起来，走到汪雨涵跟前，俯身把头探到了他眼皮子下，晃了晃，汪雨涵倒吸一口凉气，身子往后一仰，几乎跌倒。

“大叔，你！”

“书屋不准吵闹，安静点！”

“大叔，明白！”汪雨涵举起左手，行了个标准的军人礼。

“叫我忆叔，记住了。”忆童年眉头紧锁，直勾勾地瞪着他，严肃中带有几分顽皮。

“好嘞，忆叔。”汪雨涵拿出手机，翻阅着信息。

“老弟，躲哪儿去了，不够意思……”

“两位美女邀请汪星人到紫蝶摄影馆接驾……”汪雨涵拍了拍后脑勺，自言自语道：“爽约了。”

“忆叔，紫蝶摄影馆怎么走？”

“嘘嘘。”忆童年把食指伸到嘴边，示意他安静，顺势把他拽出了小屋，活像个老顽童。

“往南边一直走，拐弯处有两个胡同，靠右的是死胡同，靠左的直通王府街。”

“拐弯处旁边那家水烟馆，瞧见了没。”忆童年比画着，几分不舍之意挂在脸上。

“看到了，看到了，窗户发着蓝光。”

“没错，就是那家，贴着烟馆直走，过三个胡同就看到了。”

“忆叔，多谢。”忆童年过了半辈子光景，还没成家，不然，孩子也会跟汪雨涵差不多大了，他的书屋鲜有这么大的孩子来光顾，看着汪雨涵，一见如故，心里念叨着：“我本该有这么个儿子……”

“你等等！”忆童年想起了什么。急忙回到屋里，很快又跑了出来，“画报送你了。”他塞到汪雨涵手里。

“忆叔，这怎么行，我得付钱。”忆童年抓着他的手，动情地说道：“叫了我忆叔，就是一家人了，多来书屋，我就知足了。”汪雨涵拿着画报，望着忆童年，转身骑上了“魔天轮”，轰鸣声变得温柔了许多。他突然回眸，笑了笑，说道：“我会常来的！”

“小哥哥，可以了吗？好累啊！”林美娇摆着各种姿势，摄影师耐心地指点着。

“马上就好，马上！小兰，把眉毛处理一下，眉角再有些弧度，让刘海儿更自然些。”梅芳凝坐做着鬼脸，比画着。时尚的女助理拿出了工具，做着专业处理，清香阵阵，释放着天然的亲和力，林美娇闭上双眼，沉浸在艺术造型的世界里。

“小妹妹，把上面的扣子解开。”

“好吧，这样行吗？”林美娇一脸绯红，有些不情愿。

“小妹妹，还得再解。”摄影师暗暗笑着，想着法子开导她。林美娇撅着小嘴，手足无措，犯着嘀咕：“让我拍裸照，想得美，哼。”摄影师仿佛看出了她的心事，摸着自己头顶上的小辫子，愈发温柔可爱。

“小兰，去拿画册。”女助理嘴角含笑，迈着猫步，取来了画册，摆在林美娇的面前。

“小妹，看过劳伦斯的电影吗？”

“当然看过啦，《饥饿游戏》。”

“小妹，请看一下画册。”女助理给她翻着，讲解着画册里的巨星，展示着她们的艺术造型。林美娇看着巨星的大尺度造型，贴近自然，赏心悦目，极富美感。

“小妹妹，你还真像劳伦斯。”摄影师真诚地看着林美娇，露着整齐的白牙齿，期望她能勇敢地做出改变。林美娇看了看梅芳凝，犹豫起来。梅芳凝走了过去，眼神里充满了期许和鼓励，她微微拥抱了一下林美娇，很自然的给她解着扣子。林美娇像头温顺的绵羊，任凭摆布。

“好，可以了，可以了！”摄影师变得专注起来，半敞着上衣的林美娇，性感妖娆，长腿卷曲白皙，收合自如，摆着多变的造型。

“侧身，抬手，触发，跷腿……”

闪光灯啪啪啪的响着。摄影师神情专注，捕捉着稍纵即逝的美。林美娇渐入佳境，萌发着潜意识中少女的诱惑，表情时而夸张冷酷，时而娇嗔妩媚，双眸灵光舞动，体验着自由、随性、宣泄的自然主义时尚范儿。

梅芳凝惊呆了，微张着红唇，几乎尖叫起来。

“哇，天哪！”梅芳凝的心里呐喊了千百次，她被震撼到已无法自拔。她睁着大眼睛，捂着嘴，还是叫出声来，混杂在闪光灯的咔嚓声中。摄影师兴致勃发，时间消失在空间里，他的心跳比往常似乎快了一倍，表情随着造型的变换也丰富起来。整个屋子在黑与白的世界里交相辉映，光影把现实拉回到了幻觉，触摸着人类最原始的记忆。

屋外墙壁上的紫蝶涂鸦在流光溢彩中也鲜活起来，吸引着路人。一对小情侣十指相扣，观赏着墙壁上形态各异的紫蝶，春情涌动，点燃了爱的烈火，她们彼此深情地吻着对方，沉醉在紫蝶起舞的童话里。突然，男孩子把小女生背了起来，转起了圈圈，女生狂笑不止，喊着：“救命，救命……啊，啊！”男孩子没有把小女生放下来，背着她往前走，嘴里叨咕着：“背媳妇回家喽，背媳妇回家喽……”

大成巷的夜景上演着一幕幕电影，身临其境的人既是观影者，也是参演者，他们在自然的布景里，演绎着自我，也演绎着世界。汪雨涵坐在“魔天轮”上，吐着烟圈，看着那对小情侣消失在巷道深处，惬意中带有几分伤感。

“爱与不爱有什么分别呢？”汪雨涵自语道。他把嘴张得很大，一个大大的烟圈飘荡在空气中，似乎寻找着答案。摄影馆的门终于开了，两个女生追逐打闹着跑出了小屋，笑声灿烂高扬，仿佛要燃烧掉整个大成巷。

“林妹妹，别忘了取照片。”

“小哥哥，你今年多大啦？”林美娇调侃地问道。

“我呀，哈哈，你猜？”摄影师被问得不好意思起来。

“十六，对吗？”林美娇声音很大，生怕周围的人听不到。摄影师开怀大笑，被她的天真感动。

“免费送你！”

“真的吗？我不是在做梦吧！”

“真的！”

“说话算数？”

“那当然！”

两个女生一阵狂喜，拥抱在一起。汪雨涵轰起油门，沉浸在她们的喜悦中。马达的轰鸣声让她们恢复了平静，她们挥了挥手，“魔天轮”很稳地停在了她们面前。

“什么时候到的？”

“有一会儿了。”

“怎么不进来？”

“进不去，门被锁着。”

“怎么没敲门？”

“敲了，没人开门。没好意思再敲。你们一定嗨皮了吧！”

“那是，可惜你不在，不然你老姐会让你流鼻血的！”梅芳凝添油加醋，调侃道。

“哎呀，我还真没这福气。”汪雨涵捶胸顿足，后悔不迭。林美娇靠着汪雨涵，梅芳凝坐在最后，三个人黏在一起，等待着出发。

“坐好了，上路。”黑色的“魔天轮”轰隆隆的缓慢前行，稀释着大成巷的夜光。

“小哥哥，你叫什么呀？”

“贾淑。”

“叫你爱哥哥吧。”

林美娇大笑着，放浪形骸，似乎变了个人。忽然，一辆自行车擦身而过，骑车的女子有些面熟，引起梅芳凝的注意。两人不约而同瞥了对方一眼。戚雨蝶笑了笑，一晃而过。

“又是她。”梅芳凝顿时紧张起来。“魔天轮”消失在巷道深处，梅芳凝的不安伴随着漫漫长夜，没有尽头。

戚雨蝶坐在床头，宁静的目光中略带几分焦虑，看着李元哲脖颈处的伤痕，她能想象到当时是怎样的境况。鼻子一酸，眼圈湿润了。

“戚老师，您喝水，这孩子也就是吓着了，没什么大碍，您别担心！”

“元哲见过爸爸吗？”

“没有，唉，这孩子从小没了父亲……”王月哽咽着，回想着伤心的往事。戚雨蝶安慰着王月，拉着她的手，说道：“伯母，有难处的时候一定跟我讲，别把我当外人！”戚雨蝶无法想象从小没了父亲的孩子会怎样面对这个世界，李元哲能坚强的活到现在，也不知经历了多少风雨磨砺，他内心的苦又有谁能体会，谁人知晓。

“伯母，洗手间在哪儿？”

“大门旁边那间亮灯的小屋子。”王月指指，眼圈红肿，四肢无力。戚雨蝶掀开门帘，直奔洗手间，刚进去，竟然呜咽起来。月色阑珊，树影斑驳，隐隐的哭声增添了几分夜的凄清。她拧开水龙头，洗净泪痕，冬夜里的寒意在她脸上凝固，像一座冰山无法消融，凄冷中凝结着冰的美。

戚雨蝶回到屋里，抚摸着李元哲的额头，爱抚的眼神浸润着这个命运多舛的少年，期盼着他能坚强起来。

“别过来，我怕，我怕，你在哪儿，爸爸，老师……”李元哲突然大叫起来，紧紧拉着戚雨蝶的胳膊，拼命拽着，戚雨蝶俯身而下，紧紧抱着他，抚慰道：“我在这儿，别怕，别怕，老师在……”她吻着他的脸颊，抚摸着他，紧贴着彼此。李元哲渐渐又恢复了平静，昏睡过去，但他的手依然紧紧抓着戚雨蝶的手。王月目睹着这一切，五味杂陈，她打量着戚雨蝶，欲言又止。

戚雨蝶慢慢把他的手分开，擦拭着李元哲额头渗出的汗珠，像是照顾自己的孩子。王月还是忍不住开口了。

“戚老师，您多大了，成家了吗？”

“我，我……”戚雨蝶脸涨得通红，语无伦次。她似乎意识到自己行为的“鲁莽”，但已无法挽回。王月微笑着，一言不语，眼角的鱼尾纹揉搓在一起，似乎嗅出了其中的味道。戚雨蝶迅速转换了话题。

“伯母，元哲好几天没来上课了，功课不能落下，再苦，也不能苦了孩子的学业，让他好好读书！”

“那可怎么办？”丈夫的嘱托顿时回荡在王月耳边，她变得焦虑起来。

“我想办法，您就放心吧。”

“戚老师，我怎么感谢您啊！”

“这是我分内的事，阿姨早点休息，我该回去了！”王月拉着戚雨蝶的手，嘘寒问暖，依依不舍地送出了家门口，内心波澜起伏。心里默默念叨着：“可惜了，她是老师……”

十一、噩梦

梅芳凝近来心神不宁，举止反常，穆瑶看在眼里，急在心里。她预感到女儿对李元哲的痴情，作为母亲，她的内心是世俗的；可作为女人，她的情愫又是浪漫的。穆瑶陷入了矛盾的沉思中，这个话题成了讳莫如深的一道障碍，摆在了她和女儿面前。

残阳挂着一抹红云缓缓消逝在天尽头，黑与白瞬间泾渭分明，万物在宇宙轮回中塑造着自我。穆瑶牵着爱犬萨沙漫步在山丘林海间，萨沙焦躁不安地狂吠了几下，扭头对视着主人，目光中流露着乞求之色。穆瑶松开了项圈，萨沙获得了自由，像一束闪电奔向绿野山岚，黝黑透亮，在余晖的映衬下散发着精灵般的光泽，抵御着夜的寒意，它在山坡上打滚撒欢，忽而又雀跃狂奔在山冈之巅。它看着穆瑶，内心迸发出对主人的感激和爱慕，摇着波浪似的尾巴，亢奋地吠叫着。穆瑶满心欢喜，分享着萨沙获得自由时的喜悦，她尖叫起来，欢呼着。

“萨沙，萨沙，萨沙……”穆瑶奔向了萨沙，微风拨弄着她的长发，树影舞动着身姿，脚下的沙沙声演奏着欢快的变奏曲。萨沙像一个兴奋的小男孩儿，一溜烟地扑向慕瑶，释放着爱的力量。它一跃而起，把穆瑶扑倒在地，嬉戏打滚，一轮圆月悬浮在半空，宁静安详，点亮这漫长的夜。

萨沙突然打了个冷战，柔顺的身体瞬间变得僵硬起来。它转过身，突然朝山冈疾驰而去，结实的肌肉缩成一团，恨不能甩出去。穆瑶对萨沙的举动感到惊诧，难道它有什么新发现吗？她站了起来，遥望着山冈上焦躁的萨沙，它不停地狂吠。

突然，山冈之巅轰鸣四起，如山崩地裂，月亮很快消失在黑幕的包围中。一辆巨型的战车冉冉升起，喷云吐雾，闪着刺眼的光电，发出雷鸣海啸般的怒吼。三个凶神恶煞的巨兽，矗立在上方，他们人面兽身，浑身长满了黑红色的长毛，手握长枪，龇牙咧嘴，怒视着穆瑶。她惊呆了，三个巨兽喷吐着火舌，要把这庄园烧毁，火光四起，照亮了整个夜空。穆瑶大喊着：“萨沙，快跑，萨沙，快跑……”

萨沙无动于衷，怒目圆睁，使出了最大的气力狂吠着，宣泄着对不速之客的仇恨。三个巨兽怒吼着，驾驶着战车直奔穆瑶而来，穆瑶喊着萨沙，一脸惊恐，感觉地狱之门将为她打开，她不知该如何解脱，跪在那里等待着死亡的降临。萨沙突然狂奔而来，咆哮着，腾空而起拦住了巨兽的去路，与巨兽展开了搏斗，撕咬嚎叫的声音弥漫着整个天空，血肉毛发挥洒在空气里，令人窒息，穆瑶噙着泪水喊着萨沙的名字。

“萨沙，你快回来，萨沙，萨沙，我的萨沙……”穆瑶哭喊着，仿佛自己在战场上厮杀。萨沙浑身淌满了鲜血，皮毛被撕扯的七零八落，惨不忍睹。三个巨兽咆哮着，面目狰狞。穆瑶的恐惧和悲愤突然化作了愤怒，她站了起来，奔向三个巨兽，喊声震天，希望能为萨沙分忧。巨兽喷出了巨大的火舌，要把穆瑶烧死，萨沙纵身一跃挡住了火舌，顿时化为一缕青烟。穆瑶大喊着萨沙，眼泪夺眶而出，晕倒在地。

穆瑶停留在梦魇，双眼紧闭，上身抽搐，说着胡话，额头渗出汗珠，泪水顺着脸颊滑落，打湿了枕巾。萨沙舔着穆瑶，发出伤感的哀鸣。一声炸雷，划破了夜空，黑漆的房间顿时被一道白光照亮。穆瑶缓缓睁开双眼，回想着梦里的一切，窗外电闪雷鸣，房间在黑、白交替的世界里颠倒着现实与虚幻。

穆瑶抚摸着萨沙，闪电划过她的双眸，唤醒了沉睡的记忆。萨沙叫了两声，黑黑的大眼睛变得精神起来，健壮的身躯又恢复了平日里的亢奋，它的头抵着主人的胸口，感受着温存，尾巴在地毯上滑动着，发出沙沙声。

穆瑶坐起，走到窗前，感受着电闪雷鸣，窗帘拍打着她的面庞，几乎要把她卷起。她点燃香烟，拼命吸了几口，烟头的火星呲呲燃烧着，在狂风的戏谑下，冒起了火苗。雨水像开闸的洪流倾盆而下，落在地上，发出啪啪的声响。穆瑶在雨水中矗立着，任凭它的肆虐。她凝视远方，双眸刚毅凝重，内心忐忑犀利，思绪万千。烟头烧到了指尖，穆瑶很久才意识到炙烤的滋味，她抖了一下手指，立刻掐灭了烟头。萨沙扒在窗台上，不停地摇着尾巴，看着主人的表情，仿佛它能读懂主人的世界，眼神里流露出复杂的情感。

穆瑶转身离开房间，脚步极轻，萨沙紧随其后，她穿过走廊，轻轻地推开梅芳凝的房间，走到跟前，看着女儿熟睡的样子，宽舒了些许。她俯下身子，亲吻了梅芳凝的额头，露出一丝幸福的惬意。窗外的雨越下越大了，敲打着窗户，在漆黑的夜里平添了几分恐怖。穆瑶守护着梅芳凝，等待着清晨的一缕曙光。没有什么能阻挡她熬过这漫长的夜，她的世界里流淌着为了女儿而决绝的勇武。

十二、四小天鹅

月牙纤瘦弯弯，悬于夜空，北风凛冽犀利，涤荡着秋实的残余，万点繁星在寒意森森中闪烁。几场秋雨下来，万物凋零，严冬如期而至。京都五十中的校园，在夜幕中朦胧忧郁，只有小径上的马提灯发着微弱的光，在风中摇曳。

隐约中，传来阵阵旋律，透过光秃的小树林，邓肯音乐厅披着夜色矗立在校园深处。西北角的训练大厅里，灯火辉煌，暖意融融，仿佛是另一个世界。旋律忽高忽低，伴着呼啸的北风传到远方，悠扬暖人。金黄色的大木门虚掩着，往里望去，一位洁白的舞者，舞动在红木地板的大厅里。高悬在天花板上的吊灯照亮了每一个角落，《天鹅湖》舞曲激扬亢奋，烘托出红、黑、白变换的神话世界。

舞者面对着镜子，仿佛要把自己变成那只被施了魔法的天鹅，一连串轻柔的小跳、踢腿，连成了柔美生动的线条，使你分不清她是天鹅还是舞者。她的心跳伴着节奏怦然而动，融于旋律的起伏跌宕中。

梅芳凝躺在柔软的大床上，紧闭双眼，脑海里闪现着刚刚散去的芭蕾训练课。自从芜影从英国演出回来，舞蹈训练课上的主角发生着微妙的变化。梅芳凝隐隐感到自己不再是那个天之骄子的宠儿，与人平起平坐的感觉让她心如乱麻。

安娜老师直挺着细长的脖子，双腿笔直站立，变换着习惯性的小八字步，指点着大厅里的舞者。她眼睛明亮犀利，闪耀着艺术光芒。

“梅芳凝，手位再高点，对，就这样。”她做着示范。

“棒极了，非常完美！”梅芳凝在老师的赞美声中多了几分优越感，脸颊微红，趾高气扬地离开了安娜的视线。

“该你了，田小雅。”

“好的，老师。”田小雅有些紧张，小手微微抖动着。

“好孩子，放松点，别紧张。”

田小雅做了个深呼吸，脚尖成一字排开，如行云流水般旋转。

“踢腿还不够，再抬高些”安娜喊道。

“肩膀不能晃动，要稳。”

“可以了，OK！”安娜微笑着。

芜影最后一个出场，她的高鼻梁打了一个弯弯的弧，丹凤眼，柳叶眉，脸如银盆，白皙的长腿，柔软质感，高高挽起的发髻使她更显高贵。她摆了摆手位，抬头注视远方，清澈的眼睛里仿佛在讲述美丽的神话。

大厅里所有人，都在默默注视着这位神奇的舞者，她把情感寄托在肢体的每一个部位，跳跃旋转，伸缩自如，眼神冷峻凄美，打动着在场的每一个人。

“好美，像公主奥杰托。”王亚丹在一旁拍了拍梅芳凝的肩膀低语道。

“嗯，嗯。”梅芳凝微微点了点头，不情愿地哼哼着，双眸立刻黯淡下来，乌云笼罩在她的心头。

“公主只有一个，难道会是她吗？”梅芳凝暗自思索着，头微微向下倾斜，表情凝固，发着呆。

突然，大厅里爆发出雷鸣般的掌声，打断了梅芳凝的思绪，她勉强跟着一起鼓掌，失魂落魄。安娜没有说话，走到芜影跟前，深情地拥抱着这位舞蹈天才，眼里闪烁着晶莹的泪花。

“宝贝，怎么，有心事？”穆瑶敲门没人应，径直走到女儿跟前，似乎看出了她的心事。

“老妈，你怎么不敲门，吓死我了。”

“我的宝贝公主，妈妈能不敲门吗。”

“怎么，心事重重的，不想给老妈开门啊”

“哎呀，妈，您就别烦我了，没意思。”

“宝贝，瞧你，这么矫情，说说看，妈妈说不定有办法。”穆瑶冲女儿微笑着。

“妈，您就别瞎操心了，我的事自己解决。”

“那个叫什么李元哲的怎么样了？”

“哎呀，妈，跟他没什么关系。”梅芳凝一脸羞怯，脸颊泛起红潮。

“你那样去救他，妈妈我也做不到，喜欢他？”穆瑶露出一丝诡谲的笑。

“老妈，人家都这样了，还看我笑话。”梅芳凝嘟囔着嘴，一脸不悦。

“妈妈不烦你了，想说的时候就跟妈妈说。”穆瑶吻了女儿的头发，转身走了。

两件事情压在梅芳凝的心头，感觉沉甸甸，一时让她喘不过气来。李元哲目前还养病在家，为了准备新年音乐会，她有近一个月没有去看他，也不知道境况如何。芫影的突然出现，着实让她倍感压力，《天鹅湖》里白天鹅的角色至今还没有敲定。她把被子蒙到头上，满脑子都是白天鹅的舞段。

柔美的旋律在邓肯音乐厅弥漫着，芫影依旧在大厅里反复练习着《白天鹅》的舞步，哼着曲调，融入那洁白的世界。她感受着白天鹅的遭遇，仿佛整个世界回到了圣洁的天鹅湖，她自己成了忧伤的白天鹅。夜阑人静，音乐厅感知着生命的跳动，沉静辉宏。

北风刮得更猛了，敲打在小窗上，发出哗哗声，冷风从缝隙处渗入，充斥在这个狭小世界的每一个角落。李元哲看着书，把大棉被紧紧攥着，自己被包裹在中间，打着哆嗦。蜂窝煤比往年差了很多，屋里的小炉子，不死不活，发出刺鼻的味道。

“身体好点吗？最近没顾得上瞧你，抱歉啦！”手机在床上嗡嗡作响，传来梅芳凝的信息。

“好多了，谢谢关心，芭蕾舞排练得怎么样了？”

“还好吧，希望你能来看我！”（害羞的表情）

“好的，一定去看你排练！”（害羞的表情）

王月推开了房门，风尘仆仆，面庞冻得红彤彤的，拎着大包小包，看着已大好的儿子，眼神里充满了活力。

“儿子，妈妈明天给你做烧牛肉，香喷喷的！”

“妈妈，省着点花钱，我没那么娇贵，将来我还要读大学，花钱的地方还多着呢。”李元哲深情地看着母亲。

“我的乖儿子，你有这个理想，妈妈我就是去乞讨，也要把你供出来。”

“妈妈，如果是那样，我就不读了，我最大的心愿就是看着你好好的。”李元哲凝视着母亲，微笑中夹杂着心酸。王月的眼圈红了，说不出话来，看着自己的儿子，幸福中感叹着命运的不公。

“练习题做了吗？好做吗？”戚雨蝶发来了信息。

“姐姐，不是特别好。”（烦恼的表情）

“怎么回事，题难吗？”

“不难，也许我理解得不够透彻吧。”

“今晚我给你补课吧，有问题可以随时解决。”

“嗯，听姐姐的。”

“你想吃什么，我给你买。”

“薯片，开心果，要韩国泡菜味的。”

“OK。”（调皮的表情）

篮球馆的训练依旧进行，“五虎”独缺“白虎”李元哲，像是缺了主心骨似的，打起球来总是心不在焉。他们思念自己的兄弟，那些个一同摸爬滚打的日子早已把他们凝结在一起，无法分离。他们“大战魔兽天兵”的故事在网络上爆红，成为京都各大中学的热门话题，教练也略有耳闻，只是看着他们一个个生龙活虎，没有追问罢了。

“‘白虎’好多了，很快就回来了！”“云虎”兴奋地吼着。

“这哥们，大难不死必有后福。”

“差不多有一个月没见了，怪想他的，晚上大家伙有事吗？去看看‘白虎’吧。”“青虎”王子腾说道。

“好啊，好啊，去瞧瞧，好久没捏他的小白脸了。”“翼虎”调皮地笑着。

“大伙凑个份子钱，给我们的美人买个礼物。”“黑虎”嚷嚷道。

“算我一份，今晚你们代我去吧，抽空我专程看望他。”教练凑过来，从钱包里取出三百元，直塞给“云虎”。

“教练，怎么能让你出钱呢，根本用不了那么多。”“云虎”说道。

“是啊，是啊，我们有！”

“你们务必收下，这是我的心意，服从命令！”大家伙面面相觑吐着舌头，只好接受了。

冬夜的大成巷冷清了许多，巷道边上的小店把门关得严严实实，只有为数不多的几家照常经营。屋里星光点点，夜路也亮堂了许多，驱赶着寒意。四个高大威猛的小伙子骑着自行车一路说笑，来到了大成巷。

“大叔，四排三号院怎么走？”他们几个来到“怀旧时光”。

“你们找谁啊？”忆童年打量着这几位大个子男生。

“李元哲。”

“你们是？”忆童年吃惊地问道。

“我们是他的队友，来看他的。”

“叔叔，我们都是校篮球队的，今天来看望他，看，还给他买了礼物。”“云虎”把一个大大的泰迪熊举起，晃了几下。

“最近这是怎么了，一波又一波的人找元元。他不是又摊上什么事了吧？”忆童年心里犯着嘀咕。

“到底说还是不说？”忆童年瞪着这几个厚生，仔细琢磨着。

“看样子，也不像是什么坏人。”

“你们是哪个学校的，有证件吗？”忆童年一本正经地问道。

“有，有，有！”王子腾急忙把学生证拿了出来。

“他们呢？”

“哎呀，大叔，您可别难为我们了，不信，让你瞧瞧照片。”云青从手机里找到了“五虎”的合照，让忆童年仔细看着。

“好吧，你们跟我来。”忆童年领着这几个小伙，走出了小屋，指着前方。

“看到了没，前面的龙须面馆？”

“看到了，看到了。”

“过了那家面馆，第一个十字路口右转路南第四个巷子，从里数第三家，门上挂着两个红灯笼。”

“谢谢，大叔。”

“不客气。”忆童年若有所思地望着他们远去，嘴里嘀咕道：“这孩子，让人操不完的心，随了他死去的爹了！”

戚雨蝶端坐在炕头，围着一张小桌子，像监工似地盯着李元哲做题。王月在一旁端茶做水，忙前忙后，时而侧目凝视，内心满是欢喜。李元哲终于做完了，他松了口气，把作业交给戚雨蝶，内心有一丝忐忑，看着戚雨蝶。

“这次好多了。”戚雨蝶微笑着。李元哲紧张的神情也渐渐疏散，他的小脸露出久违的光泽。

“这段话的中心句能找到吗？”

“是最后一句吗？”

“好像不是。”

“那，那是打头那句？”

“也不是，再仔细点。”戚雨蝶摇着头。李元哲咬着笔杆，陷入了沉思中。

“有些中心句是找不到的，电影里的潜台词知道吗？”戚雨蝶耐心地启发着。

“我明白了。”李元哲眼前一亮，几乎站了起来。戚雨蝶捂着嘴直笑。“一定是‘残荷’这句。”

“非常正确！”戚雨蝶伸出了手与他击掌。

王月看着这一幕，又想起了李安宁的嘱托，她的眼圈红红的，嘴角窝成一团，喜形于色。

窗外冷飕飕的，孤零零的大槐树在凋零中晃动着枝杈。“云虎”他们几个来到了小院，屋里发出的灯光温暖着他们的心。他们走近大槐树，望着窗帘里两个晃动的身影，像一对恋人，时而对坐，时而紧靠，一下子兴奋起来。

“走，听听他们在说什么？”“云虎”低声说道。

他们聚在窗前，费劲地听着，冬的萧瑟似乎凝固了所有运动，只有哈出的气回响在耳边。

“算了，还是进去吧，抓个现行。”“云虎”迫不及待地说道。

“那还敲门吗？”

“抓现行，还敲什么门！”

“那万一走错了怎么办？”

“不会有错的，‘白虎’的影子就是化成灰我也认得。”“云虎”自信地抹了抹鼻子。

四个高大威猛的小伙子，直接破门而入，屋里顿时炸开了锅。四个大小伙子话还没说完，愣在了那里。戚雨蝶面带尴尬，手足无措。

“啊，兄弟们！”李元哲露出惊喜的神色。

“我们想死你了！”

“我们日日夜夜想念你！”

“你看，我都瘦成啥样了？”

“对，他是为伊消得人憔悴！”

“哈哈！”屋里欢声雷动，像是冬日里的夏天，充满了暖意。

“姐姐带你们去吃龙须面。”戚雨蝶被大家包围着，幸福中多了几分羞涩。

“姐姐，我成绩也不好，能给我补补课吗？”他们出了大门，边聊边走着，寂静的小巷顿时鲜活起来。

“你要是病了，我会考虑的。”戚雨蝶看着王子腾，微笑着。

“那我很快就要生病。”王子腾调侃道。

“哈哈。”大伙的笑声温暖了寒冷的冬夜，龙须面馆的大红招牌愈发明亮了，他们又蹦又跳地走进了面馆，忘却了冬的寒意。而巷子深处，却有一双阴冷的眼睛盯着这一切。

十三、密谋

金三多近来脾气变得更加暴躁了，一句话不顺心就火冒三丈，骂骂咧咧，像是受了极大刺激。他从来都是打人的主，可上次却被人打得满脸是血，狼狈至极，越想越气，复仇的火焰在心底燃烧着。

“你们这群废物，找个人这么费劲。这都快两个月了，从秋天到冬天，一点消息都没有。都别混了，滚回去吧！”

“很快就有消息了。”毛四喜安慰道。

“快个屁，这都什么时候了。”金三多狠狠地往地上唾了一口唾沫。

“‘狮子王’马上就回来了。”毛四喜极力克制着自己。金三多拿起桌子上的啤酒瓶，对着嘴，一口气咕嘟喝了个干净，然后把酒瓶摔在地上，玻璃碴子溅得四散。众人似乎已经习惯了他的发作，吸烟的吸烟，喝酒的喝酒，发呆的发呆。

“没事吧。”女服务员从门缝里探进了头，瞅了半天说道。

“看什么看，滚！”金三多嚷嚷道。女服务员立刻把头缩了回去，砰地把门拽上。

“老大，有消息了，‘狮子王’马上回来！”毛四喜急切地把手机拿给金三多。

“小子，这次你可要死到爷手里了。”金三多狞笑着，哼哼道。屋里的人也都松了口气，喧嚣代替了沉默。

“对，收拾那小子！”

“抄他的家！”

“打断他的狗腿！”

众人群情激奋，拍桌子瞪眼，嚷嚷成一片。包间的门猛地被推开了，“狮子王”常林露出诡谲的笑。

“老大，找到小白脸的老窝了。”他走到桌前，拿起一瓶酒，对着嘴喝了一大口，撕下一块儿肉，狼吞虎咽起来。

“你倒是快说呀！这些都是你的。”

“大成巷，城南的王府街……”常林边吃边嘟囔着。

“那地儿，我去过，鸟都不拉屎的穷地方。”“火影兄弟”中的“蓝焰啸天豹”猛吸一口烟，吐着烟圈，一副玩世不恭的神态。

“老大，他们五个都收拾吗？”毛四喜问道。众人都瞧着金三多，一下子安静下来。金三多点着一根香烟，喷云吐雾，一阵怪笑。

“伤其十指，不如断其一指。”

“老大的意思是，只对付那个小白脸？”毛四喜寻思道。

“老大，你说吧，怎么收拾小白脸？”“啸天罡”拍着桌子吼道。

“卸他一条腿，抽他的筋。”“火影兄弟”中的“黄焰啸天虎”怒目圆睁，他左耳的耳环，不停地晃动着，眼角处的蛇形伤疤在暴怒中缩成一团。金三多此时变得出奇的安静，再也不是那个暴怒无理的混混。他观察着每一个人，理着头绪，眼角里露着狡诈的凶光。

“老大莫非有主意啦？”毛四喜坏笑着。金三多露出大虎牙，啜了一口酒，放声浪笑着：“别总打打杀杀，剁呀砍呀，文明社会讲点文明。”金三多突然蹦出这么一句话，众人一阵唏嘘。

“那这口恶气还能咽得下？”“狮子王”嘴里嚼着一大块肉差点吐出来。

“是啊，老大，没喝多吧？”“火影兄弟”中的“啸天狼”嘴角一撇，露出坏笑，眼睛眯成了一道缝。

“兔崽子，狗嘴里吐不出象牙的东西，喝马尿啦！”金三多一巴掌拍在啸天狼光秃的脑壳子上。

“哎呀，老大下手够狠的。”“啸天狼”揉着头皮抱怨道。

“老大，这是要唱一出文戏啥子。”“狗秘书”贾三笑扶了扶那副厚厚的眼镜，摇头晃脑地踱着方步，模仿川音揣测道。

“有点意思。”金三多抠着鼻屎，一阵窃喜。

“你少卖关子，快说呀。”毛四喜急不可耐地催促道。

“狗头，快说，快说。”众人把目光聚在了贾三笑的薄嘴唇上。

“《水浒》里豹子头林冲的故事，各位弟兄知道吧。”

“高衙内设毒计霸占林冲的妻子，林冲走投无路被逼上梁山的故事。”“狮子王”常林得意地说道。

“兄弟说得没错。”

“八竿子打不着一块，瞎说什么呢。”毛四喜揪着小山羊胡子，一头雾水。

“让狗头说。”金三多语气凝重威严，屋里的躁动立刻沉寂下来。

“故事里都是英雄救美，可这次小白脸是被美人救下的，当然他不是什么英雄，是狗熊。跟众位弟兄交个底，老大看上了那位开跑车救狗熊的美人胚子了。”金三多此时露着大虎牙，笑得合不拢嘴，脸颊泛起红晕，淫荡而又荒诞。众人也跟着大笑不止，屋外的食客们则发出惊异的目光。溢香楼的包间成了土匪窝，柜台上的老板娘摇着头唉声叹气。

“老大也思春啊！”“啸天罡”啃着羊腿调侃道，众人笑得前仰马翻。

“老子也是男人，你们没青春期啊！”金三多想象着那位从未谋面的梦中美人，不觉心花怒放。

“老大，弟兄们青春期还没到呢，您老人家这是早熟啊！”“啸天虎”扑哧地笑出声来，惹得众人再次哄堂大笑。

“畜生，瞧我不抽死你。”金三多摆了个动作，“啸天虎”慌忙躲闪，直喊求饶。

“老大的意思是敲这小子一笔，连带把这妞泡了。各位爷们有何高见？”“狗头”贾三笑环视了一圈，一脸邪气。

“问题复杂化了，我只是这么一提，怎么就钻了牛角，死活出不来呢？”毛四喜后悔向老大提起那个开跑车的女孩儿，没想到这位主喜欢啃硬骨头，辣的、带刺的看来更有滋味。他的眼睛上下翻转，寻找着破解的办法。“我的爷，那女孩儿可不是省油的灯，大庭广众之下，活生生夺走弟兄们嘴里的肉，厉害啊！且不说还有一辆极罕见的跑车，不简单啊，有背景，我的老大，慎重！”

“瞧你那怂样，废物。”金三多一脸不悦。

“《水浒》里高衙内是夺了林冲的娘子，可娘子最后不也自尽了！更惨的是衙内的命根子也被人做掉了！”常林一向喜欢《水浒》，说起来头头是道。

“老大可不是衙内，小白脸更不是八十万禁军教头林冲，这是个讲实力的社会，在京都地面上，谁敢跟我们老大叫板！”“狗头”一番高论怔住了所有人，金三多不住地点头。

“可这小子生在贫民窟，不是有钱的主，能敲出多少大子儿？还不如砍他几刀解气！”粗暴惯了的“啸天虎”，从来都是喜欢短平快的家伙，痛快地做事，痛快地打架，很少用脑子解决问题，眼角上的疤痕似乎并没有给他带来警醒，更多的是凶猛残忍。

“收拾小白脸跟碾死个蚂蚁有区别吗？这次谁动粗，我三多子跟谁急！”

“我有个主意。”毛四喜一副胸有成竹的样子，摸着那根长辫子，猛地吸了一口烟。

“老大，这次敲多少？”

“十万、八万的，先花着。”狗头说道。

“这穷小子有仨瓜俩枣就不错了，还十万，想钱想疯了吧！”“啸天豹”冷笑道。房间里一片寂静，只有金三多喝着小酒，哼哼着。毛四喜揣摩着，眼前一亮，喊道：“老大的意思是‘醉翁之意不在酒，在乎山水之间也’。”

“哎呀，二哥这是怎么啦，改学文啦，就怕流氓有文化，哈哈。”常林调侃道。众人哄堂大笑。

“喜子说说看，什么意思。”金三多急切地问道。

“第一步，讨债；第二步，拆散；第三步，夺爱。”毛四喜揪着山羊胡，侃侃而谈。

“嗯，接着说，接着说！”金三多一听到“夺爱”，本能地提起了兴致。小眼睛也折射出光芒，愣是往大里睁，口水都快流出来了。

“讨债可以是半路拦截，也可以上门讨债，依情况而定，来一个持久战。”

“二哥，你牛啊，还持久战，哈哈。”“啸天罡”正说着，放了个响屁，引得这帮少年狂笑不止。

“别打岔，快说。”金三多听得入了迷，众人立刻安静下来。

“在漫长的讨债过程中，小白脸终将会精疲力竭，对一切绝望。更重要的是会牵扯到那个美妞，也就是老大未来的媳妇。”

“恭喜老大早日迎娶嫂夫人！哈哈。”“啸天狼”双手作揖，众人跟着效仿，一阵闹腾，金三多脑海里的美人似乎就在眼前，喜不自胜。

“听我说呀！美妞看到小白脸饱受如此折磨，无能为力，最终也会知难而退，舍他而去。拆散的目的达到了，第二步结了。”

“快说，快说，下一步呢？”金三多几乎鼓起了掌，抹了抹嘴角流出的哈喇子。

“第三步嘛。”毛四喜吸了口烟，卖起了关子。大伙听得津津有味，难得这帮小混混如此认真的学习。

“这第三步，是最要命的，也是关键的阶段。在讨债的过程中，老大势必要跟美妞有所交集，拿捏得好，还有戏，拿捏得不好就没戏了。”

“怎么就拿捏好了？”

“欲情故纵嘛，我们做红脸，老大做白脸，慢慢折磨她，哄骗她，纠缠她，同时也答应她的要求，直到他们分手，喜欢上我们老大。”

“妙，妙，真妙极了。”金三多听完毛四喜的高论，拍起了手。

“来，为二哥的妙计干一杯。”“狗头”不停地点头。众人呼啦站起来，端起酒杯觥筹交错。酒楼里早已人去楼空，窗外萧瑟清冷，枯枝摇曳，发出沙沙声。

十四、电灯泡

芜影来到了教室，犹如一束冰冷的月光凄清纯洁。她挽着发髻，面色清秀，眼若银杏，清澈美丽。她的脚步轻极了，安静飘逸，惹得众人频频侧目，窃窃私语。她身上特有的气质吸引着大家的好奇，她生活在现实里，却又超越了现实，世俗总是与她格格不入，这里的一切对她来说始终是陌生的。

八点的铃声刚刚响起，李元哲急匆匆地推开了教室的门，大家先是一怔，接着一片欢呼，好像欢迎英雄的归来。

“老师好！”李元哲走到讲台，向戚雨蝶深深鞠躬。

“欢迎归队！”戚雨蝶微笑着。

他迈着快步，跟同学们一一击掌，这个年轻的生命又恢复了往日的活力。他走到芜影面前，伸出了双手，打量着这副冷漠的面孔。对方只是微微一笑，扭头望着窗外，似乎李元哲并不存在。李元哲慢慢把手缩了回去，脸色微红，燃烧起的热情立刻被浇灭了。

“同学，你坐在我的座位上。”李元哲站在那儿纹丝不动。

芜影仍旧望着窗外，没有听到他在说什么。李元哲把手伸出来，在她眼前晃了几下。“啊”芜影尖叫了一声，腾地站起来，退后两步，脸色惨白，眼神哀惧，泪水快要掉出来了，大家扭头注视着这一幕。

“对不起，我是说你坐了我的位置。”李元哲被这个突然的举动吓着了，心想难道她有什么疾病吗？芜影的反应似乎慢半拍，她一副弱不禁风的样子，让人心生怜悯。

“这样吧，你就坐在这儿吧。”李元哲刚要坐在旁边的空位上，对方上前把空位上的桌椅搬出数米远，然后把自己的书包拿了过来。“不用了，谢谢！”她的语气温柔，但却冰冷无情。李元哲还想再看她一眼，听到她这么说，只好回到自己的座位上，冷冷地望着讲台。两个人就这样僵持着，憋了一天，形同路人。

梅芳凝在情天柱下焦急地等待着，他又要失约吗？如果再失约，那我就去班里抽他几个大嘴巴，让他身败名裂。李元哲兴冲冲地赶了过来，面带惭愧。

“抱歉，抱歉，老师又找我了！”他喘着粗气，灰头土脸地向梅芳凝解释道。

“就你事多，哪有让女孩子等的。”梅芳凝一脸不悦，可内心满是激动，毕竟他还是来了。她拿出手帕，递给他。

“擦擦汗，大冷天都出汗，瞧把你给急的！”梅芳凝笑了出来。

“我闺蜜想跟我们一起吃饭，你同意吗？”梅芳凝央求道。

“行吧，可以。”李元哲有些尴尬，说话吞吞吐吐。

“什么‘可以’‘不可以’，你倒是愿意还是不愿意？”梅芳凝撅着小嘴，可爱至极。

“同意，双手赞成。”李元哲把双手举得高高的，做着鬼脸。

“还有双脚呢！”梅芳凝扑哧地笑了出来。李元哲把书包扔到路边，来了一个倒立，喊道：“双脚赞成，还有问题吗？”梅芳凝连蹦带跳，笑得合不拢嘴。

傍晚的出租车紧张了些，他们等了很久，终于等到一辆路过的空车。梅芳凝远远把手一伸，司机很听话，急忙减速，停在了他们面前。

“大叔，北京街。”

“小姑娘，这个点堵车啊！”司机皱起了眉头。

“大叔，麻烦您了！”梅芳凝冲司机微笑着。

“堵车，那可没辙。”

“给您双倍的价钱。”梅芳凝快人快语，眼都不眨一下。

“得嘞，我尽力，系上安全带，坐好！”豪门千金的阔绰会让普通民众的幸福感陡然增高，司机眼睛一亮，心情大好。车子一阵风似地消失在夜色里。

北京街灯火辉煌，一座座形色各异的高楼拔地而起，照亮了漆黑的夜，温暖了寒冬里的人们，这里是京都的不夜城，老外的聚居区，餐馆、夜店、酒吧点缀着每一个角落。在这里，白天和夜晚形成了鲜明的反差，白天的许多人死了，夜晚的许多人又活了，年复一年，日复一日，时光依旧，可人流变换着。梅芳凝抬头看着李元哲，想到了曾经被放鸽子的情景，如今却亲密无间的逛着不夜城，心里甜甜的，脸上荡漾着幸福的惬意。

“快点，娇娇等了快一个钟头了。”梅芳凝紧握着李元哲的手穿梭在密集的人群里，摩肩接踵，奔向七彩之光的“月光城”。

月光城是京都的标志性建筑，高耸入云。它的顶端是月球状造型，不分昼夜旋转，发出银白色的光。圆球内是观光餐厅和极光塔，整个京都夜景在此尽收眼底。连接月光城的是一根巨大无比的金色圆柱，是七星酒店，金光闪闪。金柱的下端是立体等边三角形的写字楼，酷似金字塔，变换着七种造型色彩，巍峨奢华，魔幻奇异。李元哲仰望着它，惊叹之余，多了几分感慨，原来生活也可以是这样。

林美娇为了见到闺蜜的男朋友，忙活了一下午，居然逃课了。她精心选择了京都里这个最有品位的去处，早早坐在月光城里的“月光之夜”，时而望向窗外俯瞰美丽的京都夜景，时而照着镜子修饰涂画，想把最好的自己留在今晚。圆球慢慢地旋转，像是把人带到爱丽丝仙境。林美娇望着窗外五光十色的夜景，沉醉其中。

“嗨。”梅芳凝在背后叫道。林美娇没有任何反应，依旧望着窗外。梅芳凝悄悄把手伸了过去，摸了摸她的脸颊，很快又缩了回来。林美娇“啊”地大叫一声，本能地一缩扭过头来。一看是梅芳凝。立刻站起来，扑向她，边喊边打。“死东西，敢吓唬我。看我不宰了你。”梅芳凝一个劲地笑，早已习惯了她的“暴力”。

“大帅哥呢？”林美娇瞪着大眼睛好奇地问道。

“他呀，害怕你，吓回去了！嘻嘻。”梅芳凝怪笑着。

“胆小鬼，哼！”

“他胆子小，你也是知道的呀！”

“没出息，不像个爷们，枉费对他那么好了！”林美娇皱着眉头，一脸不悦。李元哲隐藏着自己，坐在旁边的位置上听着她们的谈话，暗自发笑，可说到痛处，还是有些难受。

“谁说我胆小鬼！”李元哲突然冒了出来。林美娇瞪大了眼睛，尴尬至极。不过看着这么俊美的男子，尴尬也就抛在了脑后。

“帅哥，我可是盼星星盼月亮，等了你足足一个半小时。你瞧瞧，这都几点了。这个点我都到家了，为了等你，我一个女生干坐着，多委屈啊，发发牢骚还不行嘛！”林美娇调侃道，微笑中带着几分羞涩。

“姐姐厉害啊！这是送你的见面礼，消消气！”李元哲兴冲冲地拿出一个包装精美的礼盒，放到了林美娇跟前。

“哇，好漂亮。”她迫不及待地把礼盒拆开了。

“好漂亮的芭比娃娃，你怎么知道我喜欢呀！”林美娇爱不释手地摸着玩具。

“姐姐那么好，又那么漂亮，我能不知道姐姐喜欢什么吗？”

“不对，一定有人泄密啦！”林美娇看着梅芳凝，调皮地笑着。

“我饿啦，点餐吧！”梅芳凝捂着嘴偷笑着。

服务生走了过来，拿着两根又粗又长的红蜡烛，放在烛台上。微笑着说道：“八点钟，我们要熄灯，点红蜡烛，这是我们店的特色。”很快灯熄灭了，一群服务生拿出洋火，点燃了所有的蜡烛。整个餐厅染成了灰蒙蒙的红，美极了。他们在烛光下看着彼此，谁都不想打破此时的静谧。

暗红色的烛光映照在李元哲稚嫩白皙的脸上，那明亮的大眼睛在烛光里充满了魔力，林美娇看着面前这位美男子，如痴如醉，不能自拔。一旁的梅芳凝，则心生几分醋意。她突然把小嘴凑到跟前，吻了李元哲。

“天哪！”林美娇喊道。李元哲脸颊泛起了红潮，无地自容，不过，在红烛下，他显得更迷人了。

“今天你迟到了，让我等，害得你林姐姐也跟着受委屈。有天大的理由也不是理由，敢放两个大美女鸽子，五十中也只有你能做得出来。”梅芳凝故意岔开话题，身体紧贴着李元哲，嘴角露着一丝爱抚的笑意。

“我错了，我错了，解释也没用，更何况是你们，我最贴心的人。”林美娇的眼眶湿润了，最贴心的人又多了一个，但似乎又少了一个。她内心五味杂陈，看着烛光下的梅芳凝，一阵心酸。

“你倒给姐说说，什么理由，说不准，姐还真觉得是个理由。”

“没什么好解释的，迟到了哪有什么理由，姐姐，让你受委屈了。”李元哲双手合十，怪不好意思的样子。

“我也想听听什么理由，如果没理由，那就是故意的喽。”梅芳凝刁钻地问道。李元哲立刻变得惶恐起来。

“不，不，绝对不是故意的。”他变得六神无主起来，愈发引起她们的好奇。

“那就给我们讲讲，我们听听嘛！”

“事情是这样的，我今早来上课，有位久未蒙面的女生，坐在了我的位置上，她很特别，挽着发髻，个子高高的，有艺术范儿，我示意她离开，可她视而不见，居然尖叫起来，最后坐在了跟我相隔数米远的位置。下了课，老师单独把我们留下来，做了和解，不过那个女生似乎一直在想别的事情，不想搭理人！”

“她有多高？”梅芳凝急切地问道。

“大约 1 米 75。”

“是不是很白，眉心处有一颗莲花瓣状的胎记？”

“很白，不过是什么形状没看清。”

“她叫芜影吗？”

“是的，芜影。”

“是她。”梅芳凝双眉隆起，心事重重。

“宝贝，你怎么啦，认识她吗？”林美娇问道。

“我们芭蕾舞团的，四小天鹅。”

“啊，怪不得。”李元哲张大了嘴，一脸茫然。

不远处的座位上，两位黑人姑娘侃侃而谈，时而向这三个少年投送目光，她们头发短而卷曲，眼睛极大，在昏暗中发着蓝宝石的光芒，厚厚的嘴唇略微凸起，性感撩人。突然，其中一个姑娘站起，向他们走来，她高得吓人，不过走起路来异常迷人，肥厚的臀部像是在跳着非洲部落舞蹈，上下扭动，食客们纷纷抛来异样的目光。

“你们好，我是 Olisa，留学生，from Dominican（来自多米尼加）。”她夹杂着生硬的汉语，比画着介绍自己。三个人惊喜之余，面面相觑。老外这么主动找上门来还是头一遭。

“hi，你好，我叫李元哲，Can I help you？”李元哲瞪着大眼睛热情地询问道。

“这个怎么读？”她翻开菜单指点着问道。

“麻婆豆腐。”

“马坡都夫。”

“松鼠鱼”

“叔叔鱼。”

黑人姑娘的发音惹得大家啼笑皆非，李元哲耐心纠正着。梅芳凝看着元哲上下翻动的嘴唇，还有那双温柔的大眼睛，爱意渐浓。黑人姑娘突然抓住了李元哲的手。

“Can you go over there with me please？（你能跟我过去一下吗？）我的朋友 have some Chinese questions（有些问题要问你）。”李元哲似乎明白了她的意思，但不知如何是好，他的手被抓着，没有松开的迹象。他看着梅芳凝，发出了求救信号。

“去吧，我们等你！”梅芳凝微笑着，不情愿地发了话。李元哲像是被绑架了似的，温顺地跟着姑娘走了过去。

“就这么把他放跑啦，够大方的。”林美娇扑哧笑出声来。

“我能拦得住吗？”梅芳凝冷嘲热讽道。

“别说，他们俩还挺般配的。嘻嘻。”林美娇一脸坏笑。

“你瞎说什么呀，我才不稀罕呢。”

“老外想泡的男人可是极品啊，亲爱的，你的眼光没错，我也想……”

“你想什么，你，你。”梅芳凝脸颊绯红，扑过去，又咬又掐，两人扭作一团。她们的举动吸引了人们的注意，一些顾客发起了牢骚。

“太不像话了！”

“没家教！”

服务生走了过来，微笑着问道：“可以点菜了吗？”两个女孩儿慢慢停下了打闹。

“娇娇，你点。”梅芳凝把菜单推了过去。林美娇听到“娇娇”两个字立刻陷入了沉思，一种伤感莫名而来。她渐渐意识到，“老公”这两个字离她越来越远。这种分离让人痛得说不出话。她望着梅芳凝，眼圈微红。

“嗨，怎么啦。”梅芳凝推了她几下。

“哦，没什么，你来吧。”林美娇低着头，掩饰着自己的伤感。梅芳凝似乎明白了什么，一时还无法应对，看着菜单，她尽力缓和着气氛。

“亲爱的，这个，这个，还有它，都是你喜欢的。”梅芳凝指着菜单安慰着林美娇。她点点头，失魂落魄，似乎变了个人。忙活了一阵子，菜终于点好了。远在一边的李元哲似乎被困住了，两个黑人女孩儿围着他问长问短，亲昵无间。梅芳凝看了几眼，心里有些酸酸的。林美娇看着她吃醋的样子，心里不觉好笑起来，又心生几分怜悯。

“妮子，谁又伤你的心了。”林美娇调皮地问道。

“我才不伤心呢。”梅芳凝假装着笑脸。

“要不我去给你把人找回来，这夜景，这美人，就差才子了。”林美娇按捺不住内心的喜悦，站了起来，假装要过去。

“别，千万别，多没礼貌啊！”梅芳凝急切地喊道，拉住了她的胳膊。林美娇看着她的样子，欢喜之余又多了几分爱怜。只有爱才会让梅芳凝这么在乎对方的感受，想到这里，林美娇真的希望李元哲不要辜负了她的那片痴情。

“亲爱的，咱们倒成了电灯泡了。”林美娇调侃道。她们俩不约而同望向那边，李元哲终于站了起来，黑人姑娘深情地拥吻告别。

“抱歉，抱歉，让你们久等了。”李元哲的脸火辣辣的，也许黑人姑娘的热情让他有些吃不消了。

“你还记得我们呀。”梅芳凝撅着嘴，脸颊微红。

“她们问我这个怎么读，那个怎么读，把我当老师了，早想走了，可总开不了口。”

“我看你呀是乐不思蜀，哼。”

“唉，我可真冤枉，本来不想去，是谁把我放跑的，娇娇姐可要为我作证啊。”

“我可什么都没听到。”林美娇调皮地笑着。

“你得了便宜还卖乖，坏人！”梅芳凝伸出手，使劲地掐着李元哲的胳膊。

“哎呀，饶命，饶命，我错了，再也不敢了，饶了我吧……”李元哲痛苦地喊道。梅芳凝立刻松了手，撩开衣袖，一片黑青映入她的眼帘。

“弄疼你了吗？是我不好。”她一边揉一边吹着，像是自己受了伤。

“不疼，还好。”李元哲看着梅芳凝，心里暖暖的。

“我下手重了，你不会恨我吧！”梅芳凝望着李元哲，流露着悔恨的眼神。

“不重，这个没什么，我没那么娇贵。”李元哲深情地望着梅芳凝，紧紧抓住她的手，想起了上次营救他时的情景，两只手再次紧紧攒在一起，不想分离。

林美娇看着两个人如漆似胶地秀恩爱，除了为他们高兴之外，隐隐中夹杂着一丝惆怅。

“菜上齐了！还需要什么？”服务生上了最后一道菜，看着三个少年，暗自感叹，时代不同了。

“酒，今天得喝酒庆祝。”林美娇兴冲冲地喊道。

“哇，这么丰盛的菜肴，没酒怎么行。”李元哲是不沾酒的，看着林美娇孤零零地坐在对面，想着能让她快乐起来比什么都好。

“来瓶红酒吧，有拉菲吗？大哥，您想什么呢？这是信用卡。”服务员瞪大了眼睛，吃惊地望着他们。梅芳凝麻利地拿出一张金卡打消了服务员的疑虑。

“哦，好的，没问题。”服务员很快把红酒拿了过来，娴熟地开了瓶。林美娇端起酒杯一口喝下了肚。

“我把她交给你了，别欺负她！”林美娇望着李元哲，心有不甘。

“姐姐，我定不负她！”李元哲感觉有千斤重担压在自己身上，一口气把酒送进嘴里，酒还没下肚，便咳嗽起来，梅芳凝看着他这么用心，心疼起来。

“慢点，你不会喝酒，别勉强自己！”她给李元哲拍着后背。林美娇一杯酒又下了肚，看着他们紧紧靠在一起，内心凄凉了些许。

“你怎么不吃鱼，这是深海鱼，早晨还在海里呢。”梅芳凝一边说一边给李元哲夹着菜。

“我爱吃鱼，可怕刺，所以闻闻就知足了。”李元哲见到鱼总是心有余悸，被鱼刺扎过的经历让他无法忘怀。每次吃鱼，总是妈妈把鱼刺挑得干干净净，他才肯吃几口。梅芳凝看着李元哲怯生生的样子，把鱼端了过来，一根一根地挑刺。

“好啦，可以吃了。”梅芳凝夹起一块鱼，送到他嘴边。李元哲羞怯地看着，脸上泛起一片红晕。“你吃呀，快吃嘛！”梅芳凝眼神里充满了期许，感动着元哲，他张开嘴一口吃了下去。

“怎么样？”

“好吃，好吃。”李元哲有了家的感觉，他看着梅芳凝，想到了自己的妈妈。他笑着，心里装满了幸福。他们似乎忘记了林美娇的存在，沉浸在幸福时光里。

林美娇喝着酒，不觉眼冒金星，已然微醉了。她看着红烛下的这对恋人卿卿我我，不觉黯然神伤。从前，是我们，现在是他们。我没人要了，被人抛弃了。

“媳妇，你不要我了吗？”她醉意渐浓，语无伦次，端起酒杯又喝了下去。

“亲爱的，别喝了，你醉了！”梅芳凝这才注意到林美娇的醉态。

“我没醉，你不要我了，我不好是吧！”林美娇真的醉了，情绪明显激动起来。

“娇娇，把酒杯拿过来，不能喝了。”梅芳凝要夺她的酒杯。醉酒的人有着极强的逆反潜意识。林美娇顺势一闪，深红的液体飞溅出杯外，淹没在烛光里，显得晶莹剔透，仿佛从中能看到过去、未来。林美娇模糊中看到了一对新人，在红烛前跪拜天地，山盟海誓，长相厮守的幻影。

“媳妇，你在哪儿，别扔下我不管。你的心够狠的！”她声嘶力竭地喊着，居然号啕起来。伤心得让人哀怜，心痛。

“我管你，我不会扔下你的！”梅芳凝望着烂醉的林美娇，伤心至极，两行热泪潸然而下。她走到跟前，紧紧抱着娇娇，回想着她们生死般的友谊，呜咽起来，感天动地，回肠荡气。

“你还是我媳妇吗？”林美娇央求的眼神在泪水中凄楚动人，她紧紧抱着梅芳凝，吻着她的脸颊。

“老公，我还是你媳妇。”梅芳凝把最后的爱全部给了她，她搂住娇娇的脖子，用尽了所有的力气。李元哲看得傻了眼，他没见过如此场面，内心跌宕起伏，不知该如何是好，这是他的第一个恋人，同时也是被人分享的恋人，爱一个人比想象中艰难了许多，看着她们伤心的样子，他内心充满了矛盾。

林美娇在爱抚中闭上了眼睛，她安静的睡相幸福至极，梅芳凝渐渐回过神来，她看着元哲，祈求他的理解。

月光之城空荡荡的，只有服务员矗立在一旁，迎接着稀疏的来客。她们面对此景，似乎对爱有了新的理解。两个标致的女服务生走过来问道：“需要我们帮忙吗？”

“不用了！谢谢。”李元哲很果断地回答。

“我来背她。”他走了过去，半蹲着把娇娇扛起，三个人搀扶着消失在红烛下的月色里。

十五、不速之客

晨曦点亮了天边的一抹云彩，夜渐渐逝去。黑与白在交替中履行着宇宙的法则。大成巷迎着黎明褪去黑衣，慢慢披上晨光的盛装，恢复着原有本色。忆童年大早还是第一个推开了店门，他走下台阶，拿起扫帚扫起了巷道，深冬的寒意似乎不能阻挡他的干劲，不一会儿，他额头渗满了汗珠，眼镜蒙上了一层湿气。他拍了拍身上的灰尘，摘下眼镜，贴在棉衣上蹭了几下，接着又戴上，慢腾腾地回到店里，把早餐车推了出来。明亮的玻璃框里冒着热气，摆满了老少皆宜的各色早点，散发着扑鼻的香气，在微风中送来清晨的第一声问候。

“忆叔，老三样，酱肉包，薏米粥，茶叶蛋。”

“得嘞。”忆童年麻利地打包，找零，兴奋地招呼着第一个顾客。

“慢走。”

“谢谢。”

“忆叔早。”

“小冉早，吃点什么？”

“忆叔早，今儿体检，不吃了。”

“慢点骑车子。”

“好嘞。”

忆童年“身兼两任”，除了能多挣点之外，生活更加紧凑充实了，他看着来来往往的老少爷们，笑在脸上，甜在心里。

“嗨，来三份豆浆包子。”一个留着长辫子、骑着滑板的小青年，突然出现在忆童年的面前。他打量着这张生面孔，不远处似乎还有同伙游弋着，他们装扮怪异，表情冷漠，犹疑诡谲。他的笑容立刻消失了，多了几分警觉，这些不速之客难道有什么不可告人的事情?

“小哥，这是要去哪里?”

“管得着吗?”滑板少年露着凶光，打量着忆童年。

“那，就它了。”忆童年心里犯着嘀咕，这帮家伙一定没什么好事。滑板少年接过了早餐，跟远处的同伙汇合，他们像是在谋划着什么。没过多久，他们消失得无影无踪。巷子里的行人渐渐多了起来，店铺也陆续开门接客。

“忆叔，早。豆浆，包子。”李元哲骑着山地车停了下来。

“元元，来啦。身体大好了吧。”忆童年还是那么和蔼，打小看着他长大，心里多了几分亲人的眷恋。

“叔，我大好了，您生意怎么样?”

“马马虎虎吧，叔不指这个，也就图个乐子。你母亲可是不容易啊，她为你操碎了心。”

“叔，我明白，您也要保重身体，有什么力气活需要帮忙，就喊我。”

“好好学习，把你妈照顾好，这是正经事，我还结实着呢。哈哈。”忆童年充满了期许，他心里盼望着这孩子将来能有出息。

“给您钱。”

“叔给你的，别客气。”

“不行，我可没这习惯。”

“叔不会收你的钱，孩子。”忆童年死活不肯收李元哲的钱。突然，不远处传来滑板声，像幽灵般从他们身边穿过。李元哲再熟悉这声音不过了，他不禁打了个寒战，两个月前那惊心动魄的一幕又闪现在眼前。他下意识地用余光瞟了一眼，不远处，几双狼一般的眼睛直勾勾地盯着他。

“啊，是他们，长辫子，双节棍。”李元哲没敢再看一眼，他们别在腰间的双节棍在晨光的反射下显得寒气逼人。他的表情一下子僵硬起来，心跳明显加快了，手心渗出了一层薄薄的汗，举止失常，词不达意。

“孩子，你没事吧。”

“没，没有。”他明显有些惊慌失措，勉强回复道。

“你认识那些家伙吗?”忆童年用眼神指着不远处的滑板少年追问道。李元哲被恐惧笼罩着，他想象着各种可怕的后果，周围的一切已然变得模糊起来。

“孩子，你快走，有叔在呢!”忆童年拍了拍惊惧中的元哲，满是忧虑。李元哲没有说话，惊惧的眼神加速了他离开的决心。没来得及打招呼，他一脚跨上车子，加速飞奔。那滑板少年却紧紧跟在后面，让人不寒而栗。忆童年揪心地望着远去的元哲，默默给他祈祷。

滑板的声音突然消失了，李元哲扭头一看，人不见了，稍稍松了一口气。他还没回过神来，忽然，又一辆滑板出现在前方，接着又是一辆滑板，他们在前方交叉翻转，游弋前行，像是撒旦的幽灵无处不在，无所不能。汗珠从他的前额一颗颗滚落，他的心快要跳出来了，真希望有人来帮帮他，五虎，风语，忆叔，警察叔叔。他想回去，回到家里躲起来，转念一想，不行，回去就会暴露一切，结果更糟。怎么办，怎么办，他的车子开始摇晃起来，不听使唤。

“没长眼啊！”抱小孩儿的妇女几乎被他撞倒。他的耳朵再也听不到别的声音，那滑板的隆隆声占据了他的听觉，他的眼睛再也看不到鲜活的世界，那鲜血淋漓的场景充斥着他的眼球。

“这孩子疯了。”

“谁家的？”

“还有谁家的，那寡妇家的。”

“哦，克死丈夫的那主。”

“没错。”

“这孩子，跟他老子一个命。”

“唉。”

李元哲在街坊们的窃窃私语中穿梭着，那滑板在他周围忽隐忽现，如响尾蛇般充满了敌意，丝毫没有放弃的迹象，消耗着他的体力，折磨着他的精神，摧毁着他的意志。

他像一头野马飞奔着，长街、车流、行人、高楼幻化成模糊的线条渐渐消失。怎么还没到，怎么还没到！学校对他来说是最安全的，高大的铁门，坚实的红墙，把纯洁与邪恶，高尚与世俗，清净与喧嚣彻底隔离开来，犹如圣徒在教堂里得到上帝的庇护，沉浸在和谐与安宁中。李元哲喘着粗气，挥汗如雨，手脚早已失去了知觉，在惯性中做着重复的运动，绝望的神情依然笼罩着他的脸颊。

大橡树，大橡树，模糊中他似乎看到了希望。多少年来，橡树岿然不动，矗立在一旁，守护着学校的一方安宁。他的眼睛亮了起来，知觉渐渐恢复，手还是手，脚还是脚，我还是我。然而，轰隆隆的声音若隐若现，始终不曾停息，他的心在忐忑与不安中快速跳动着，希望和绝望总是相伴而行，引诱着他做出抉择。

李元哲擦着橡树飞奔而过，像是百米冲刺，到了，到了，终于到了，可是那声音却更近了，大的让人胆寒，他没有勇气把头扭过去，两眼茫然，等待着那个恐怖时刻的到来。

“美男，早啊！”林美娇轻轻拍了拍旁边的李元哲。他打了个冷战，神志又恢复了些许，这声音好熟悉，难道是在做梦。他用余光瞟了一眼，一辆摩托车停在一侧，那轮子超大，在晨光中露着几分霸气。不是滑板，不是滑板，李元哲似乎得了滑板恐惧症，此时悬着的心终于落下了。一袭黑衣男子，戴着头盔侧目凝视，善意中充满了好奇，黑皮靴闪耀着光泽，他身体前倾，单腿着地，宽阔的肩膀把上半身打造成如钢铁般坚硬、质感的线条，让人想起了刀锋战士。

“元哲，不认识姐姐了？”林美娇摘下头盔笑嘻嘻地招着小手，长长的秀发一泻而下，一阵风将长发吹起，那妩媚的眼睛在温暖中放着光芒。

“娇娇！”李元哲把头扭了过去，一阵惊喜。

“那天出丑了，谢谢你照顾我！”

“姐姐，没有，换了我你也会那么做的。照顾更谈不上了，那本来就是我该做的。”李元哲有些愧疚，毕竟是他夺了林美娇的爱。

“给你介绍一下，这位帅哥是我老弟，汪雨涵，赛车手。”

“Hello，元哲。”汪雨涵摘下头盔，目光如炬，那脸白极了，冰冷中露着几分阳刚之气。

“雨涵，多关照！”李元哲直勾勾地看着汪雨涵，被他的气质吸引。

“你们俩相见恨晚吧！”林美娇调侃道，身边坐拥着两个大帅哥，得意得她美不自胜。汪雨涵爽朗地大笑起来，清隽的脸庞如平湖起了波澜。李元哲脸颊微红，羞怯起来。

“不过老弟，你可没戏啦，人家名花有主啦！嘻嘻。”

“略有所闻，梅姐姐的人。”汪雨涵把话题引向深入，气氛变得轻松起来，李元哲渐渐摆脱了恐惧的包围，呼吸着温暖的空气，匆匆做了告别，迈进了校园。此时，他已无心于教室的琅琅读书声，脚步异常缓慢地随着惯性前行。

心情的大起大落，考验着李元哲的承受力。灌篮少年显得疲惫不堪，还没跨进教室的大门，却心灰意冷，打起了退堂鼓，一转身，又离开了这个他再熟悉不过的地方。他缓缓走下台阶，不知该往何处落脚，在校园里孤独地游荡，铃声在他麻木的神经里已失去了应有的作用，俨然成了摆设。不知不觉中，他来到了情天神柱下，疲惫的身心再也无法支撑他继续前行，扑通一声，他坐在了地上，把书包扔在一边，靠着情天柱发呆。

郁金香早已凋零，在西北风的呐喊中显得凄凉无助，发出沙沙地哀鸣。还是在几个月前，那郁金香铺满了大地，在金灿灿的阳光里妩媚招摇，还有那美少女俯身融入这花海，沉醉其中。那不经意间地回眸如天使的眼睛照亮了他的心扉，成就了这情天柱下的姻缘。

梅芳凝就这样闯入他的世界，成了他心爱的恋人。想到这些，他略感安慰，庆幸自己并不孤独。手机响了几下，他翻看着。

“亲爱的，吃早饭了吗？昨晚梦到你了。”来自梅芳凝。（亲亲）

“早晨路过你教室，发现你不在，迟到了吗？”（疑问）

“你会讨厌我吗？我很缠人的。”（飞吻）

“怎么不理我，被哪个女生迷住了。”（生气）

看着梅芳凝发来的信息，李元哲被包裹在温暖的海洋里。他好想说，过来陪我一起逃课，看你跳芭蕾舞，去看一场电影……她一定会来的，她会来的！不，不能这样，我的痛苦是我的，不能让她知道，更不能把她卷入其中，她是无辜的。她的微笑和美丽是我唯一的期望。李元哲伤心地哭了，眼泪夺眶而出，他拿出手帕蒙在脸上，默默地忍受着，要把痛苦一个人扛起来。

一眨眼的工夫，大半个上午过去了。他起身朝篮球馆走去，只有那里才能让他忘记一切，他的生命是为篮球而生，也是为篮球而死。馆里静得让人无法接受，他的队友们早已蜷缩在教室里，等待着期末考试的来临。昔日的赛场只留下他们拼搏的遗迹，还有那倍感亲切、生龙活虎的身影。

“小伙子，今儿没训练吧。”一位白发老翁颤巍巍地问道。

“陈伯，我自个训练。”

“好样的，认真了，没有办不成的事。”老翁打开了器材室的门，李元哲换上球服，拿起篮球奔向了球场。

他像一阵风迎着冬日的暖阳，去拥抱生命的火焰，释放灿烂激情。篮球馆里仿佛进行着一场伟大的比赛，看台座无虚席，喊声阵阵，群情激昂，人们在速度与激情里感受着共同的生命体验。篮球像射出的子弹，瞬间又被弹回，人球像一股强大的磁力吸引着彼此。他把生命中的精华幻化成宇宙之灵感动着万物，呼唤着万有的生命。那球粘在他手里，随他摆布，俯首听命，不敢丝毫怠慢。他像是天降的神龙，横扫球场里的一切。

转身，晃动，过人，跳跃，旋转，灌篮，球场上的每个点都闪耀着他的身影。詹皇的神勇决绝，乔丹的巅峰超越，流川枫的坚毅潇洒，一次次闪现在他的脑海，激励着他忘我升腾。移形换影，飞龙在天，风卷残云，蛟龙出海……在球场里神奇地再现了篮球少年的超群技艺，他创造了这些只有天知道的鬼才动作，唤起了天人神性，一个人的球场胜似千万人的球场，生命静止了，时间消失了，空间在无限放大缩小中变换。

早晨的太阳早已滑过天空，在记忆中渐渐消失。斜阳释放出残红，难舍难分地爬下了篮球馆的窗户，告别逝去的一天。李元哲从意念中回到了现实，他喘着粗气终于停了下来，栽倒在地上，一个人在昏暗中孤独着。球场的灯亮了，戚雨蝶躲在观众席上，默默地守护着这个少年，她的眼泪早已风干，顺着脸颊结成一片淡淡的粉，眼圈红红的，凄美动人。

“元哲，元哲。”戚雨蝶凄厉地呐喊着，发了疯似地跑过去。

“元哲，你怎么了，到底怎么了？”她摇晃着元哲的肩膀。

“这孩子一天没吃东西了，从早练到晚，谁受得了，唉！”陈伯感叹道。

“水，水。”李元哲有气无力地哼哼着。

“陈伯，有水吗？有水吗？”戚雨蝶急切地喊道。

“有，有！”陈伯提着暖壶，拿着杯子，一溜小跑来到跟前。戚雨蝶急匆匆地倒了半杯水，使劲儿吹着，希望能快点凉下来。

“水……”李元哲慢慢睁开了眼睛，天旋地转，很快又闭上了。戚雨蝶心急如焚，水还是那么烫，她咬了咬牙，使劲儿吹了几口，端起杯子，头一仰，冒着热气的水直入口中。她的舌头一阵麻疼，抽搐着。戚雨蝶忍着痛，等待着水温的变化。舌头像是在油锅里煎熬，她的脸变得惨白，舌头由剧痛变得麻木，水温终于降下了。能喝了，终于能喝了。她把脸凑了过去，从自己口里把水送入李元哲的口中。

李元哲在一股热流中恢复着记忆，那热流充满了爱和期待，带着生命的呼唤温暖他的周身。他终于睁开了眼睛。

“老师，你来了，对不起，我没上课。”李元哲轻轻地感叹着。

“老师不怪你，你是好孩子，篮球打得真棒，我看了很久！”戚雨蝶微笑着，泪水顺着脸颊滑落而下。半杯水喝下了肚，李元哲渐渐恢复了神志，他四肢松软，没有一点力气。戚雨蝶从包里拿出巧克力，掰成几瓣，塞入他口中，巧克力慢慢在口中慢慢融化，他的气色也好了起来。

“老师，你怎么找到我的？”李元哲微笑着问道。

“你猜？”

“你问同学啦？”

“大家都不知道你去哪儿了，哈哈。”

“那你一定跟踪我了！”李元哲温情地望着雨蝶，灿烂的笑容融化着她。

“我的鼻子很灵的，你的气味特别，一闻就闻到啦，嘻嘻。”戚雨蝶眼见着元哲好起来，心情欢畅了许多。

“这是心有灵犀。”李元哲坐了起来，感觉说错了话，吐了吐舌头，脸颊微红。戚雨蝶的心掀起了一阵波澜，羞怯中更多的是心灵交融，她看着这个大男孩儿，想到了高仓健二，那个曾经让她深爱的男人。两个人默默地对望着，欲言又止。李元哲突然摸着肚子，一丝愁云挂在脸上。

“哪儿不舒服，我看看。”戚雨蝶拉着他的手凑到跟前问道。

“饿了，肚子都咕咕叫了。”李元哲调皮起来。

“好啊，想吃什么？”

“你吃什么，我就吃什么？”

“龙须面？”

听到“龙须面”三个字，元哲怔住了。清早，大成巷发生的那一幕让他心有余悸，他站了起来，快速走到一边，打开书包，拿出手机，要拨打电话，可惜手机没电了。

“老师，电话能让我用一下吗？”李元哲跑到戚雨蝶跟前，匆忙问道。

“给你。”戚雨蝶掏出手机随手递了过去。李元哲拨通了电话，久久没人接听，心里一阵紧张。

“给谁打呢？”

“我妈妈，没人接，真奇怪，这个时间她会在家的。”李元哲的脸色阴沉下来。

“老师，我想回家，不吃了。”

“不行，我不放心！”

“我好了，你看我都能站起来走路了。”

“我陪你回家，听我的。”

“别，别，我自己回！”李元哲担心起来，他不想有什么不测发生在戚雨蝶身上。

“你有事瞒着我！”

“没，没有，我能有什么事啊！”李元哲吞吞吐吐，逃避着雨蝶的眼神。

“别忘了，我鼻子可灵了。”戚雨蝶浅笑中暗藏着一丝诡谲。李元哲沉默了，疑虑重重。

“你就告诉我吧！我很想知道。”

“老师，我真没事，只是心情不好而已。”

“心情不好，就逃了一天课呀！”戚雨蝶一语中的。两人默默地看着彼此，僵持着。戚雨蝶眼光里流露着一丝忧伤，渐渐化成泪水，充盈着双眸，如珍珠般晶莹剔透。

“有天大的事，我都陪着你，不然我会于心不安的。”戚雨蝶紧紧抓住他的手，眼泪滑落而下，哭红的双眼令人哀婉。李元哲的眼圈湿润了，他知道这不是随便说出的一句话，是心的呼唤。

“你怎么找到我的？”

戚雨蝶没有说话，她把手捂在心口上，深情地望着元哲。

“等我！”

李元哲匆匆换了服装，拉着戚雨蝶走出了球馆。

此时，大成巷异常安静，月光惨淡，路灯昏昏，渗出一丝恐怖。沿街的店铺大都打烊了，零星的几家还在冬夜里强撑着，发着微弱的光。西北风不知疲倦的涤荡着每一个角落，炫耀着冷酷威严。

他们并排骑着自行车，在黑暗中前行。

“老师，你怕吗？”元哲怯怯地问道。

“怕了，还会跟你来吗？”戚雨蝶坚定地望着前方，脑海里闪现着几年前跟野狼搏斗的那一幕。

那年冬天，札幌出奇的漫长寒冷，大雪封了山，一片白茫茫的世界。高仓健二一脚踩空，从小山坡跌落下来，厚厚的积雪盖住了他大半个身体。戚雨蝶大喊着冲了下去。

“高仓君，你怎么样了，怎么样了？”戚雨蝶爬到他跟前，万分焦急。高仓健二强撑着准备站起来，还是栽倒在地。

“我可能骨折了，左腿无法站立。”

“我扶着你。”戚雨蝶用尽力气，把他扶了起来。

“我们尽快赶回去，山狼会在天黑前出没。”

话还没有说完，一声狼嚎响彻山谷，令人毛骨悚然，恐怖笼罩在他们周围。戚雨蝶面露忧惧，想象着狼的凶残狡猾。“别怕，我很凶的，能把狼吃了。”高仓健二露着惨淡的笑容，勉强支撑，安慰着戚雨蝶。他心里明白，一场生死较量迫在眉睫。大雪封了山，山狼变得异常饥饿凶残，它们每时每刻都在寻找着猎物。戚雨蝶在战栗中观察着四周，他们靠在一起，缓缓前行。

前方，两三个黑点有序蠕动着，越来越近，它们的轮廓渐渐明晰，三只壮年的山狼已经瞄准了目标。它们的嗅觉如此灵敏，甚至能感受到对方脆弱的心跳，渴望着撕咬猎物时本能的快感。

“啊！”戚雨蝶尖叫起来，她可从来没见过狼，更何况是饥饿难耐的三头野狼。他们停了下来，狼却加快了速度。狼凭借着嗅觉似乎感受到了对方的软弱无助，变得愈加疯狂。

“雨蝶，顺着日落的地方跑，快！”高仓健二使劲推了她一把，扑通坐倒在雪里。

“不，不，我不能丢下你！”戚雨蝶呼喊着，不肯分离。

“你必须走，快，快！我有枪，还有刀，能杀死它们！”

“不，不！”戚雨蝶大哭起来，声音颤抖着。

此时，头狼瞪放着凶光，发出凄厉地嚎叫，不顾一切地奔跑，另外两只狼紧跟其后。高仓健二端起猎枪，砰的一声把子弹射了出去。树林中穿行的狼，躲开了子弹，发了疯似的扑来，饥饿给它们带来的痛苦，远超过死亡的恐怖。他连续开了三枪，没有击中，所剩子弹不多了，生死悬于一线。

“你快走，快呀！你在，我打不准。快走！”高仓大喊着。戚雨蝶抹着眼泪，不忍别离，一边跑一边扭头看着高仓君。她渐渐远去，那狼张着血盆大口，呲着獠牙，拖着不断渗出的哈喇子，准备分享这盛宴。高仓再次瞄准头狼射击，那狼异常的狡诈，再次躲过，紧随其后的狼却被击中，呻吟着倒下，发出凄惨的哀鸣。头狼一眼掠过自己倒下的同伴，复仇的火焰在它眼睛里熊熊燃烧，它发出了惨烈的嚎叫。高仓君打光了子弹，拔出匕首，等待着生死一搏。两头狼不顾一切地扑了上去，狂风暴雨般地撕咬。他拿起匕首，使劲地扎向头狼，他的脸却被撕咬着，鲜血很快染红了冰雪的世界。头狼身中数刀，终于倒下了，哀鸣着。仅剩的一只山狼肆无忌惮地撕咬着高仓君，他的匕首再也无力刺向山狼。山狼目露凶光，淌着鲜血，独享这盛宴。血肉模糊的高仓君奄奄一息，看着自己被活吞的惨状，宁愿早早死去。

戚雨蝶躲在远处，被这惨况惊呆了，几乎昏死过去，恐怖伴随着痛苦犹如尖刀刺向她的心脏。心爱的人就这样惨死在她面前，无尽的伤痛终于化成了歇斯底里的愤怒，她毅然走向山狼，胸中满是怒火，发出最悲壮的呐喊。戚雨蝶拔出匕首，扑了上去，山狼毫不示弱，迎面而来，被鲜血涂满的血盆大口，既让人生畏，又让人可恨。山狼把戚雨蝶扑倒在地，嚎叫声再次响起，她的匕首在搏斗中坠落在地。山狼发了疯似的扑咬，戚雨蝶捂着脸，厚厚的棉服在尖牙利齿面前不堪一击，棉絮被抛向空中，如天女散花般。她闭上眼睛，等待着死亡，等待着与高仓君相会，那恐怖的咆哮更加肆虐了，她在恐惧中彻底绝望了。山狼站在戚雨蝶的身体上，炫耀着征服者的胜利，看着血淋淋的高仓君，本能又驱使着它去完成这血色盛宴。突然，有东西触碰着雨蝶，轻的几乎没有一丝声响，不是山狼，不是。她想到了高仓君，他还活着？她微微睁开眼睛，侧目凝望着高仓君。他血肉模糊的脸上只有眼睛是完好无损的，那眼睛在流泪流血，他的手抓着匕首，微微颤动着，仿佛在说：“雨蝶坚强，坚强，你很勇敢！把山狼杀了，把山狼杀了，替我报仇！”山狼不顾一切地撕咬着高仓君的身体，戚雨蝶抓起匕首，发疯似地刺向山狼，一刀、两刀、三刀……戚雨蝶尖叫着，不肯停手，直到精疲力竭。看着惨死的高仓君，她泣不成声。

“老师，老师，你怎么了？”

“哦，我没事，想起了往事。”戚雨蝶眼圈红肿，泪水打湿了脸颊。

“老师，你怕了吗？”

“怕？我杀死过狼，你信吗？”

“啊，真的吗？太不可思议了！”李元哲吃惊地望着戚雨蝶，钦佩中增添了几分勇气。

大成巷四排三号院寂静的异乎寻常，元哲推开大门，住户的灯还亮着，自家却是一片漆黑，戚雨蝶紧随其后观察着周围的动静。难道我家被打劫了？李元哲一阵心虚，他刚要开门，潜伏在黑暗中的一个人突然上前拍了拍他的肩膀，李元哲倒吸一口冷气。

“谁？”

“元元，是我，忆叔。”忆童年压低嗓门回应道。

“啊！”元哲扭头吃惊地喊道。

“嘘，快跟我来！”忆童年蹑手蹑脚，把他们带出了院子。

“叔，我们去哪儿？”

“来我家！”

“我妈呢？”李元哲神情紧张地问道。

“一会儿你就明白了！”

“这位是？”

“忆叔，我是戚雨蝶，元哲的班主任。”

“是老师啊！”忆童年上下打量着戚雨蝶，暗暗称奇，这姑娘胆子可不小啊！

忆童年带他们来到“怀旧时光”，关门，上了锁。

“元元，你闯祸了，你知道吗！”忆童年一本正经地说道。李元哲望着地板，一言不发。

“忆叔，这事有办法解决吗？”戚雨蝶拍拍元哲，不希望他承受更多的压力。

“走一步，看一步吧。”忆童年扶着书架，突然一侧的书架开始旋转，发出响声，惊呆了元哲和雨蝶。

“这是我的暗门，给我保密！”忆童年得意中带着几分谨慎说道。书架打开之后，一尊黑色大铁门矗立在面前。他拿出钥匙，很有规律地转了几下，门咣当开了。

“跟我来！”忆童年很神秘，脚步极轻，两个人紧跟其后。

“叔，这是什么地方，这么黑。”李元哲紧张地问道。

“这是厨房，小心这些家具。”

忆童年打开手电筒，小心翼翼地迈出了门。厨房外头是一所大院子，漆黑一片，杂草丛生，只有西北角的小屋里灯光忽明忽暗，其余六间房子早已破败，空无一人，门窗历经寒暑，被风雨腐蚀，在寒风中飘摇不定，发出啪啪声。突然，那亮灯的小屋里传出了唱戏声，音调时而高昂，时而低沉，极其怪异，令人毛骨悚然。

“叔……”

“别说话！”

忆童年表情异常严肃，他们穿过庭院，来到墙根下一处空地，忆童年把地上的铁盖子掀开，踩着梯子爬了下去。

“快，跟我来！”

“把盖子盖严实喽！”

这是一个旧式菜窖，因与隔壁院子菜窖接壤，后来打通，改造成地下通道。地道大约一米宽，两米高，长约十米，土坯墙，泛潮的泥土味让人窒息。他们屏气凝神，加快了脚步，气氛显得异常紧张，很快爬上了地面。又是一个大杂院，灯火通明，院里挂满了衣物床单，大家松了一口气。

“到家了，请进！”忆童年一改刚才的严肃，满脸堆着笑容说道。

“叔，刚才那是什么地方，怪吓人的。”

“那个呀，你不知道吗？京都有名的鬼宅！”忆童年煞有介事地说道。

“好阴森！”

王月听到儿子的声音，掀起了门帘，从里屋走了出来。一把抱住了李元哲，声泪俱下。

“孩子，你可让妈担心死了，闯了这么大的祸，还瞒着我。”

“妈，不是我的错。”

“不是你的错，那些人会找上门来？幸亏你忆叔说得及时，不然咱家可就成贼窝了。”

“元元，你怎么招惹上这些人，他们可都是跟黑道有瓜葛的坏小子，什么事都做得出来。”忆童年心急如焚地感叹着。

“忆叔，这事我也是刚刚知道，不能怪元哲，是一次很意外的事件，我清楚。”戚雨蝶看着元哲，为他抱不平。

“戚老师，这次又让您费心了，元元遇到你这么好的老师，也是他的福气。您快坐下。”

王月把戚雨蝶拉到床边，张罗着端茶倒水，忆童年像个跟班似的，陪着王月招呼客人。

“叔叔，阿姨，别客气，我也不是外人。”

“阿姨没把你当外人，真想有你这么个会疼人的女儿。”

王月深情地望着戚雨蝶，似乎看破了她的心事。戚雨蝶泛起了红晕，低着头，不知如何是好。大家盘腿坐在炕上，商量着对策，忆童年像个老江湖，充满街头智慧。

“事已至此，是非对错不重要了，解决问题是关键。这帮小混混可不是善茬，浪迹社会多年，害人的鬼点子层出不穷，我们作为弱势一方，当然不能硬碰硬。伟人的战略思想说得好呀，‘敌进我退，敌疲我打。’我们现在唯一的办法，只能躲，消磨他们的意志，等待时机跟他们交涉。家是不能回了，暂且住我这儿，委屈你们母子一段时间。”

“大兄弟，这怎么行，我们还是另想办法，实在不行报警。”

“李大哥生前为人仗义，是我的大恩人，你们的事就是我的事，听我的没错。”王月没再谦让，她想起了死去的丈夫，眼圈湿润了。

“戚老师，还得劳您费心，给孩子尽可能请假，元哲得早去晚归，隔日晚去早归，让他们摸不准。”忆童年边说边拿出一根泛黄的旧烟斗，塞满烟丝，抽了起来。

戚雨蝶点点头，对忆童年充满敬意。院里的灯光渐渐熄灭了，月光惨淡，寒风习习，忆童年的房间却亮着，温暖着小院。

十六、凶宅

排练厅里丝毫没有寒冬的味道，姑娘们素面朝天，正排练经典芭蕾舞剧《天鹅湖》选段。据说英国芭蕾王子 Charlie Fonda 受邀来京都参访，期间会亲临五十中指导，并参演王子齐格费里德，大家异常兴奋，扮演公主奥杰塔成了姑娘们最大的心愿。

安娜比往日苛刻了许多，时而高喊，时而沉思，双手不停地变换着位置，表情丰富却掩盖不住她内心的焦虑。姑娘们很难适应这突然的变化，显得格外紧张。芭蕾王子的艺术造诣无形中成了一种压力，而安娜对艺术的执着又把这压力进一步加深，她希望能给芭蕾王子留下极好的印象。

“梅芳凝，旋转，旋转，眼神，怎么搞的？”

安娜对梅芳凝的表现颇感意外，这个极具舞蹈天赋的女生近期判若两人，让人不可捉摸。梅芳凝看着镜子，几乎都不认识自己了，这是谁？还是我吗？

“老师，我不想跳芭蕾舞了。”她停下了舞步，望着安娜，一脸茫然。

“你说什么？你疯啦！”安娜大吃一惊，犹如晴天霹雳。女生们都停了下来，唏嘘不已。梅芳凝离开大厅中央，坐在一边，两眼呆滞，举止反常。

“大家自由练习。”她猜测着各种原因，忧心忡忡。

“你还好吗？”安娜走了过去，拍了拍梅芳凝。

“老师，我累了，想早点回去。”

“累了就先休息，能告诉我发生什么事了吗？”

“老师，没发生什么，我可以走了吗？”

“走吧，等你想好了告诉我好吗？”

梅芳凝看了安娜一眼，黯然离开了大厅。更衣房里空无一人，静得让人无法呼吸，她拿出手机，翻看着李元哲发的那则信息。

“我的公主，很想你，我知道你也会想我，告诉你一个不太好的消息。最近发生了一件很紧迫的事，我必须尽快解决，为了你的安全，我们只好暂时牺牲一下，少联系，不见面，等以后我会告诉你缘由，请相信我。爱你的元哲！”

在惊惧中挣扎的元哲，身心已不堪重负，脆弱的心灵已无法再承受更多的付出。他的血液里流淌着父亲过去的悲怆，这悲怆在心灵的感应中捕捉着时代共性，延绵不绝，重压在他的周遭，牢不可破，只有屈服和逃避才得以残喘。一堵无形的高墙正阻挡着他生命里迸出的灿烂火花，他在沉默中煎熬着。

一个情窦萌生的少女面对这样的景况，心如乱麻。她不知打了多少电话，发了多少短信，始终没有回音，她试着去教室寻找，还是一无所获。她无法忍受这样的现实，憔悴、压抑积累在胸中，犹如一座火山，随时都会喷发。梅芳凝再次拨打了李元哲的电话，她是多么希望能听到他的声音，哪怕只有片刻，只有一个字，她也会知足。她的心怦怦跳着，她所爱的人难道会从此跟她诀别，难道他有了新人，第三者横刀夺爱，各种猜忌让她变得焦躁不安，精神几乎崩溃了。电话通了，时间一分一秒地过去，电话里只有单调的嘟嘟声，她盼望着那爱的声音再次出现，然而却传来了“电话无人接听，请稍后再拨！”她彻底崩溃了，“哇”的一声哭了出来，泪如泉涌，她喊着李元哲的名字，诉说着他们的爱与恨，更衣房在呜咽声中经历着令人心碎的夜晚。

忆童年的办法果然奏效，李元哲在“魔兽天兵”的视线里消失了。他虽然没读多少书，可充满了智慧。也许保持一颗童心，总能给人以无穷的力量。卡通世界的神奇又何尝不是人类思想的凝练与升华，他对卡通的热爱或许失去了很多，但得到的谁又能说清楚呢。

“消失了，消失了，这王八羔子，玩儿捉迷藏呢。”毛四喜抽着烟，两眼眯成了一条缝，陷入沉思。

“喜哥，这几天我们可没偷闲，那兔崽子死活不见个人影。”

“是啊，这家伙还真较上劲了。”

“当初就该一锅端了，现在倒好，人财两空，老大的小心思也……”

“打草惊蛇了吧，这背后我看像是有高人指点。”

这帮人七嘴八舌地说个不停，打架、盯梢本来是他们的强项，现在却成了蹩脚鸭，无法施展。闷气牢骚开始发泄出来，拍桌子，骂娘，最后变成了相互指责，眼看着就要起内讧。

金三多推开了门，一脚把凳子踹到一边，怒斥道：“要造反，好啊，来反我啊，来啊！”他拿起酒瓶照着自己的脑门拍了下去，瓶子碎了，鲜血如注，染红了半个脸。金三多晃了两晃，靠在了墙上，众人惊呆了，大气不敢出一口。

“快去找绷带，还愣着！”毛四喜急匆匆地上前扶着金三多坐下来。

“站住，都坐下。”金三多在手里唾了一口唾沫，抹在了伤处，用毛巾捂在了上面。

“为一个小白脸，你们居然窝里反，都吃药啦！”金三多瞪着眼睛冷笑着，屋里一片寂静。

“他能跑得了吗，就算是神仙也要把他挖出来。”

“弟兄们得裹严实了，别让那家伙认出来。”

“还有，学校，大成巷出入口，四号院附近二十四小时不间断增派人手。”

“如果能混入学校就好办多了。”贾三笑说道。

“比登天还难，那个学校可不是一般人能进去的，不然还用这么费劲吗？”“狮子王”无奈道。

“就这么定了吧，挖地三尺也要把他挖出来。”

金三多捂着伤口，忍痛发号施令，血止住了，一条长长的血线凝固在脸上，在灯光下变得血腥冷酷。

李元哲很少骑车子。忆童年如影视剧里的谍报人员，出发前，侦查周围的情况，确认安全后，便推出电动三轮车，把蜷缩在车里的李元哲送出巷口，校车、公交车成了元哲的主要交通工具。神出鬼没的他并没有引起班里同学的注意，他一直以来算是半个隐形人，而类似的情况也不乏其人，繁重的学习任务，单调的课堂气氛，紧张的师生关系催生了不少厌学的同学，他们就这样游走在高二（3）班课堂里，形成一股见怪不怪的现象。

“龙吟？龙吟来了没？”

“老师，她病了。”

“斯男？斯男呢？哦，逃课啊！”

“老师，他可能会晚来一会儿，路上堵车呢。”

“这不是理由！”

“芜影？芜影呢？这位同学一直以来很神秘，把课堂当成什么了？度假胜地吗？”

楚熊一副怒不可遏的样子，瞪着大家。九〇后的孩子在他的世界里似乎一直是歪风邪气的代名词，毁掉的一代。他渐渐失去了耐心，在数学思维的单向认知里，越来越多的把不满变成了敌对。他敲打着桌子，开始大声训斥。

“同学们，课堂是庄严神圣的，我们今天坐在这里能安静的学习、求知，是你们赶上了一个好时代，大家应该珍惜啊！可我们有的同学竟然漠视这样一个好时代，甚至践踏这样一个好时代，把课堂当成了垃圾站，当成了肮脏的小旅馆，这简直太可怕了，真是造孽啊！今天居然有这么多同学不来上课，不请假。吴妮妮，没有假条的一律按旷课处理！”

“老师，迟到的怎么办？”

“迟到十分钟按旷课处理。”

“哦。”吴妮妮看着楚熊，一脸不情愿。

大家已经习惯了他的“脱口秀”，在麻木中改变着心理预期。数学课变得漫长，令人苦不堪言，大家在压抑中默默忍受着。下课的铃声终于响了，可没人敢从座位上站起来。楚熊并没有停下来的打算，教务长突然推开了门，把他叫了出去，这下子终于解放了，孩子们凝固的表情变得自然了许多，如同走出牢笼迎接自由的囚徒。

李元哲犹如幽灵，很快消失了。大战“魔兽天兵”的英雄壮举给人带来酣畅淋漓的同时，也释放着危险与不安，大家似乎心知肚明，替他保密行踪。躲避带来了短暂的安宁，却渐渐扭曲着他的心灵，他在惶恐中已疲惫不堪，厌倦了这个世界的一切，幻想着把自己关在坚固的牢笼里，隔绝与外界的任何联系，在封闭中求得一丝安宁。

五十中单身教工楼是老式苏联建筑，三层高，屋顶的青瓦高低错落，整齐排列，木制横梁在风吹雨淋中，变得腐朽，掉色的红砖墙把人带回了那个年代。李元哲在宿舍里似乎找到了归宿，心里平静了许多。戚雨蝶的画架上还有一副没有完成的雪景画，画笔散落在窗台上，一盆盛开的君子兰摆放在窗前，小屋在艺术的氛围中有了生命的韵味。李元哲观赏着那幅未完成的画作，惊惧与烦恼在这个小屋里暂时消失了，他的眼睛慢慢闭上，昏睡过去。

戚雨蝶近来总是心神不宁，经历着她从没有过的感觉。在她杀死山狼的那刻起，那个小鸟依人的女生渐渐变得模糊，最终只停留在过去的记忆中，而潜藏在内心中的母爱一点点释放出来，从陌生不安到坦然自觉，让她心潮澎湃，欲罢不能。

她走上讲台，脱下披巾，细长的脖颈比往日更显光滑白皙，寒风吹拂过的小脸蛋粉嫩羞涩，两排整齐的白牙齿闭合间，给人带来清新。李元哲的座位是空的，她装作没看到，脸颊却透着几丝兴奋的红潮。

“美女帅哥们，一天又过去了，大家很棒，一定很累了，很开心见到你们，也很担心你们，饿了吧。”戚雨蝶微笑着，大眼睛里充满了慈爱的光芒。

“饿！”大家异口同声地喊道。

“我也饿，一起坚持到最后，你们是最可爱的。”戚雨蝶磁性般的声音充满魔力，大家活跃起来。

“老师，我们回家就能吃饭。您怎么解决？”

“老师，您是单身吗？”

“老师这么漂亮，怎么会是单身呢？”

几个调皮的同学立刻让气氛变得热烈起来，戚雨蝶看着这些可爱的小朋友，充满了幸福。突然，一阵急促的敲门声传来，躁动的气氛立刻变得沉寂下来，会是谁呢？大家充满了好奇。

戚雨蝶开了门，立刻怔住了。梅芳凝冰冷地站在面前，哭后的双眼闪烁着泪光，美丽哀怨。她们彼此看着对方，没有说话，似曾相识的感觉让气氛变得紧张压抑。“原来是她，跟元哲亲密无间的老师，她的确很美。”梅芳凝直视着对方，想要看透她的世界，但那世界让人不可捉摸，它在引诱你，同时又拒绝你！“见过她，不止一次，难道她就是传说中元哲的女朋友？任何人见了都会喜欢她的样子。”戚雨蝶心跳明显加快了。女人的第六感在告诉她们，一场没有硝烟的战争仿佛早已打响。

“有什么事吗？”戚雨蝶还是开了口。

“我找李元哲！”梅芳凝口气生硬，一股幽怨笼罩在她周围。

“我们在上课！”戚雨蝶微笑着。

梅芳凝如触电了似的，撞开了戚雨蝶，门咣当的开了，她快步走了进去，急切地扫视着每一个角落，这次又让她失望了。戚雨蝶转身站在门口，平静地注视着梅芳凝的举动。班里顿时议论纷纷，大家似乎都知道怎么回事，只是这一次闯入教室实属意外。

“她又来啦，哇。”

“校花，四小天鹅。”

“很美，哇，李元哲艳福不浅啊！”

“这么霸道，我就看不惯。”

“姐弟恋，这么痴情，哈哈。”

梅芳凝落寞地离开了教室，她扭头看了一眼戚雨蝶，带着火药味儿说道：“我还会来！”戚雨蝶显得很平静，她像没听见似的，立刻把门关上了。

梅芳凝孤零零走在路上，呜咽起来，寒风吹在脸上，干冷刺骨，令人心酸。她拿出手机，给李元哲发送了信息：“元哲，你躲我也罢，烦我也罢，我只是想见你一面，哪怕是最后一面。我想知道有什么天大的事情能让你这样无情，还是我有什么地方做错了，伤了你的心。我很爱你，我想你也爱我，两个相爱的人，有什么话不能说，有什么困难不能一起克服。如果你所说的只是借口，那就更应该当面告诉我，让我彻底死了心。今晚，我去大成巷，见不到你，我不会离开！”

清冷的校园在一片凋零中任由北风肆虐，烟雨湖结了厚厚的冰层，干瘪的落叶、枯枝零星散落在湖面，被风吹得沙沙作响。梅芳凝放慢了脚步，矗立在湖边，回想着他们相处的那段时光，刻骨铭心，无法忘怀。她咬着嘴唇，泪光模糊了双眼，心痛阵阵袭来，在煎熬中，变得心有不甘。

李元哲迷迷糊糊睁开了眼睛，一觉醒来已是傍晚，月光照进小屋，勾勒出大小陈设的轮廓，朦胧中有几分简单的美。他坐在床头，发着呆，无所事事。今天是第十天了，“早去晚归”，这法子真管用，他们抓不到我，会气得吐血的，想到这儿，元哲宽慰了许多。

突然，手机震动起来，发出嗡嗡声，打破了小屋的宁静，他想去看，但还是犹豫了一下，立刻又把手缩了回去。他害怕看到梅芳凝，甚至害怕听到她的声音。这种怕是基于他们彼此相爱，以及在此种情形下无法去保护这份爱，但又怕失去这份爱的矛盾形成的。他想拥有这份爱，可自身的脆弱让他在千难万险中很难去承受这份爱。拥有这份爱就意味着义无反顾地去面对任何摆在面前的挑战，他还没有做好准备去面对挑战。爱可以是一团温暖的火，也可以是一把锋利的尖刀，温暖的背后往往是伤痛。儿女情长在很多时候会让人迷失方向，如果任由它发展，也许会给彼此带来不幸的结果，目前的紧迫局面加重了这种可能。

李元哲陷入沉思，手机再次响起，他不知该如何是好。十天了，十天了，他没有回过梅芳凝一条信息，也没接过她一个电话，他知道爱是美丽的，但也是残忍的，甚至会带来意想不到的危险。但爱的力量似乎永远无法抗拒，它似乎是上天给人类的特殊恩赐，改变着每一个人的抉择，创造了个体的历史，成就了人类的文明。

元哲屏住呼吸，慢慢把手伸了过去，打开手机，他的手明显在发抖，看着梅芳凝的短信，他意识到，危险近在眼前。

“不好，要出事了！”他拿起手机，从床上跳了下来，匆忙离开了小屋。

大成巷四排三号院门前比往日冷清了许多，院门早早上了锁，只有两盏红灯笼给人带来温暖。梅芳凝站在门前，跺着脚瑟瑟发抖。今晚，她是铁了心要见到李元哲的，寒冷或许能压垮她的躯干，可无法征服她的心。

“小姑娘，你还没走啊，大冷天的。”一位老太太推开了门，关切地问道。

“奶奶，没事。”

“不是跟你说过了吗，元元他们家有一阵子没人了。恐怕一时半会儿回不来。”

“我跟他说好的，奶奶。”

“孩子，要不来奶奶家等着，看把你冻坏了。”

“奶奶，我扛得住，谢谢您。”

老太太感到惋惜，摇了摇头，慢慢关上门。梅芳凝丝毫没有被老太太透露的消息分心，她依旧不为所动地站在那儿，坚信爱的力量一定会感动上苍。忽然，不远处的巷口，有人影在晃动，向她走来。这个人行动怪异，浑身上下捂得严严实实，是男是女无从辨认。他突然加快了脚步，很快又放慢了脚步。梅芳凝变得紧张起来。那人从门前走过，只是斜眼看着梅芳凝。梅芳凝提高了警惕，心突突跳着。

梅芳凝看着他消失在巷道里，情绪渐渐平静下来。天色已晚，冷风嗖嗖地刮着，她有些支撑不住了，坐在了冰冷的石墩子上，盼望着李元哲的出现。绝望和希望总是交替而来，折磨着她的意志，锦衣玉食的她哪里遭过这个罪，想到这些，梅芳凝哭了起来，那哭声幽怨凄婉，令人哀怜。

“小姑娘，你怎么在这儿哭呀，遇到麻烦啦？”忆童年开着电动三轮车停了下来，探出头问道。梅芳凝看着忆童年，愈发伤心起来，一把鼻涕一把泪的抽泣着。

“你迷路啦？”

梅芳凝摇了摇头。

“那是丢东西了？”

梅芳凝还是摇头。忆童年打量着她，“这孩子没见过，应该不是大成巷的，一个小姑娘大晚上的来这儿干什么，哭得这么伤心，倒是跟元元年纪相仿，难道是找元元？”

“孩子，你是哪个中学的？”

梅芳凝抹着眼泪，没再搭理忆童年。

“你是在等人吧？”

梅芳凝眼睛一亮，似乎看到了一丝希望，“难道他是元哲派来的？”她点了点头。

“你是五十中的？”

“嗯，嗯，是的。”梅芳凝急切地说道。

“你等元元？”

“是的，叔叔，我等元哲，您知道他在哪儿吗？”

“孩子，这我可不知道，有什么事的话，我碰到了他，可以给你传个话。你还是早点回家吧。”

梅芳凝冥冥中感觉到这位大叔并不寻常，他或许知道李元哲的下落。

“叔叔认识元哲吗？”

“哦，不怎么熟，知道这孩子。”

“叔叔，叔叔，我是元哲的女朋友，求求你，帮帮我，我有很重要的事告诉他。”梅芳凝说道。

忆童年有些吃惊，看着这个可怜兮兮的小姑娘，心生爱怜，不过还是多了个心眼，他看了一下周围，轻声说道："孩子你稍等，我一会儿再过来。"梅芳凝点了点头，内心宽慰了许多。三轮车发出嘟嘟声，走开了。梅芳凝感觉温暖了许多，盼望忆童年给她带来好消息。

忽然，从墙角处钻出一个人，他站在那儿一动不动，盯着梅芳凝。"还是那个人，他怎么又出现了。"梅芳凝慌作一团，真希望忆童年早点过来。那人接着拿出手机，发送信息，不时四处张望，令人不安。梅芳凝从石墩子上站了起来，战战兢兢地走到门前，敲起了大门。

"有人吗？有人吗？……我找李元哲。"她拼命敲着，急促的心跳加快了她敲击的频率，过了很久，依然没有一点动静。可谓叫天天不应，叫地地不灵。她紧紧靠着门，在恐慌中挣扎着。那人如僵尸般站立着，冷笑了两声，慢慢消失在她的视线中。梅芳凝扑通坐在台阶上喘着气，额头渗出冷汗。

忆童年每天总会在大成巷溜达那么几次，观察周围的情况。近来，陌生人明显减少了，尤其是"魔兽天兵"那副打扮的人很少再看到，他总算松了口气。回到"怀旧时光"，他拿起充电的手机要给元哲打电话，一则信息传了过来："忆叔，快到公交站来接我，有急事！！！"忆童年看到信息，变得紧张起来，以为出了什么大事，匆忙开着三轮车奔向公交站，把梅芳凝忘在了脑后。

公交站离巷口大约八百米，在这里上下车，相对安全，忆童年每天开着小三轮到公交站按约定的时间接送元哲，神不知鬼不觉地躲过了那些混混的眼睛。李元哲刚下了车，远远看到忆童年开着三轮奔这儿来，迫不及待地迎了上去。

"今儿'早出晚归'，还差一个钟头，出什么事了？"忆童年担心地问道。

"忆叔，有急事，我用下车子。"元哲急促地说。忆童年有些诧异。

"你这是要干吗？"

"忆叔，就用一下，求你了。"

"你会开吗？"

"会，会，一会儿就完事。"李元哲慌张的神色让忆童年想起了梅芳凝。

"要不，叔跟你去。"

"不用了，叔，我自己行，真的。"李元哲似乎不想让更多人知道他恋爱的事，极力掩饰着。

"那，慢点开。"忆童年犹疑地下了车，总感觉不放心。

"嗯，待会儿见。"

他开着三轮很快消失在夜色中。此时，梅芳凝躲在门前，在寒风中，缩成一团战栗着。她不安地望着巷口，担心那个神秘人再次出现。忽然，三个黑乎乎的人影由远及近慢慢走来，他们背着双肩包，戴着连衣帽，帽子遮挡住半个脸，凶光外露。中间那个，留着山羊胡，叼着香烟，吹着口哨，双眸冷酷邪恶，令人不寒而栗。

“喜哥，应该就是她。”“狮子王”比画着。

“看那轮廓，像是她。”毛四喜边走边坏笑着。三个人走上前去，把梅芳凝围了起来。

“你们要干吗？我要喊人了！”

“美女，在等人吧。”毛四喜又点着一根香烟，借着火焰，他又仔细打量了一番，心想就是她，救小白脸的。

“啊，你们是谁？要干吗？”梅芳凝尖叫了一下，巷子里依旧静得可怕，这年头，大家都学会了自我保护，没人愿意管闲事，多一事不如少一事的观念似乎从没有离开过大多数人的生活。

“我们也等人啊，等那个什么元哲来着。”毛四喜得意地坏笑着。

“美女，他是你男朋友吧，不然你也不会在这儿等他啊！哈哈。”三个人浪笑着。

梅芳凝冲下台阶，想着逃脱。那三个混混立刻又围了上去，这次梅芳凝似乎无法逃脱。

“啊，啊，啊！”梅芳凝大喊起来，惊恐的眼神似乎模糊了周围的一切。

“你喊什么喊，又吃不了你。俗话说，‘杀人偿命，欠债还钱。’那个什么元哲，打了我们的人，总不能一跑了之吧，这可是法制社会，对吧，美女。”

“我要报警了！”

“报吧，我们还有冤无处诉呢。哈哈。”他们又大笑了起来。

“流氓，流氓，救命啊！”梅芳凝惊呼道。

大门突然打开了，一个中年男人小心翼翼探出了头。

“看什么看，没你的事！”“狮子王”怒吼道。

“美女，要不跟我们走一遭，替你情哥哥还债如何？”毛四喜只顾着纠缠。

“狮子王”跑上台阶，封住大门，那中年人再也没探出头来。梅芳凝此时想死的心都有，她呼喊着，像是坠入了地狱。就在这时，传来三轮车的嘟嘟声，那快速旋转的车轮打了个急转弯，猛地扎向四排三号院。三个人登时转移了注意力。此时，梅芳凝孤立无助地站在那里，惊恐万分。那三轮没有丝毫停的迹象，反而加速前进，冲向梅芳凝。

“快闪！”那几个混混如皮球般滚到一边。三轮车分毫不差地停在梅芳凝旁边，那门砰地迅速弹开，一支有力的手伸了出来，一把抓住梅芳凝，把她拖进车里，梅芳凝“啊”的尖叫一声，斜靠在司机身旁，三轮车急速驶入胡同深处，车门半开着，发出啪啪声。

“我来晚了，抱歉！”李元哲看着惊魂未定的梅芳凝，一阵心痛。听到这熟悉的声音，梅芳凝慢慢缓过神来，她抬起头，望着那熟悉的脸颊，如在梦里，元哲，是元哲。梅芳凝搂着元哲，大哭起来。

“追！”毛四喜看着远去的三轮，喊道。他们立刻从双肩包里取出了滑板，踩上去，紧追不放。

李元哲开着三轮，如无头苍蝇，有空子就钻。他破天荒的胆子大了一回，心都快要蹦出来了，巨大的心理反差遮蔽了他的双眼，三转两绕的，迷失了方向。

“坏了，死胡同。”李元哲冒出了冷汗，那滑板的声音似乎离这儿不远了，他们喊叫的声音依稀传来。

“把这个口堵住，还有前边那个口。”

“往哪跑。快出来！”

“美妞，你在哪儿啊？”

那充满了恐怖的声音，隔着那坚实的院墙层层传递过来，越来越清晰，狗吠声此起彼伏，在寒夜里令人胆寒。梅芳凝搂着李元哲，像一只受了惊吓的小花猫，浑身发抖。

“别怕，别怕，有我呢。”李元哲安慰着一旁的梅芳凝。他此时只有一个念想，让自己心爱的人安全离开比什么都重要。他紧紧抓着梅芳凝的手，看着横在前面的那堵黑墙，焦虑万分，怎么办，怎么办。滑板滚动的声音似乎在逼近这个胡同，到那时，就全完了。李元哲抹了抹额头上的汗珠，不知何去何从。

忽然，一只野猫窜到了墙头，那双发着寒光的眼睛扫视了几下，“喵”的一声消失了。元哲看着那消失的野猫，灵机一动，有了主意。

“有了，快，我们翻过去。”李元哲急匆匆地下了车，梅芳凝慌慌张张紧随其后。

“踩着我，上车顶，快。”李元哲蹲下身子急切地喊道。战战兢兢的梅芳凝没得选择，吃力地踩着元哲的肩膀爬了上去。那小车，有些摇晃，梅芳凝“啊”地尖叫了一下。

“嘘，亲爱的，小声啊！”李元哲轻声说道。他迅速爬上车顶，那车开始猛烈摇晃，梅芳凝紧紧抓住李元哲，咬着嘴唇，尽量不喊出来。

“来，亲爱的，踩着我爬到墙上。”看着那堵黑漆漆的高墙，梅芳凝犹豫了，她的腿开始发抖，心跳加快了。

“我怕，我怕！”她拽着李元哲的衣服，吓破了胆。

“亲爱的，不怕，我会保护你的，我们翻过墙就安全了。”

梅芳凝还是犹豫不决。那疯狂的喊叫声，滑板的隆隆声步步逼近，眼看就要被发现了。

“亲爱的，快，踩着我的肩膀，快上去，以后我们就不分开了。”

梅芳凝听到这话，像是触了电，踩着元哲，艰难地爬到了墙头。她一阵眩晕，无法站立，只好趴在那儿等待李元哲救援。那三轮晃得很厉害，李元哲差点摔了下去，凭借着出众的平衡能力，他稳住了身体。

“那小子在那儿，快，他在翻墙。”

黑暗中传来喊叫声，令人不寒而栗。各种声音很快向这里聚集，喧嚣伴随着狗吠，恐怖气氛笼罩着大成巷。李元哲一个跳跃扒住了墙头，那车子摇晃了几下，侧翻在地。他双臂一撑，利索地爬了上去。那些混混眼看着走到跟前，他纵身跳了下去。梅芳凝哭了起来，她两腿发软，跪在墙头，在惊恐中战栗着。

“快，快，跳下来，跳下来，我接着你。”李元哲焦急地看着墙头上的梅芳凝，伸出了双臂。

“我害怕，不敢！”梅芳凝抽搐着。

“往哪儿跑。”“火影兄弟”来到墙根下，气急败坏地叫嚷着。

“快，踩着我，爬上去，把那妞儿拉下来。”“啸天罡”喊道。

梅芳凝几乎吓晕过去了，她在绝望中等待着最坏的结果。

“亲爱的，快跳，我接着你，要死，也是我先死！”李元哲喊道。

梅芳凝闭上了眼睛，李元哲的出现，让她对生命有了更多的期望，那充满爱的语言震撼着她的全身，她晃晃悠悠地站了起来，屏住呼吸，跳了下去。李元哲被一股巨大的冲击力压倒在地，他紧紧抱着梅芳凝，喘着粗气，如释重负。李元哲忍痛站了起来，扶起梅芳凝，拉着她的手消失在巷道中。

“他们跑啦，分头行动，快，快！”毛四喜干吼道。一帮人很快分散开来。

李元哲带着梅芳凝速度明显放慢，梅芳凝被这么一折腾早已身心俱疲，没跑多远，就气喘吁吁，无力前行。

“梅，你怎么啦，我们得赶紧离开这儿。”

“我累了，实在跑不动了，想坐下歇会。”梅芳凝喘着气，央求着李元哲。

“亲爱的，如果停下来，我们就彻底完了。”李元哲焦虑地看着梅芳凝

梅芳凝眼里闪烁着泪花。她咬着牙，走了没几步，一屁股坐在了地上。

“元哲，我不行了！”梅芳凝气喘吁吁，抹着眼泪。

“来，我背你！”李元哲俯下身子，把梅芳凝扛到了背上，快速前行。梅芳凝搂着元哲的脖子，感受着近距离的温暖。他们的头靠在了一起，那呼吸，心跳，身体里流淌的血慢慢融入彼此，梅芳凝对爱的认识似乎有了重新的体验。她开始用嘴唇亲吻元哲，那种感觉从未有过。

几个主要路口似乎都无法通过，那些人似乎掌握了大成巷的路线图，他们化整为零，四处安插人手。李元哲背着梅芳凝躲在墙角，观察着周围动静。离“怀旧时光”还隔着两个胡同，大约五十米远，跑过去恐怕要被发现。忆叔在就好了，不，不行，不能再连累他了。元哲绞尽脑汁，想着逃脱的办法。

“你累吗？我下来可以走了。”

“没事，我不累，背着你，背你一辈子好吗？”李元哲说道。

一股暖流在梅芳凝的周身流淌，她的头紧紧贴着李元哲，爱的力量温暖着她全身。“怀旧时光”的灯亮了，这么晚了，忆叔在干什么呢？李元哲琢磨着。不一会，门开了，一辆餐车缓缓驶出，忆童年推着车子下了台阶。餐车里的小电灯亮着，车里摆放着早餐卖的包子、粥，玻璃窗上蒙着一层热气。忆叔只卖早点，没见他卖过夜宵。元哲百思不得其解。忆童年推着餐车朝巷口走去，一边观察着周围的情形，他似乎感觉到了这里的异常。

“嗨，老头，等等，有什么吃的？”

“包子，粥。”忆童年声音拖得很长，斜视着他们。

两三个守在附近的混混，驾着滑板来到了忆童年的餐车旁。李元哲似乎明白了，难道忆叔是在分散对方的注意力吗？他似乎看到了希望。

“抱紧我！”

“嗯”梅芳凝紧紧抓着元哲。

李元哲突然加速冲向了“怀旧时光”，眼看就要转弯躲过他们的视线。

“他在那儿，追！”他们发现了目标，不顾一切地朝元哲奔来，餐车周围一片狼藉。

“嗨，嗨，这叫怎么回事，还没给钱呢。”忆童年吆喝着，为李元哲捏着一把汗。

“糟了，这次跑不掉了。”李元哲背着梅芳凝，身心俱疲，仿佛肩上有千斤重担，压得他喘不过气来。忽然，旁边的一扇大门被风吹得作响，虚掩着，只能躲这儿了，不然很快就被发现了，元哲轻轻撞开门，不假思索地溜了进去。

院子黑乎乎的，杂草丛生，残垣断壁依稀可见，只有里面一间小屋亮着灯，灯光昏暗，传来阵阵哼唱。李元哲打了个冷战，这个不就是忆叔说过的“鬼宅”吗？梅芳凝更是大气不敢出一声，闭着眼睛，死死抱着元哲。那唱戏的声音断断续续，像一个疯子，李元哲起了一身鸡皮疙瘩，他们钻进一间空屋躲了起来。

屋子里只有一张老式木床，布满了灰尘，水泥地高低不平，裂缝随处可见，地上散落着一些杂物，发黑的白墙上贴着六七十年代的画报，墙壁上手写的文字借着月光依稀可见。木窗早已被风雨腐蚀，只有几块不完整的玻璃在寒风中发出啪嗒声。

“元哲，我怕！”梅芳凝躲在元哲的怀抱里，瑟瑟发抖。

“梅，你妈妈知道你在哪儿吗？”

“我跟她说了，今天住校。”

“这就是我的处境，你不该卷进来。”李元哲哀叹着。

突然，梅芳凝的脚下一阵窸窣声传来，一支老鼠爬到了她的腿上，这下子几乎把梅芳凝吓晕过去。她惊叫着，蹦起三尺高。

“啊！老鼠，老鼠，啊！”

“嘘，嘘，没事，没事，有我在。”李元哲扑上前去，捂住她的嘴，轻声说道。

那唱戏小屋的门吱扭扭开了，一阵男人的狂笑，像魔鬼般令人恐怖。李元哲搂着梅芳凝，战栗着。

“亲爱的，闭上眼睛，不怕。”李元哲一边抚摸着梅芳凝，一边冒着冷汗，他的心跳声似乎在整间屋子里回荡着。

那狂笑声突然消失了，院子里变得异常安静，静得让人毛骨悚然。他们躲在角落里，月光惨淡阴森，穿过破败的窗户，洒落在满是裂纹的地面。元哲看着窗外，仔细听着外面的动静。梅芳凝慢慢睁开了眼睛，顺着元哲的目光看去。忽然，一阵沙沙声传来，极有规律，那声音离小屋越来越近，吞噬着黑暗的世界。那狂笑的人蓬头垢面，迈着京剧台步，手舞足蹈，游弋而来。她穿着半敞的绣花红棉袄，拿着一块白手帕，红棉裤上系着红绳，松散的快要掉了，尾椎骨暴露在外部，趿拉着一双破旧的红皮鞋，散乱的白发遮住了脸颊，偶尔能看到那幽怨的双眼，红肿的吓人。

突然，她矗立在窗前，像冰冷的尸体一动不动。梅芳凝瞳孔变得极大，血液沸腾，浑身震颤，她不由自主地想要尖叫。元哲立刻捂住了她的嘴，把她搂在怀里，低下了头，两人依偎在一起，在惊恐中哆嗦着。

“你回来啦，哈哈哈。”窗外的那人突然大笑着说道，那声音悠长绵软，像是来自地狱，扼杀人的意志，她舞动着白手帕斜视着屋里。

“这家伙消失了，这胡同就是飞也得飞半天，这就没啦。”“啸天豹”喊道。

“兄弟，你看这院儿，门开着。”“啸天狼”说道。

“说不定在里头，走，进去瞧瞧。”

两个人蹑手蹑脚推开了门，刚迈进去。那疯婆子突然蹦到院中央，犀利地喊叫着，瞪着他们唱起了大戏，嗓门浑厚有力，频率极快，像是古代将军在战场上厮杀的怒吼，疯婆子披散着头发，那红肿的双眼露着仇恨，快速逼近了他们。这两人吓得一脸惨白，撒腿就跑，只剩下穿堂风拍打着那扇年久失修的门，发出哐当声。

疯婆子又回到院中央，变换着音调，嚎了几嗓子，安静下来。她在院里踱着方步，说起了话。

“大渊，你喜欢听我唱戏，那就快回来啊。”

“牛鬼蛇神，我们要划清界限。”疯婆子模仿着男人的音调说道。

“大渊，我们是新婚夫妻啊，你不是想要儿子吗？我都有了。”

“他不是我儿子，是谁的野种？是资产阶级流毒的野种。”她继续模仿道。

“大渊，你不认我们娘俩啦？”

“你这个野种，快滚！”

“啊，啊，啊，你好无情啊！”疯婆子诉说着，凄厉哀婉。

突然，她大哭了起来，声泪俱下，像是有无尽的委屈无法倾诉，寒风吹在她沧桑的老脸上，洗练她的过去，现在和未来。她慢慢走进了小屋，又开始了那一整夜的对话，彻夜难眠。

李元哲搂着梅芳凝，周围的一切像是一幕舞台剧，启幕、谢幕转念间消失得无影无踪。伴着月光，他们在惊恐不安中，等待着黎明。

十七、麻婆（上）

近来，“大成巷”成了热搜，“鬼宅”再次成了大众的街谈巷议。小报记者频频造访，京都晚报甚至刊出了标题新闻“《夜半歌声》之前世今生”，有好奇者半夜造访“鬼宅”之后被吓死的故事在民间流传的愈发邪乎，某电影导演甚至有意在此拍摄电影的消息不胫而走。冬日里的大成巷热闹了许多，夜晚的游客络绎不绝，那些小店生意日渐红火。

“魔兽天兵”还是无果而终。更蹊跷的是，“啸天豹”和“啸天狼”逃出“鬼宅”之后居然同时得了一场大病，高烧不退，胡言乱语，无药可治，只能听天由命了。“魔兽天兵”被“闹鬼”事件搞得人人自危，这事暂时也就放下了。

忆童年无意中接受了记者采访，一夜间成了网红。他被采访时曾有过这样的论述：“要问我世上有没有鬼，我还真不知道。你可以说它没有，也可以说它有。心魔就是鬼嘛，鬼可以说它是自己，也可以说它不是自己。”

他的话暗藏玄机，令人费解，成了网络流行语，也引发了人们对“鬼”的大讨论，忆童年因此而成了研究“鬼怪”的民间高人。一时间造访他的人多了起来，“怀旧时光”比往日里拥挤了许多，相聚到此的人们把这里变成了玄幻“沙龙”。

经历了上次的“恐怖”之夜，梅芳凝和李元哲爱得更深了，他们的恋情在五十中尽人皆知，因此也得了一个“金童玉女”的雅号。还没下课，梅芳凝早早在教室门口等着元哲。铃声终于响了，她兴奋得紧张起来，出来的同学大都会看一眼梅芳凝，似乎知道她的来意，彼此间挤眉弄眼，窃窃私语。李元哲终于出来了，梅芳凝脸颊微红，走过去紧紧抓住元哲的手，像一只小鸟偎依着他前行。

“你想好了？真要去‘鬼宅’吗？”李元哲笑了笑说道。

“嗯，想好了，有你在，我不怕。”梅芳凝靠着元哲的肩膀说道。

“你不怕呀，没准我怕，哈哈。”

“你怕呀，我可以保护你呀！嘻嘻。”

“你还能保护我？了不得啊！”

“那当然啊，我可不像你，哼！”梅芳凝撅着嘴，调侃道。

他们叫了出租车，没多久到了“怀旧时光”。下午，阳光和煦，穿过玻璃窗照入屋内，隐约中可以看到有女孩儿在晃动，她扎一根马尾辫，红头绳显得格外扎眼。会是谁呢，李元哲有些好奇。他们进了屋，没看到忆童年，只有那女孩儿专注的翻杂志，丝毫没有理会他们的到来。

“忆叔呢？”李元哲问道。那女孩儿似乎没听到，仍旧低着头。李元哲越看越像戚雨蝶，他竟然慢慢走到了她身后。梅芳凝站在门口一动不动关注着事态的发展。李元哲拍了拍那女孩儿的肩膀，她猛然转过来，李元哲大吃一惊。

“老师，你怎么在这儿？”李元哲望着雨蝶，既惊喜又尴尬。

“我怎么就不能在这儿呢，忆叔可是请我来的噢。”戚雨蝶微笑着，嘴角的小酒窝还是那样甜美。梅芳凝感觉这声音如此熟悉，令她有些局促，她跟着走到跟前，立刻不安起来。果然是她，上次真不该那样，哎，后悔也来不及了。她刚想说什么，戚雨蝶瞥了她一眼，装作没看到，继续跟李元哲说着。

“好巧啊，老师，没想到你也成了忆叔的座上宾，他现在可了不得，是网红呢，京都的名人。”

“你别笑话我了，什么座上宾呀，只是对‘鬼宅’好奇，这才来找忆叔的。”

“那就更巧了，我们也是对这个感兴趣才来的。”

“你们？”戚雨蝶打量着梅芳凝，立刻变得深沉起来。

“哦，老师，她是梅芳凝，我，我女友。”李元哲的小白脸红扑扑的，眼神里流露出一丝不安。戚雨蝶和梅芳凝对视着，气氛一下子凝重起来，屋里死一般的寂静，两个女孩儿谁都不愿开口，内心五味杂陈。李元哲很纳闷，感觉气氛怪怪的，但又不知该说什么。

“原来是你，我们见过的。”戚雨蝶淡淡地说道。

“老师，上次对不起，还请您原谅。”梅芳凝向戚雨蝶表示歉意，不过她的内心似乎有些不情愿，淡然中露着几分傲骨。

“什么事，我记忆力一向不好。”戚雨蝶微笑着，满不在乎的样子。

“是。”

“过去的事就过去了，干吗那么放不下，不提了，好吗？”戚雨蝶岔开了话题。屋子里安静下来，三个人僵持在那儿，让人窒息。

“哎呀，赶巧了，你们都在啊！”忆童年站在门口，气氛变得轻松了许多。

“忆叔，还记得我吗？”梅芳凝看着忆童年，倍感亲切。

“有印象，那晚在元元家门口守了一夜的就是你吧。”忆童年打量着面前这位小姑娘。

“嗯，嗯，您记忆力真好。”梅芳凝点点头。

“元元蹬着三轮是去接你的吧。”

“是的，忆叔，很抱歉，把您的车子弄坏了。”

“车子都是小事，平平安安就好。下次可别那么任性了。”

“忆叔，给您添麻烦了，我错了。”

“没什么，没什么，这一闹腾倒也好。大成巷出了名，治安状况也明显改善了，你看，不三不四的人再也没来过，社区组织了巡逻队，警察也常来光顾，这儿可真火起来了，哈哈。”忆童年笑得合不拢嘴。

戚雨蝶站在旁边，不知该说什么。

“忆叔，我们是来听您讲鬼故事的。”李元哲兴奋地说道

“这世上，哪有什么鬼呀，小孩子尽瞎说。”忆童年咧着嘴笑道。

“雨蝶老师，我是个大老粗，您是文化人，一定有高见。”

“忆叔，今天是来跟您学习的，我可是一问三不知啊。”戚雨蝶说道。

“您夸我了，我懂什么，也就能瞎掰活。”

“就是来听您瞎掰活的。”戚雨蝶听到“鬼”，立刻变得兴奋起来，急切地想知道“鬼宅”的故事。

“忆叔，您隔壁真是‘鬼宅’吗？”戚雨蝶瞪着大眼睛问道。忆童年变得沉重起来，他沉默片刻，拿出烟斗，把烟丝掐在指尖，慢慢揉搓着塞入烟斗，用洋火点燃，明显看出那双大手在发抖。那味道跟他的心情一样重的让人感到一丝压抑。

“我抽两口，你们不介意吧？”

“没事，没事，您就说吧。”梅芳凝说道。

“来，坐，都坐下。”

他们坐着小板凳，围着小方桌，听忆童年娓娓道来。原来那“鬼宅”的主人名叫张凤芝，现如今差不多快七十了，大学毕业那年，她留在京都大学做了辅导员。她长得不仅漂亮，而且能歌善舞，京戏唱得极好。那时候，人们私下里都叫她“小牡丹”。他的未婚夫是京都大学历史系教师，名叫尹大渊，两人青梅竹马，人尽皆知，一九六九年他们一起留校，开始了新的人生。

“大渊，你什么时候娶我。”张凤芝坐在自行车上，搂着尹大渊的腰，粉嫩的脸蛋透着一丝红潮，她双眸含羞，轻声细语，荡漾着幸福的笑脸。

“你呀，没事就催我，这才刚毕业几天，就扛不住啦，哈哈。”尹大渊兴高采

烈，乐开了花。

“哪有女孩子催的，也就是遇到我，这么好欺负，哼。”张凤芝使劲掐着尹大渊，眼神里写满了爱。

“哎哟，哎哟，姑奶奶，弄疼我了。”尹大渊咬着牙叫喊着。

“谁让你这么坏，你娶还是不娶。”

“娶，娶，娶！”

“这次先饶了你，你说，怎么娶我。”

“当然是八抬大轿，明媒正娶啦。”

“别那么没正经，说点实际的。”

“说心里话，我恨不得，今晚就把你娶回家，可咱们连个窝也没有，唉。”尹大渊倒着苦水，一阵哀叹。

“你不是分宿舍了吗？”

“宿舍是两个人的，总不能把人家赶走吧。”

“谁呀，你认识吗？”

“当然认识啦，大学就是上下铺，这不，粘着我不走了，也留下了。”

“尚无极，嘻嘻，睡觉打呼噜、磨牙那位主，这回可有你受的了。”张凤芝捂着嘴笑个不停。

“那可不，你还嫁吗？”

“嫁，睡马路我也嫁！”

“这么想嫁我，怕没人娶吧，哈哈。”

“尹大渊，别这么嚣张，打我主意的人多着呢，你不稀罕，有的是人稀罕。也就是你，换了别人，我才不这么上杆子呢。”张凤芝说着说着，呜咽起来。

“别，求你了，我错了，向你认罪，别哭了，好吗？”

“你是个大坏蛋，没良心的，恨死你了，恨你！”张凤芝抽噎着，捶打着尹大渊。

“我是狗熊，是大坏蛋，是一头大公猪，呼噜噜，呼噜噜。”尹大渊模仿着猪的样子，哄着张凤芝。

“坏家伙，大猪头，大猪头，我的大猪头！”张凤芝笑了，泪珠挂在脸颊上，美丽动人。

那天，校园子里开满了牵牛花，姹紫嫣红。他们穿梭在花丛中，微风吹拂着杨柳，掠过他们的脸庞，带着一股清新沁人心脾。水塘里，荷花滴着露珠，连成一片绿海，蜻蜓舞动着翅膀，欢快地跳着舞蹈，那荷叶就像是天上的舞台，勃勃生机，永不谢幕。

“大渊，你看这荷花，真美。”

“‘毕竟西湖六月中，风光不与四时同。接天莲叶无穷碧，映日荷花别样红。’”

“哼，又来了，酸溜溜的。”

“不知那时的西湖是什么样子，好想回到过去，云游四海，做一回文人骚客。”

“你呀，就知道幻想，咱俩要是在一起了，还不得天天做白日梦呀。”

“我看中你的就是那份天真，你以为我像别人，贪图美色呀。”

“别给自己戴高帽啊，我要是黄脸婆，你还会在我面前诗情画意？鬼才信呢。”

“天真才是美，如果成了黄脸婆那还有天真吗？”

“尖牙利嘴，以后跟你过日子，天天就被你数落，我的命好苦呀。”

“嫁给我尹大渊还叫命苦呀，我也是历史系响当当的大才子，才子佳人的日子怎么会苦呢。哈哈。”

……

不知不觉中，大半个下午就过去了。忆童年看了看那块戴在腕上的老手表，咂了咂嘴，起身来到书架旁。

“瞧瞧，时间过得这么快，你们得各回各家了。”

“忆叔，您接着讲嘛。那后来怎么样呢？”

“‘鬼宅’里的疯子莫非就是张凤芝吗？”

“说得没错，就是张凤芝，不过人们都叫她‘麻婆’，很少有人知道她的姓氏。”

“那她是怎么疯的呀？”

“你们这么好奇，那就跟我来吧，见识一下我们这位麻婆。”忆童年微笑着，内心却有几分沉重。他们看着忆童年，呆呆的，像是被施了定身术。

“怎么，害怕啦。”

“没什么可怕的，忆叔，我跟你去。”戚雨蝶站了起来，果断地走了过去。李元哲和梅芳凝也只好跟着站了起来，紧随忆童年。

“元元，你应该去看看，等后面，我再跟你说。”忆童年按住机关，那书柜吱扭慢慢打开了，他们穿了过去。梅芳凝目瞪口呆，只有武侠小说里出现的情节，出现在现实中，太神奇了！

冬日里的夕阳有气无力地释放着最后一点残光，小院里一片萧瑟，干枯的杂草迎着北风翩翩起舞，一口大水缸静静地立在拐角处，任凭风吹雨打，目睹着沧海桑田，世事变迁。张凤芝坐在院子中央，梳着稀疏的白发，穿着那身结婚时的红袄子，一坐就是近半个世纪。她自言自语，没人知道她说什么，只有那风在聆听她的告白，给她以安慰。

透过窗户，他们默默地看着这位风烛残年的老人在凄凉中饱受孤独和摧残，想象着她是如何度过这漫长的煎熬岁月。

“忆叔，她总这样坐着吗？”梅芳凝问道。忆童年点点头，表情凝重，眼光呆滞。

“忆叔，她为什么坐着？”戚雨蝶陷入沉思，追问道。

“这个，也许是在等他的未婚夫，我也不敢确定。”

突然，张凤芝把头扭了过来，那眼神充满了忧惧和惊恐，她的手拿着梳子耷拉在头中央，像个木乃伊，那样子好可怕，梅芳凝和李元哲迅速蹲了下去。

“糟了，她是不是发现我们了。”李元哲忐忑不安地说道。

“她会怎样？”梅芳凝吓得魂不守舍。

“别说话！”忆童年轻声呵斥道。

屋里一片寂静，戚雨蝶和忆童年默默注视着情况的变化。张凤芝站了起来，梳子掉在了地上，她向窗户这边走来，眼睛死死盯着前方，像是发现了什么。她穿着那双褪色的红皮鞋，发出有节奏的嘎吱声。那声音沉重缓慢，像是踩着蹉跎岁月前行。“忆叔，她发现我们了吗？”戚雨蝶吃惊地问道。忆童年没有说话，仿佛回到了那个特殊的年代里。

尚无极的鼾声回荡在不到十平方米的宿舍里，时而高昂粗犷，如万马奔腾；时而低沉绵长，如鬼怪哀号，玻璃窗也发出嗡嗡声，吊在细绳上的电灯泡在声浪的作用下轻轻摇摆着。隔壁又开始敲墙了，墙皮夹带着粉尘顺着墙沿沙沙落下。可那鼾声没有停下来，变得更有节奏了，高低音随着敲墙的频率和力量变换着。

尹大渊踱着四方步，踩着满地的纸团，嘴里念叨着，愁眉不展。这个材料怎么写，吴老师有什么错，他是一个怎样人，难道大家不知道吗？为什么要致人于死地，我真想不明白，这个世界到底怎么了。人与人之间有那么大的仇恨吗？我们不想去争权夺利，只想做一个普普通通的人，一个有思想、有尊严的人，难道这个也做不成吗？这个世界真是疯啦！

他走到床边，坐了下来。一边念叨一边陷入沉思，写，还是不写，怎么写？他抽出稿纸，还没写几个字，又停了下来，拿起稿纸端详着，“胡扯，哎。”他叹了口气，把稿纸揉成团又扔掉了。听着尚无极的“变奏曲”，尹大渊气不打一处来，径直扑了过去，直接给了两巴掌。鼾声果然停下了，他得意地笑着，刚走到床边，那鼾声又响起了，地动山摇，令人无法忍受。他看着尚无极，想想自己的处境，更平添了几许忧虑。找师兄去吧，他也许有法子。尹大渊从床上跳了下来，拎着包，一摔门出去了。

李安宁梳着分头，穿着白衬衫，红像章卡在自来水笔一侧，红得刺眼。他手捧红宝书，端坐在小院的石桌旁，朗读着毛主席语录。

“‘战略上要藐视敌人，战术上要重视敌人……不是东风压倒西风，就是西风压倒东风……不管风吹浪打，胜似闲庭信步’”

“哥哥，为什么藐视敌人，还要重视敌人？”忆童年趴在窗户上，歪着小脑门问道。

“嘿，二毛呀，你才多大，作业写完了吗？”

“老师就让背毛主席语录。”忆童年拿着红宝书晃了晃，咧着嘴傻笑着。

“那你给哥哥背两句。”

“世界是你们的，也是我们的，但归根结底是你们的。你们青年人朝气蓬勃，正在兴旺时期，好像早晨八九点钟的太阳。希望寄托在你们身上……”忆童年嘟囔着小嘴，像机关枪似的嗒嗒地说个不停。

“二毛，好样的，来，哥哥给你糖糖吃。”忆童年像小花猫似的从屋里窜了出来，坐到了李安宁的大腿上。李安宁从口袋里拿出给王月准备的奶糖，剥开糖纸，送入他的小嘴里。

“哥哥教你学英文吧。”

“呀，哥哥会外国话呀！”

“想跟哥哥学吗？”

“想。”

“你嘴里吃的这个糖呀，读作‘['ʃʊgə]’，由字母 s，u，g，a，r 组成。”李安宁把字母和音标写在了地上。

“书哥。”

“‘['ʃʊ]’，‘[gə]’，”

“书。”

“‘['ʃʊ]’”

“哥。”

“‘[gə]’”

“书哥，我记住了，‘糖’是看书的哥哥给的，读作‘书哥’。”忆童年兴奋地看着李安宁，拍着小手。李安宁哈哈大笑，看着这个天真的小家伙，内心多了几分忧伤。

尹大渊火急火燎地推着二八飞鸽自行车闯进了院子，把车子扔到一边，汗流浃背地一屁股坐在了李安宁跟前。

“师兄，有要事相商。”尹大渊蹭着脑门上的汗珠，蹙着眉，急匆匆说道。

“大渊，怎么啦？”

“学校要开吴青先生的批斗会。”

“这个我知道。”

“上头指定我来写揭批材料，还要发言呢！”

李安宁表情凝重，似乎想起了什么。他看着尹大渊，预感到某种不祥之兆。

“师兄，我该怎么办，帮我拿个主意。”

“哦，好，好，好，先别急。”李安宁回过神来，安慰着尹大渊。

“对了，你和凤芝的事怎么样了？”

“哎，就等房子了，这事不好办啊。”

“我倒有个主意，院里有一户刚搬走，你赶紧向学校申请，哪怕先借住，把窝占了，等办了事，也就自然归你了。”

“师兄，这个行吗？”

“我看行，你让凤芝去找找人，她人际关系广，或许有门路。”

“也只能这样了。那吴先生这事怎么办？”

“吴先生的为人你我都清楚，学问好不说，对我们也没得说，还记得那次你住院，老人家拿出自己的积蓄给你看病，他是你的恩人，也是我的恩师。我们所做的只能是尽可能的保护他。写材料，当然是点到为止，不可夸大其词，能回避的尽量回避，‘惩前毖后，治病救人’，明白我的意思吗？”

“师兄，我听你的。”尹大渊点点头，情绪稳定下来。

“月月来啦”李安宁望着大门外，微笑着。王月背着小书包，梳着剪发头，两边别着发卡，连衣裙直拖到黑皮鞋的鞋跟处。她提着裙子，迈过了门槛，黑黑的大眼睛，看着两位大哥哥，充满了好奇。

“哥哥好。”她来到石桌前，鞠了个躬，脸颊微红。

“月月坐下。”

“师兄，她就是王老师的女儿？”

“嗯，王老师打成了右派，孩子跟着也受牵连，学也没法上了，那帮小孩儿无法无天，整天揪斗这个，欺负那个，学校也早已名存实亡。月月被划到了‘黑五类’，任由他们欺凌羞辱，害得她不敢到学校，哎，这叫什么事。”

“师兄，早听你提起过，那现在王老师什么情况。”

“进了牛棚，劳动改造。月月的生活学习由我来照顾。”

“哦，师兄你人真是太好了，这年头大家躲都躲不及，也就你不怕。”

“你赶紧回去吧，把房子的事解决了，还有吴先生的事，记住我的话。”

“师兄，你就放心吧。”

“有事随时来找我。”

“师兄，那我走了，月月，好好学习。”

张凤芝第二天交了房产申请，没抱多大希望，只好碰碰运气了。大约是一个星期三的早晨，房管科的人打来了电话。

“张凤芝在吗？”

“凤芝，凤芝，快，有人找。”

“噢，来啦。请问您是？”

“我是房产科的，你是张凤芝吧”

“我是。”

“你的申请批了，来办手续吧，抓紧时间，过期不候。”

对方的电话立刻挂断了，充满了怨气。张凤芝喜形于色，像是在做梦，她蹦蹦跳跳，跑出了办公室，一路上憧憬着她的未来。幸福来得这么突然，让她有点不敢相信这是真的。她咯咯笑个不停，忽然又哭了起来，想着为了房子，她所遭受的羞辱，不过，还是值得的。以后就是打死我，也不会再去找那个魔鬼了，终于自由了，她看着湛蓝的天空，哼起了小曲。殊不知，噩梦也许才刚刚开始。

张凤芝和尹大渊终于搬进了大成巷，小窝不大，放进一张木制双人床已略显拥挤，书柜和大衣柜勉强也塞了进去，没有吃饭的地方，小饭桌只好摆在床上，公用厨房显然没有多余空间摆放大物件，水缸只好暂时搁在院子里，一切安排妥当，两人既兴奋，又疲惫，他们躺在床上，望着天花板，沉浸在甜蜜中。

“大渊，我们结婚吧，我累了。”

“老婆大人，你真伟大，娶了你是我尹大渊的造化。”

“老公，今晚留下吧。”

“啊，真的吗？”尹大渊转过身子，抚摸着她的脸颊，眼里满是辛酸和爱意，泪水慢慢滚落下来。张凤芝扑过去，紧紧抱着尹大渊，闭上双眼，亲吻着他。他们滚在一起，耳鬓厮磨，夜色融化了羞怯的外衣，他们陶醉其中，不能自拔。忽然，张凤芝浑身发冷，想起了那个肮脏的夜晚，还有那双可怕的手令她惊恐作呕，她一把推开了尹大渊，坐了起来。

“大渊，今晚你不能碰我。”张凤芝双手捂着身体，颤巍巍地说道。

“老婆，怎么了。”

“没什么，我们还没结婚，这样子有伤风化，‘非法同居’会把我们彻底毁了。”

“我们快结婚的事，人尽皆知，怎么会是‘非法同居’呢？你尽瞎说。”

“反正我心里总感觉不踏实，这一切来得太容易了，有点害怕。”

“凤芝，你多虑了，我们能留校，政治上应该是合格的，你难道有什么把柄被人抓着吗？”

“没，没，没有。反正你不能碰我，等我把浑身上下洗干净了，任由你处置。”

“老婆，你现在就洗吧。”尹大渊笑了笑。

“不行，等你娶我那天。”

“哈，那万一等个十年八年的，你还真不洗啊！”

“你坏，你坏。”张凤芝红着脸，捶打着尹大渊。

“哎呀，哎呀，好，好，我不碰你，行了吧。”

“那什么时候娶我？”张凤芝痴情地望着对方，泪水打着转转，委屈一股脑地涌上心头。

“我们七月一号领证办喜事，结为革命夫妻，好吗？”

“老公，你真好！”张凤芝抱着尹大渊，想着后半生终于有了依靠，看着身边这个斯文又傻气的男人，泪水夺眶而出。

“别哭，别哭，好啦，这辈子我是跑不了啦，死也要死在你怀里。”

“别说那个字，多不吉利。”张凤芝捂住他的嘴，抱怨道。

“天不早了，睡吧。”

尹大渊抱着张凤芝就这么睡了。窗外，只有夏蝉在吟唱，小院里时而传来样板戏的唱段，伴着夜色，经久不息。眨眼的工夫，已是凌晨，月亮蒙上了一层黑纱，诡异的气氛笼罩着大成巷七排一号院，这里安静得让人无法呼吸。

睡梦中的张凤芝突然坐了起来，四周一片漆黑，她发了一会呆，跳下床，摸索着什么。不一会，她攥着一支笔，跪在了床上，趁着月色，在墙壁上写着。突然，她又转过身来，猛推尹大渊。

“快起来，快起来！”

“啊，怎么啦，什么事呀。”尹大渊睡眼惺忪，揉着眼睛，懒懒地说道。

“你起来呀，起来，背诵毛主席语录，快点，不然，他们会抓你的！我也不会嫁给你！”张凤芝使劲地摇晃着尹大渊。

尹大渊腾地坐了起来，惊愕地看着张凤芝，他开了灯，墙壁上的红字立刻映入眼帘。

“凤芝，你怎么啦，你疯了吗？”尹大渊紧紧抱着张凤芝喊道。

“快背毛主席语录给我听，快！”

“你这是怎么啦！”尹大渊推了推张凤芝，她还是说着疯话，无动于衷。他终于无法忍受，重重的一记耳光打在了张凤芝的脸上。看着他心爱的女人慢慢倒下，尹大渊哭了起来。

天渐渐亮了，尹大渊看着熟睡的张凤芝，五味杂陈，爱恨交加。

“大渊，我做噩梦了。”张凤芝慢慢睁开了眼睛，气喘吁吁地说道。

“老婆，别怕，我在你身边，永远不会离开你！”尹大渊拉着她的手安慰道。

尹大渊眼圈微红，他知道这个深爱着她的女人精神出现了异常，再这样下去，用不了多久也许真的就会疯了。他唯一能做的就是把更多的爱给她，早日成为她的丈夫，用生命来捍卫她的尊严和幸福。

“忆叔，那后来呢，她是怎么疯的呀。”梅芳凝焦急地问道。

忆童年擦了擦嘴角的唾沫星子，刚要开口，一阵敲门声打断了他的思绪，麻婆推开了门，呆呆地望着这几个躲在角落里的人。

“二毛，别调皮，我知道你在，去担两桶水，你大渊哥要回来了，我给他去做饭，热洗澡水。”麻婆絮絮叨叨。忆童年站了起来，走过去，推开了门。

“凤嫂，我这就去。”

“我快挑满了，你再挑一担就行，大渊他不让你挑水，回来可别告诉他你挑水了啊。”

“不告诉他，不告诉他。”

“这些是你的孩子吗？都这么大了，怎么也不告诉凤嫂。他们该叫我婶婶的。我跟你大渊哥本来想要孩子的，可他总不着家，哎。”

麻婆长了一脸的黑麻子，一片片灰褐色的老人斑混在其中，干瘪的皮肤布满了皱纹，层层叠叠摞在一起，折射着沧桑和苦难。戚雨蝶眼圈湿润了，她从来没有见过父母，也不知道自己的父母姓甚名谁，唯一深爱的人也早已离他而去，看到麻婆，她想到了自己，不禁潸然泪下。

“老师，你怎么啦。”李元哲问道，戚雨蝶看着麻婆，沉默无语。梅芳凝躲在元哲身后，哆嗦着。

“今天就这么着吧，天快黑了，都回家去，回去了。”忆童年下了逐客令，提着大水桶挑水去了。他们却傻傻站着，不愿意离开。忆童年给麻婆挑了近半个世纪的水，什么时候能挑满那缸水，仿佛变得遥遥无期。半个世纪来，麻婆等着尹大渊回家，从希望变成了失望，从失望变成了绝望，在绝望中等待着希望，生命在世间的轮回里寻找着它的意义。

十八、麻婆（下）

麻婆回到屋里，继续哼着小曲，置身于四十多年前的那段时光，想着尹大渊也只是刚刚出了门，终究是要回来的。李元哲像中了邪似地抓着梅芳凝的手，走进了小院。他似乎听到了父亲在喊他的名字，亲切中带着忧伤。他看到了父亲端坐在石桌旁冲他微笑，抱着他亲吻。他们走进那些早已空无人烟的破屋子，抚摸着残垣断壁，感受着那个年代留下的遗迹。墙壁上的各种贴画已残缺不全，李元哲无法想象那个年代人们的精神世界，他摸着那些画，看着写满了墙壁上的那些字，内心沉甸甸的。

此时，麻婆的小屋隐隐约约又传来说话声。他们悄悄溜到跟前，顺着门缝往里瞅着。那屋里的墙壁上密密麻麻写满了字，除了一张破床还能看出生活的痕迹之外，其他都已腐烂残缺，一股刺鼻的酸臭味袭来，令人恶心。麻婆背对着他们，身体不停地抖动，挥舞着手，像是再跟什么人聊天，可明明是一个人，怎么是两个人的说话声音呢，而且是一男一女，听声音，那男的约莫二十多岁的样子。

“你为什么背叛我？”（男人的声音）

“没有，我没有！”麻婆说道

“我被他们折磨得很惨，他们让我光着身子，不给我吃饭，还在我身上小便，你看这些伤疤，看呀，看呀。”麻婆伸出手看着胳臂。

“是我对不起你，是我的错，我该死，我要申冤，我没有背叛你，我没有背叛你！”麻婆边哭边喊道。

李元哲看得目瞪口呆，梅芳凝抓着元哲的手发着抖。“难道世上真的有鬼？”他自言自语道。忆童年俯身，一把抓住了元哲。“我的小祖宗，你们还不走！”李元哲吓得几乎叫出声来。

“叔，你差点把我吓死！”

“快跟我来，等发现你们，可真就把你吓死了，她这个点是‘鬼上身’”。忆童年半蹲着把他们拖到了厨房。戚雨蝶坐在地上望着天花板发呆，眼睛哭得红肿。麻婆似乎听到了动静，把头扭了过来，眼神里充满怨气，瞳孔好像放大了几倍，直视前方。她慢慢推开门，扫视着整个院子，然后关上门，又开始了令人悚然的对话。

“叔，她真是鬼上身吗？”李元哲问道。

“这，天都黑了，你们不回啦？”

“忆叔，还想听，您就接着讲吧。”梅芳凝对麻婆着了迷，恐惧本身却带来了更多的好奇。

“你们真不怕呀？”

“尹大渊死得很冤，他上了麻婆的身！”戚雨蝶闭着眼睛，不假思索地说道。她似乎看到了几十年前发生的事情，身体僵硬，心灰意冷。

“走，咱们回店里吧，这儿不是说话的地方，麻婆晚上会在院子里‘唱戏’的，这么多年过去了，哎！”

他们三个人回到了“怀旧时光”，店里早早打烊了。忆童年拿出烟斗，喷云吐雾起来。看着烟圈在空中缭绕，就像红色年代里人山人海的声浪燃烧着每一个角落，忆童年又打开了话匣子。

……

夜深了，大成巷半死不活地沉睡着，只有野猫诉说着自己的春愁，偶尔几声狗吠让这里显得愈发空旷冷清。忽然，巷子里传来京剧的唱段，忽远忽近，忽高忽低，像是一个受了伤的灵魂在倾诉着自己的不幸和苦难，那声音幽怨绵长，来去无踪。

忆童年老泪纵横，感叹着心酸的往事。两个女孩子早起哭成了泪人，她们抽噎着，无法想象那个时代的人是如何挨过这些苦难的。忆童年的回忆勾起了元哲对父亲的思念，他好想回到过去，跟着父亲长大，陪着他变老。

“忆叔，麻婆整天是在跟谁说话呢？”梅芳凝问道。

“哎，他的新郎，尹大渊。”忆童年哀叹着。

“可是他在哪儿呢？他再也没有回来过吗？”

“没有，被迫害死了。”

“可是那屋里明明是一对男女的声音。”

“对，男人的声音就是尹大渊。”

“啊，这怎么可能？”梅芳凝惊疑道。

“头上三尺有神灵，任何事情都是有因果的，情缘最难说清楚，人的肉体可以消失，但情却亘古久远，像一股无形的力量影响着过去、现在和未来拥有它的人，它神秘得令人无法接近，却又现实的让你亲身感受，张凤芝的情缘至今还没了断，已经渗入到她的骨髓血液里，幻化成对过去的回忆，而这回忆又显现为一种现实的存在，你可以说她是为情而生，也可以说她是因鬼而疯。”戚雨蝶望着窗外的月亮，黯然神伤，“天下有情人终成眷属”，可又有多少有情人终成眷属呢。

十九、盟誓流星谷

“天尽山”又唤作“灵空山”，它坐落在京都西郊外，海拔三千六百九十米，山中有座“元尽寺”，修建于南北朝时期。相传高僧鸠摩罗什曾授徒施法，在山中建寺，以佛语“缘起缘灭”取名“元尽寺”，后圆寂于山顶，后人为纪念高僧，又取名“天尽山”。“天尽山”山顶终年积雪，而令人称奇的是山顶中央的天然湖，烟波浩渺，水波荡漾。千百年来，一边是白雪皑皑，一边却是雾霭缭绕，民间传说：“这是高僧显灵。”由于山势险峻奇诡，很少有人能登顶。旅游开发因破坏佛境而屡屡被诡异事件中断，最后无果而终。登顶“天尽山”成了少数探险家的奢望。

林语风摘下头盔，坐在沙丘上，望着“天尽山”山麓一带的红松林，显得格外兴奋。今天是风语社的超级训练日，八位风语社的高手齐聚天尽山下，准备登顶，进行一年一次的魔鬼穿越。在不远处的空旷地带，他们正在热身，翻腾，跳跃，旋转，急停……令人眼花缭乱。梅芳凝和林美娇坐在旁边又是鼓掌，又是尖叫，扬起的尘土不仅丝毫没有阻挡她们观赏的热情，而且多了几分狂野。李元哲坐在汪雨涵的“魔天轮”上，体验着上天入地的变化，心都快跳出来了。他紧紧抱着汪雨涵，生怕掉下来。

“我痒，轻点。”

“哦，我，我，头晕。”

“这个都头晕，那你可上不去。”

“那我在山下等你们吧。”

“抱紧我的腰！”

汪雨涵冲过山丘，做了一个腾空大旋转，李元哲的双腿甩向了空中，像一把张开的大剪刀。梅芳凝站了起来，为元哲捏了把汗。元哲紧紧抱着汪雨涵，展示了超凡的平衡能力。“魔天轮”停了下来，元哲气喘吁吁，冒着冷汗。

“吓死我了，吓死我了。”李元哲脸色惨白，急促地说道。

“这还叫吓人啊，一会让你瞧瞧什么叫吓人。还别说，你这家伙的平衡性不寻常，我也是服了。”

“我还是不上去了，心脏受不了。”

“顶上的美景可不是什么人都能看得到的，两位姐姐可是铁定了要上去的。”汪雨涵瞟了远在一边的梅芳凝和林美娇，调侃道。

李元哲默默不语，扬起的尘土让他无法呼吸。望着高耸入云的“天尽山”，山势险峻，绵延起伏，李元哲一阵眩晕，心里七上八下的，他知道，到了中途可是无法返回的，后悔药没得吃。突然，巨大的轰鸣声在耳边响起，两辆“魔天轮”冲出漫天黄沙，并排飞向空中，两位骑手腾空跃起，几乎是贴身交叉而过，瞬间坐在了彼此的坐骑上，平稳落地，然后一个侧身急停，几乎要撞到了元哲，他急退了几步，惊诧道：“天呐。”两位骑手摘下头盔，会心地笑着，原来是两个妙龄少女，元哲暗暗称奇。

“来给你介绍一下，蓝可儿，颜夕。”汪雨涵拉着李元哲的手说笑道。

“你们不怕呀！”李元哲惊魂未定抢先说道。

“李元哲，篮球王子。”汪雨涵炫耀着。

“叫我元哲好了。”

两女孩儿看着李元哲，一直笑个不停。李元哲有些羞怯，脸红了起来。“帅哥，你有女朋友吗？”颜夕问道。汪雨涵指着远处的梅芳凝，使着眼色，一脸尴尬。“没什么大不了的，还指不定是谁的呢。”颜夕看了看远处的梅芳凝，一脸不屑。

“走，带你溜一圈。”颜夕力气很大，把李元哲拽到了跟前。

“别，别，刚领教过。”李元哲带着羞怯，心有余悸地说道。

“怎么，你怕啦，嘻嘻。”颜夕的笑很迷人，元哲看着颜夕，似乎被什么吸引着。颜夕把头盔扔到了一边，散发着女性的温柔与磁性，她拉着李元哲的手，麻利地坐上了“魔天轮”。

“抱紧我！”只听一阵轰鸣，那“魔天轮”如受惊的野马驰骋在谷地，颜夕的头发在风中飞舞，像一把张开的大伞罩着元哲，那芬芳和妩媚将元哲的恐惧降到了最低。元哲紧抱着颜夕的腰，母性的力量和温柔一同释放出来温暖着他，驱赶着他内心的黑暗和懦弱。他能感受到颜夕腰部肌肉的震颤，还有她强劲的心跳，瞬间把他带到了另一个世界。

“把腿插进来！”颜夕张开腿喊道。李元哲小心地伸进腿去，颜夕紧紧夹住他的腿，他像一个温顺的小男孩儿一动不动。颜夕冲向山丘，借着地形的弧度，做了一个圆周大旋转，在半空中画了一个漂亮的弧，轰隆一声稳稳落地。元哲像是经历了短暂的失重，体验着新奇的滋味。他的手不小心摸到了颜夕的胸部，羞怯袭来，激起潜藏的本能。颜夕红着脸，微笑甜美，阳光照在她心底，暖暖的。梅芳凝站了起来，挥着手喊着："元哲，元哲。"颜夕像一阵风一样把元哲带向了远方。梅芳凝眼圈红红的，一脸不悦。

"别急，元哲不会有事的。"林美娇拉着梅芳凝的手安慰道。突然，熟悉的口哨声响彻山谷，所有人很快聚齐到一处，林语风坐在中间，像是经过了深思熟虑，看着眼跟前的"天尽山"，他开始了冒险的谋划。

"凤凰，你还记得风语社'魔天轮'的由来吗？"林语风说道。

"当然记得，一年前的今天，我们八个人第一次来到天尽山，当时漫天遍野飘着雪花，我和梧桐是你和雨涵哥哥带着登顶的，我们到了'寒冰桥'，桥被冻住了，根本没法通过。我们又转移到了一旁的无影山，那里雾蒙蒙的，是主峰飘来的烟雾，暖暖的，你看着烟雾说，'这是天上来的仙气，我们可以踩着仙气飞过去。'"

"嗯，当时我们都吓傻了，天尽山虽然近在咫尺，可目测差不多有一百米，几乎是不可能飞跃的。"梧桐兴奋地说道。

"风哥说，如果飞过去了，我们的车以后就叫'魔天轮'了。"颜夕插话道。

"那如果飞不过去呢？"林美娇好奇地问道。

大家都没说话，看着林美娇，想起了两年前惊险的那一幕。林语风望着不远处的"天尽山"，心里也没底，不过他的双眸却透着一股征服的欲望。

"我先来！'凤凰'你怕吗？"林语风说道。"凤凰"没有说话，她紧张起来。

"如果怕，就闭上眼睛。"

"嗯。"

雪突然停了，老天爷真是帮了大忙。林语风把车开出了五百米远，然后转身，轰起了油门，那声音响彻了空旷的峡谷，激荡着所有人的神经。他带着"凤凰"憋足劲，用力一踩，那"魔天轮"像光一般，嗖的一声飞向前方。峡谷张着大口，深不见底，吞噬着任何经过它的猎物。林语风像是装了风火轮，用力一挺，"魔天轮"消失在烟雾缭绕的"天尽山"。

"怎么没动静，糟了，摔下去了。"汪雨涵捶胸顿足道。

"别急，再等等！"

忽然那边传来了清脆的口哨声。

"我没事，你们过来吧，这里有座很大的湖。"林语风呐喊道。

"啊，好美呀，真的太美了，到了仙境。""凤凰"尖叫道。

大家松了一口气，呼喊着，像是黑暗中看到了光明，兴奋地大叫起来。蓝可儿尖叫起来，竟然哭了。“啊，啊，风哥，你吓死我了，你活不了，我也不活了！”

蓝可儿没有一丝犹豫，第二个飞了过去，她抱着林语风哭了，随后又笑了，峡谷里激荡着欢快的旋律。林语风呐喊着：“飞过来，你就是‘魔天轮’的王！你们都是王。天尽山等着王的拥抱，来吧，我的王！”林语风的呼喊传遍了峡谷，激励着每一个小伙伴，他极具感召力的气势激发起所有人的魔力，他们像到了仙界，生出了飞天的臂膀，驾云御风，呼啸而过。

颜夕是最后一个，她才十六岁，加入风雨社三个月，她的粗犷、豪放打动着林语风。钢管舞是她曾经的最爱，也练就了一身的好臂力。她眼神犀利，直视着雾霭缭绕的“天尽山”，做了一个深呼吸，身体一蹬，顷刻间消失在烟雾中。腾空的感觉让人心旷神怡，她大喊着，释放着发自内心最疯狂的喜悦。突然，发动机熄火了，轰鸣声沙哑地挣扎了几下，死了过去。林语风的耳朵听出了危险的信号，他顺着消失的声音闪电般冲了过去。只听轰隆一声巨响，颜夕的“魔天轮”重重地跌在了悬崖边上，雪山陡峭的地形带着人车直往下滑。林语风眼见着颜夕滑向深谷，他借着“魔天轮”的惯性，侧身倒地，滑向了颜夕，那有力的手一把抓住了颜夕，他顺势一个惊天大旋转，把颜夕拉了上来，颜夕的车坠了下去。驾驭“魔天轮”巨大的惯性，翘起了林语风的指甲盖，鲜血顷刻间染红了他的手套。

“风哥，我们什么时候出发？”木涯坐在“魔天轮”上，打断了片刻的宁静，看着老高的太阳，按捺不住穿越天尽山的兴奋。他皮肤黝黑，留着一撮蜷曲的马尾辫，宛如盛开的黑玫瑰，脖颈戴着一根银链，光芒四射。林语风看了看手表，捧起一把泥土闻了许久，泥土的湿气渗入他的五脏六腑，给他带来一种特别的滋味。

“这土为什么一半是黑的，一半是红的？”梅芳凝问道。

“你倒是问住我了，这山很怪，它总是给人若隐若现的感觉。”林语风不解地说道。

“山路是风哥自己蹚出来的，不过，很奇怪的是，这次有了新的变化。”林山接着话茬子，心底有些发毛。

“有什么变化呢？”梅芳凝眨巴着大眼睛，好奇中带着几分惶恐。

“再有半个钟头，太阳开始西落，我们也该出发了。”林语风岔开话题，诡谲地笑着，他对变化的事物总是死一般的着迷，恐惧对他来说早已变得久远模糊。

“元哲，你怎么样，行吗？”汪雨涵问道。

“我，我，嗯。”元哲看着天尽山，茫然不知所措。

“帅哥哥，跟着我，你不会有事的。”颜夕率真地看着元哲，声音甜美富有磁性。李元哲点了点头。梅芳凝紧紧拉着元哲的手，靠着他的肩膀，像是在示威。

“老弟，元哲跟着你吧。”林美娇急促地说道，瞪着颜夕。

“不行，‘魔天轮’不能负重过高，不要命啦！”蓝可儿看着林美娇，一脸不悦。

“别争啦，越轻越好，检查一下‘魔天轮’，准备出发了。”林语风发话道。气氛变得紧张起来，像是一场战争即将到来。梅芳凝依偎着元哲，面带忧伤，难舍难分。

“都什么时候啦，啰里啰唆，真够烦的。”蓝可儿说着风凉话。

“风哥，已准备就绪。”汪雨涵看了看四周说道。

“出发。”

元哲和梅芳凝不忍分手，颜夕拽着元哲，上了“魔天轮”。梅芳凝一步一回头地走到林语风面前。

“元哲，会很安全的，放心吧。”

“他胆子小，我担心他会吓着。”梅芳凝担心道。

“男人应该顶天立地，看淡生死，元哲需要改变。戴上头盔，准备走了。”林语风说道。

轰鸣声响彻了山谷，八辆“魔天轮”转了几圈，扬起漫天尘土，林语风打头，浩浩荡荡消失在山脚下。

天尽山的野山枣红的有些发黑，沐浴着冬日里阳光的温暖。它是天尽山的神果，冬天是它最旺盛的季节，漫山遍野散发着酸酸的枣香味。

“真美，真是不可思议。”梅芳凝惊叹道。

“这里的一切都是不可思议的。”林语风说道。

“我能摘些山枣吗？”

“可以，时间不多了，还要赶路。”林语风看了看西落的日头，有些犹豫。

“马上，元哲，你来！”梅芳凝边喊边向元哲招手。元哲立刻走来，拉着她的手漫步在枣林中，枣花的香气阵阵袭来，让人心醉，枣林映红了他们的脸。梅芳凝刚要去摘山枣，一阵刺耳的口哨响起，大家立刻警觉起来。

“你们快回来，快！”林语风大喊道，他们急匆匆跑了回去。不远处传来了嗡嗡声，可并没有看到什么。那嗡嗡声越来越大，大家变得紧张起来。忽然前方不远处的山冈顿时暗了下来，黑压压的不知是什么东西，遮天蔽日向这边袭来。嗡嗡声震颤着周围的一切，天摇地动，黑暗笼罩在他们周围，仿佛世界末日来临。

“上车，加速前进。”林语风大声吼道。

山路越来越陡，上空黑压压的一片向他们围拢过来，光渐渐消失了，只有黑暗和巨大的嗡嗡声。

“点火把！”林语风望着天空，神情严肃。火把照亮了周围，那飞禽既不是野蜂，也不是鸟雀。它们有着乌鸦身，蝙蝠头，嘴里吐着一跟长刺，声音古怪，混杂着蜜蜂和乌鸦的叫声，听起来浑身起鸡皮疙瘩。

“不好，他们准备攻击了。快，到前面的山冈上，围成一个圈。快！”林语风急促地喊道。空中一声凄厉的惨叫，这些怪兽俯冲而下像一张合拢的大口，要吞噬这团火光。

“快，举高火把，怪兽怕火。”林语风喊道。不过还是有不怕死的，它们冲向火光尖叫一声被烧死。头盔被这些怪鸟刺得咚咚响，“魔天轮”不顾一切疾驰到山冈，大家围成圈，火把聚在一起，那些怪鸟渐渐停止了攻击，散去了。天空又亮起来，太阳变成了淡淡的血红色，像是生了一场病似的。

“这里不安全，我们尽快赶到变色林。”林语风意识到这次登顶的危险超乎想象。元尽寺里的一位老和尚曾告诫过他：“这里是佛境，众生灵苦渡修行，在大善大恶里轮回超脱，善即是恶，恶即是善，转念间，善恶圆融。”难道那些怪鸟是山枣林恶的一面吗？

“我都快吓死了，那些东西好恐怖。是什么怪物呀？”梅芳凝气喘吁吁地问道。

“哦，那叫，叫‘吸血蜂’。”林语风随口说了一句。

“还有吸血的蜜蜂啊，这还是头一次听说。可是你看它的身形却是乌鸦的样子，就是头长得很丑，怪吓人的。”

“你看那刺就是吸血的家伙，还有那嗡嗡声，不就是蜜蜂的声音吗？枣林是它们的生命。”

“可它怎么什么都像，又什么都不像呢？”

“嗯，嗯，对了，是佛，佛把他们合在一块儿了。”

“把蜜蜂、蝙蝠、乌鸦合在一起了。”

“那佛为什么这么做啊？”

“佛自有佛的道理，也许合在一起比它们各自为是要好吧。”

“你这是什么歪理。”梅芳凝扑哧笑了出来。

“这怎么是歪理呢，不信你去问寺里的老和尚去。”

“怎么，他没把你收了吗？还是你吃不得这个苦，做不下去了，跑了呢。嘻嘻。”

“我，我，你这张嘴这么厉害，还没人敢这么跟我说话。”

“我怎么厉害了，不就是一个无聊的爱发问的女生吗？你还当真了呀。”

“啊，你拿我穷开心啊！”

“怎么，不可以么？嘻嘻。”

“好，那就让你开心一回。”林语风开足了马力，奔着峭壁，一跳一停地腾挪上去，梅芳凝兴奋地大叫着，她想：“如果元哲能这么带着她玩儿，就是死也值了。”

“元哲，我们在上面等你。”梅芳凝扭头看了看元哲，一阵眩晕。

“元哲，敢上去吗？”颜夕瞅着半空中的林语风问道。滑落的小石块儿不时滚下，蹦起老高。

“哎，不上能行吗？”

“那做好准备。说不定还能超过他们。”颜夕信心十足，早已看准了另外一条捷径。颜夕带着元哲，借助旁边的小山丘，腾空而起，一下子飞到了一处狭窄的峭壁上，摇晃了几下，紧巴巴地站稳了，刚够一个人行走，离地面有十几米高，元哲看了看下头，天旋地转。身体变得硬邦邦的，收缩起来。

“这下子完了，我们没有路了，下不去，也走不了。”元哲心急如焚地说道。

“闭住眼睛，你就瞧好吧。”

“你要干吗，搞不好，我们就摔下去了。”

“抱紧我，你就没事。”

“嗯，抱紧了。”

“再紧点，这可不行。”颜夕被元哲紧紧包围着，像只被俘获的小鸟，她感受着元哲的力量，聆听着他的呼吸和心跳，浑身像一团火燃烧着。她希望就这么一直抱下去。

“颜夕，你怎么啦，他们快上去了。”

“哦，好，马上。”颜夕身体前倾，脚一蹬，“魔天轮”嗖的一声飞到了前方五米远的崖壁上，一只轮子半吊在空中，元哲狂喊着，双手滑向了颜夕的胸部，双腿悬空。

“抱紧了！”颜夕的胸部被那双大手紧紧抓着，一种异样的感觉再次从心底里冒出来。我要做这个男人的女王。她突然涌出一股巨大的力量，她的腿用力一蹬，“魔天轮”借着这股力量弹到了一块长满杂草的大石头上。元哲松了一口气，他的手却忘了松开。颜夕脸上泛起阵阵红潮。

“怎么，还没摸够啊！”

“哦，我，我不是故意的。”元哲结结巴巴，立刻松开了，小白脸红彤彤的。

“我那儿好吗？”

“嗯。”元哲尴尬得半天说不出话来。

“如果好，你就摸吧。”

“我有女朋友了，坐在风哥后面的就是。”

“女朋友，哈哈，女朋友算什么，今天是你的，明天也许就是我的，谁能说得清。”

“可至少目前，她是。”

“小帅哥，没看出来，你还挺重感情的，我还就喜欢你这样的。等你们分了手，我第一个追你。”

“你看，追不上了。”元哲抬头望着林语风说道。

“是吗？”颜夕有点不服，她屏住呼吸，停顿了几秒钟，沿着峭壁，向上爬行，碎石子掉得越来越多，总感觉有什么地方不对劲。在她头顶上方五十米处，一颗伸出崖壁的松柏通向峰顶，如果能借助松柏，就不用再绕弯路了。不过，这样做确实风险不小，即使能站稳了，它的承受力也不好说。颜夕看着松柏，还是决定试一试。

“要是不敢看，就闭着眼睛。”

“都死过几回了，你就别操我的心了，开好你的‘魔天轮’。”

“嗯，像个爷们说的话。”颜夕扭头望了望元哲。

“魔天轮”爬过裸露着岩层的天然石阶，一跃而起，平稳地落在了松柏上，松柏的主干粗大平滑，长约三十米，适合滑行。颜夕面露喜色，看着不远处的林语风，嚷嚷道：“风哥，看我们谁先上去？”

“那就比比。”林语风喊着。

“元哲，你怎么样，头晕吗？”梅芳凝在对面喊道。

“我很好，你好吗？记得把眼睛闭上，我们很快就见面啦。”

“我等你。”梅芳凝望着元哲，想即刻飞到他身边。

颜夕开足马力，正要启动，突然树干晃动了起来。

“不好，我们太重了。元哲，你到石台上等我。”颜夕急促地喊道。

松柏处的石子哗啦啦开始掉落，树根裸露出来。两人命悬一线，对面的林语风和梅芳凝吓傻了，目瞪口呆，望着对面。

“你快加速，我下去了。”元哲伸手扒着山岩，吊在了空中。颜夕用余光瞟了一眼元哲，像一道闪电飞了出去，落在了山峰处的小斜坡上，她急停住“魔天轮”，看着元哲，大喊道：“元哲，你等我，坚持住。”突然，那松柏连根拔起，掉了下去。意想不到的事终于发生了，松柏周围的石头开始大面积滚落，很快整个山体开始摇晃，大块的石头在空中纷纷碎裂，下起了石头雨。元哲扒着山岩在恐惧中等待着死亡。他忽然听到了父亲的耳语：“元元，爸爸走了，要像一个英雄勇敢地活着，要像一个英雄勇敢地活着！记住爸爸的话。”

“爸爸，我记住了。”元哲居然喊了出来。元哲头顶的岩石开始晃动起来，他不知哪来的神力，升起双腿，勾住了一块拦在山岩缝隙中的木头，他扒着的石头也被震下去了，借着摆力，元哲双手扣住了山岩的缝隙，身体紧紧贴着岩壁，无法蠕动。他额头冒着豆大的汗珠，生死就在他面前，落下的石头雨随时都有可能砸中他。小伙伴的呼喊声和梅芳凝的哭声淹没在天摇地动中，元哲透过落石的缝隙，看到了梅芳凝悲痛欲绝的神情，想起了那个惊心动魄的夜晚，他哭了，不是怯懦，而是感动。

忽然，他眼前一亮，发现了前方十米处一根树藤悬在山崖半空中摆动着。与其在这里等死，不如抓住树藤，也许还有一线生机。元哲踩着脚下的崖壁，心突突地跳着，如果跳过去，没有抓住树藤必死无疑，只有百分之五十的胜算。他犹豫不决，自己经历的苦难怎么总是没个尽头。山顶处突然传来巨大的爆裂声，一块巨石在空中断裂成千万块蓝色碎石砸向元哲，完了，完了，死定了，元哲闭着眼睛等待着死亡。“像一个英雄勇敢地活着！”这句话又传道了他耳边。他默默地念叨着。

“像一个英雄勇敢地活着，也要像一个英雄勇敢地死去。”元哲睁开了眼睛，义无反顾地跳了下去。那树藤像是来自佛国的天梯，被元哲牢牢抓在手里。石头雨突然停了，元哲抓着树藤在空中摇摆着。撕心裂肺地喊声从对面传来：“元哲，元哲，元哲……”元哲在天旋地转中看到了小伙伴们向他招手，看到了梅芳凝哭肿的双眼，一种使命感油然而生。我把生命给了他们，他们也把生命给了我。元哲想去拥抱这些可爱的生命，想去吻他们，想去跟他们一起穿越千难万险，想去跟他们同生共死。树藤似乎被感动了，摆动的幅度越来越大，元哲的手流着血，他的体力快耗尽了。一阵风吹来，树藤像一个大钟摆一样高高扬起，又高高落下。元哲的手开始滑落，鲜血在树藤里流淌。树藤再次摆到山崖边，元哲忍着剧痛，双脚用力一蹬，随着树藤高高跃起。树藤摆到了最高处，几乎打着弯儿开始下落，这时，元哲纵身一跳，滚落在对面的杂草丛中。

大家陆续赶来，呼喊着，为他哭泣，为他祈祷。颜夕噙着泪水，为他做着心肺复苏，口里念叨着：“你要活过来，元哲，你要活过来……”梅芳凝哭天抢地，抽搐着，摇着他的肩膀，眼泪不停地滑落在他的脸上。“元哲，元哲，你醒醒，你醒醒……”梅芳凝泣不成声，看着元哲浑身是血，她几乎晕了过去。

元哲像是深睡了过去，隐约中听到有人在喊他的名字，可就是看不到人。他四周漆黑一片，连个喘气的地方都没有，让人窒息得难受。他奋力呼吸着，寻找着声源，那声音时有时无，不断地穿透黑暗，引导着他前行。那声音越来越近，可那黑暗却越来越重，深不见底。他在绝望中挣扎着，跟着那呼唤，慢慢地寻找光明。他想用力冲破这黑暗，可被黑暗紧紧包裹着，无法蠕动。他浑身麻嗖嗖地，想动一动手指，都很困难。

“爸爸走了，元元好样的，你要做一个英雄。记住爸爸的话。”那声音如此清晰，像一股电流注入他的血肉之躯。

“爸爸，爸爸，我记住了。”元哲大喊着，喘着粗气，慢慢睁开了眼睛。所有人都惊呆了。他昏沉沉的，眼前一片模糊。

“这是在哪儿？”元哲乏力地说道。

“他醒了，元哲醒了……”颜夕兴奋地喊起来，大家无比激动。

“元哲，元哲，你怎么样啊，你好些了吗？”梅芳凝热泪盈眶，跪在旁边抚摸着元哲。

“我没什么事，刚才昏迷过去了，病又犯了。”元哲笑了笑，摸着梅芳凝的脸蛋。

“那你能背着我转圈圈吗？”梅芳凝噙着泪水，撒娇道。

“嗯。”元哲坐了起来，擦干血迹，把梅芳凝背了起来，兜着圈子，大家尖叫着，欢呼着，梅芳凝紧紧抱着元哲，吻着他的脸颊。颜夕疯狂地喊着，哭了起来，不知道是高兴的泪水，还是伤感的酸楚，谁不渴望这样的爱情呢。林语风看着西落的日头，担心起来，还有三分之二的路程，后面的路会更加凶险，谁也不知道接下来会发生什么。

“我们该上路了，以后把这里叫作‘穿心石’吧。”

“‘穿心石’？”

“对，‘穿心石’，你看这石头雨，让我们每个人的心都紧紧连在了一起。”

“风哥，好有诗意。”林美娇拍着小手夸赞道。

“风哥，下一站是‘变色林’吗？”汪雨涵问道。

“瞧你这记性，还亏得你跟我混呢。”

“‘变色林’，难道树林的颜色会变吗？”梅芳凝好奇地问道。

“这片枫叶林很奇怪，冬天却枝繁叶茂，开着三种颜色的叶子，黄叶子开在中间的树林里，左边林子开着红叶子，右边林子开着蓝叶子，而且当你穿过树林会发现，林子全部变红了，从没见过这么美的林子。”

“那树林里有什么动物吗？”

“没有见到过。时间不早了，我们翻过那座山丘，就看到了，出发。”

太阳变得越来越鲜红，日落之前，总想把最美的景致多留一会，难舍这大千世界。“魔天轮”卷起沙尘，宛如大漠孤烟，在冬阳里发着暗红色的光芒。林语风指着前面的林子惊叹道：

“怎么都变红了？太奇妙了。”他看了看时间，似乎想起了什么，“难道跟时间有关系？”

“风哥，你在想什么，那片林子变红了，我们没走错吧？”木涯问道。

“时间，一定是时间。”林语风看着冷艳的日头自言自语，想起上次到达变色林的时间大概是在下午两点钟，那时的叶子还是三种颜色交相辉映，分外妖娆，可这次却只有红红的叶子开满了林海，红得让人有些发慌。时针指向下午三点半，留给他们的时间不多了。

“做好准备，我们尽快穿越变色林。”林语风略显紧张，这是从来没有过的情况，大家看着他，知道这将是一次没有结果的大冒险。八辆“魔天轮”浩浩荡荡冲下山丘，逼近这片神奇的林海。

变色林的叶子很红，一眼望不到头，像浸满了鲜血的画布，太阳的光芒完全被稀释掉了，像是到了另外的世界。地湿湿的，红透了表里，地上散落着腐败的叶子，颜色已无法辨认，散发着浓重的怪味，带着一丝血腥气，像是经历过一场惨烈的大屠杀。树林里静得出奇，只有叶子发出清脆的哗哗声。他们站在树林边上，像是要走入血红的世界，那树林发出的声音，像是召唤他们的魔音，动人却又诡异，他们一动不动，不知如何进退。

“风哥，我们怎么办？”“白山”惶恐地问道。

林语风没有说话，闭着双眼，感受着这里的一切，仿佛看到了一张血盆大口等待着他们的到来。也许只是一种幻觉而已，他睁开眼睛安慰着自己。“前进。”林语风鼓起了勇气命令道。“魔天轮”披荆斩棘，闯入了红色林海，他们像龙卷风般掀起了巨大波澜，红叶呼啸着飘起，又纷纷飘落，那声音悠长深远，宛如魔鬼的哀鸣。大地变得更湿滑了，血水般黏稠的液体浸染了大地，飘落的红叶瞬间变成了枯黄的烂叶，在烂泥里一点点枯萎腐臭。在腐烂和鲜红的世界里，他们的战斗力开始衰减，体力渐渐不支，呼吸急促，心跳忽快忽慢，像是被一张大口吸附着，失去了自我控制。梅芳凝摘下头盔，哇地一口吐了出来，急喘着。她想停下来，林语风比先前开得更快了，丝毫没有减速的迹象。林语风知道，停下来恐怕会有意想不到的事情发生，到那个时候，或许葬身于此，所有的一切都会化作一团红色的液体，消失殆尽。

“魔天轮”飞速旋转，溅起了红色泥浆，很快他们也被染红，微弱的阳光透过枝叶，把他们幻化成流动的一团金红色血球，冲向深不见底的血红世界。阳光渐渐消失在前方，所有的一切都在变红，树干，大地，头顶的天空像是被鲜血泼洒浸透，猩红得让人窒息。元哲呼吸得越来越困难，他的手渐渐开始滑落。颜夕紧跟着林语风，心急如焚。她默默念叨着：“要坚持住，元哲，要挺过去。”她抓住元哲的手，冰凉吓人，元哲像是昏睡过去了，她拽着元哲的手伸进自己的胴体，温暖着他。

前方开始变得暗淡下来，红色渐渐褪去，黑茫茫一片。林语风似乎松了一口气，变色林总算闯过去了。“魔天轮”开始减速，他摘下头盔，四处张望着。

“点起火把。”

“风哥，我们要休息一下吗？”木涯紧跟在左后方，点燃了火把，搜寻着可以歇脚的地方。右后方的白山也点起了火把，他望着前方，心里总觉得不踏实。

“这不像是山洞，更不像是黑夜，天空黑黑的，好像快把我们包住了。”

林语风隐约听到前方有东西在涌动，他把头扭了过去，黑色的世界在一点点合拢，红与黑瞬间被分隔开来，让人胆战心惊。前方的声音越来越近了，到底是什么，这是哪里，怎么上次没有来过。林语风突然停了下来，“魔天轮”全部熄火。他恐惧地望着前方，仔细聆听着那诡异的声音。

“都别动。”林语风夺过了木涯的火把，照向前方。他的眼睛开始模糊，一阵眩晕。那是什么，怎么还在涌动。突然，一声巨大的怒吼，夹杂着红色液体，铺天盖地席卷而来，液体渐渐四散开来，一个巨大的肉团，像红色的大舌头，朝他们卷来，那声音恐怖极了，像是地狱的恶魔在咆哮。

“快，快，快撤。”林语风的心似乎被挖出来了，他掉转了车头，疯狂地后撤，那血红的大舌头带着怒号，像巨大的吸铁石，吸附着他们，前方的红色世界就要被黑暗吞没了，后方血浪滔天，滚滚而来。他们的速度越来越慢，那团巨大的血舌眼看要卷走他们，情势危急。

“快把冰凿拿出来，快。”林语风喊道。

“跟着我一起往前扔。”

冰凿齐刷刷地扔了出去，卡在了前方的红黑交界处，他们拽着冰凿，拼了命地冲向前方。星星点点的红光，变得越来越微弱，生死就在面前。那巨大的血舌带着红潮涌向前方，几乎要把他们淹没。

“冲，冲出去。”林语风声嘶力竭地喊着。

八辆“魔天轮”，像利剑般飞出了前方的缝隙，离开黑暗，疾驰在红色林海里。元哲扭过了头，那一幕让他终生难忘。一只巨大的犄角红蜥蜴，瞪着灯笼般的红眼睛，刚刚闭上了那张如深渊似的血盆大口，嘴角淌满了黏稠的红液体，像一座山峰矗立在后方，发出惊天动地的哀号。它用巨大的龙爪，刨起了漫天红尘，像是在发泄它的怒气。它抖了抖满是鳞片的红色巨身，山摇地动，令人胆寒。“魔天轮”在漫天红尘中疾驰而去，红林渐渐褪去，他们停在了林边的山岩上，望着远处的红林，虚惊一场，太阳惨淡的鲜红挂在了天尽山的山顶上，透过云雾，山峦层叠，绵延无尽。

“风哥，你看。”蓝可儿指着前方的林子说道。林语风望着前方，感觉很奇怪，红叶层层褪去，转瞬间，满世界是金黄的叶子，在斜阳里闪烁。“这是什么鬼，太不可思议了。”林美娇惊魂未定地说道。林语风看了看手表，时针指向下午五点钟。难道每隔一个半小时，林子要变一次吗？他看着远方陷入沉思，前面还有什么在等着我们，天尽山你究竟有多少惊心动魄，变化无常。

“风哥，我们还走吗？那个怪兽你见过吗？”元哲惨白的脸蛋，冒着虚汗，有些急促地问道。林语风看了看元哲，拍着他的肩膀，笑了笑。“万事没有回头路。”他语气坚定，双眸冷峻。元哲淡淡地一笑，做好了出发准备。

“嗨，你没事吧。”颜夕看了看元哲，有些担心的样子。

“还好，感觉没那么害怕了。”

“不舒服的话，就大喊出来，抱紧我。”

“我还没那么脆弱，感觉比从前好多了。”

“元哲，你过来。”梅芳凝走过来，拉着元哲的手，生怕失去他似的。

“你害怕吗？”

“我不怕，因为有你在。你呢？”元哲刮了一下梅芳凝的鼻子，把她抱在怀里。

“我也不怕，因为我们在一起。”

“准备出发。”林语风戴上头盔，发动机轰轰作响，天尽山在云雾中撑开它巨大的胸怀，拥抱着这些神奇少年。

“魔天轮”迎着金黄的枫叶林，穿梭前行，太阳露着半个红扑扑的脸，缓缓西落，树叶摇曳，闪烁着光芒，红黄在天尽山的落日里变得五彩斑斓，奇幻无比。

“风哥，我们刚才到了什么地方，那么吓人。”梅芳凝看着无边的枫叶林，心有余悸地问道。

“我也说不清。”林语风打了个冷战，想着在后视镜里看到的巨大血口，如果不是及早抽身，恐怕所有人都葬身其中了。

“变色林里怎么还有黑黑的山洞呢？”

“那个不是山洞。”

“那是什么？”

“我想，那是魔蜥龙吧。”林语风突然想出这么个名字，自己都感到意外，他在后视镜里看到的那个巨兽，长着龙角和龙爪，那眼睛太大了，分明是龙眼，身形却是史前巨蜥。可能在千百万年前他们是一家人吧。

“啊，为什么叫魔蜥龙呢？”

“啊，这个，我还没搞清楚。也许它怒吼的样子像龙吧。”

“可惜，我没看到它长什么样。”

“你如果看到了，估计会死过去的。”

“我才不会呢，要是胆子小，我才不来呢。”

“我都差点吓死了。”

“是吗？风哥都有怕的时候，这可不是做老大的样子。”梅芳凝暗自发笑

“那，你来做吧。”

“我呀，我可不行，这辈子我都不会骑‘魔天轮’，希望有一天元哲能带着我

上天入地。”

“他行吗？”林语风有一种感觉，但又时隐时现，元哲也许是驾驭“魔天轮”的超级天才，只是不敢肯定，他是否愿意加入这个团体。

“我也不知道，要是他胆子再大点就好了。”

“这可不是胆子大小的问题，是超越生死的境界，如果能达到这个境界，他就是‘魔天轮’的真正主人。”

“风哥，超越生死是怎么练出来的。”

“恐怕不是练出来的。”

“那是天生的吗？”

“是天意吧。”

“啊，天意，你是有神论呀。”

“天意，未必就是有神论，是人类超越时空的顿悟，怎么说，是精神的绵延，我也说不好。”

“我都听不懂了。”

“那就慢慢捉摸吧！”

梅芳凝一脸懵懂，两个人似乎陷入了沉思，想象着万物之灵的精神世界。他们终于穿过了变色林，太阳几乎看不到了，只剩下几朵白云映着霞光，色彩斑斓。

“风哥，你看。”“凤凰”指着后方的变色林惊异地喊道。大家不约而同地转过身来，变色林在晚霞中闪耀着紫色的光芒，美轮美奂。

“好美啊！”林美娇跳下“魔天轮”望着变色林，惊呆了。

“风哥，紫色林子里会有什么？”元哲问道。

“这个，我还真不知道，怎么你要去看看？”

“也许有一天，我会去看看的。”元哲微笑着，似乎忘却了刚才的恐怖。

“希望那一天能尽快到来。”颜夕插嘴道。

“元哲，那你就带着我去，就咱们俩。”梅芳凝看着颜夕，心里酸酸的，她对元哲的爱，容不得任何人挑衅，哪怕只是一个玩笑。

“亲爱的，可以带着我吗？”林美娇调侃道。

“你嘛。”梅芳凝撇着小嘴故作姿态。

“怎么，舍不得呀。”

“才不是呢，三个人怎么行呢，到时你也带着男朋友，咱们一起。”梅芳凝瞥了一眼林语风，顽皮地笑着。林美娇一脸羞涩，无言以对，她看着林语风，内心跌宕起伏，想象着林语风有一天能带着她独闯天尽山，领略神山的奇美惊险。

“风哥，我和娇娇能换一下吗？”梅芳凝恳求道。

“怎么，跟着我不舒服吗？”

“不是，娇娇想感受一下你的‘魔天轮’，她……”

“她怎么啦？”

“我也不知道。”

“不行，之前我们都做了分配，现在都适应了，为什么要换，这样很危险。”蓝可儿霸气地说道。

“怎么不行，你又不是老大，老大说了算。”梅芳凝回嘴道。

“你算什么，凭什么说我。”

“好了，都别说了。”林语风厉声喝道。

他望着银装素裹的天尽山主峰，沉思良久，不知道前方还会发生什么，眼前的总是变化无常，究竟是幻觉，还是常态，犹如难解之题困扰着他。天尽山的主峰是没有路可以上去的，只有生与死的选择。天梯洞，棺椁崖，寒冰桥，飞云涧，这些才是前方真正的挑战，身心俱疲的小伙伴们不知道还能撑多久，这里没有退路，如果真能返回去，也许就放弃了。林语风看着手表，有些头晕，嘀嗒声就像是前方一座座迷宫，深不可测。

“风哥，前方是天梯洞吗？”颜夕打破了沉默。林语风没有说话，点了一根香烟，深深吸了几口，烟头像是积聚能量的火山口，照亮了他的脸。一轮弯月缓缓升起，天暗了下来，寒意渐浓。

“我们就地过夜吧。”林语风把烟头扔在地下，踩了几下，似乎有什么堵着他的胸口，难以排遣。大家一言不发，感受着一天来的惊心动魄。繁星点亮了漆黑的夜空，空旷的山谷里偶尔传来雁鸣声，大家围着篝火五味杂陈，不知何去何从。

“风哥，我们怎么停下了？还登顶吗？”元哲试探着问道。

“风哥从不走回头路，他决定了的事，从不打退堂鼓。”蓝可儿义正词严道。

林语风沉默了，没再像从前那样意气风发。他看着篝火发呆，似乎变了个人似的。

“老大从前可不是这样。”“木涯”跟“白山”嘀咕道。

“你俩嘀咕什么呢，别瞎说。”汪雨涵添了一把柴火，低声说道。

“风哥，你看那颗星星多亮啊！”“凤凰”靠着林语风指向天空，充满童趣。

“那是颗什么星，这么亮，又这么近，从来没见过。”林语风看着那颗晶莹剔透的星星惊呆了，话题一开，大家也七嘴八舌地议论起来。

“那是太白金星吧。”林美娇也不太确定。

“不像是，应该是苍龙七宿中的角宿。再准确点当是角宿一，你看它很亮。”

“哇，雨涵哥哥好棒啊，居然这个都知道。”“凤凰”拍着小手啧啧称赞。大伙开始大加赞赏起来。

“你看它又大又亮，准是贪狼星。”蓝可儿猜测道。

“我听说过‘七月流火’，说的是苍龙的大火星。古天象上的大火星，很亮很大，是农耕时代用来判定播种收获的星星，每到农历七月它便西行，天气由热转凉，所以叫‘七月流火’。你看那颗星，它是苍龙的心宿二，更像是苍龙的心脏。你看苍龙的房宿、氐宿、亢宿和角宿，依次在它的右上方，象征苍龙的胸、前足、咽喉和角；在心宿二的左下和左上方，是尾宿和箕宿，象征龙尾和龙尾旋风。这样子看才是完整的一条苍龙。”元哲指着苍龙为大伙解释道。所有人都惊呆了，他们凝望着天空，仿佛看到一条苍龙盘旋飞舞。

“元哲，你好厉害啊。”汪雨涵竖起大拇指，崇拜写在了他的脸上。

“元哲哥哥，你是怎么知道的。”“凤凰”看着苍龙不忍离开。

“谈不上什么厉害，只是略知皮毛而已，我比较喜欢星象，有时也会琢磨一下。”

“怪不得呢，原来如此！”林美娇惊叹道。梅芳凝看着他解说的样子，爱像潮水般涌出。她想着在某一天，也在这样的一个夜晚，他们坐着‘魔天轮’，迎着七彩流星雨，一同跨越天尽山，上天入地，与日月比肩。她浑身麻酥酥的，恨不得把一切都给了他。林语风坐在一边，仰望苍穹，似乎在想着什么。他突然自言自语道：“‘七月流火’，不对，这不是‘七月流火’。”

所有人都惊异地看着他，还以为他中了邪。

“风哥，你还好吧。”颜夕问道。

“我说得不对吗？”林语风望着元哲，一阵焦虑。

“一花一世界，一叶一菩提。”元哲痴傻地冒出这么一句。

“有点意思。”林语风站了起来，走到元哲跟前，像是被什么吸引着。

“天尽山，不就是一花一世界吗？”元哲走火入魔的样子，可爱至极。

“一木一浮生，一草一天堂。”林语风也跟着疯傻起来。

“时间是幻觉，是一切的浓缩。”

“一山一世界，一念一宇宙。”

大家伙面面相觑，感觉他们中了邪。他们的对话像是来自另一个世界，疯傻中又藏着极高的智慧。

“他们俩怎么了？”“木涯”和“白山”嘀咕道。

“我明白了，我明白了，哈哈。”林语风大笑起来。

“明白什么了？”颜夕眨着眼睛追问道。

“天机不可泄露。”

“这都是怎么啦，啊，啊。”

“天尽山，时光倒流的佛境。”

大家都吃惊地围了过来，看着他们痴傻地对话，不知所措。

“元哲，元哲，你说什么呢，我怎么听不懂。”梅芳凝扯着他的衣袖，满脸困惑。

元哲挣开梅芳凝，拉着风哥，像两个精神病院的疯人离开了人群，令众人匪夷所思。两个人走向前边的深谷，促膝而坐。山谷的回音隐隐传来，他们像是在跟天敞开心扉。

“今天你看到了什么？”林语风问道。

“看到了过去，也看到了未来。”

“多久？”

“万年以上。”

“你怎么知道。”

“‘七月流火’本不该出现，可就摆在那儿。史前的魔蜥龙，蓝石雨，吸血蜂，你我都领教过了。”

“这些难道不是刚刚发生的吗？”

“不错，是刚发生的。可已经不是从前的我们，从前的世界。”

“怎么讲。”

“是天尽山的我们和它的世界。”

“什么样的世界，什么样的我们。”

“流动的世界，变化的我们，我们回到了很久以前，也许是很久的未来。”

“为什么会这样？”

“我也说不清，佛境是另外的世界，我们无法解释它的存在。”

“可是，我上次来，还没有发生这一切。”

“上次到现在已过了几百万年，也许几千万年，我也说不好有多久。”

“太不可思议了。”

“你还想接着走吗？”

“我也不知道。”

“其实我很想领略下面的世界。”

“我担心的是，我们的速度和境界无法到达，也许就葬身这天尽山了。”

“风哥，我想入伙，你教我骑‘魔天轮’吧。”

“你真的想学吗？”

“我想着有一天，骑着‘魔天轮’去领略这看不到的世界。”

“你不怕吗？”

“这一路走来，恐惧离我越来越远了，你没看到吗？”

“嗯，是的。”

“你同意吗？”

“你不后悔吗？”

元哲伸出了手掌，林语风也伸出了手掌，两人紧紧拉在了一起。他们看着月光下的天尽山盟誓：“我虔诚的加入风语社，愿为她同生共死，赴汤蹈火。无论何时何地，我都会用生命和热血，捍卫她的尊严。风语社是我的灵魂，兄弟姐妹如同我身，为了我们的灵与身，我愿奉献一切！林语风。”

“我虔诚的加入风语社，愿为她同生共死，赴汤蹈火。无论何时何地，我都会用生命和热血，捍卫她的尊严。风语社是我的灵魂，兄弟姐妹如同我身，为了我们的灵与身，我愿奉献一切！李元哲。”

铿锵有力的话语回荡在山谷里，所有人都默默听着，他们悄悄围了过来，静静坐在一边，感受着激动人心的时刻，泪水流淌在他们脸颊上。林语风和李元哲紧紧抱在了一起，

“看，快看，流星。”梅芳凝喊道。一颗火球在天空中划过，消失在天尽山。

“哇，又出现了，好美呀。”“凤凰”站了起来惊叹着。越来越多的火球从上空飘过，在天尽山变成七彩火雨，落入山顶，壮观至极。大家张着嘴沉醉在这旷世奇观中。

“火星雨，火星雨。”元哲看着天空说道。

“你说什么？火星雨？”林语风问道。

“这不是流星，是来自大火星的，流星没有这么大，也没有这么亮，更没有七彩的火焰。”

“元哲哥哥，你就是个神仙，无所不知。”“梧桐”晃着小脑袋称奇道。

“元哲，你愿意跟我学吗？”颜夕问道。

“元哲跟风哥学！”梅芳凝说道。颜夕双颊泛红，冷冷地看着梅芳凝，无言以对。

“你们看这火星雨多美，恐怕人类有史以来都没曾遇到过。”元哲沉浸在未知的世界里，此时的他似乎忘记了自己，忘记了过去。

“把这儿叫火星谷吧”林语风说道。

“其实，这火星雨本就是流星雨，只是我们所处的世界不一样，所以看到的也不一样。”

“流星谷，嗯，就叫流星谷吧。”元哲拉着林语风的手，泛着七彩流光，感受着另一个世界。火星雨持续了大约一个钟头，宇宙的奇观在天尽山层出不穷地上演着，这些少年在这里焕发了新的生命力，由内到外充满了宇宙的灵光。火星雨

后的月亮变得又大又圆，伸手可触，照亮了流星谷。这里的山丘奇伟，形状各异，在月光下变换着色彩，经过亿万光年的雕琢形成了壮观的宇宙地貌。

“时间停止了，太奇怪了。”林语风看着手表喊道。

“地球时间停止了，宇宙时间开启了。”元哲微笑着，淡然的脸上洒满了月光。林语风看着元哲，像看到了自己，又像是看到一个陌生的宇宙来客，他在困惑中对元哲有一种莫名的崇拜。

“这样的地形，是‘魔天轮’的圣地啊！风哥，元哲可以在这里练习‘魔天轮’，他会成功的。”汪雨涵称奇道。林语风看着近在咫尺的月亮，似乎有一种奇异的力量召唤着他，他像一个虔诚的信徒，充满了奇幻，张开大嘴说道：“圣地呼唤着它的圣徒，元哲，你就是圣地的圣徒，我们为圣徒开天辟地。”

大家张着大嘴，聆听着林语风半疯半傻却又充满力量的话语，不自觉地被这话语折服。颜夕开着“魔天轮”第一个扑了过来，还没等元哲反应过来，便把他拽了上去。

“我把看家本领使出来，就看你的造化了。”颜夕带着元哲，驰骋在月光下的山冈，像游龙般飞速流转。

“天早已注定，你就来吧。”元哲看着明晃晃的大圆月，由内而外闪烁着从未有的灵光。

颜夕冲过山岩，不远处一块奇特的地貌吸引着她。两个月牙形山丘高高隆起，形成了一个没有闭合的圆，缝隙大约有五十米宽，两边各自形成近一百八十度圆弧，表面覆盖着薄薄的一层红褐色沙土，像一粒粒红色的珍珠，闪烁着奇异的光泽。

“就它了，元哲，这次我要做一个三百六十度大旋转，你得紧紧抱着我，千万不能有丝毫松懈，否则就葬身谷底了。”

“我怎么肌肉胀胀的，心跳好快啊。”

“你是不是害怕了？”

“没有，特别兴奋，跟从前大不一样。”

“那就好，看来你的恐惧消失了。准备好了，我要启动了。”

颜夕开足了马力，冲向谷顶，像泥鳅般沿着弯道，滑向谷底。看到那个大大的缝隙，她咯噔一下子突然心虚起来，心生不祥的预感。要想跨越，飞到另一边，不单单是速度的问题，还有平衡性的问题，以及刚柔并济的张力，否则，在跨越裂缝的过程中，极有可能坠入谷底，触地而亡。一百八十度回旋对颜夕来说没有任何难度，只是跨越裂缝做三百六十度大回旋，这还是头一遭，况且带着一个人，冷汗渗出了她的额头，浑身紧绷绷的，像是赶赴刑场。

“你怎么啦，感觉你不舒服。”

“嗯，哦，没有，只是有些紧张而已。”

“怎么，你被我传染啦。”

“有吗？不说了，我要冲刺了。”

马达声轰轰作响，飞起的红沙沿着弧线荡起一股蒙蒙的烟尘，和月光交织在一起壮烈奇美。眼看就要到顶部了，颜夕突然重心一沉，折返而去。

“不行，这个速度，只能做一百八十度。”

“最高多少？”

“三百二。”

“要超过三百二。”

“‘魔天轮’恐怕无法承受。”

“你再试试。”

元哲的勇气和声音让颜夕再度鼓起勇气，这一次颜夕开到了最快，“魔天轮”像怒吼的雄狮，震撼着山谷。远在一边的众人暗暗捏把汗。

“风哥，风哥，元哲不会有事吧，我想让他回来。”梅芳凝心急如焚。

“他是风语社的一员，你我都没权利让他这么做。”林语风冷峻的表情让梅芳凝心灰意冷，她冷冰冰地站着，一动不动，看着自己的恋人，心绪难平。元哲与颜夕紧紧靠在一起，他抱着颜夕，感受着她身体的旋转和张力，为最后一次飞跃做准备。

“我要冲了，你还好吧。”

“就等这一刻了。”

颜夕铆足了劲，冲向谷顶，速度很快达到了三百二。她看着仪表盘，惊出一身冷汗，表针已停止，这是“魔天轮”的最大极限了，她闭上了眼睛，等待着老天爷的抉择。那“魔天轮”卷起的红尘划出了一百八十度的大弧，蔚为壮观，与月光交织在一起，闪耀着惨烈与激情。“魔天轮”嘶吼着，冲过了谷顶的牙尖，迎着硕大的圆月飞向对面的牙尖，颜夕看着圆月，一阵眩晕，她预感到“魔天轮”无法跨越这空隙，心立刻沉了下去，那张力也渐渐萎缩，“魔天轮”眼看就要在半空中掉了下来。他们的重心在往下沉，“魔天轮”如坠落的陨石连带着他们坠落。谷底，众人表情凝重，眼睛死死盯着这一幕，心几乎要蹦了出来。梅芳凝捂着嘴，凄厉地呼喊已被泪水淹没，她的爱人从此就要与他阴阳两隔了。

元哲在天旋地转中，感受着宇宙极限的呼唤，一股强大的张力由内而外迸发出来。他突然抓住颜夕的双手，身体往前一挺，一股巨大的张力，以加倍的极限速度把“魔天轮”带向了对面的牙尖，他们像旋风般划过三百六十度大弧线，稳稳地停在了谷底，惊呆了所有人。众人蜂拥而至，欢呼雀跃，简直不敢相信他们创造了这个奇迹。林语风抱着元哲，内心像火一般燃烧，他像看到了另外一个自己，用宇宙的魂魄和神奇的肉身重新塑造出了一个超级天才。他热泪盈眶，紧紧抱着元哲，感受着他的一切。梅芳凝也哭成了泪人，看着自己的恋人神奇般活着，也簇拥而来，紧紧拽着他的衣襟激动不已。

“元哲，你是怎么做到的。”颜夕问道。

“我也不知道，只感觉到当时一股巨大的冲力从身体里迸发出来，不像是我从前的力量，到像是一种未知的力量，它让你加速前行，超越了自身的极限。”

“可是刚才明明看到指针已停止。怎么会有加倍的速度呢？”

“也许，在合适的时间和地点，一种神秘的力量被召唤出来了。我们的时间早已停止，我想那速度也应该停止了，而那一刻会是一种全新的速度，全新的时间，在开启我们的极限，宇宙速度，对，是宇宙速度！”元哲恍然大悟道。

“元哲，你在哪儿学的？”汪雨涵问道。

“我，我也不知道，当时就那么一阵子，突然就有了这种特别的力量。”

“我们每个人都会有这种特别的力量吗？”

“这个很难说。”

汪雨涵还没等大家反应过来，骑着“魔天轮”来到了月牙峰前。

“你要干什么，快回来。”林语风喊道。

“我要试试。”汪雨涵笑了笑，已然下定决心准备一搏。

“你不要命了。”林语风吼道。大家回过神来，看着汪雨涵，不知所措。

汪雨涵做好了加速准备，他淡定的笑容像是去见久违的老友，喜悦中又夹杂着冲动的紧张。“魔天轮”扬起了漫天红尘，几乎遮住了半个月亮，大伙撕心裂肺地呼喊着，声音早已埋葬在红尘中。汪雨涵闪电般滑过月牙弯道，他看着对面的月牙弧，油门踩到了底，只听轰的一声，“魔天轮”飞了出去。“不好，重心在缓缓下落。”汪雨涵一阵眩晕。那“魔天轮”眼看着就要跨过去了，对面的牙尖近在咫尺，突然开始急速下坠。汪雨涵伸出双手，紧紧抓住了牙尖。只听谷底一阵巨响，“魔天轮”坠落在峰底，烈焰腾空，染红了月牙峰。众人尖叫起来，为他捏了把汗。

“糟了，雨涵撑不了多久。”木涯喊道。

“我去救他。”蓝可儿急促地说道。林语风看了她一眼，骑着“魔天轮”疾驰而去。那呼啸的轰鸣声，像是发起挑战的号角，响彻了流星谷。月牙峰前浓烟弥漫，红尘滚滚，汪雨涵在高处悬着，体力在一点点耗尽，形单影只，命悬一线。林语风深呼一口气，咬着双唇，冲向了牙尖。飞出的瞬间，他失重了，“魔天轮”几乎要离他而去，他奋力抓住车把，伸出左手去拉汪雨涵，由于速度太快，林语风失去了平衡，他们失之交臂，林语风随着惯性晃晃悠悠地滑向了对面的弯道，他几乎要车毁人亡了，林语风掉转了把头盘旋而下，红尘夹杂着四溅的火星，像斑斓的焰火划破了上空。林语风躲过一劫，“魔天轮”最终稳稳停在了峰底，他喘着粗气，浑身抽搐着。大家围拢了上来。

“闪开，闪开，雨涵快不行了。”林语风上气不接下气地喊道。大伙还是不让他离开。元哲看着高悬在空中的雨涵，夺过颜夕的“魔天轮”疾驰而去。

“元哲，你回来，元哲，你快回来。”梅芳凝大喊着，但已无能为力，他像中了魔似地把油门踩到底。巨大的轰鸣声，响彻四周。汪雨涵看着赶来的元哲，极力支撑着身躯，他的双手在慢慢下滑，体力就要耗尽了。元哲急速奔向牙尖，“魔天轮”的指针已达到极限，他纵身一跃，一股巨大张力像燃烧的火焰迸发出来，燃遍了他的全身。

“飞出牙尖，雨涵才能得救，但这不是常人能做到的。”元哲敏锐地做出了判断。

“看淡生死。”

“无论何时何地，我都会用生命和热血，捍卫她的尊严。风语社是我的灵魂，兄弟姐妹如同我身，为了我们的灵与身，我愿奉献一切。”流星谷的誓言回想在元哲耳边。元哲做出了惊人之举，他冲出牙尖，向上翻腾两周半，飞向雨涵，在空中划出一道颀长的弧线，硕大的圆月如一块巨大的屏幕，记录了瞬间奇观。“魔天轮”似乎插上了翅膀，迎着圆月飞向前方。元哲伸出大手，借着“魔天轮”超越极限的张力，一把抓住了雨涵，腾空而起，稳稳地坐在“魔天轮”上。月牙峰的顶部极为陡峭，惯性极大的“魔天轮”极有可能滑落峰下。元哲无法急停，他用脚磨着地面，盼望着尽早减速，一股刺鼻的胶皮味四散开来，元哲的鞋底磨破了。“魔天轮”摇晃着在前方一百米处终于停了下来，再往前半米，就掉下去了。

“元哲，你，你太伟大了。”汪雨涵上气不接下气地喊道。

“元哲，我们爱你！元哲，我们爱你！”流星谷传来了众人的呐喊。梅芳凝含着热泪高喊，她脆弱的心灵还是没能承受住生离死别的反复，眼前一黑，晕倒在地。

“元哲，我们怎么下去。”汪雨涵依旧紧张不安。

“压低重心，翻过牙尖。”

“啊，这行吗？”

“顾不了那么多了，坐好了。”

“你到底是谁，是元哲吗？”

“我是谁不重要了，你看，他们还等着我们回去。”

元哲掉转车头急速向前，扬起的红尘紧随着“魔天轮”来到了牙尖，眼看就要冲出月牙峰。元哲一个急停，车头向下，借着惯性，身体微侧，重心压低，顺手抹过牙尖，滑了下去，做了一个一百八十度盘旋，稳稳地停了下来，大伙终于松了口气，元哲成了他们的超级英雄。

天渐渐亮了，鹅毛大雪纷纷扬扬飘落下来，流星谷成了白茫茫一片，熄灭的篝火冒着烟，他们横七竖八地躺在地上，打着盹。林语风一个人站在高处眺望远方，寻觅着回去的路。“这路可是真难啊，天尽山，你怎么说翻脸就翻脸啊。”林语风愁眉不展，打了个寒战。元哲冲他走了过来，似乎看出了他的心事，他登上一处山岩观望着。

“元哲，你在看什么？”

“我在看回去的路。”

“还有回去的路吗？”

“也许会有。”

“下次还来吗？”

“我一定会来。你呢？”

“我也会来。”

“下次登顶吗？”

“嗯，也许吧。”

“下次我要登顶。”

“你一个人吗？”

“不知道，也许一个，也许一群。”

“如果是我一个，这次我就登顶了。”

“上面还有什么？”

“还有天梯洞、棺椁崖、寒冰桥、飞云涧。”

“我一定会走一遭的。”元哲喊道。

“我会跟你一起去的。”

“就这么定了！”

“一言为定！”

“风哥，你快来，快！你看，那边的山下，像是有座城堡，雪太大了看不清。”元哲指着前方说道。

“也许是个村子，不过，我还没听说过附近有什么村子。”林语风似乎发现了下山的路。

“你说的是不是那条路，沿着山脊，直通山下。”

“没错，你看，那山脊虽然不宽，但还算平缓，中间似乎有沟槽，不至于打滑，我们应该很快能到山下。”

“你真应该早点加入风语社，我们前世有缘！”林语风蹭了蹭元哲的肩膀，开怀大笑起来。“现在也不晚，缘分天注定嘛。”元哲会心一笑。林语风吹起了口哨，一会儿的工夫，大家已整装待发。元哲载着梅芳凝，风哥带着蓝可儿在前面开道，他们一行人驰骋在山脊，如一马平川，那卷起四散的雪花壮美绮丽，装点着他们前进的路。

一行人就要到山下了，元哲一阵眩晕，还没停稳，两眼一黑昏迷过去了，多亏前面的小山坡起了缓冲作用，人没受伤。众人把元哲抬到了平缓的地方，等他苏醒，已过了晌午，雪也停了。天虽然没有放晴，却格外明亮。突然，几辆警车，闪着警灯，鸣着警笛呼啸而过。警车驶进了前方不远处的城堡，士兵把守在门口，铁门缓缓打开，一块四方的大石碑矗立在前方，上面刻着四个大字“天城监狱”，石碑两边分别写着“坦白从宽，抗拒从严”。警笛像是招魂铃，昏迷中的元哲慢慢睁开了眼睛。

“这是哪里？”元哲轻声问道。

“元哲醒了，元哲醒了。”汪雨涵喊道，大家围坐在旁边，没觉得有什么大惊小怪，已然习惯了他的病症，大家冲他微笑，挥手问候。梅芳凝轻轻扶起他的头，抚慰着。元哲看着前方的城堡，两名荷枪实弹的士兵一动不动地站在门口，大门里“天城监狱”四个大字十分醒目，围墙高耸，铁丝网分三层架在墙头上，一眼望不到头。他似乎想起了什么，但很快又忘记了。

“我们这是在哪儿？”

“天尽山。”梅芳凝耳语道。

“天尽山，我们来这儿干吗？”

“元哲，我们在这儿待了一天一夜了，发生了很多事，你不记得了吗？”

“嗯，还真想不起来了。”元哲困惑的样子，像是做了一场梦。大家吃惊地看着元哲，想着在他身上到底发生了什么？所有人百思不得其解，带着疑问和困惑，他们离开了天尽山。

二十、失落的白天鹅

圣诞节快到了，欢快的气氛弥漫着京都，新年音乐会的准备进入尾声。梅芳凝带着元哲，来看她们最后一次彩排。排练厅里灯火辉煌，英国芭蕾王子 Charlie Fonda 再过一个小时就会亲临指导，并确定芭蕾舞剧《天鹅湖》白天鹅的人选。大家既兴奋又紧张，谁都希望能得到大师的指点。梅芳凝带着元哲早早来到大厅，美男子的到来，让姑娘们既羞涩又赏心悦目，她们带着羡慕的眼光看着这对亲密无间的恋人。

“我去换装，坐这儿等我，乖！”梅芳凝吻了元哲，匆匆离开。

“老师不会说我吧。”

“我跟安娜打过招呼了。”梅芳凝自信地说道。

没过一会，梅芳凝换上了芭蕾装悄悄溜到元哲跟前，她轻轻拍了一下元哲。

“啊，梅芳凝是你吗？”元哲瞪着大眼睛上下打量着，几乎没认出来。

“好看吗？”

“太美了，简直不可思议。”

“现在的‘我’美，还是之前的‘我’美？”

“两种美，不可同日而语。”

“那你说说是哪两种美。”

“一个是自然美，一个是文艺美。”

梅芳凝捂着嘴笑个不停，元哲也跟着笑起来。不远处，一个女生很安静地走来，她穿着芭蕾装，气质高雅，眼神冷峻，眉心处粉嫩的莲花状胎记格外引人注目。梅芳凝不经意瞥了她一眼，脸上的笑容立刻消失了。白天鹅的人选还没最终确定，安娜推荐了芜影和她，可是白天鹅只有一个。梅芳凝一想到这些，就心烦意乱。“你怎么了？”元哲问道。梅芳凝发着呆，像个木头似的。这个女生，从他们身边轻飘飘走过，散发着淡淡香气。元哲抬起头打量着她，那个女生也瞅了他一眼，元哲看到了她的胎记，想起了芜影。

“走过去的是芜影吗？”元哲轻轻推了一下梅芳凝问道。

“是她。”

“看到她你不高兴吗？”

“才没有呢。”

“那你怎么突然变脸了，怪吓人的。”

“刚才想起了一件不愉快的事情，好了，没事了。”

安娜和 Charlie Fonda 在一行人的簇拥下走了进来，大师的到来立刻吸引了所有人的注意。他个子瘦高，总是微笑着，鼻子坚挺，颧骨微微突起。金黄色的头发喷着发胶，大背头，脖子细长，喉结处有颗黑痣。他的蓝眼睛很迷人，让人总想多看几眼。姑娘们纷纷走来，跟这位芭蕾大师拥抱亲吻。

“孩子们，大家开始准备了。”安娜提高了嗓门喊道。旁边的女翻译像机关炮似的嘟嘟地说着。姑娘们并排站到舞池中央，在安娜的号令下开始表演。她们在柔美的旋律中翩翩起舞，宛如天使，舞池变成了洁白的世界，令人浮想联翩。Charlie Fonda 微笑着，时而在本子上做着记录，时而说着英文。表演很快结束了，他鼓起了掌，喊着：“very perfect！（太好了！）”紧接着，他脱掉上衣，来到舞池中央，手把手地指点着姑娘们的动作，大家学得很投入，时间过得很快。

元哲坐在一边，看着 Charlie Fonda 的举手投足，想笑又不敢笑出来。“明明是一个男人，怎么像个女人一样婀娜多姿，古怪中又有几分可爱。”元哲在好奇中慢慢喜欢上了大师的样子，他紧盯着大师，慢慢融入芭蕾的世界里。

“孩子们，Charlie Fonda 今天还有一项特殊的活动，要给大家表演天鹅湖选段，你们开心吗？”

“哇，啊！”大家欢呼着，排练厅成了欢腾的海洋。Charlie Fonda 简单化了妆，一出场便引得大家啧啧赞叹，看上去还真是一位英俊十足的王子。梅芳凝第一个出场跟 Charlie Fonda 表演第二幕的一段。

排练厅里鸦雀无声，Charlie Fonda 随着旋律把自己变成了王子，他上下飞舞，细长的腿伸缩自如，像一朵浮云游荡在大厅里。梅芳凝屏气凝神，一个接一个地旋转跳跃，在王子的怀抱里变成了美丽的白天鹅，无法分清现实与童话。元哲看着梅芳凝，眼神里满是对她的爱，他更希望自己变成那位王子，去拯救那只美丽的白天鹅。

没多久，第二幕结束了，大家热烈鼓掌，Charlie Fonda 拥抱着梅芳凝，牵着她的手一起向大家致意，他双手竖起了拇指赞叹着梅芳凝的芭蕾天赋，大家又一次报以热烈的掌声。“白天鹅应该非我莫属了吧。”梅芳凝环视着周围，瞥了一眼芜影，内心充满了期待和自信。

“下面由芜影和Charlie Fonda先生表演第四幕选段。”安娜话音刚落。芜影步履轻盈，来到大厅中央。她和Charlie Fonda对视着，像剧中久别重逢的恋人，随着旋律的响起，不知不觉中进入了童话世界。芜影身姿舒展，脚尖高高挑起，眼神里充满了哀伤。她纤柔唯美，把情绪逐渐释放出来，正幻化成一只忧伤的天鹅。Charlie Fonda渐入佳境，眼神愈发忧郁起来，每一个动作里饱含着对爱的深切情感，他面前已然成了天鹅湖，美丽的天鹅在为爱情奋力挣扎。芜影从他忧郁的眼神中看到了王子和天鹅对爱的执着，她把压抑在心头许久的那份爱如涓涓细流释放出来，她活在天鹅湖的世界里，呼吸着天鹅湖的空气，感受着王子的爱和美。只有在天鹅湖，她才是真正的自己。她的眼泪在空中飞舞，像一只受伤的天鹅，宁可粉身碎骨，也绝不放弃。

元哲被带到了唯美的世界，他的心能感受到爱是多么珍贵，又是多么艰难。为了爱，有的人一无所有，甚至搭上了性命。很多人，却选择了妥协和逃避。人是现实的，现实的残酷又苟且。人又是超越生物的，他存在的意义不是为了现实，而是发现他的精神生命，把内心永恒的力量释放出来。但又有多少人能做到呢?元哲看着白天鹅在痛苦中挣扎，无力回天，他哭了，不知道自己的未来会怎样。他想到了麻婆，想到了自己的父亲，想到了那些为爱，为理想而默默离开这个世界的人，心都碎了。

如雷般的掌声把元哲带回了现实，芜影的泪水还挂在脸上，美丽动人。她似乎还没有回到现实世界，白天鹅对她来说就是那永恒的精神生命，让她流连忘返。她无意中看到了元哲在为这精神生命动情流泪，从那一刻起，她的眼睛似乎被这个男孩儿的世界深深吸引着。Charlie Fonda拥抱着芜影，热泪盈眶，他被芜影的精神世界彻底感动了。芭蕾的韵味就是表达内心深处难以开启的爱的世界，芜影用自己的行动做了最完美的诠释。大师做了一个惊人的举动，突然把芜影举了起来，用生硬的中文说道:“她就是我的奥杰托。”掌声再次响起，安娜知道，白天鹅的人选已经有了答案。

梅芳凝躲在角落里偷偷流泪，她知道自己败下阵来，一种莫名的屈辱涌上心头，让她无法面对所有人，没等元哲，她一路哭着回到家，把自己关在屋子里，蒙着被子号啕大哭起来。元哲找遍了每一个角落，打了无数电话，梅芳凝死活都不见踪影。他冥冥中知道自己的恋人在为白天鹅的角色伤心，但又无能为力，刚刚从伤感中走出来，又陷入了新的伤痛，他拿出手机，发了一条短信:“亲爱的，别伤心了，我知道你在为那个角色难过，其实没什么。今晚你的表现很棒，在我心里你是最美的白天鹅，别人说什么都不重要，因为我才是你的王子，你是我唯一的奥杰托。我很爱你，希望你快乐起来，我想一个人静静地看你跳芭蕾，你说你喜欢天尽山，流星谷。我有一个梦想，就是带着你去那里，看你跳全世界最美的芭蕾。”

梅芳凝关了手机，她想把自己封闭起来，一个人去默默承受。穆瑶不停地敲着女儿的房门，没有任何回应。她急得哭了出来。“宝贝女儿，你怎么了，妈妈想看看你，妈妈求你把门打开！”屋里还是没有动静。穆瑶愈发担心起来，她哽咽着，声泪俱下地说道：“妈妈真的很担心你，你让妈妈看一眼好吗？看一眼我就走。”穆瑶仍在不停地敲门。“如果妈妈做错了什么，妈妈向你道歉，一定改正。”从不低头的女强人，在女儿面前却变得如此脆弱，这是外人无法想象也无法理解的。管家、保姆、厨子都放下了手里的活，静静地听着。

“如果你受了委屈，一定告诉妈妈，全世界只有妈妈永远支持你，保护你！”

“让我静静好吗？别打扰我！”梅芳凝嚷嚷道。听到女儿的声音，穆瑶宽慰了许多，她停顿片刻，难过地说道：“妈妈走了，妈妈想你，千万别做傻事，有什么困难和委屈，妈妈帮你解决。”慕瑶下了楼，独自坐在沙发上发呆，哭红的双眼变得干涩肿大，头发也显得凌乱不堪，手里的香烟没断过，大厅里烟雾弥漫，让人窒息。穆瑶盼望女儿能好起来，至少会扑在她怀里大哭一场，倾诉她的委屈，发泄出来总比憋在肚子里好不少。她整晚都没合眼，走上去又走下来，刚抬起手敲门，又无奈地放下，就这样度过了煎熬的一夜。

晨光透过玻璃墙，照在穆瑶脸上。她靠在沙发上打盹，嘴里说着梦话。梅芳凝轻轻走下楼梯，满屋子的烟味呛得她咳嗽了几声。穆瑶像是打了鸡血，扑腾一下站了起来，她看到梅芳凝，一下子扑了过去，还没开口，眼泪唰唰地流个不停。

“宝贝，好些吗？你可吓死妈妈了，失去你，妈妈也不想活了。”穆瑶搂着女儿，哭诉着。梅芳凝绷着脸，呆若木鸡，红肿的眼睛诉说着她的委屈。“宝贝，能跟妈妈说说吗？”穆瑶贴着女儿的脸颊，泪水顺流而下，融化着梅芳凝冰冷的心。梅芳凝突然抱住母亲，哇哇大哭起来，心底的冤屈一股脑的爆发出来。穆瑶抚慰着女儿，既难过又欣慰。她心中立刻燃起了战斗的火焰，在这个世界上，谁若夺走女儿的幸福，她会不择手段地去拼去抢，绝不退让，甚至会千百倍的报复，直至把对方置于死地。

“妈妈，我落选了。”梅芳凝抹着眼泪，声泪俱下。

“宝贝，什么落选了，不怕，有妈妈在。”穆瑶把女儿拽到沙发上，深情地看着她。

“白天鹅，我做不成白天鹅了，老师选了另一个女生。”

“是天鹅湖吗？”

“嗯”梅芳凝瞪着红肿的大眼睛，看着母亲。

“就这个事呀。”穆瑶笑了笑。

“妈，你别笑话我嘛。”梅芳凝撅着小嘴倒在母亲怀里。

“宝贝，你成不了白天鹅，谁也别想做白天鹅。”

“妈，别这么说，我还不够好。”

“我的宝贝，在妈妈眼里，你就是最美丽的白天鹅，不会再有第二个了。”

“妈，我也不想了，没什么了不起的，您就别费心了。”

“宣布是谁了吗？”

“嗯，不过，还没有正式通知呢”

“宝贝，你记住，白天鹅是你的，妈妈相信一定是你的！”穆瑶抓着女儿的手，坚定地说道。

“妈，您就别瞎操心了，我去上学了，快迟到了。”梅芳凝渐渐恢复了稚嫩的可爱，她笑了笑，吻了慕瑶，匆匆离开了。看着女儿消失的背影，她哭了，她的脸颊更像是充满了怨恨和斗志，为了女儿，她可以什么都不要，也什么都做得出来。

京都大剧院里，芜影在 Charlie Fonda 的指导下排练着白天鹅的角色，大师的举手投足是那么美，富有诗意，芜影被深深地吸引，她总是很快进入角色，把白天鹅的世界完美呈现出来。在场的工作人员为他们的表演赞叹不已，甚至连清洁工都放下手中的活观赏起来。安娜已来了一会儿，静静地坐在一旁观看着表演，她似乎有心事，脸色沉沉的，跟其他在场的人一点也不搭调。女翻译坐在了她旁边，她们低声耳语，像是有什么秘密似地。女翻译突然抬起了头吃惊地看着安娜，像是受了什么打击似的。

“真的没有挽回的余地吗？”

“目前看没有了，这是上头的意思。”安娜无奈地说道。

“这都到跟前了，来这么一手，唉……”

“您还得跟 Charlie 先生说一声。”

“也只能这样了。”

排练一结束，女翻译把 Charlie 叫到了一边。两人还没说几句，只见 Charlie 伸出两只大手在空中飞舞着，浑身发颤，像愤怒的公牛。“No，No，I will never accept！ Never！（不，我不能接受！）”他气急败坏地走到安娜跟前，耸耸肩膀，大声说道：“An，Why is that？ Why？（为什么？）”安娜十分愧疚，她低下头无言以对。

“She is the best person, and no one can replace her!（她是最佳人选，无可替代！）”

“I see, But there was nothing I could do.（我明白，但我无能为力。）”安娜说着生硬的英文，郁闷到极点。

“Ok, Then I refuse to cooperate!（好吧，那我拒绝合作！）”

Charlie放下狠话，怒气冲天，离开了排练厅。芜影在不远处目睹着这一切，心情变得沉重起来，她冷冰冰地站在那儿，预感到有什么事情要发生。安娜走了过去，抱了抱她，勉强地笑了笑，眼圈红红的，没说什么，便转身离开了。芜影呆呆地站在那里，一脸茫然。

“王校长，没有谈成，Charlie先生拒绝了。”安娜拨通了校长的电话。

“好了，我知道了。”

王校长一屁股坐在沙发上，双眼紧闭，一脸憔悴。他把眼镜摘了下来，揉着眼睛，长吁短叹。电话铃又响了，他不耐烦地看了一眼，继续坐在那儿，揉他的眼睛。突然手机响了起来，他站起身走了过去。上面来电显示“穆董事长”，他惶恐不安，拿起手机犹豫了半天，终于接通了电话。

“穆董事长，您有何吩咐。”

“我可不敢当，您大校长电话都不接了，真是大忙人啊！”

“哪敢，哪敢，我上了个洗手间，手机放在办公室，刚刚看到，您宰相肚里能撑船嘛。”

“我女儿……”

“哦，嗯，令千金的事没问题，没问题，您别急嘛！”

“你什么意思，这还差几天了，我能不急吗？”

“可以理解，我们全力支持令千金的事情，不过。”

“不过什么，跟我打官腔，你还没那个资格。”

“不，不，哪里，只是那个老外比较难缠，他，他……”

“他怎么了，有屁快放。”

“他，他拒绝合作，我担心这样下去，演出会取消啊！要不，令千金可以试试黑天鹅，黑天鹅和白天鹅也没什么区别嘛。”

“放你的狗屁，我看你这校长当到头了。”

“穆总，穆总，您别生气嘛，大人不记小人过，我再想想办法，一定解决，一定解决。”

“那好，我等你的好消息。”穆瑶挂了电话。

王校长愣了半天，擦着冷汗，长舒了一口气。“这个女人可是惹不起啊，每年给五十中一扔就是一千万，连眼都不带眨一眨的，校董会里的那些个社会名流，哪个不得给她三五分面子，她的本事通天啊，更不用说她身边那位市长大人。”想到这儿，王满就拍着脑门叫苦连天，冒了一句“我倒八辈子血霉了。”

“王校长，戚老师来找您，说是约好的。”

“让她进来吧。”

戚雨蝶穿着长筒靴，披着短大衣，一步一摇地走进来，黑短裙随风而动，她的脸颊淡然而自信，丝毫没有因为去见校长而变得不安。王满与平日里大相径庭，又是沏茶又是倒水，殷勤不说，官架子也没了。

“戚老师，快坐，坐。”他笑呵呵地说道。那张一向阴沉的脸突然变成了艳阳天。

“校长，您找我有事？”

“没什么事，来了快半年了吧，工作怎么样？有什么困难吗？”

“一切都好，谢谢您的关心。”

“那就好。对了，你们班里有个叫芜影的女同学吧。”

“有，怎么啦？”

“有个事需要你跟这位同学做工作，你看行吗？”

“王校长，这是我分内的事，不行也得行。”戚雨蝶痛快地说道。

“有你这句话，我就放心了。”

“是这样的，英国文化艺术交流代表团来京都交流访问，其中就有新年芭蕾舞会的演出，市里领导很重视，芜影本来是要参加天鹅湖白天鹅角色的演出，可临时有变，你看能否做做她的工作，让她退出。”

戚雨蝶顿时傻了眼，后悔夸下了海口。她脸色铁青，一言不发，就这么僵持着。王满的笑脸也不见了踪影，眉头紧锁，阴沉沉地看着对方。房间里只有挂钟指针的嘀嗒声，像是催命符。

“怎么，有困难？刚才不是还信心满满的嘛。”王满打破了沉默说道。

“我，我能知道是什么原因吗？”戚雨蝶严肃起来。

“原因就别多问了，你就辛苦一下吧。”

“校长，不知道原因，我怎么去做工作，如果出了什么事，责任谁来承担。”

“出了事，由我担着，你去吧。”王满立刻拉下了脸，悻悻地说道。

“校长，这个工作我做不了，很抱歉。”戚雨蝶起身离开了办公室。

“工作必须做，否则，一切后果由你承担。”王满怒不可遏地看着雨蝶，嚷嚷道。戚雨蝶头也不回地走了，一路敲打着栏杆，嘴里骂着娘，判若两人。终于下课了，芜影的心早已飞到了京都大剧院的排练厅，她还没出教室，班长就追了过来。

“嗨，老师找你。”

“什么事，我有急事。”

“老师说必须来，快过去吧。”

芜影一脸不悦，联想到那天 Charlie 的愤怒，总感到有什么事发生，心里愈发不安起来。她敲了敲门，浑身不自在的样子。

“请进。”

“老师，您找我？”

“来，坐下。”

戚雨蝶拉着芜影的手，温暖的让人不知如何是好，可她内心却满是不安和愧疚，怎么开这个口，怎么向芜影交代，她觉得自己像个伪君子，竟然还能心安理得坐在这里，还要充当说客，简直无耻极了。

“芜影，有件事，我不知道该怎么说，今天叫你来，也是没办法的办法，我只能硬着头皮说了。”

芜影瞪着大眼睛，充满疑惧，一动不动地坐着。戚雨蝶看着她，不忍开口，心底冰凉，不过，咬了咬牙，还是说了出来。

“芜影，告诉你一件不太好的消息，你可要忍住，好吗？”

“什么事，到底是什么事。”

“白，白天鹅恐怕你不能演了。”

“啊，为什么呀，为什么？你们都疯了！”芜影脸色惨白，快要气晕了过去。

“具体原因我也说不清，只是替安娜老师传达一下。”

“难道就因为我是聋子吗？”芜影呜咽起来，这话让戚雨蝶一头雾水。

“你说什么？我怎么听不懂。”

芜影伤心起来，慢慢从耳朵里取出助听器，扔在了桌子上，看着戚雨蝶，像是受了天大的委屈，一下子扑倒在戚雨蝶怀里大哭起来。戚雨蝶立刻明白了这个可怜孩子的遭遇，她跟着掉起了眼泪，两个人一直待到很晚。戚雨蝶送走了芜影，独自坐在烟雨湖边，任凭冷风吹拂，冰冻的湖面反着寒光，像锋利的尖刀戳着她的心口。

Charlie 迫于压力，接受了芜影退出的结果。梅芳凝对此一无所知，直到有一天，安娜突然打来了电话，通知由她来出演白天鹅，梅芳凝喜极而泣，发了疯似地活蹦乱跳起来。殊不知，这一切对她来说都是暗箱操纵的结果。还没下课，梅芳凝就等在高二（3）班的门口，盼着元哲快点出来。铃声响了，元哲随着人流走出了教室，还没到跟前，梅芳凝就扑了上去，紧紧抓住他的手，踮起脚跟亲吻了他，旁边的同学不时地起哄。

“元哲，告诉你一个天大的好消息。”梅芳凝喜形于色地说道。

“什么好消息，说嘛。”

“你猜？”

“那我可猜不出来。”

“猜猜嘛。”

“莫非这次你考了班里第一吗？”

“才不是呢。”

“再想想。”

“你老妈让你开跑车啦。”

“哎呀，你笨死了！”梅芳凝跺着脚娇嗔道。

“你说嘛，我可笨了，嘻嘻。”

“告诉你啊，白天鹅是我，我是白天鹅啦。”

“哇，真的吗？太伟大了，你本来就是白天鹅，这下子实至名归了。”元哲兴奋地紧紧把她搂在怀里，完全没有在意别人的眼光。忽然，一双冷冰冰的眼睛，望了他一眼，但很快又从他身边消失了，那眼神充满哀伤，像是有天大的委屈无法倾诉。“芜影，对，芜影，她不是白天鹅吗？到底发生了什么？”元哲困惑起来，但看着梅芳凝幸福的样子，也没再多想。

“这个周六晚上，要来看我演出啊。”梅芳凝欣喜地说道。

“好啊，好啊，我一定来。”

他们牵着手游走在校园，像是久别重逢的恋人，如漆似胶，为寒冬的校园增添了一分暖意。

圣诞节这一天，京都大剧院人潮涌动，人们都来目睹英国的芭蕾王子，享受这份难得的艺术盛宴。大厅里坐满了各界名流，梅新和穆瑶坐在前排靠中间的位置，他们说笑着，就像是在自己家里。李元哲坐在靠后的位置，旁边是林语风，汪雨涵和林美娇，剧院里大都是成年人，他们格外显眼。元哲看到芜影坐在不远处的角落里，神情沮丧，顿生怜悯之心，他站了起来，然后又慢慢坐下，总觉得想说点什么，但又说不出来。

大幕缓缓升起，音乐响起，王子和白天鹅出现在洁白的世界里，他们在舞台上飞舞穿梭，把观众带入童话世界。元哲凝神专注，被深深吸引，此时的梅芳凝焕发着艺术的生命，渐渐融入这世界。舞台上流露着爱的语言，打动了所有人。元哲在这美丽的世界里聆听着爱的呼唤，他们的心渐渐融化在一起，无法分离。

晚会在雷鸣般的掌声中结束了，元哲正要离开，发现芜影独自一人哭泣，他想了半天，还是决定过去关心一下这位曾经的同桌。“芜影，你怎么了？”元哲不安地问道。芜影没有听到，仍旧低头啜泣。舞台上那只美丽的白天鹅应该是她的，这是她多年以来的梦想，然而，就这样破灭了。当听到乐曲响起时，她想象着自己驰骋在芭蕾的世界里，表达着最美的爱，这是多么令人心潮澎湃的时刻。可惜，现实是这样无情，夺走了她的至爱，把她推向了绝望的深渊。元哲拍拍她的肩膀。芜影慢慢抬起头，看到了元哲，立刻仓皇离开了，她忧惧的眼神里似乎诉说着什么，令人错愕。看着她孤寂的身影，元哲一片茫然。

临近期末了，紧张的气氛弥漫着教室，元哲早早打开课本，等待着老师的到来。又是楚熊的课，哎，只能忍着，这位先生可不好惹，脾气大不说，有时还会动手，那巴掌到现在都还没忘，元哲下意识地摸了摸脸，回忆着当初的情景。楚熊迈着四方步进了教室，沉沉的大书包重重地摔在讲桌上，班里立刻安静下来，大家的眼神似乎怪怪的，原来楚熊今天一身西装革履，头发也梳理的有模有样，打着红领带，皮鞋擦的比镜子还亮。有的同学居然偷偷笑了出来。元哲觉得特别滑稽，心想，莫非他交了桃花运。

“同学们，再有两周就期末考试了，我希望各位都能取得好成绩。我们要端正学风，坚持到最后。”楚熊松了松领带，似乎很不习惯穿西装上课。忽然，教室的门轻轻地推开了，芜影还像从前那样，目空一切地走了进来。楚熊斜视了她一眼，立刻皱起了眉头。他紧绷的嘴最终还是开了口。“怎么，迟到是你的家常便饭吗？”芜影往前走着，像没听见似的。大家都惊愕地看着她，感觉会有什么不幸要发生。楚熊恼羞成怒，还没有哪个学生敢这么羞辱他，他刚要张口，可还是忍住了，看了看这身笔挺的西装，感觉还是要有点绅士风度。他笑了笑，只好耸耸肩，惹得大家哄堂大笑。楚熊只好也跟着嘿嘿一笑，暂时的不愉快也就过去了。

芜影昏昏沉沉地坐在后排，心早已飞出了课堂，她双眸红肿，脸颊还留着哭过的痕迹，眼神冷冷地望着桌子，一副绝望的样子。楚熊无意中看到了这一幕，他内心压抑已久的不满还是爆发出来。

“芜影，芜影，芜影。”楚熊连叫三声，芜影依旧没有回应。众人转过身，看着芜影，她像是在做梦，无动于衷。楚熊快步走下了台阶，来到芜影跟前，恶狠狠把芜影揪了起来。芜影惊慌失措，大叫一声，怯生生地看着楚熊，浑身发抖。这一叫更激发了楚熊的愤怒，他抬起那双满是粉笔末的粗手，冲着那张稚嫩的脸蛋盖了下去，大家几乎同时发出尖叫。

李元哲坐在旁边，早已预感到这个女孩儿的不幸结局。他犹豫着，到底是帮还是不帮，曾经挨过的那巴掌至今还在他耳边响起，对抗老师的结局，恐怕不仅仅是抽几个大嘴巴子，开除也是在所难免。李元哲突然站了起来，直勾勾地望着胆怯的芜影，他的眼前立刻出现了那只美丽的白天鹅，在忧伤中寻找着自己的王子，用爱来感动整个世界。天鹅需要爱，天鹅需要幸福地活着，摧残只能让她过早的死去，让这个世界重新回到庸俗。元哲一个箭步飞奔出去，用他那坚实的手臂挡住了扑向天鹅的毒手。大家惊呼起来，在元哲身上发生这样的举动，完全是预料之外的事情。元哲看着楚熊，心突突跳着，他都不知道自己在干什么。

“你，你要干什么！”楚熊被这突如其来的举动惊呆了，表面上的蛮横无法遮掩他内心的胆怯，看着这位挨过他一巴掌的男生，心虚起来。这家伙报复不是没有可能，也许会让自己很难堪。

“老师，打人，打人它是不对的。”元哲犹如铜墙铁壁，坚实地站在了楚熊面前，芜影像一只受伤的小鸟躲在他身后。她还没从过去的绝望中走出，如今又要面对暴力的威胁，整个人就要崩溃了，压抑在心头的愤懑突然爆发出来。芜影大哭了起来，整个屋子淹没在哭声里。楚熊冒着冷汗，哆嗦着说道：“我，我可没打她，大家看见了没，老师批评学生不对吗？下课，下课了。”楚熊恶狠狠地看了一眼元哲，灰溜溜走了。元哲呆呆地站在那儿，不知道自己都干了些什么。他突然回过神来，看着满脸泪痕的芜影，也难过起来。他拿出纸巾递给她，安抚着这个可怜的女孩儿。人都走光了，元哲还站在那儿，生怕她想不开轻生。芜影缓过神来，哭累了，抬起头看了看元哲，这次她似乎并没有马上把目光移开，带着泪水的眼睛看起来更迷人，元哲看她不哭了，高兴起来。“你芭蕾跳得真好！”元哲眼睛充满了温暖，像一团火融化着对方冰冷的心。“谢谢你，我要走了。”芜影擦干了泪痕匆匆离开了教室。

戚雨蝶靠着栏杆望着远去的芜影，内心波澜起伏。李元哲从教室走出来，一眼看到雨蝶，兴冲冲地喊道：“老师，好巧。”戚雨蝶无动于衷，依旧看着远方。元哲把手伸到了她面前，挡住她的视线。

“你都快把我忘了吧。”戚雨蝶没有回头，冷冷地说道。

“老师，这话怎么说。”

“难道不是吗？有了女朋友就把所有人都抛在脑后了。”

“老师，冤枉，我才不是那样的人。”元哲红着脸百口莫辩。

戚雨蝶看着元哲，欢喜中又带着几分怨恨，只恨自己是老师，不然她会把心中所有的爱恨毫无保留地释放出来。“跟我来”戚雨蝶走进了教室，元哲紧随其后。

“老师，有什么事吗？”

“你先坐下。”戚雨蝶神情严肃，似乎要说什么。元哲显得不自然，站也不是，坐也不是，扭来扭去。

“我有事跟你说。”

“嗯，我洗耳恭听。”

“正经点。”

“好，好，好，嘿嘿。”

“芜影的事你知道吗？”

“知道一些，怎么啦？”

“她很可怜，本来她演白天鹅，可最后被迫退出了。”

“可我听说不是这样的，白天鹅是经过选拔产生的。”

“你胡说。”戚雨蝶情绪激动起来。

“你知道吗？芜影耳聋，需要带助听器。”戚雨蝶眼珠子闪着泪花，元哲张嘴愣着，脸红到脖子。怪不得，她总不搭理人，原来如此。

“老师，我错了。”

“你错哪儿了，你知道吗？”

“芜影听力有障碍，才被换掉的。”

“还是错。”

“啊，那是怎么回事。”

“她的听力并没有影响她，恰恰相反，她比别人有更高的领悟能力，她是白天鹅最合适的人选。之所以把她换掉，那是背后有不可告人的秘密，因为换下她的那个女孩儿。”戚雨蝶不想再说下去，可还是无法忍住心中的愤怒，她没有再顾忌元哲的面子。

“那个女孩儿是市长的女儿，她叫梅芳凝，就是你的女朋友。”

“这不可能，绝不可能。”元哲气急败坏地喊道。

“我不想再说什么了，因为这件事的内幕，我一清二楚。我是唯一的亲历者。”

两人僵持在那里，像要爆发的火山口，空气骤然紧张起来。足足半个小时，谁都没言语一句。戚雨蝶想起芜影摘掉助听器的瞬间，终于忍不住哭了起来，那声音凄厉悠长，令人哀婉。

“欺负人就算了，还欺负一个失聪的女孩儿，真是缺八辈子德了，这是艺术吗？肮脏的嘴脸，是对艺术的亵渎，太可耻了！”戚雨蝶声泪俱下地喊着，发泄着心中的愤懑。元哲从来没有看到她这么骂过人。她没有骗人，心里有气有怨，真的需要发泄出来。元哲看着伤心的雨蝶，心乱如麻，一边是他的恋人，一边是良知的谴责。原来世界这么复杂。他给戚雨蝶擦拭着眼泪，自己居然也落泪了，也不知道是为什么。这眼泪就像人生的各种符号，交织在一起，模糊了他的世界。

二十一、新仇旧恨

京都电子二厂远在郊区的荒野，十年前因改制而倒闭。破败的厂区杂草丛生，一片萧条。能容纳几百人的车间，如今已是人去楼空。再有几个小时就到新年了，这个厂区居然热闹起来，停满了摩托车。车间大门紧闭，墙壁上画满涂鸦，透过高墙窗户，灯光忽明忽暗，隐隐传来电子音乐的震颤。

林语风开着“魔天轮”，带着元哲，穿过厂区，疾驰而来。车间的大门似乎心有灵犀，他们刚到，卷闸门便缓缓升起，里面黑压压一片，一群少男少女欢呼着“魔天轮”的王者。林语风径直来到台上，一个麻利地转身腾空，立刻引起少年们疯狂的尖叫，口哨四起。车间里播放着电音，渲染着新年的气氛。

“兄弟姐妹们，今天是什么日子。”林语风拨弄着头发，拿起话筒高喊道。

“三周年，三周年，三周年。”台下异口同声大喊道。

“什么三周年，嫁给我三周年吗？”林语风调侃道。

“嫁给你，嫁给你，爱你，爱你。”少男少女们回应着，满场笑声。

“嫁给我三周年啊，我至今单身哦。”

“今晚入洞房吧。”林美娇激动地喊道，引爆了人群。

“今天是嫁给风雨社三周年的日子，有人问我，为什么选在今天，选在新年的前夜，我告诉你们，风雨社每天都是新的开始，每时每刻都会迎接新的挑战。”台下掌声爆棚，大家在激动中变得理性，由狂热转向了崇拜。

“今天，风语社又添了一位新成员。”林语风冲元哲笑了笑。

元哲箭步登上前台，白净的脸庞带着几分羞涩，台下的小女生们躁动起来。“帅吗？”林语风牵着元哲的手戏谑众人。“帅，帅爆啦！”台下群情激昂，口哨不断，元哲憋红了脸笑着，惹得女生们一阵尖叫。“李元哲，篮球王子，风语社需要他，他是我们的骄傲，‘魔天轮’的王子！”台下掌声四起。梅芳凝矗立在人群中，融入这欢腾的海洋，元哲成了她眼中唯一的存在。此时，她恨不能紧紧上前抱着他，向所有人宣布，这是她的唯一，谁也休想夺走。

“元哲，元哲，元哲……”“凤凰”和“梧桐”狂喊起来，众人也开始跟风，车间里暖意融融。

“今天，风语社要送给元哲一个礼物，大家请看。”

所有人都瞪大了眼睛，等待着激动的时刻。颜夕走上前台，把林语风后面的一块大黑布掀起，一辆超大的山地摩托呈现在众人面前，绽放着炭黑色的光芒，高高翘起的后轮，坚固的钢板嵌入收紧的车身，打造出动感跳跃式的弧形精灵。它就像天使，美得让人无话可说，把人带到纯粹的时空世界。元哲看傻了眼，他不自觉地走过去，就像那精灵在召唤着他，令他进入癫狂。天尽山的魔幻世界在他眼前忽隐忽现，召唤起神奇魔力，他像是入魔了。所有人都屏气凝神，等待着精灵王子的现身。

元哲跨上这辆神奇的“魔天轮”，跟着电音，飞越旋转，如蛟龙般上天入地。所有人都近乎疯狂的尖叫呐喊，闪光灯像一道道闪电，燃遍了元哲全身，他像一团熊熊燃烧的烈火，迸发出超能的力量。他冲向人群，大家惊吓中变得异常兴奋，尖叫中看着他冲向前方。突然，他抬起前轮，冲上墙体，快速地旋转起来，“魔天轮”在奋力加速，很快变成一道闪电，不停地划过墙面，大家在兴奋中为他紧张，生怕坠落。忽然，有人把篮球扔向了高空，元哲飞身一跃，单手抓住篮球，做了一个扣篮的动作，篮球被重重地摔在地面，又重重地弹起，直撞到屋顶落下。元哲驾驭着“魔天轮”稳稳落在台上，大家尖叫着，热泪盈眶，有人跪在了地上，哭着喊着，死去活来。

元哲一阵晕眩，就要跌倒，林语风紧紧抓住他的手，把他抱在怀里。这时，林语风一个举动惊呆了所有人，他深情地吻着元哲，大家再次陷入疯狂，闪光灯铺天盖地般照亮了整个车间。梅芳凝泪流满面，傻傻地看着，她像失了魂似地走向前台，脱掉自己的外套，露着香肩，拽着元哲，就是一阵疯狂地啃咬。“在一起，在一起，在一起。”喊声响彻整个厂区，孤寂的荒野注入了生命的源泉。

元哲晕晕乎乎了一阵子，终于清醒过来。激动的少男少女们仍旧为他欢呼疯狂，他推开梅芳凝，像幽灵般走入人群。众人抚摸他，亲吻他，把他高高举起，他就像教父一样，征服了所有人的心。他扭头望着林语风，两个人的目光交织在一起，共同的信仰在召唤着他们，让彼此慢慢走到一起。元哲穿过人群，走到前方，他拉着林语风的手，像是找到了真实的自己，内心迸发出潜藏已久的超验感觉。

“兄弟姐妹们，我今天特别激动，因为我找到了家，找到了亲人，就是你们，我爱你们，爱风哥，爱我们的家。”

元哲热泪盈眶，热流灌注着他全身，他终于有了真正属于自己的归宿。新年的钟声就要敲响，大家高高举起手中的“嘉士伯”，喊着数字“10、9、8、7……”少男少女们欢呼雀跃，在觥筹交错中欢送过去，迎接新年到来。梅芳凝挎着元哲的胳臂，喝起了交杯酒，她看着元哲，就像这个世界没有了别人。她对爱的占有越来越强烈，夹杂着嫉妒、敏感和不安，她哭了，既欢喜又伤心，不知道自己能拥有这份爱多久。她希望是天荒地老，可世事难料，前方等待着她的还是一个未知数。

西城中学的一间教室里，闪着微弱的光。金三多和几个狐朋狗友，百无聊赖，喝着闷酒。

“多子，你猜我昨儿见到谁了。”毛四喜咕咚一口把杯里的酒一饮而尽，感叹道。

“谁啊，跟我有，有球的关系。喝你的酒吧”金三多微醉着嚷道。

“老大，小白脸你忘了吗？”

“什么小白脸，小黑脸的，你特么能正经点吗？”金三多端起酒杯抿了一口，嚼着花生米，怎么也没想起来。

“小白脸，就是那个打篮球的嘛，他那女人，您老人家不是惦记过吗？”贾三笑邪淫地看着金三多。

“原来是那杂种，以后少跟我提他，想起他我就恨得牙根响。”

“那小子，像是有了靠山，一大帮人骑着摩托车，他在中间威风凛凛的，还有那个女的。”常林添油加醋地描述着。

“还来劲了，牛啊。”金三多越听越来气，把半瓶子酒咣当一口喝了个干净。“你们，你们给我喝呀，给我喝呀。”他把瓶子摔在地下，踢着桌子，发泄着憋在心底的怒气。“欺负我就算了，还把我的女人也抢走了，你们都死光了吗？快给我喝，喝呀。”看着金三多发酒疯，其他人也义愤填膺，一个个像是有深仇大恨似地，摔打着酒瓶，没多久，几个人都醉了。他们横七竖八地躺在教室里，不省人事。金三多半夜醒来，闹起了肚子，他昏昏沉沉走到墙角，脱了裤子连屎带屁，轰隆隆一起拉出来，迷迷糊糊地连屁股也忘了擦，又昏睡了过去，满教室的酒气带着屎尿的味道，令人作呕。

朗朗的读书声，随着朝霞传到教室。贾三笑，勉强睁开眼睛，一股恶臭扑鼻而来，他咳嗽了几下，挂在嗓子眼里的一口浓痰终于吐了出来，肚子里的酸腐也从嘴角里缓缓渗出，他想吐，可又吐不出来。顺着晨光，他的眼神慢慢聚到了角落里一摊黄黄的物体。“谁干的？”他一骨碌爬起来，捂着鼻子，走到跟前瞄了一眼。“坏了，坏了，还有半个小时就得上早自习了。”他连喊带叫地推着其他人。

“谁拉的，谁拉的，还有王法吗？真怂。”他们几个迷迷糊糊睁开了眼睛，被眼前的景象惊呆了，金三多，浑身散发着臭气，他不自觉的把手伸进了裤裆，慢慢地又拿了出来，沾满了黏稠的粪便。

“谁有纸，谁有纸？”

“老大，你，这是你干的。”

“少废话，快点。”

“好，好，好。”贾三笑看着金三多沾满粪便的手，想笑又不敢笑，恶心的那股劲头也被这可笑又可怜的样子扫荡得无影无踪。他拿起书桌上的作业本，看了一下名字，上面写着“王思妮”，“就它啦，老大，凑合着用吧。”他把纸一张张撕下来，揉搓着，然后递给金三多。不多久，黄黄的作业纸被扔了一地，散发着浓烈的恶臭。

“老大，完事了没，我们得快点，不然就麻烦了。”毛四喜看着窗外，催促道。

“急什么，老子还就这么着了，我还不想上这学了，巴不得开除我，要不是我哥拦着，我早就不上了。”金三多，系着皮带，看着那团粪便，一副不屑的样子。“走，撤吧。”四个人灰溜溜地连翻墙，带爬树的就这么跑了。

“粪便”事件很快在校园里传开，“西城中学吧”铺天盖地的粪便帖子和图片惊动了教委，粪便教室被当作犯罪现场封锁，那个教室的同学只好换到了图书馆学习。经过现场勘查和监控录像的证据搜集，锁定了金三多一伙人。学校保卫处会同当地派出所询问了金三多，他供认不讳，承认了自己的所作所为，西城中学鉴于他的一贯表现，对金三多做出了开除决定。

“真痛快，我终于自由了，自由了，哈哈。”金三多拨通毛四喜的电话嚷嚷着。

“多子，利哥不会怪你吧。”

“这怎么能怪我呢，闹肚子，能憋住吗？没事，有我呢。”

“热烈欢迎老大获得解放，我们又在一起并肩战斗了。”

“你少来，赶紧给我弄几个妞，这学校跟监狱似的，把人都变成了禽兽。”

“老大，禽兽不好吗？总比孬种强吧。哈哈”

“再不去，老子揍死你，你个狗东西。”金三多长长舒了一口气，点着烟，喷云吐雾，憧憬着新的生活。

元哲载着梅芳凝穿梭在京都的大街小巷，“魔天轮”像插上了翅膀，没有任何事物可以阻挡它前进的道路。元哲变了个人似的，从前的怯懦渐渐消失，狂野的味道越来越浓，他们紧紧贴在一起，感受着对方的心跳和呼吸，在冬夜里焕发着生命的激情。

“到了，到了，这就是我家。”梅芳凝指着莱顿庄园兴冲冲地说道。

“梅，你爸妈是？这么豪华的别墅，一般人可消受不起。”

“这个嘛，以后告诉你可以吗？”梅芳凝腼腆起来。

“我现在就想知道，你难道不愿意跟我说吗？”

“元哲，你别急好吗？我肯定会告诉你，你就等等嘛。”

“看来咱们一个在天上，一个在地下，哎。”

“你说什么呢，好啦，早点回去吧，天都快黑了。”

“如果我没猜错的话，你爸爸是京都市市长，对吧。”

梅芳凝直勾勾看着元哲，心里怪怪的，她不希望那些个外在因素成为他们之间无形的障碍，如果是这样，她宁愿一无所有。她不情愿地点了点头，变得紧张起来。

“元哲，你介意我的家庭吗？”

“我也不知道，我对权力是陌生的，但又害怕权力。”

“为什么这么说？”

“因为它可以给予你一切，也可以剥夺你一切。在它面前你是自由的，又是被束缚的，没有任何自由。我害怕那一天的到来。”元哲的眼圈红了，他像一个诗人，把内心的不安与恐惧化作了凝练的思考，承接着过去，仰望着未来。

“别再说了。”梅芳凝转过身子，默默走开了。她哭了，也许此刻她才渐渐意识到，“爱”在这个世界上是多么稀有，又是那么令人可望而不可即。

元哲怅然若失，街道，车流，高楼，灯光在月夜汇聚成一副冷冰冰的画，陌生得让人无法看清它的世界。戚雨蝶的话在他耳边响起，像鞭子一样抽打着他，一种负罪感油然而生，他总觉得对不住芜影，像是自己犯下了那可耻的罪过，令他心神不宁。他把车停在路边，坐在路灯下低头沉思，头盔攥在他手里不停地旋转，车辆日渐稀少，偶尔一两声鸣笛，回荡在空旷的街道，显得寂寥冷清。只有街边的小店铺还亮着灯，给晚归的行人带去一些慰藉。突然，不远处的武柳巷传来了尖叫声，那声音越来越大，很是凄惨，还伴随着哭声。元哲警觉起来。

“你们放了我好吗？”巷子里的女孩儿声泪俱下地说道。

“妹妹，那可不成，我没法向我家哥哥交代。”

“你们放我回家，我会给你们钱的。”

“这可不成，放你回家，万一不出来怎么办。”

“救命啊，流氓！”那女孩儿大喊起来。几个男生立刻围住了她，捂着她的嘴。

“小妞，别激动，你看，这样行不，你跟我们去见见我家哥哥，如果他说行，也许还不让你赔了呢。”

女生流着泪，喘着粗气，说不出一句话，她无助地点了点头。

“那跟我们走吧，你可别叫了，再叫的话，我们可就不客气了。”

四个男孩儿连推带拉地围着女孩儿走出了巷口，朝元哲这边走来。那女孩儿看到路边有人坐着，眼睛亮了起来，似乎看到了希望，她大喊起来“救命，救命，流氓。”后面的男孩儿立刻捂上她的嘴，旁边两个人驾着女生胳臂，继续前行，女孩儿乱蹬着腿，一会儿也就没了力气。他们慢慢向元哲靠近，也没把他放在眼里，只是不屑地看了元哲一眼，继续他们的勾当。

“再叫，再叫把你卖了。”毛四喜边说边看着周围的情形，心虚起来。

“喜哥，我们叫辆车吧。”啸天狼嚷嚷道。

“不行，会暴露行踪的。”

“路上太危险了。”

“危险什么，欠债还钱，天经地义。”毛四喜故意提高了嗓门，为自己壮胆。

元哲举着头盔把头扭了过去，芜影和他的眼神碰撞在一起，像一道闪电连接起两个人的世界。芜影拼尽了最后的力气挣扎，她认出了元哲，像是抓住了最后的救命稻草，生怕错过，那眼神带着无助的祈求和痛苦掠过了元哲的双眸。元哲目睹这一切，震惊的浑身发抖，是芜影，是芜影，她这是怎么啦。芜影看着她唯一的希望擦肩而过，泪如雨下，诉说着她的恐惧。

元哲站起来，拿起头盔，重重地砸了过去。“啸天狼”的腿被头盔砸中，跪在地下，其他人惊呆了，他们转过身来，恶狠狠地看着元哲。元哲冲着芜影大喊：“快跑，快跑。”芜影尖叫着，昔日的白天鹅变得如此狼狈，惨不忍睹。元哲轰起了油门，整条街道似乎都在震颤，几个穷凶极恶的家伙扑了过来，“魔天轮”怒吼着冲向前去，把他们撞翻在地。元哲停在了芜影面前，她惊魂未定，呜咽着。“快，上车。”元哲拉着芜影上了“魔天轮”，像一道闪电消失在夜色中。

芜影紧紧抱着元哲，慢慢恢复了神智，她感受着元哲的温暖和力量，冰冷的心开始融化。

“冷，我冷。”

“再忍忍，钻进我的棉衣，快。”元哲放慢了速度大声说道。芜影犹豫了片刻，还是钻进了棉衣，一股暖流燃遍了她全身，所有的委屈一股脑的撒了出来，泪水浸湿了元哲的衣服。她好久没有感到这样的温暖，忍不住号啕起来。元哲的脸冻得惨白，他打着哆嗦，鼻涕挂在嘴边也冻成了冰渣子。

“到了，我们进去坐会儿。”元哲停在了肯德基旁边，打了两个喷嚏，牙根冻得直打架。芜影无动于衷，她紧紧抱着元哲，似乎只有这样才觉得安全。元哲坐在“魔天轮”上，等着芜影下车，过了好久，她还是纹丝不动。

“芜影，芜影，你还好吧。我们进去暖和一会儿，请你吃肯德基。”

“我怕他们追上来，真的很怕。”

“现在没事了，我保证。有我在，你是最安全的。”

芜影慢慢爬了起来，重新盘起头发，她还是那么孤傲冰冷，眼睛里闪着泪痕，带着一丝哀怨和恐惧，双唇紧闭，美极了。他们来到肯德基，几个流浪者东倒西歪，熟睡着。一对男女打着游戏，消磨时光，不时地发出笑声。服务员趴在柜台上，眼皮子直打架，晃着小脑袋跟拨浪鼓似的。芜影跟着元哲，死死抓着他的衣袖，心有余悸地坐了下来。

“我给你要吃的，想吃什么？”元哲问道。芜影摇摇头，只是盯着元哲，好像看不够似的。“那喝点什么？”芜影还是摇摇头，双手托着下巴继续看着元哲。“我说话，你听得明白吗？”芜影犹豫了片刻，点点头。两人看着彼此，有很多话想说，却不知怎么开口。李元哲刚要张嘴，芜影先开了口。

“你为什么三番五次救我？”

“我，我也不知道。”

“是同情我吗？”

“不，绝不是。”

“我听力不好。”芜影摘下助听器，眼眶红了，脸颊火辣辣的。“我现在几乎什么也听不到了，如果带上它，对着你的口型，才能听到你说话。”元哲看着这个美丽坚强的女孩儿，心都快化了。他希望还能为她做些什么，一种使命感不断地涌上心头，燃烧着他的五脏六腑。

“我已经知道了，我不会告诉任何人的。”元哲想起了雨蝶，想起了那天下午的对话，不觉潸然泪下，像是自己受了委屈似的。

“这是我的不幸，你哭什么，别哭了。”芜影也落了泪，她难得有这么个倾诉衷肠的人，两个人感同身受，一下子亲近了许多。

“我跟你一样，也有很多不幸，又有谁知道呢？”

“你有什么不幸，你每天活蹦乱跳的，像个小鲜肉似的，怎么会有不幸？”

“一句话也说不清，我没见过自己的爸爸，他在我出生前就离开了这个世界。他的苦我不知道如何才能感受到，我希望有一天能替爸爸分担他的痛苦。”元哲的眼泪不停地流着，他想起了爸爸被带走时的情形，悲愤中又燃起一股烈火，去跟黑暗进行一番较量。

“你也是个苦命的孩子，男儿有泪不轻弹，瞧咱们俩，来这儿开痛哭大会了。”芜影抹着眼泪，强装笑脸，宽慰着元哲。他们俩渐渐平静下来，心情舒畅了许多。

“他们为什么纠缠你？”元哲愤愤不平地问道。

“我，还是不说了，一言难尽。”

“你得告诉我，一定要告诉我，他们曾经纠缠过我，如何能放过你。”

“告诉你有什么用，这就是我的命。”

“我们的命都一样，你告诉我，我帮你。”

“你怎么帮我，我现在已是百口莫辩，入了狼窝，如何逃得脱。”

“你不告诉我，怎么帮你，你说了，我就有办法，相信我。”元哲的眼睛像一团火球融化着她的心。

“我爸爸妈妈这么多年供我学芭蕾舞，他们倾家荡产，砸锅卖铁，从没有怨言。后来，爸爸的生意做赔了，欠了很多钱，四处躲债，妈妈一下子得了重病，家里根本拿不出钱让妈妈去看病，我心疼妈妈，又实在想不出一个好办法，情急之下借了高利贷。现在他们催债，我已经走投无路了。”

“借了多少？”

“五万，还了有八万。”

“还有多少？”

“七万。”

“这么多，你一定是受骗了。”元哲拍着桌子，情绪激动地喊道。

“嗨，嗨，这是公共场所，还让不让人睡觉了。”一个蓬头垢面戴眼镜的中年人，躺在沙发椅上斜视着他们。元哲压低了声音继续说道：“你知道吗，有些放高利贷的，打着借钱的名义，其实是骗财骗色，专找那些涉世未深的女孩儿下套，达到长期占有的目的，你中了他们的圈套了。”

“啊，完了，我真的没救了。”芜影惊恐万分，快死的心都有了。

“你妈妈现在住院了吗？”

“嗯，住了，她做了手术，好些了。”

“你最近别回家了，我给你找地方，躲一阵子，他们还会纠缠你，相信我好吗？”

“嗯，我相信你。”芜影瞪着大眼睛，眼圈红红的，被温暖着。

“钱的事，我给你想办法，先别急，一定会解决的。”

“嗯，你对我这么好，梅芳凝呢？她不是你女朋友吗？”

“她是她，你是你，我帮你不图回报，没有任何目的，很简单，就是想帮你，没有任何理由。”

“那她知道了，一定会误会的。”

“不会的，你就别担心了。”

“我可以亲你一下吗？”

芜影从来没有这么坦白，她的心被一股无形的力量感化着，温暖着。元哲的脸红了，他低下了头，沉默不语。芜影快速凑过脸颊，轻轻吻了元哲。他没有刻意躲避，只是微微一抖，唤起了从没有过的感觉，让他难以平静。芜影默默看着元哲，没有一丝羞怯，那眼神似乎被什么吸引着，再也不想离开。

夜总是无尽的漫长，西北风扯开嗓子呜咽着，路灯黯淡羸弱，汽车的鸣笛在寒风中扭曲着音调，仅剩的最后一点生气也被消耗殆尽。毛四喜来到金三多的住处，还没进门就大喊起来。

“多子，小白脸跟我们干上了，还把到手的妞儿抢走了。”

“什么，你说什么？小白脸？”金三多一轱辘从床上爬了起来，裸着全身坐在了炕沿上。

“就是他，跟我们结过梁子的那位主。”毛四喜撞开了门

“真不想活了，没完没了了，这次说什么也不能放过他，我也豁出去了。”金三多腾地站了起来，光着屁股，点着香烟不停地吸着。

“那咱们下一步怎么办？”

“你们是干什么吃的？还有脸回来。”

“他骑着摩托横冲直撞，还伤了我们的兄弟。”

“他可够狠的，那咱们就大干一场吧，鹿死谁手还不一定呢。”

“多子，得请利哥出山了。”

“他跟谁混呢？”

“听说是跟风语社的林语风。”

“林语风，这个名字听起来这么熟。”

“难道你们认识？”

“我想起来了，西城中学前些年有个叫林语风的，玩摩托撞了他的仇家，惹了一身官司，后来就不上了。我还差点跟他学了那玩意。”金三多冷冷地说道。

“林语风在京都小有名气，道上的人物还是给他些面子。”

“跟我对着干的，一句话，整死他。”

“那林语风也收拾吗？”

“他要是管这个事，把他那个什么风语社给灭了。”

“要跟利哥通个气吗？”

“钱是我哥的，就这么嚣张地拿了我哥的钱，你说呢？”

“利哥知道了这事，风语社的好日子也就长不了几天了。”

“他们的好日子也到头了，他抢我的女人，他的女人也跑不了，慢慢收拾那个龟孙子。”

金三多阴森森地看着窗外，猛吸几口香烟，使劲掐着烟蒂，捻灭了红彤彤的

烟头，窗台上留下了黑黑的印子。毛四喜给他披上睡衣，两个人一边说笑一边谋划着，为新仇旧恨支起一张复仇的大网。天就要亮了，阴沉令人压抑，空气像是裹着一层薄薄的面纱，灰蒙蒙的，愈发让人分不清现实与虚幻，人们似乎习惯了这样的状态，依旧周而复始地生活在自己的世界里。

二十二、销魂夜

寒冬里的烟雨湖一派萧瑟景象，往日的水光潋滟、杨柳拂堤像是一场梦浮现在梅芳凝的脑海里。她坐在烟雨亭的围栏上，黯然神伤，元哲迟迟不来，令人心烦。一只乌鸦哇哇叫了两声，飞向远方，愈显凄凉，只有初升的月亮给人一丝暖意。

“抱歉，我来晚了，冷吧。”李元哲摸了一下的梅芳凝的长发，坐在了旁边。

“都习惯你迟到了。”梅芳凝故意往前靠了靠，元哲像个木头似的坐在那儿看着月亮。“我跟妈妈说我们的事了，她想正式见你一次。”梅芳凝把头靠在了元哲的胸前，依偎在他的怀里。元哲的胳臂变得僵硬了许多，少了些往日的温存。

“我，我还是暂时别见了吧。”

“为什么呀？怎么啦？”梅芳凝抬起头，瞪着眼睛望着元哲。

“我也不知道。”

“他们又吃不了你，怕什么？”

“总觉得，我配不上你，咱们门不当户不对，你是知道的。”

“你说什么呢，你，你不要我了？”梅芳凝激动起来了，声音抬高了八度。

“没有，真没有，我知道自己几斤几两。”

“李元哲，你有事说事，别这么侮辱人好吗？”

元哲看着梅芳凝，沉默不语。梅芳凝呜咽起来，捶打着元哲，不停地喊着“你不要我了，我真贱！”元哲迟疑了一会，他抱着梅芳凝，终于忍不住要把心里话说出来。

“别激动好吗？我有话说，等我说完了你再打我。行吗？”元哲看着泪流满面的梅芳凝，心疼起来。梅芳凝啜泣着，点点头。元哲双手搭在她的肩膀上，笑了笑，给她抹着眼泪。

“人家都这样了，你还笑。”

“白天鹅的事，你跟家里人说过了吗？”

“怎么想起这码事了。”

“说过还是没说过。”元哲严肃起来。

“我跟妈妈说过，怎么了。”梅芳凝止住了眼泪，呆呆地望着元哲。

“这就对了，这就对了。”元哲双手耷拉下来，一副冷冰冰的样子，像是受到了打击似的。

“什么对了，你快说呀，你快说呀。”梅芳凝摇晃着元哲的肩膀，情绪失控起来。

“原来你不是白天鹅，你不是白天鹅。”元哲看着月亮，说着疯话，仿佛一只被遗的白天鹅向他哭诉着自己的不幸，芜影在他眼前闪过，突然又消失了。

“啊，啊，你疯啦，你疯啦！”梅芳凝尖叫着。

“我没有疯，如果没有你显赫的家庭，白天鹅应该是芜影的。”

“你说什么，你说什么，你，你！”梅芳凝伸出手重重地打了元哲一巴掌。元哲一动不动，冷若冰霜。梅芳凝顿时后悔起来，她摸着元哲的脸，心如刀绞。

“你为了演白天鹅，不惜动用父母的权力，不择手段把白天鹅抢到了手，对吗？”元哲瞪着梅芳凝，语气沉重地说道。

“你听谁说的，听谁说的，我去撕烂她的嘴。”梅芳凝义愤填膺，大喊道。烟雨湖静静地聆听着他们的争吵，声音在空中拉得很长，回荡在月光下的湖面上。

“希望你冷静，我说得没错吧。”

“是芜影，不，是戚雨蝶，对吗？对吗？我去找她们去，啊！”梅芳凝站起来喊道。元哲拉着她，心力交瘁，那个纯洁如天使般的女生变得越来越模糊，时间如能倒流，回到过去，该有多好。

“自己做的事，就要承担责任，难道你连承认的勇气都没了吗？”

“李元哲，你枉费了我的爱和信任。这样的事，我永远不会做，你的心太狠了，对爱你的人一点也不手软，你不是人，不是人。”梅芳凝大哭起来，挣开元哲的手，跑开了。元哲一个人坐在那儿发呆，他不知道自己做了些什么，昏昏沉沉，迷失在凄冷的夜里。

穆瑶带着萨沙，漫步在莱顿庄园。萨沙不停地摇着尾巴，卖弄各种乖巧动作讨好主人。它不停地向前奔跑，摇头摆尾，使劲撒欢，然后又回到主人身边，伸出大舌头舔舐主人，像是一个杂要演员，总想讨人欢心。突然，前方不远处的土丘上，一个女孩儿披头散发，对着月亮长吁短叹，伴着阵阵呜咽，令人惊愕。萨沙狂吠了两声，然后向前奔去。穆瑶很诧异，跟了过去。那狗居然围着女孩儿哀鸣起来。穆瑶在月色中辨认着这个既模糊又熟悉的身影。她还没走到跟前，便眼睛一亮大喊起来："我的宝贝，你这是怎么啦，你这是怎么啦？"她冲上前去把梅芳凝搂在怀里伤心起来。

"别碰我，闪开。"梅芳凝像是遇到了陌生人，激烈地反抗着母亲。

"啊，宝贝，你不认得妈妈了？"穆瑶躲在一边，情绪激动起来。

"我没有妈妈，再也没有妈妈了。"梅芳凝咆哮着。

"宝贝，妈妈如果没有你，也不想活了，你这是怎么啦，我到底做错了什么？"

"你做的事，你清楚，你害了我，害了我！"梅芳凝越说越伤心，哭喊起来。

"我做错什么了，我究竟做错什么了，妈妈怎么能做对不起女儿的事，妈妈我绝不会。"

"你不会，那我问你，白天鹅的事，你到底插手了没有，你说，你说呀。"

穆瑶惊恐地看着女儿，无话可说，她站了许久，泪水模糊了双眼，浑身颤抖着。她默默地转过身子，拖着沉重的背影渐渐远去，萨沙哀鸣着紧随其后。回到屋里，她一头倒在沙发上，拿起酒瓶咕咚咕咚地喝了个够。她醉了，醉得说起了胡话，一边哭一边骂，发泄着内心的愤懑。这是她第一次眼睁睁地离开自己的女儿，那种伤痛刻骨铭心，挥之不去。她声嘶力竭地喊着，摔打着各种器具，大厅里一片狼藉。兰青扶着舅妈回到了卧室，看到她醉成这样，也难过起来。他给穆瑶盖上被子，坐了一会离开了。

"舅妈喝醉了，看样子很难受，你在哪里，她刚才一直叨念着你，究竟发生了什么？"兰青发了一条信息给你梅芳凝。

梅芳凝坐在土丘上愣着神，哭肿的双眼挂着泪珠，脸颊冻得通红。手机不停地响，她丝毫没有打开的欲望。萨沙不停地咬着兰青的裤腿，焦躁不安。萨沙踢着大门，兰青跟着走了过去。他开了门，萨沙一下子蹿了出去，冲他叫了两声，向前跑去，兰青明白了萨沙的意思，跟着它向前跑去。他们来到土丘，兰青认出了是表姐，急匆匆地跑了过去。

"姐姐，你怎么了，舅妈喝醉了，这么晚了，快跟我回去。"梅芳凝无动于衷，仍旧坐着。兰青只好坐下，静静地看着梅芳凝。

"你来干吗，快回去，没你的事。"

"姐，都十二点了，你一个人我不放心。"

"有什么不放心的，我还巴不得早点死呢。"

"姐，别瞎说，你不走，我也不走，陪你坐着，咱们聊天好吗？"

梅芳凝没有说话，心里平静了许多。兰青总是能给她带来欢乐，遇到难以启齿的烦心事，她也会找兰青排遣，这个漂亮的小男生成了她的知心人。两人坐在土丘上聊了很久，兰青知道了李元哲，风语社，还有麻婆，忆叔，白天鹅……很多很多的事，他为梅芳凝的浪漫故事动容，也对她的委屈鸣不平。梅芳凝好受了很多，心里还是惦记着元哲，只是这样的误解，谁都无法解释清楚，她等待着元哲的原谅。这或许是徒劳的，可爱的力量总是让她拿不起放不下，纠缠着她死去活来。

第二天一大早，一位男生矗立在高二（3）班的门口，他皮肤白嫩，十分秀气，个头快到了门梁，总是摸着自己的下巴，头发有些自然卷，浅蓝的大眼睛在阳光的照射下格外迷人。他望着教室里的样子，吸引了不少女生，班里窃窃私语，一阵骚动。戚雨蝶双眉紧皱，她瞥了一眼门外的男生，立刻推开了教室的门。

“你找谁？”戚雨蝶走出了教室，男生和她对视了片刻，微笑着。他像是天外来客，举止间总是令人心驰神往，不自觉地吸引着对方。

“老师，李元哲在吗？”那声音带着磁性，温柔的让人恋恋不舍。戚雨蝶傻愣着，居然没有回应，她眼睛放着光芒，嘴唇微张，仿佛在梦里。

“老师。”

“哦，你好，找他有事吗？”戚雨蝶红着脸，回过神来。

“嗯。”兰青点点头。

戚雨蝶把李元哲叫了出来。两个男生彼此相视了半天，仿佛一见如故，他们说起了话，慢慢地越走越近，最后一块儿扶着栏杆遥望远方，班里的同学有些骚动，那个男生太特别了，散发着一种迷人的味道，任何人只要靠近他，都会被融化。下课铃声响了，大家吼吼起来，有的趴在窗户上，有的站在门口，路过的人故意放慢脚步，报以异样的目光，他们仍旧攀谈着，不为所动。

“嗨，那男孩儿好漂亮，他谁啊。”吴妮妮跟龙吟使了使眼色。

“怎么，你有非分之想啊。”

“怎么，你没动心吗？”

“你好色啊，大色鬼。”龙吟调侃着。

“我色，得了吧，你正经，你高尚。嘻嘻，你就别装了，咱俩谁色还不一定呢。”吴妮妮扑哧笑了出来。

“你，你好坏。”

“看人家元哲，女朋友是校花，男朋友是帅哥，左手一个美女，右手一个美男，这才叫本事呢。”

“哼，看你那点出息，有本事，你过去表白。”

“哎，还是古时候好，大的做不了，小的也可以做嘛。这可倒好，一夫一妻制断送了多少女孩儿的幸福。”

“你这是什么歪理邪说，白长这么大了。”龙吟鄙视地看着对方。

“龙吟，你看他们俩谁最帅。”

“哎呀，还真难选，都是超级帅哥。那要是你选男朋友，会选哪一个？”

“我嘛，嗯，我都要，嘻嘻。”吴妮妮笑个不停。

“色，色，你太色了，贪心不足啊。”

两个人嬉笑打闹着，眼神里满是青春的火焰。围观的人越来越多，有的女生居然偷偷拍照，元哲和兰青丝毫没有察觉，他们看着彼此，感受着对方的世界。

“元哲哥哥，我说了这么多，你不会烦我吧。”

“不会，我喜欢听你说话，真的。”

“你会原谅我姐姐吗？”

“这件事不怪她，是我做得不好，误解她了。我会去找她的。你就放心吧。”

“哥哥，你真好，那姐姐就托付给你了。”兰青眼泪都快流出来了，他紧紧抓住元哲的手，凝视对方。周围突然爆发出阵阵尖叫，两个男生这才注意到附近的少男少女们，元哲尴尬了半天，拍拍兰青的肩膀就此告别。

“大家别误会，那是我弟弟。”

“还用得着解释吗，我们都明白。”

“元哲，你好幸福啊！”

元哲穿过起哄的人群，来到教室。芜影坐在一角，看到元哲，脸颊顿时泛起红潮，她笑了笑，想说什么，又把话咽了回去。元哲也想解释一番，可羞于开口，坐下来假装翻着书本，掩饰着尴尬。两个人就这么静静地坐着，猜想着彼此的世界。

梅芳凝坐卧不安地看着老师，她的心早已飞出教室，飞到了元哲那里。兰青跟元哲谈得怎么样了，谈崩了怎么办，我不能就这样失去元哲，为了他我愿意做任何事情，哪怕去向他忏悔，去死都愿意，只要他还爱着我，我可以什么都不要。哎，爱是不能勉强的，强扭的瓜不甜，他如果死了心，我就是把心掏出来也枉然，我真不应该让他去看芭蕾舞，什么白天鹅、黑天鹅，他们把我的爱情毁掉了，妈妈，我真的恨你，恨死你了，如果早知道是那样，我就是去死也不会演白天鹅。只要元哲爱着我，这些我都可以不要……梅芳凝沉浸在痛苦地纠结中，老师的嘴巴闭合自如，像是电影里的慢动作，只有夸张的嘴形，声音渐渐消失，把人带到了各自的世界里。

“梅芳凝，梅芳凝，梅芳凝！”

“哦，老师，我在。”王亚丹轻轻推了她一把，梅芳凝终于回过神来，仓促应和道。

“你想什么呢，知道我的问题吗？”

“知道，知道。”

“什么问题？”

梅芳凝的手机震了一下，王亚丹把老师的问题发到了她的手机里，“红色政权为什么能够长期存在？”梅芳凝情迷意乱地说道：“红色爱情为什么能够长期存在？”惹得班里同学们捧腹大笑，老师无奈地看着大家，哭笑不得，梅芳凝一头雾水，伴随着笑声又回到了她的世界。

“嗨，嗨，都下课了，还傻坐着发呆。”林美娇推了推梅芳凝说道。

“哦，你先走吧，我想一个人待一会儿。”

“怎么，跟你的情哥哥闹别扭了？”

“走吧，走吧，别烦我。”

“我还就烦你了，怎么着，怎么着。”林美娇又掐又扭，梅芳凝还是提不起精神。林美娇看出了点名堂，心情跟着低落起来。

“亲爱的，发生什么事了，你这么不开心，我也不好受，跟我说说好吗？”

“我的事，你就别瞎操心了。”

“咱俩什么时候有了你我这个分别了，你变了。”

“我们都在变，一切都在变，元哲不要我了，他不要我了，你还在这儿添乱。”梅芳凝的情绪突然激动起来，哭诉道。

“是真的吗？出了这么大的事，你怎么不早点告诉我呢。”林美娇搂着梅芳凝也难过起来。

“我不能没有元哲，我好喜欢他，我不想失去他。”梅芳凝大声哭了起来，林美娇看着她委屈的样子，也掉下了眼泪。

“傻妞，到底发生了什么，能跟我说说吗？”

“反正他也不喜欢我了，说也没用，我好想他。”

“好男人那么多，你怎么偏偏就在一棵树上吊死，打他主意的女生可不少，你这又是何必呢。”

“你哪里懂我的心，谁也不会明白。”

“那好，我去把他找来，问个清楚，他不能这么无情无义，你等我。”林美娇抹着眼泪，准备去找李元哲。

“别，别去，是我的错。”梅芳凝一把拉住林美娇央求道。

“那我给他打电话，问问他好吗？”

“别，千万别，我不想这么贱的纠缠他。”

“可你又这么死去活来的，总得见到人再说吧。”

“还是别烦他了，真不知道以后我会怎么活下去，也许有一天我就不想活了，活着真没意思。”

“你疯啦，你傻啊，你痛快地走了，你爸爸妈妈怎么办，你的芭蕾舞怎么办，我怎么办，你就这么忍心撇下我走吗？如果你走了，我活着也没意思了，我也陪着你走。”林美娇呜咽起来，她们仿佛回到了从前，形同一人。

罗马街的夜店灯红酒绿，霓虹灯变换着色彩，迷惑着过往的行人。奇装异服的俊男靓女闪现在夜店门前，他们摆着各种姿势，叼着香烟，端着酒瓶，放荡不羁，寻找着寂寞的眼神。林美娇拉扯着梅芳凝边走边逛，来到了京都的繁华烟柳地。

“娇娇，我们还是走吧，这儿不适合我们。”

“亲爱的，我们能去哪儿？喝两杯，你就没事了，这会让你忘记那些个不痛快。”

梅芳凝被拉扯着，半推半就，来到了罗马街最负盛名的夜店“ONIGHT”，这六个字母依次闪着六种不同的颜色，最后同时亮成红色，渲染着夜的销魂。这是一家二层楼的夜店，一进门，黑压压地挤满了红男绿女，有的在聊天，有的在跳舞，拥抱接吻，卖弄风情比比皆是。中间的吧台明亮中又带有一丝妖艳，两个帅气的酒保，卖着酒水，把弄酒杯的动作潇洒风流，他们抛着媚眼，像勾魂的精灵吸引着买醉的人们。吧台前一改男士独霸的景象，女士撑起了半边天。酒保热情娴熟的动作，勾走了她们的芳心。

嘈杂的电音令梅芳凝一时难以适应，她刚进去便想退出来，林美娇强拉着她上了二楼。楼上的风格与楼下截然不同，欧式简约，安静了许多，适合谈情说爱。她们俩找了靠窗户的位置坐了下来，窗外闪烁的霓虹缭乱着她们的心。

“你怎么知道这个地方的？”

“风哥他们带我来过，老板是风哥的朋友。”

“哎，元哲也不会再陪我了。”

“咱们不想这个事啦，喝酒吧，嗨，帅哥，拿一套‘芝华士’。”

“你说元哲会原谅我吗？”

“喝了这杯，我告诉你。”

梅芳凝看着鲜艳的酒杯，端起来，想都没想一饮而尽。林美娇跟着一口也喝了下去。梅芳凝咳嗽了半天，一股强烈的味道直冲嗓子眼，她喘着粗气，眼泪都逼了出来。

“亲爱的，元哲还会原谅我吗？我好喜欢他。”

“会的，他会的。”林美娇看着她难过的样子，眼眶红了。

“那他为什么不来陪我喝酒？”酒力逐渐上来，梅芳凝的眼前模糊起来。

“来，喝了这杯，亲爱的，喝了他就来了。”

“你骗我，你骗我，他一准跟别人约会去了。”梅芳凝伤心起来，她端起酒杯痛快地饮下。她的世界已分不清东南西北了。

“我陪着你等他，有我在，谁也抢不走。”林美娇一口又喝了下去。

“他已经被抢走了，芜影，还有什么雨蝶。”梅芳凝边哭边喊，把酒杯摔在地上。服务生急忙跑过来清理，劝慰道。

“美女，不能再喝了。”

“你是谁啊，你是元哲吗？元哲会陪我喝的，你去给姐拿包烟。”梅芳凝摇头晃脑地看着服务生，放纵着自己。

“美女，烟。”

“来，给姐点上。”

服务生给梅芳凝点燃了香烟，她吸了几口，呛得上气不接下气。林美娇看着愈发心疼，也只有这样，她才能暂时忘掉痛苦。

“娇娇，给我倒酒。”梅芳凝冒着烟，一副醉醺醺的样子。

“亲爱的，不能喝了，再喝就回不去了。”

“快给我倒，你还是不是我老公，如果不是就滚。”

林美娇微醉着给她倒满了酒，很快一瓶酒下了她们的肚，两个人披头散发地说着胡话，撒着酒疯，搂抱在一起。

“跳舞去，走，跳舞。”梅芳凝拉着林美娇跌跌撞撞地冲到了楼下，扑向了黑压压的人群。她俩跟着音乐舞动着，那眼神流露着怨气和妩媚，长发乱舞，散发着欲望的诱惑。她们交织在一起拥吻，摩擦着彼此，身边很快围了一大圈各色小青年。

“瞧这两妞，正点。”

“年纪不大，估摸着十七八，老板还真有货。”

“靠着近点，再近点，看她们醉成一坨烂泥了。”

“怎么，要揩油，还是要包夜。哈哈。”

“估计多少大子儿？”

“少说也得五个数。”

“想得美，这样的妞儿得十个吧。”

“你舍得出吗？”

“爽了再说吧，上。”

一帮小青年把她们围了个水泄不通，越来越近，身体开始触碰，燃烧着占有的欲望。梅芳凝和林美娇浑然不知，沉醉在放纵的世界里，她们疯魔乱舞，纵情肆虐，骚动着销魂之夜。

“多子，中间跳的最疯的那女孩儿，瞧见了没，就是你的旧爱，我们跟她好久了。”毛四喜带着一帮弟兄围坐在金三多周围，躲在阴暗的角落里摩拳擦掌，谋划着他们的勾当。

“给我把望远镜拿过来，别哄我。”金三多坏笑着，压了口酒盯着那两个癫狂的女孩儿。“啸天豹”递过了望远镜，虎视眈眈地望着前方。

“是她，就是她，你看那小屁股，都快翘到天上了，那个小嘴，能咬一口死了也值，哎呀，这叫踏破铁鞋无觅处得来全不费工夫，哈哈。”金三多，乐翻天了，哈喇子都快流出来了，又咽到了肚子里。

“老大，这帮淫棍怎么处理。”

“敢打我心上人的主意，都活得不耐烦了，去，给我清场。那小子还来劲了，系红围脖的那头肥猪，他要非礼了，光天化日之下，强奸民女，还有没有王法，还有没有王法，反了，真的反了。”金三多，把酒瓶子一下子扔了出去，砸在了那帮小青年周围。他们只是扭头看看，继续围着这两女孩儿意淫揩油。

毛四喜率领着一帮人走到了前方，扒开人群，像一窝黄蜂挤了进去。那肥肥的家伙贴着梅芳凝，风骚至极。

“给我滚一边儿去。”“啸天豹”揪住他的衣领子，一个顺手牵羊，那“肥猪”平展展的摔倒在地上。为了女人打架，最常见不过了，尤其是在公众场合，谁都不愿甘拜下风。“肥猪”忍着疼痛站了起来，他刚要挥起拳头，“啸天虎”一个猛龙过江，把他再次放翻在地，这次他再没爬起来。“肥猪”的帮凶从四面围了过来，毛四喜他们亮出了家伙，十几把双节棍在灯光的闪烁下，阴森恐怖。有几个不怕死的，急冲上来，“火影兄弟”的火龙飞天棍，劈头盖脸地砸了过去，这帮人吓傻了，急着往后退，那几个不要命的被打得遍体鳞伤，动弹不得。

两个女孩儿醉意渐浓，傻笑着，看着这场混战令她们愈发疯狂妩媚。她们紧紧靠在一起，动作性感放浪，诱惑着周围的人。金三多看得惊呆了，张着大嘴，淫欲四射。毛四喜的人很快控制住了局面，梅芳凝和林美娇被他们围在了中间。

夜店老板穿着笔挺的黑西装，打着领结，一副金边黑框眼镜架在大鼻子上方，环伺着四周，他梳着大背头，拨开了人群，大喊道：

“怎么，都活腻歪了，在我的场子闹事。”他从腰间拔出一根棒球棍，指着这些人大吼道。几个保安五大三粗的，像是学过功夫，也围了过来。他指着毛四喜嚷嚷道：“小兄弟，道上混的，也不打听打听，这是什么地方，我小司令在这一带可不是白混的。”毛四喜打了个寒战，心虚起来。

“原来是麒麟哥，久仰大名，小兄弟多有得罪，还请大哥多担待。”毛四喜客套起来。

“小兄弟，给我个面子，把这两个女孩儿放了，她们醉了，在我的地盘，可不要出什么乱子。”

“麒麟哥，好说，好说，只是。”

“只是什么，怎么，不想给我这面子喽，小兄弟在哪条道上混。”

金三多神不知鬼不觉地走到跟前，放开嗓子嚷嚷道：

“小司令，玉麒麟，难道我多子都不认识了，你可瞧仔细了。哼哼”

“哎呀，瞧我这记性，您怎么不早说啊，误会了，误会了，今天的酒水免了，利哥可好？”玉麒麟打量着金三多，心里咯噔一下，开始犯怵。

“他好着呢，咱就直说了吧，这两女孩儿哪儿都不能去，瞧见了没，那个腿最长，胸最大的是我的女人。今天这场子能包吗？给个面子。”

玉麒麟皱着眉头，沉默了片刻，突然笑出了声，“这面子我给了，伙计们清场。”他心里恨得直哆嗦，金三多得意忘形，拍着玉麒麟的脸，喊道：“够意思，多谢了。”玉麒麟紧握着棍子，恨不能把他的脑瓜子抽下来。他转过身对着保安低声说道：“快通知林语风，他的人出事了，火速赶到。”

保安神色慌张地走出了夜店，店里的客人也陆续被赶出。电音发出震颤的重金属节奏，闪烁的霓虹灯依旧五光十色，妖艳绚烂。罗马街人来人往，鼓乐喧天，殊不知一场血雨腥风正悄悄来临。

二十三、较量

梅芳凝和林美娇被金三多的人围在中间，浑然不知情势的危险，她们买醉的劲头勾起了这帮混混的欲望。金三多慢慢靠近梅芳凝，他的手开始触碰那柔美的线条，下体开始贴近她的臀部。酒醉中的梅芳凝下意识地回过了头，她眼前闪过了元哲的身影。

“哥哥，你认识元哲吗？”梅芳凝对着金三多说着醉话。

“认识，认识。”

“那你把他找来，我要跟他跳舞。”

“我就是，我就是，你仔细看看。”金三多蹿到了两个女孩儿中间，两眼放着淫光，让梅芳凝辨认着，他拉着梅芳凝的小手，浑身发酥，心潮澎湃。

“老公，他是不是元哲？”梅芳凝推搡了一把林美娇，几乎要跌倒在地。

“他，冒牌的，别搭理他。”林美娇摇摇晃晃地说着。

“你是冒牌的，冒牌的，别碰我，滚开。”

“醉了，你们都醉了，我就是元哲，住在大成巷，你不是来过吗？”

“你，你别蒙我啊，你是元哲啊。”

“当然是啊，我还坐过你的车，你都忘了啊。”

“你真是？”梅芳凝凑到跟前打量着，她的眼睛里只有元哲的影子，分不清美丑善恶。

“我当然是。”金三多把脸凑了过去，双手抱着梅芳凝，揽入怀中。

“我恨你，我恨你，你不要我了，不要我了。”她在金三多怀里挣扎着。

“我要，我要。”

“你说的是真的？”梅芳凝迷迷糊糊看着金三多，傻笑着。

“真的。”

“我要跟你跳舞。”梅芳凝脱掉外衣，露出雪白的肌肤，妩媚的眼神令人销魂，金三多一下子惊呆了。他摸着梅芳凝的香肩，浑身瘫软，不能自持。周围的那帮混混大叫起来，现场一片混乱。玉麒麟站在旁边心急如焚，盼着林语风快点到来。金三多激动地脱掉了衣服，光着膀子跟梅芳凝飙舞，两人几乎贴在一起，金三多把那张丑陋的大嘴凑了过去，要去玷污这个纯洁的少女。突然，音乐停了下来，明晃晃的大吊灯亮起，强光刺得金三多睁不开眼睛。

“这是谁找事？”

“是我。”林语风站在不远处瞪着金三多。

“我的事你也敢管。”金三多骂道。

“这两个女孩儿是我的朋友，当然就是我的事。”

“行，你有种。”

那帮混混拿出双节棍，目露凶光，火药味十足。这时，店外传来了发动机的轰鸣声，李元哲带着风语社的人，骑着“魔天轮”，浩浩荡荡闯进了夜店。他们身穿黑衣，手持棒球棍，怒视前方，浓烈的火药味弥漫在空气中。梅芳凝似乎想起了什么，身体微晃着，和元哲的目光交织在一起，那熟悉的味道和身影让她瞬间清醒了几分。她有气无力地喊着：“元哲，来救我。”

“哎呀，各位，各位，以和为贵，大家消消气，有事好商量嘛。”玉麒麟站在中间劝和道。

“没什么好商量的，欠债还钱，天经地义，小白脸，你别太嚣张了，前头的事，我还没跟你计较，你吃了豹子胆，敢赖我的账，抢我的女人。”

“钱给你带来了，这是七万，够了吧。”元哲拿着大书包在眼前晃了晃。

“你说多少就多少，这京都你说了算啊。”

“欺负女孩子，放高利贷，就是你的本事，你还算男人？猪狗不如。”

“你说什么。”金三多抄起一把椅子扔了过去。

战斗开始了，李元哲骑着“魔天轮”，猛踩油门直向前冲，那帮混混散开了，大厅里乱成一片。元哲狠狠抽了“啸天豹”一棍，拉起梅芳凝直往外冲。毛四喜扔出手中的双节棍，砸在了元哲的头盔上，元哲猝不及防，失去平衡，梅芳凝几乎被甩了出去。不过，她似乎习惯了抱着元哲的姿势，并没有意识到危险，紧抓着元哲不放。元哲单腿着地，侧翻着滑了几米远，很快起身，一顿乱揍。

门外，一辆巨型悍马堵住了大门，几辆跑车把这里围了个水泄不通。此时，一个魁梧的中年男子在一伙彪形大汉的簇拥下缓缓走来，他剃着光头，戴着两个大耳环，脸颊上一道又深又长的刀疤从太阳穴延伸到嘴角，嘴里叼着雪茄，烟雾缭绕，铜铃般的大眼睛深沉而又凶狠地注视着周围，就像是这个世界的主宰。

“利哥，就这儿。”

“小多子，没事吧。”金利从腰间拔出一根一米长的粗铁棍，吐掉了嘴里的雪茄。

“还不好说。”

“那就把他们都灭了。”

这些人手拿铁棍封锁了出口，监控室也被砸了个稀巴烂，玉麒麟被金利的人绑了起来。

“利哥，我可没惹你的兄弟。”

“我看，你就别在京都混了。”金利站在门前指着玉麒麟的脑门不屑地说道。

店里的打斗声，“魔天轮”的轰鸣声，厮杀的呐喊声混杂一起，燃烧着空气。金利挥一挥手，阴沉地说道：“关门打狗！”便消失在黑漆漆的门洞里。

元哲把梅芳凝的手固定在腰间，准备突围，此时，一双黑眼睛环视着四周，不祥之感隐隐浮现在他面前。林语风骑着“魔天轮”，挥舞着大棒，左冲右突，毛四喜额头上鲜血直流，惨叫着跪在地上，“火影兄弟”围着林语风摆起了火龙棍法，场面异常激烈。金三多指挥着他的人拼命抵抗，张牙舞爪，歇斯底里的像个疯子。

一根大铁棍嗖的一声砸向了元哲，他看到时，已来不及躲闪。林语风情急之下骑着“魔天轮”扑了上来，用胸口挡住了铁棍，林语风连人带车滚落在地上，口吐鲜血呻吟着。

“元哲，快上二楼，带着他们快走，快！”林语风趴在地上拼劲了最后气力呼喊着。

“风哥，不行，不能丢下你。”

“风语社可以没有我，但不能没有你。”

“风哥，我们离不开你。”

“快走，别管我，风语社不能就这么被灭了。我很爱你，不想看着你死。”林语风嘴角渗血，惨淡的微笑挂在脸上。

元哲哭着告别了林语风，来到二楼，猛踩油门，只听一声巨响，元哲撞碎了玻璃，腾空而起，稳稳地落在罗马街中央。他停留了片刻，带着梅芳凝离开了。“别让那小子跑了。”金利怒吼着，在众人的簇拥下跑出了门外。他上了一辆红色跑车，直奔元哲而去。

凄冷的夜漫长而又难熬，穆瑶开着布加迪寻找着自己的女儿，她双眼红肿而又疲惫，两天没见到女儿，已让她寝食难安，梅新不停地打着电话，询问情况，更加重了她的内疚，看着一闪一闪的手机，穆瑶已无力再拿起，想死的心都有。

金利开着跑车，发了疯似的紧追元哲，发动机的轰鸣声划破了夜空，令人胆战心惊。车辆纷纷避让，行人驻足观看，一个个目瞪口呆，惶恐不安，不知道是拍电影，还是表演真人秀。这个世界真是太疯狂了。

红灯亮了，李元哲停了下来，跑车的轰鸣声步步逼近，金利疯狂的向前冲去，眼看就要追上。元哲看着后视镜，那刺眼的车灯射出巨大的光柱，要把镜片融化。再不走就来不及了，他当机立断，重重踩下油门，一阵风似的闯过红灯。金利气急败坏，直追上去。跑车的车头就要撞上“魔天轮”，擦出耀眼的火花，元哲突然一个急转弯，“魔天轮”如游龙摆尾，来了一个一百八十度大旋转，把跑车甩出百米开外，又折了回去。

金利毫不示弱，急转加速，紧追不放，没多久，便追了上来。元哲盘旋而上，疾驰在高架桥上。跑车的轰鸣声忽远忽近，车流似乎有意放慢了速度，在惊恐中为他们让行。元哲一个紧急并道，穿过中间车流的缝隙，插入里道。金利晃过前面车辆并入中线，与元哲一肩之隔。他冷眼看着元哲，骂道：“该死的，看你往哪儿跑。”两人的眼神对视了片刻，元哲有些力不从心。他突然调转车头，向后逆行。后面的车流大乱，鸣笛声划破了夜空。金利使劲摁着喇叭，气急败坏地大骂着。元哲摆动着身体，不停的穿插躲闪，引起了司机的恐慌。突然，一束强光射来，李元哲无法睁开眼睛，眼看就要撞上前面的车辆，两人同时急刹，“魔天轮”停在了黄色布加迪面前。

穆瑶坐在车里，直视前方，双眸失神，大脑一片空白。梅芳凝的身影唤醒了穆瑶，看着女儿的惨状，她哭喊着从推开了车门。

“放下我的女儿，放下我的女儿。你去死吧！”她冲到了梅芳凝身边，把她抱在了怀里。“宝贝，妈妈来晚了，妈妈对不起你，妈妈对不起你！”那哭声惨烈悠长，回荡在夜空，不少司机放慢了车速，探头观望。金利把车停在前方，拿着铁棍冲了过来。

“阿姨，快走，我们被人追杀。”元哲摘下头盔大喊道。

“原来是你，是你呀，如果她有什么不测，你也别想活。”

“我爱梅芳凝，我是去救她，阿姨，我可以为她去死。”

穆瑶没再多看元哲一眼，抱着梅芳凝回到车里，猛踩油门，冲向金利。金利瞪大了眼睛，一阵心虚，他急忙侧身，用力砸向布加迪，那黄色跑车像一束光影飞速驶去，轰鸣声在空气里打着旋转，不绝于耳。李元哲早已消失得无影无踪，金利飞奔到车里，与穆瑶开始了一场飙车大战。

穆瑶流着泪，紧咬下唇，积聚着满腔怒火。红色跑车像头疯牛横冲直撞，死死咬着布加迪，那嗡嗡作乱的轰鸣声刺激着穆瑶的神经，她终于忍无可忍，满腔仇恨一股脑地爆发出来。她急向右打方向盘，布加迪来到了中路，与红色跑车并肩而行。穆瑶看着那双恶毒的眼睛，念叨着："你去死吧！"，她摇下车窗，高高竖起中指，发泄着满腔怒火。那眼睛布满了仇恨的火焰，直视对方，金利不觉倒吸一口冷气。

两辆跑车疾驰在高速上，金利向右急打方向盘，撞向布加迪。穆瑶减速向左打方向盘，跟在了金利车后。她终于逮到机会，猛踩油门，撞向金利。金利加速并线，躲过一劫。嘴里骂道："臭娘们，还真狠，有种。"金利左打方向盘，挤压布加迪。穆瑶毫不示弱，向右急打，直接撞向对方，只听砰的一声，两车撞在一起，又迅速分开。"臭娘们还真不怕死。"金利竖起了大拇指。

"元哲，我头晕，好恶心，我要吐了。"梅芳凝低吟道。穆瑶看着女儿心如刀绞，可无法摆脱金利的纠缠，她只好停下车，抚摸着女儿伤心起来。金利停在了前方，等待着布加迪。"死鸡婆，要什么花样。害怕啦！跟我斗，你还嫩着点。看老子不折腾死你。"金利看着后视镜得意起来。

穆瑶含着泪亲吻了女儿。她抬起头怒视着红色跑车，大喊道："你想死，我就成全你！"穆瑶慢慢放下手刹，一脚下去，那轰鸣声冲天而起，惊炸了周围。金利防不猝防，心里咯噔一下，"糟了"，他的脚踩到油门的瞬间，只听一声巨响，那红色跑车冒着白烟，被撞飞在一边。布加迪逍遥而去，消失在车流中。

二十四、“论道”元尽寺

金利手臂缠着绷带，坐在沙发上，闭目养神。冬日的阳光透过窗户，照在红地毯上，增添了几丝暖意。他轻敲着沙发，手里拿着佛珠，像是在念叨着什么。旁边坐着几个黑衣人，是他的手下，他们心事重重，冷漠无语。

门铃响了几下，旁边的黑衣人起身开了门，一个警察模样的男子走了进来。金利睁开眼，起身相迎。

“王所长，光临寒舍，荣幸之至。”金利拉着对方的手坐在了沙发上。

“快，给王所长倒茶。”

“利哥，不用了，我说完就走，还有公务在身。”

“你们都下去。”

几个黑衣人离开了。王所长双眉紧皱，不知从何说起。两个人相持了半天，金利终于开口了。

“兄弟，有什么话直说。”

“哎，这事恐怕闹大了，我无能为力。”

“我不是被吓大的，什么事没见过，你就别卖关子了。”

“夜店的事，伤了几个，还死了人，上头命令彻查，恐怕不归我管了。”

“甩手掌柜啊，平时我金利没亏待你吧。”

“利哥，我真不是这意思。这个事，上头派人来查，我都纳闷，难道咱俩的关系被捅了出去？”

“你别疑神疑鬼的，大不了，脱了那张皮跟我干。”金利转着手中的佛珠，不屑地笑着。

“利哥，这生下来干什么，早就是命中注定好的事，您不也信命吗？不然，求神拜佛的又是为了什么。”

“猴崽子，尖牙利嘴的，怎么，看我没文化啊。”

“瞧您说的，我就是大老粗，没文化的也就是我，怎么会是您利哥呢。”

“收着，一点意思。”利哥把一张卡搁在了对方面前。

“利哥，您客气了，这是什么事，我分内的事，绝不让您破费，见外了，见外了。”

“拿着吧，这是我的心意。”

金利虎视眈眈地看着他，火药味十足。王所长假装笑着把手压在了卡上，足有五秒钟没有挪动，心想：“想害我，也不看看老子是吃哪碗饭的。”他还是把卡推了回去。金利似乎看出了他的心事，他点着雪茄，喷云吐雾，呛得令人窒息。

“还有一件要紧的事，那黄色布加迪的车主查到了，叫什么穆瑶，京都市能开得起那款车的凤毛麟角。”王所长咳嗽着转移了话题。

“她什么来历，有消息吗？”金利瞪大了眼睛，急切地望着对方。

“据内部消息，只有梅新市长的夫人才有实力开这样的豪车。”

“什么，市长夫人，就是天王老子，我也得把她拉下马。”

王所长看着金利，不免有些得意，思摸着：“自古以来哪有匪抗得过官的，宋江最后不也灰溜溜的被招安了吗？你有种，就对着干，我看你长几个脑袋。”王所长假装面露忧色，寒暄了几句，起身告辞离开了。

“老狐狸，跟我玩儿，你还不够资格。”金利端着佛珠一屁股坐在沙发上冷笑道。

“利哥，小多子和我们的几个兄弟被带到局子里了。听说还要找您。”一个黑衣人从房间里走了出来，神色慌张地说道。

“先下手为强啊！来吧，早盼他们来了，给小多子传个话，死不认账。”

“放心吧，利哥。”

金利掐着佛珠，心里一团乱麻。静空法师的话在耳边响起：“心量广大，犹如虚空。……虚空能含日月星辰，大地山河，一切草木，恶人善人，恶法善法，天堂地狱，尽在空中。世人性空，亦复如是。”他挠着头，死活想不明白。几年前的一次意外，金利有缘结识了静空，每当遇到解不开的疙瘩，总会去元尽寺拜见他。冷静下来的金利，紧闭双眼，脸上的肌肉也变得松弛下来，转着佛珠的手指渗着汗珠，心底空荡荡的。

元尽寺的大钟响了十二下，整个天尽山仿佛都在颤动，这声音像是天外来音，穿越古今，悠游四方。静空盘坐在禅房，双手合十，花白的胡须越发稀少，前额右侧的黑痣已变的松软发灰，两根细长的白毛从黑痣中间生根发芽。那钟声把他带到了四十多年前的岁月里。

“赖主任，赖主任，张凤芝，她，她疯了。”

“什么，她在哪儿？在哪儿？”赖文昌腾地站了起来，一脸惊愕。

“您瞧，她在楼下，没穿衣服，坐那儿说疯话呢。还唱戏，你听。”

赖文昌看着张凤芝的疯相，思绪起伏，到手的猎物就这样没了，惋惜之余，有些不甘心的样子。他扶着窗户，望着张凤芝备受蹂躏的惨状，想着那个晚上的酣畅淋漓，一时性起，意淫地吞噬着那个凄惨的女人。

赖文昌跟着下了楼，看着一帮人费力地拉扯张凤芝，最后不得已绑住她的手脚，嘴里也塞上了东西，裸露着红内裤，就这么把她拖了回去。赖文昌得意地走进楼道，哼着小曲，慢悠悠地迈着方步，比画着样板戏的架势。突然，一个黑影冒了出来，那人把帽檐压得很低，走路极快，个头不高，但很结实的样子，向这边走来。赖文昌心里一阵发虚，感觉有什么事要发生。那人越来越近，头也不抬，脚步声沉重有力。他手别在腰里，像是要拿什么东西。赖文昌发慌了，他扭转身子往外走。还没走几步，那人冲上前去就是一斧子，重重地砸在了他的肩膀上。赖文昌一下扑倒在地，嗷嗷乱叫着。

“你个该死的，不让你断子绝孙，我不是人。”

“好汉饶命，好汉饶命。”赖文昌哀求着。

那人冲着赖文昌的下体就是一顿乱踢，那斧子也毫不客气的砸了下去，赖文昌在地上打着滚，拼命地号叫，生不如死。他抱着那人的腿，像个疯子似的哀求，那双恶毒的眼睛乘机辨认着施暴者。那人拿起斧子猛砸赖文昌的手，地上满是鲜血，赖文昌终于没了力气挣扎，躺在地上呻吟着。看着奄奄一息的赖文昌，那人吐了几口唾沫，骂道：“你也有今天。”赖文昌借着微弱的光线，昏昏沉沉的瞥了一眼他的头部，似乎发现靠近左耳上方的位置，有一块儿拇指大的地方，光秃秃的，没长头发。赖文昌失血过多，晕了过去，那人很快消失了。

赖文昌还是被救了过来，不过落下了终身残疾，生殖器无法再生育。而且只要一小便，那东西疼痛难忍，像针扎一样。小便失禁成了家常便饭。在他裤裆里总套着一根管子，随时把尿液导入挂在腰间的瓶子里，所以他再也没穿过短裤衬衫，衣服总是肥大臃肿，看着像怀孕似的，走起路来，步子很轻，无法完全着地，滑稽得让人怜悯。

警察凭着赖文昌最后的记忆，抓到了施暴者，原来是刚留校的尚无极，他被判了死缓，从此杳无音讯。一九七二年年底，赖文昌被人揭发乱搞男女关系，关进了局子，后来又招认了自己对尹大渊和张凤芝的迫害，在监狱一待就是八年，当他出来时，两鬓斑白，孑然一身。他走到天尽山，想跳崖就此了断一生，寺里的钟声响起，仿佛洗涤着他的欲望和罪恶。他跌跌撞撞地走进了寺庙，从此便皈依佛门，法号静空。

钟声久久回荡在静空心底，他睁开了臃肿的双眼，掐了掐手指，捋着胡须，淡然说道：

“去，打开院门，迎接施主。”

“师傅，今天没听说有施主来。”小和尚呆呆地看着静空。

“你去吧，心性本净，客尘所染。然有烦恼，有烦恼染心，自性清净心而有染者，难可了知。”

小和尚迷迷糊糊，愣是没明白，悻悻地离开了禅房。元尽寺的大门前，苍松翠柏，石阶盘旋，不远处的台阶上，四个威猛的彪形大汉，簇拥着一个中年女子缓缓而来。她戴着墨镜，挽着发髻，披一件银灰色北极狐大衣，妩媚婀娜，骨子里又不乏男人的血性方刚。

“施主，您是静空师傅的客人吗？”

“小师傅，我是不速之客，不请自来。烦劳通报静空大师一声。”穆瑶摘下墨镜望着小和尚，虔诚肃穆。小和尚更是一脸惊愕，心想：“静空法师，有窥测天机之明觉。”

“静空法师已等候您多时了，请跟我来。”

“你们留在这儿，佛堂是清静之地，容不得世俗的喧嚣。”四个保镖留在了寺外，穆瑶跟着小和尚走进了庙门。

“大师，又来叨扰，惭愧万分。”

“贵客光临，是老衲的荣幸，见外了，见外了。”

“去，给你女施主沏茶。请坐吧。”

“大师，我，我遇到烦心事了，不知何去何从。”

“心是总相，悟之名佛，成净缘起；迷作众生，成染缘起。缘起虽有染净，心体不殊。”

“大师，此话何解？”

“悟于净必成佛，迷于染是为众生。”

“大师，我还是没参透。”

“世人性本自净……思量一切恶事，即行于恶；思量一切善事，便修行于善行。外境执着，不思本源空寂。”

“世间的善恶，如何放下执念，大师身在云外，无法体会世人的艰辛。”

“穆施主，有贵客光临，恐怕与你的症结相同，善恶本就是一场缘起缘灭的因果轮回，敞开心扉，离明觉彻悟也就不远了。”

金利在几个黑衣人的护送下来到了庙门前，小和尚正好出来迎候。

“大师在吗？”

“静空法师在禅房等候施主多时了。”

“天哪，佛祖显灵。”金利双手合十，默默念叨了几句，自己跟着小和尚来到禅房，刚一进门，便愣住了。仇人见面分外眼红，穆瑶腾地站了起来，脸色铁青，回想着那夜的情景。金利怒目圆睁，咬牙切齿。二人相持了片刻，静空先发了话。

“想必二位施主认得，今天也算你们有佛缘，来老僧处，参禅论道。”

“大师，我想杀了他。”穆瑶憋着通红的脸，怒斥道。

“臭娘们，你找死。”金利冲上前来，被小和尚拦住了。

“佛家清静之地，不容玷污，如二位还认我这个师傅，就请坐下，心平气和地跟老衲说个清楚。如若不然，请你们远离此处，再也不要打扰老衲。”

他们忍着怒气，各自回到了座位上。

“老衲，看二位与佛有缘，故体察天机，相助二位捐弃前嫌，参悟佛境。佛曰：‘凡夫心一念，即具十界，悉有恶业性相即善性相，由恶有善，离恶无善，翻于善恶，即善成资。’”

“我为了保护女儿，可以命都不要，这是最大的善。恶人从来不放过任何邪念，毫无节制地去施暴纵欲，恶怎么会成为善。大师，面前的这个人就是追杀我女儿的凶手，我跟他不共戴天。”

“我的兄弟们，被人打得惨不忍睹，你难道瞎了吗？什么是恶，明明是恶，却说成是善，这是最大的恶。别以为什么市长夫人，就怕你。告诉你，老子生来还没有怕过谁，怕字怎么写还不知道，血债血还，这个道理，你比我明白。”

“一个小女孩儿，被一帮流氓围着调戏，就是都打死了，也不够解气。满嘴胡说，你多大了，是男人吗？还要脸吗？”

金利站起来要动手。穆瑶虎视眈眈地盯着对方，毫无惧色。

“唉，这是什么地方，胡闹，你们还认我这个师傅吗？施主请坐下。”金利，揪了揪衣领坐了下来，穆瑶呷了口茶，不动声色地坐在金利对面。静空站在他们中间，双手合十参禅诵经。

“请二位施主，静心养性，闭目参禅。佛说：‘夫一心具十法界，一法界又具十法界百法界，一界具三十种世间，百法界即具三千种世间，此三千在一念心。若无心而已，介尔有心，即具三千。’止观五曰：‘问一念具十法界，为作念具？为任运具？答：诸性自尔，非作所成。如一微尘，具十方分。’……”

只见天雷滚滚，地动山摇，禅房一下子暗了下来，穆瑶和金利像是被施了魔咒，紧闭双眼，画面诡异恐怖：喷血的怪兽张着大口吞噬着万物生灵；青面獠牙的饿鬼撕咬着被掳的人畜；地狱里人们痛苦呻吟的惨状；牲畜与人杂交的乱象，阿修罗的狰狞贪欲，人类的惨绝人寰，苦海无边。跨越亿万年的时空仿佛瞬间呈现在他们面前，两个人冒着虚汗，浑身发抖，像是经历着生死煎熬。

突然，那青面獠牙的饿鬼闯进了禅房，满嘴滴着血，张牙舞爪地乱叫着，它扑向了金利，金利挥舞着手脚，吓瘫在地。它猛一回头，盯着穆瑶，垂涎三尺，积聚着欲望，忽然，张开大口冲着她的脖子咬去，穆瑶惊叫着晕厥过去。静空念着佛经，双眼紧闭，敲着木鱼，丝毫不为所动。饿鬼猛扑上去，他还是一动不动，仿佛什么都没发生似的。体会着“非有非空，不生不灭的”的灵知世界。这饿鬼还是无法从静空的世界里消失，只是变得若隐若现罢了。静空停下了木鱼，那饿鬼如一股青烟消散了，禅房明亮起来，一切照旧。

金利和穆瑶慢慢睁开了眼睛，像是经历了一场噩梦，冒着虚汗，呼吸也变得急促不安，目光里流露着恐惧。静空莞尔一笑说道：

“二位施主可好，见到了什么？”

“大师，这是怎么啦，那饿鬼要吃了我，太恐怖了。”金利摸着心口，浑身冰凉。穆瑶回想着刚才那一幕，眼前一片空白，也许是惊吓过度，呆呆地望着前方。

“施主看到了饿鬼，那不是饿鬼，是你的肉团心、缘虑心、集起心呈现的幻象。”

“可它明明就在眼前，大师，你看我的脖子，脖子是红的。”穆瑶指着脖子心有余悸地叫道。静空摇了摇头，微笑着，像是参透天机似的。

“大师，什么叫集起心，我怎么迷迷糊糊的。”

“‘积集种子，生起现行’的‘第八阿赖耶识’，用俗语讲，就是收藏经验积淀的种子，再加上呈现世界现象作用的心。”

“种子，我知道地里生根发芽的种子，这个‘种子’是个什么东西。”金利插嘴道。

“这是心的种子，宇宙间的一切事物，都会埋下种子，宇宙本就是生生不息的种子。”

“大师，那什么是真的？”穆瑶终于回过神来，问道。

“‘真如’，就是我们常说的‘真实心’，它与妄想是不合的。这四心，‘前三是相，后一是性。依性起相，盖有因由。会相归性，非无所以。性相无碍，都是‘真实心’中的觉心，是本原，是众生解脱的依据，你们看不到自己的‘觉心’，所以无法解脱，在苦海中承受无尽的烦恼和恐惧。”

“相由心生说的就是这个吗？”穆瑶接着问道。静空笑而不答，金利如听天书，一脸懵懂。

“施主被万象迷惑，才产生了痛苦和恐惧。‘诸法如梦，诸圣同说。故妄念本寂，坐境本空。空寂之心，灵知不昧。即此空寂之知。是如真性。任迷任悟，心本自知。不藉缘生，不因境起。知之一字，众妙之门。’你们是在迷悟中，浑然不知啊！”

“‘空寂之心，灵知不昧’，这样的境界岂是常人可以达到，即使做到了，那也就超脱于世外了。”穆瑶感叹道。

“万物皆有佛性，回归众生的真实本性，是佛性的必然，空寂之心的灵知妙见是对一切事物的明晓不暗，乃真实本性，是最高佛境，万象都将烟消云散，只有宁静和谐的美妙。”

“大师，我怎么还是听不懂，难道我跟佛无缘吗？”金利皱着眉头问道。

“缘起缘灭，何处是尽头，二位施主还有什么要说的吗？”

穆瑶和金利对视着，胸中的恶气也早已消散。她们渐渐融入这佛境，内心发生了变化，像是被什么东西控制着，失去了自我。

“我们的事就到此为止吧，看在静空大师的份上，就当没发生过，以后大路朝天各走各路，井水不犯河水。”穆瑶淡然说道。

“我没意见，不过总得有人承担责任。”

“那就把罪魁祸首找出来，绳之以法。”

“这件事，市长大人不插手，它就好办了，这事本来就跟您没什么干系。”金利看着穆瑶，等着她的承诺。

“还是请大师指点迷津吧。”穆瑶一脸困惑。

“‘受之无主，必由于心；心无定司，感事而应；应有迟速，故报有先后。’”

“大师，做何解？”穆瑶说道。

“‘因情致报，乘感生应。’”静空笑着，充满了神秘感。

金利和慕瑶沉默不语，无法参透静空所说，不过，冥冥之中，他们似乎达成了某种默契，报应总得有人去承受，至于落在谁头上，一切都是天意。静空送走了他们，回到禅房，昏昏沉沉，眼前一黑，那只饿鬼又出现在面前，它张开血口直扑过去，静空惊叫一声，栽倒在床下，口吐白沫，四肢不停地乱抓着什么。小和尚见状，立刻解开裤子，冲他撒了泡尿。静空慢慢恢复了意识，他看着小和尚说道：“灵智，你可不能对人妄语啊！”

“师傅，我从不乱开口，您这老毛病又犯了，总不见好。”

“哎，都是报应啊，随它去吧。”

残破的古钟悠悠长鸣，伴着暮色回荡在静空心底，令他无法平静。小和尚眨巴着大眼睛瞪着静空，不知道他在说些什么。心里犯着嘀咕：“师傅这是怎么啦，疯疯傻傻的，哎，他时好时坏的，不知道中了哪门子邪。”小和尚被他的样子吓到了，一扭脸，跑出了禅房，不知去向。

元哲把责任全部担了下来，蹲在看守所里整整三天了。他一个人靠着铁栅栏，思绪万千，愁苦难挨。那晚，林语风被送到医院时，已奄奄一息，风语社的主要成员悉数到场，蓝可儿哭得死去活来，她拉着林语风的手，泪如雨下，抽噎道："风哥，你一定要挺住，我们不能没有你，你会好起来的。别扔下我们，你走了，我们活着还有什么意义。"

"别，别这么说，你，你们好，我才能安心。"林语风有气无力的样子，令所有人悲痛不已。"凤凰"和"梧桐"看着自己的大哥哥，悲痛欲绝，她们抱在一起呜咽着，凄楚哀婉。小伙子们忍着伤痛，忙前忙后，照顾着林语风。汪雨涵偷偷抹着眼泪，回想着那些快乐的时光，生离死别之痛让他难以承受。林语风微微张开嘴，想说什么，可又咽了回去，他像是憋着一口气，等到最后，等着他要等的人。

元哲风尘仆仆地赶了回来，扑通跪倒在林语风面前，看着满身是血的风哥，摸着他的脸颊，声泪俱下。

"风哥，是我害了你，是我害了你。你要坚强些，一切都会好起来的。我会一直陪着你，我还要跟你学'魔天轮'，你不是答应过我，一起跨越天尽山吗？"

"元哲，你已经出道了，比我更好，'魔天轮'是属于你的世界，你会成为它真正的主人，我会一直看着你走完天尽山，风语社以后就交给你了，你要坚强些，他们需要你。"

"风哥，风哥，你别说傻话，你不会死的，你不会死的。"

"我的命就是风语社，只要它活着，我就不会离开你们。如果它不在了，我会很难过的，比死了还痛苦。你现在很勇敢了，还需要更勇敢，你将来一定会所向披靡，战无不胜，上天会保佑你，保佑风语社的。"

"嗯，风哥，我会做得更好，我舍不得你，是你让我知道了生命的意义，是你把我变成了一个男子汉，我的命是你给的，我们已经无法分离。"

林语风呼吸越来越弱，他用尽最后气力说道：

"元哲，风语社是你的生命，以后你就是它的灵魂，记住了吗？"

"嗯，记住了，我记住了。"

"元哲，我爱你，很爱你，风语。"

林语风停止了呼吸，微笑着离开了这个世界。他们抱在一起，哭天抢地，痛不欲生，风哥就这样离开了他们。第二天，李元哲主动投案，承担了全部责任，他的心再也没有那般鲜活，只有决绝的冰冷和伤痛。

“李元哲，有人来看你。”两个狱警走了过来打开铁门，冷冰冰地说道。李元哲又回到了现实，不知道等待着他的是什么，只有默默地去承受这一切。他很茫然，眼睛失去了往日的光泽，手脚麻木，盯着狱警没有任何反应。

戚雨蝶早早坐在接待室，双眸红肿，形容枯槁，眉宇间透着忧伤。她听着沉重的脚步声，像是一把利刃戳着她的心窝，忍不住掉下了眼泪。

“老师，老师，你怎么来了。”元哲站在门口吃惊地望着雨蝶。

“我不该来吗？难道我不该来吗？出了这么大的事，我能安心吗？我都不知道自己是怎么过来的，你对得起我吗？”戚雨蝶看着元哲声泪俱下。

“老师，我对不起你，真的对不起你！我不想这样，但是不由我，一切都是命。”元哲眼眶红了，往事历历在目。

“你陷得太深了，为什么要这样，为什么？”

“我，我热爱它，我会用生命捍卫它，我不会后悔的。老师，你也许不理解我，但有一天你会明白的。”

“我还等着你教我打篮球呢，我还想坐在你的自行车上，去吃拉面，我还想听忆叔讲过去的故事，我……”戚雨蝶呜咽起来，泣不成声。

“老师，你等着我出来，我一定会实现你的愿望，我会带着你去很多很多地方，我会让你成为灌篮高手，你一定会打得很好。老师，我……”元哲哽咽着，再也说不出话来。

“不，不，我让你现在就出来，我要保释你！警官，警官我要保释，我要保释！”戚雨蝶激动起来，已无法自控。

“请安静，不准大声喧哗，这是看守所，不是你们家。保释，就别想了，这是大案子，没得商量。”女警官冷冰冰地说道。

“可他是未成年人，他还不到十八，他需要法律的保护。”

“我们已经按照法律规定，对未成年人给予了特殊保护，牢房是单人牢房，吃饭也是特殊照顾，这已经是破例了。”

“不行，我要去见你们领导，我要跟他说，我要保释。”戚雨蝶还是无法控制情绪，争辩起来。

“有你这样的吗？这是国家机构，不是你们家开的‘门脸’。”

“老师，老师，你看我好好的，真的，吃的也不错，警察叔叔对我挺好的，我差几天就十八了，别为我操心了，我真的挺好。”

“你是李元哲的老师吗？”一个男性警官走了进来，约莫五十来岁的样子，肩膀上扛着三颗星。戴着大檐帽，声如洪钟，威严中带着几分和蔼。

“我是这里的负责人，我们批准你来看李元哲，已经是破例了，目的是希望能帮助这个孩子，让他安心接受改造，早日成才。我姓孙，他们都喊我大叔，孩子来到这儿，你就放心吧，我们会尽可能关心他的成长，给予力所能及的帮助。我很理解你的心情，也请你也冷静一下，不要激动。”

“大叔，真的没有办法让把他保出来吗？让我做什么都行。”

“对他最好的结果，就是你得配合我们的工作，要冷静地看待这件事情。”

“那我还能来看他吗？”

“我们尽量安排，不过，我还是那句话，依法办事。”

警官的话让戚雨蝶宽慰了许多，她站了起来，抹着眼泪告别了元哲。元哲久久矗立在那里，百感交集，命运如此跌宕起伏，让他经历着常人所无法承受的煎熬。

二十五、情人节的审判

莱顿庄园比往日里萧瑟了许多，光秃秃的山丘被惨淡的冬阳温润着，绵延的温凉河结着厚厚的冰层，两岸上的花草早已凋零，泛着光，让人想到这里也曾繁花似锦。只有香柏散发着绿意，温暖着寒冬。

八号公馆里，像往日一样的寂静。只有萨沙摇着尾巴，不停地跑来跑去，它似乎显得异常焦虑。梅新和穆瑶守在女儿身边，神情凝重，目光呆滞，眼神里流露出一丝哀怨。梅芳凝卧病在床，小脸蛋惨白吓人，嘴唇干裂，迭起了一层皮，憔悴代替了往日的鲜活，像一具尸体平躺在床上。

“大夫，孩子怎么样了。”穆瑶急切地问道。

“有起色，开始退烧了，三十八度了。”大夫拿着温度计兴奋起来。穆瑶凑过去仔细瞧着，长舒了一口气。梅新摸着女儿的头，泪花在眼眶里打着转转。

“妈妈，妈妈，你在哪儿？”梅芳凝动了动嘴唇，轻轻说道。

“宝贝儿，妈妈在这儿，妈妈在这儿。”穆瑶瞪大了眼睛，看到了希望，泪水沿着脸颊慢慢滑落。“我的心肝，你终于说话了，爸爸妈妈都在儿，我们永远不会离开你。”梅新从来没哭过，在女儿面前，他变得不堪一击。梅芳凝眼前一片眩晕，她微睁双眼，环视周围，恢复着记忆。

“妈妈，爸爸，我求你们一件事好吗？”她虚弱的样子，令人心痛。

“宝贝儿，就是一千件一万件，爸爸妈妈也会拼了命地为你去做。”梅新抓着女儿的手，放到脸颊上温暖着彼此。

“救救元哲，我喜欢他，救救他好吗？我求你们了！”梅芳凝呜咽起来。

“元哲？是谁？他怎么了？我怎么没听说过？”梅新吃惊地看着穆瑶。

“爸爸，我喜欢他，你救救他，如果他蹲了大狱，我真的也不想活了。”

“好，爸爸答应你，不管他是谁，爸爸一定把他救出来。”

梅新看着女儿露出一丝惨淡的微笑，既幸福又难过。他心如刀绞，后悔没有把更多的时间留给女儿。

“爸爸对不起你，爸爸不好，爸爸不好。”梅新声泪俱下，几乎说不出话来。

穆瑶一阵心酸，泪水唰唰地往下淌，她把梅新拉到一边，俯下身去，深深地吻着梅芳凝。

“心肝儿，爸爸妈妈知道你的心事，放心吧，一切都会处理好，乖，闭上眼睛睡吧。”

“嗯，妈妈，我爱你和爸爸。”梅芳凝闭上了眼睛，把美好留在了梦里。

穆瑶拉着梅新离开房间，来到书房，门虚掩着。他们靠着窗户神神秘秘说着什么。兰青无意中路过，从屋里隐约传出说话声，空气中弥漫着诡异的气氛。他不自觉地把耳朵贴在了门上，聆听着他们的窃窃私语。

“出了这么大的事，你为什么瞒着我，为什么？”梅新质问道。

“你还知道有这个家，还知道有我们母女吗？你说说你，一年到头能在家老老实实待几天，回过我多少次电话。我知道你忙，可我也没闲着，我又能向谁去抱怨。女儿就是我的生命，没有什么可以夺走我对女儿的爱。”

“好了，好了，先不谈这个了。元哲这个人，你了解多少？”

“这个孩子，我不知道该怎么说，他恐怕把女儿引上了邪路。”

“啊，什么情况，你，你怎么不早说呀，你真浑，浑透了。”

“梅新，我告诉你，这儿不是你的衙门，你在外头吆五喝六的我管不着，回了家，还是把官架子收收吧，这不是你犯病的地方。”

穆瑶推开梅新，坐在沙发上，点燃香烟，猛吸几口，用力吐出，烟雾四散开来，气氛顿时变得火药味十足。

“看在女儿的份上，今天我不跟你吵，为了女儿，我可以什么都放弃，你有什么话就直说吧。”梅新坐在穆瑶对面，压着火，正襟危坐。

“那个叫元哲的男孩儿，真的叫你恨死他了。女儿像被勾了魂似地成天里跟着他，骑着什么‘魔天轮’东奔西跑，几次置女儿于险境，如果这次不是我及时赶到，恐怕就被那帮流氓害了。”

“什么‘魔天轮’？怎么还有流氓，真是反了，你快说，谁吃了豹子胆了，敢碰我的女儿。”

“‘魔天轮’就是他们的一个组织，就是一帮骑摩托车的小青年，说正经的，都是些不务正业的小混混。”

“什么，我的女儿跟小混混在一起，你怎么不早说，你，简直不像个做母亲的。”

“你就像个做父亲的吗？我好歹陪着女儿，你呢，在女儿最危险的时候在哪儿呢？我看你什么都不配，倒像是个住旅馆的客人。”

“你，好了，现在不是斗嘴的时候，你说的到底是哪帮流氓，我女儿这是怎么啦，跟流氓纠缠不清。”

“是另外一帮流氓，他们的大哥叫金利，跟元哲所在的那帮小混混发生了冲突，女儿受到了牵连。”

“该死的。”一向绅士惯了的梅新骂人还是头一回，兰青几乎笑了出来，忙捂着嘴。他拨通了电话，嚷道：“给我叫吴局长。”

“你要干吗，这事都解决了。”穆瑶压了梅新的电话。

“你找什么人解决的，这可不是闹着玩儿的，孩子可不能再有什么闪失了。”

“金利这个江湖人物，你听说过吧。”

“你这么一说，我还真有点印象，只是忘了在哪儿提到过这个人。不管他是什么人，哪怕他长着三头六臂，我梅新也不含糊。豁出身家性命，也要跟他斗到底。”

“你省省吧，静空大师都给咱们摆平了。”

“是元静寺的主持吗？”

“我这历年的供奉，也没白费，大师道行极高，把那小子的邪性给收了，看起来应该是没事了。”

“那个叫元哲的怎么处理。”

“这次火拼，出了人命，双方都有受伤的，可不是小事，总得有人承担责任吧。”

“元哲是主犯吗？”

“怎么，你还真要帮他。就算他不是主犯，我们也不能帮他。”

“女儿的话，你也不是没听到。”

“这次如果帮了他，就把我们女儿害了。”

“这话怎么讲？”

“亏你还是当市长的，这都想不明白，我看，你这市长也当到头了。”

“为了女儿，我市长可以不当。”

“如果你帮了元哲，他就这么被放了出来，那女儿还不成天跟着他鬼混啊，女儿的前途怎么办，咱们家的名誉怎么办，你的仕途怎么办？你就不怕人家给你扣顶帽子：包庇犯罪分子，干涉司法。这罪名对你市长大人有什么好处。更不用说，他那样的家庭能给女儿幸福吗，咱们跟他原本就不是一路人！”

“你这么一说，我似乎明白了。”梅新垂头丧气，像霜打的茄子，顿时没了那股子血气方刚。

“不仅，不能帮他，而且还……”

“还要怎样，你就不怕女儿知道吗？我们可别成了女儿的罪人。”

“这是没有办法的办法，我们不能看着女儿就这么被毁了，等她长大了就明白父母的苦心了。可怜天下父母心，谁说不是啊！”

“下一步怎么办？”

“女儿几乎被他毁了，我现在一想起那晚女儿的惨状，就想把他活剐了，真后悔上次帮了他！”穆瑶气得牙根作响，想起了静空的话：“‘因情致报，乘感生应。’”

“从重处罚，让这个小流氓多蹲几年，也只有这样了。”

“你也英明了一回，我的心总算踏实了点。”穆瑶拉着梅新的手，眼眶红红的，五味杂陈。兰青怔了一下，心里一阵发虚，“这可怎么办，元哲有麻烦了。”他不小心碰了门，惊扰了他们。

“谁？”梅新站了起来，穆瑶惊恐地向外望去。

“舅舅，舅妈，是我。”兰青慢慢地推开了门，一副心神不宁的样子。

“躲在那儿干吗，偷听我们说话？”

“没，没有，我什么都没听到，碰巧路过。”

“我和你舅妈在说事，你先回避一下。”

“舅舅，舅妈，那我出去了。”兰青松了口气，快速离开了。

“兰青，不会听到吧。”穆瑶说道。

“他一个小毛孩儿，懂什么，听到了也没什么。”

“但愿吧！”

梅新走出了房间，灯光照在他阴沉的脸上，泛着暗红色的光。他似乎拿定了主义，对威胁到女儿的元哲定要痛下狠手，绝不留情。兰青坐在沙发上，怅惘迷失，他无法想象李元哲要面对怎样的结局，只恨自己无能为力，去帮这个率真的男孩儿。梅新走下楼梯，兰青变得胆怯起来，看着窗外的星星，他起身想去透透气。

“这么晚了，要去哪儿？”梅新望着兰青问道。

“我想出去走走。”

“陪舅舅说说话。”

“嗯。”兰青不情愿的应承道。

梅新急速走到兰青跟前，拉住他的手，把他拽到了沙发上，使劲地揉搓着。兰青像只驯服的羔羊在羞怯中忘记了惊恐，只有默默地忍受，他心里明白极了，离开这个大门，只有死路一条。儿时的阴影在他脑海里像幻灯片似的不停地闪回，那双邪恶的魔抓玷污着他每一处毛孔，让他窒息作呕。他的脸颊红极了，眼帘低垂，身体抽搐着，像染上了瘟疫。梅新看着前方，像一头征服的战狼，感受着狂喜，意淫的兴奋溢于言表，燃烧着他全身。这样的夜究竟还要多久，只有上天才知道。

王月添着炉里的炭火，迸出的火星映照着她一夜变白的头发，肿大的双眸干涩，暗淡，没有了往日的精气神。她像变了一个人似的，疯言疯语。

“安宁，儿子丢了，你别骂我，别恨我，我会把他找回来的。”

“阿姨，您别急，元哲会没事的，他还小，不是他的责任。”戚雨蝶宽慰着王月，心里一阵酸楚。

“元元不在了，我的儿，他不要我这个妈了，他不要我这个妈了。孩子，你快回来吧，快回来吧，妈妈还盼着你考大学，你爸爸还等着给他报喜呢，你就这么走了，妈妈好心痛啊，你就这么狠心，你就这么狠心地离开妈妈。”王月有气无力的干号着，眼泪早已哭干。

“嫂子，别瞎想啊，元元没准很快就回来了。”忆童年掀起门帘进了屋，走到王月跟前，帮着收拾炉火，温暖的话语掩饰不住他内心的忧愁，他整个人都瘦了一圈，为元哲的事，几乎跑断了腿，到处求爷爷告奶奶，于事无补，只能听天由命了。

“大兄弟，你大哥走得早，我这苦命的孩子，怎么跟他爹一样，总有受不完的罪。哎，我活着还有什么意义。”

“阿姨，可别这么想，元哲一定会平安无事的，他比从前坚强多了，他的路还很长，会越走越顺的。男孩子没有经历挫折，永远也长不大，更不会有出息。”

“雨蝶老师，我知道你对元元好，你的心事，我也能看出一二，说真的，如果他再长大些，我不反对你和他交往，只可惜，元元他，哎，我没这个福气。”

戚雨蝶脸红了起来，她没想到王月会这么说，没错，她是暗恋着元哲，可始终没有勇气表白。毕竟这样一个特殊的身份，令她难以启齿，更何况他是一个涉世未深的孩子，不想让他过早的成熟，更不愿意因为私欲而断送了他的前程。但她内心燃烧着爱的火焰，从来没有熄灭过，总是在将要迸发的时候，能把它隐藏起来，让自己来承受烈焰的炙烤。她想着叫一声妈妈，也许能让这位饱经沧桑的母亲多一些慰藉，坚强地度过难关。可她还是忍住了，她的内心早已把王月当成了自己的妈妈。

“阿姨，您别担心，我会一直陪着您，等着元哲回家。”戚雨蝶掉下了眼泪，她知道，元哲这一去，不知道什么时候是个头。她扶着王月坐在炕头上，把尽可能多的温暖给了她。王月看着雨蝶，心里好受了些许，她的脑海里突然浮现出一幕：元哲拉着雨蝶的手，拜过天地，走入洞房。她和李安宁看着这对恩爱的夫妻，喜笑颜开，所有的不幸从此一笔勾销了。她发着呆，幻想着那个美好的时刻，始终不想面对这残酷的现实。

忆童年搬了把椅子，坐在她们对面，拿出烟斗，吧嗒吧嗒地吸了几口，深陷的眼窝，凝重的表情，还有那双布满老茧的手，在烟雾缭绕中格外冷峻，他长舒了一口气终于开口了：

“大嫂子，元元是我从小看大的，打心眼里，我早把他当成了自己的孩子，我们都盼着他将来出人头地，给大嫂子你争口气，也让我安宁大哥，在九泉之下安息。我的直觉告诉我，元元这孩子，虽然一路走来，经历了比同龄人更多的磨难，看似与这个社会格格不入，甚至在某些人眼里，一无是处。

“但，我不这么认为，他内心闪耀着常人所没有的一种力量，这种力量正慢慢从他脆弱的外表一点点释放出来，感染着周围的人，搅动着这个平凡的世界。他可能带着大哥的善良，甚至那个时候知识分子的懦弱多情，但在他身上，更多的是征服和超越的底气，还有百折不挠的顽强。我相信，总有一天，他会走出这平凡的世界，造就一个崭新的世界。磨难只是暂时的，在磨难中前行的人，才是真的英雄。

“我们总是生活在虚华的世界里，被它迷惑，受它摆布，真实的世界，纯粹的自我们早已被淹没在汪洋的浮华中，这幻象早已让我们像中了毒一样，一刻都不能分离，谁若诋毁夺走它，我们会不惜一切地去反抗，甚至去拼命。这就是我们所处的幻境，我们已无法自拔了。只有超人才能点醒我们这些芸芸众生，可超人在哪里，在哪里，我终于等到了，元元，他就是我们的超人。”

戚雨蝶瞪着大眼睛，看着忆童年，她像是在聆听布道，不知不觉中来到了这个未知的世界。她寂寞，胆怯，但又充满了躁动和新奇，那飘缈的云山雾海，那茫茫的戈壁荒滩，似近似远，若隐若现，她伸出手去想抓住什么，但所有的景象很快消失了，眼前一片阴暗漆黑，令人心生疑惧。一大团黑黑的物体，慢慢向她靠近，她被包围了，那黑色的物体，收缩着，发出可怕的声响，像是有人在低吟诅咒，但这声音很快又消失了，像是勾魂的咒语腐蚀着她的心灵。那黑色的物体，越来越近，戚雨蝶呼吸急促起来，很快她被裹得严严实实，几乎窒息而死，她的心跳在黑暗的承重下变得衰竭无力，只剩下微弱的呻吟。

“来，跟我走！”突然，一只大手紧紧抓住她的胳臂，奋力把她拽出了这恐怖的黑暗，她的眼前豁然开朗，一片清澈明亮的世界融化着她的一切。

“你是谁，你是谁？”戚雨蝶急促地问道。

那人只是笑笑，头也不回，继续拉着她向前奔跑。他的声音是那么熟悉，打消了她所有疑虑。一股暖流充斥着她全身，让她在亢奋中不停地前行。

“你要带我去哪里？”

“是一个陌生的地方，但又是一个真实的地方，它简单，自然，没有浮华矫揉，到处是纯粹和灿烂。”

“那是什么地方？”

“是一个人人向往的地方。”

“是天堂吗？”

“准确地说，它不是天堂，它是天际之光。”

“好美，快，再快些，我再也不想回到从前，那就是我的家，那就是我的家。你会一直陪着我吗？”

那男孩儿只是笑笑，继续向前奔跑。他的心似乎在说：“抓住我的手，一起到那遥远的地方，坐在银河边去看满天滑过的流星。”

“我要看流星，我要看流星。”戚雨蝶大声喊道。

忆童年呼唤着雨蝶，足足半分钟，她愣是没说一句话，双眸失神地望着前方，那份痴傻令人哭笑不得。“这老师，不会是中邪了吧。”忆童年欠起身子，轻拍着她的肩膀。

“忆叔，刚才有流星，你没看到吗？”

“孩子，你做梦呢。”

“什么，做梦，做梦？”

“难道不是嘛，只有咱们仨，哪儿有流星，你没事吧。”

“我这是怎么啦，明明看到了，怎么偏不信呢，哎，或许是得了妄想症了。”

“这孩子，可别因为元哲的事，害病了，真是对不住她呀。”

“阿姨，我没事，胡思乱想了一阵子，现在一切正常了，二月十四号，我来接您吧，元哲那天开庭，我们都去，给他提提气，表现好的话，当庭释放也是可能的。”

“一起去，一起去，元元吉星高照，会逢凶化吉的。”

王月变得兴奋起来，仿佛看到了希望。戚雨蝶淡淡一笑，没有什么能比找到对生活的希望更让人满足的事情了。忆童年看着她们俩，不得不强装笑脸，心底却一片凄凉。希望越大，失望越大，麻木也许是最好的选择，但常人很难做到。他不能把结果说透，至少还能看到她们暂时的欢喜，有欢喜总比没有好。但梦醒时分迟早是要来的，幻想破灭的伤痛会让人彻底疯掉。他颤巍巍地点了点头，冷漠地离开了。

二月十四号清晨，京都法院门口挤满了参加开庭的人，人们在寒风中张望着，盼着早点结束这场揪心的审判。大门缓缓拉开，人们鱼贯而入，审判庭里很快坐满了人。双方的律师，检察官相继落座，法官却迟迟未到。人们窃窃私语，猜测审判结果。

“好的，好的，从严从重处罚，铁院长，您就放心吧。”主审法官龚平拿着电话在走廊里徘徊着，聆听着电话一头铁院长的指示。

“要不折不扣地落实梅市长政法工作会议上的讲话精神，对危害京都安全的违法犯罪行为，零容忍。梅市长特别强调，今天的审判务必严格执法，杜绝人情，铁面无私，对那些蠢蠢欲动的犯罪分子形成强大的威慑。”

“铁院长，您的意思是？”

“我也没什么意思，对首要犯罪分子，顶格处理较为妥当，仅供参考啊，小龚。”

“好的，铁院长，我明白了。”

龚平，打了个手势，不远处的几个法官紧跟过来，他们推开审判庭的侧门，雄赳赳气昂昂地走了进去，庄严地坐在了审判席上。书记员宣读了惯例性文件。犯罪嫌疑人被押上了法庭，元哲面容憔悴，但没有丝毫怯懦，他走在最前面，双眸冷峻坚毅，胡子拉碴，多了几分男人的成熟。王月情急之下站了起来，刚要说什么，却被戚雨蝶制止了，看着自己的儿子，欲哭无泪。审判就这样开始了，公诉人的发言漫长而又沉重，像不停射向空中的高射炮弹，令人浑身震颤。

芜影坐在后排的角落里，默默聆听着审判，她后悔把那件事告诉元哲，内心无比内疚：“是我把他害了，是我！他是为了我才这么去做的，他是为了我。他的一生都被我毁了。”一种负罪感油然而生，芜影不知道该怎么办，眼前变得模糊起来。

戚雨蝶紧紧攥住王月的手，内心七上八下，她不知道最后的结局怎样，充满火药味的审判庭加重了她的担忧。往事历历在目，那个帅气的男孩儿如果从此走入另一个世界，会是多么悲哀。

“犯罪嫌疑人，李元哲，是主犯，应当从重处罚。”公诉人义愤填膺地说道。

“当时，李元哲未满十八岁，因伤致死的林语风才是主犯。”辩护律师振振有词地说道。

“请问辩护人，那晚的聚众斗殴因何而起。”

“是因高利贷。”

“因谁的高利贷？”

“李元哲的同班同学芜影所欠的高利贷。”

“那跟林语风有什么关系，林语风完全可以置之不理。可是最后却倾巢出动，酿成了惨剧，试问，如果李元哲没有号召力，能有惨剧的发生吗？这只能证明，李元哲是这次聚众斗殴的始作俑者，他就是主犯。”

“我不同意你的武断，你有什么证据可以证明李元哲是主犯，难道仅凭主观推断吗？检察官同志，一切用证据说话，请出示你的证据。高利贷本身是违法犯罪行为，李元哲出于善意去帮助受害者，手段虽然不妥当，但毕竟是本着良知去帮助他人，这本身应当作为从宽处理的情节。”

“证据，这是明摆着的事实，是常识性的推断，而且有本人亲口供词，你也看到了。什么是法律，法律当然是要维护正义和良知，但法律更重要的是告诉人们如何守法，如何以法律允许的方式维护公平正义，而不是任意妄为，意气用事，我们不是行侠仗义的水泊梁山，我们是法治国家，因为情感和所谓的‘良知’就可以肆意抛开法律，唯恐天下不乱，这是决不允许的。”

“口供，口供就是可靠的证据吗？刑讯逼供的口供也是证据吗？”

“你什么意思，请你说话要尊重事实和法律，你要对你的话承担法律责任的。”

“请辩护律师端正态度，依据法律事实发表观点。”龚平对着麦克风说道。

“法官，我不是那个意思，我是说，口供未必是可信的。轻信口供，不重视证据造成冤假错案的发生，这也是有目共睹的。”

……

审判庭里的嘴仗回荡在空中，上下捭阖的嘴唇夹杂着唾沫星子不知疲倦地突突着大放厥词。元哲眼前一片空白，林语风的音容笑貌把他带到了过去的时光，“看淡生死”的话语响起在他耳边，他们穿越千难万险，涤荡着内心的怯懦，呼唤着超越自我的生命世界，那一刻起，他们把彼此的生命交给了对方，两个生命在超越时空的极限中融为一体，形同一人。他们在惊涛骇浪、恐怖诡异中，点亮了宇宙之光，看到了奇险中的灿烂，感受着重塑自我的壮伟，拥抱着一个新的世界。这世界给了他们一种与众不同的爱，她来自遥远的时空，但又亲切的让人陶醉，迫不及待的令人甘愿重生。

而现实变得渺小起来，爱情在庸俗中腐化，芸芸众生在为自由而忙碌着，殊不知，这自由的光环把他们装入了无尽的牢笼，在光环的诱惑下，心甘情愿委身于此，满心欢喜憧憬着牢笼编织的幻觉，不知不觉中死亡，重生，再死亡，再重生，周而复始的在自虐中获得幻境的满足。

林语风挥着手，渐渐远去，他微笑着，把温暖和坚韧留给这世界，他似乎在说：“元哲，我们还会相聚的，你要坚强些，让自己变得更强大，我很爱你，记住了，我们的心是来自同一个世界，你找到了那个世界，就找到了我，找到了真正的自己，我很爱你，爱你，元哲……”那声音渐渐消失，林语风随着逝去的声音变成一道光，汇入浩瀚的银河。

“风哥，别走，你别走，我还有很多话对你说，风哥，我也很爱你，我爱你啊！”元哲伸出手，眼里噙着泪水，他像一个着了魔的疯人，目空一切，众人一片惊愕，唏嘘不已。

“犯罪嫌疑人，李元哲，请遵守法庭秩序，你还有什么要说的吗？”龚平敲击木槌厉声问道。李元哲无动于衷，呆滞地望着前方。

“装疯卖傻！”金三多在一边嚷嚷着。

“金三多，这是法庭，你也太放肆了。”法官喊道。

“法官，我认罪伏法，你看他，装疯卖傻，给谁看呢。”

“李元哲，最后一次问你，还有什么要说的吗？”

法警轻轻推了几下元哲，他恍如隔世，慢慢回到了现实。

“我，我没什么要说的，一切责任由我来承担，跟我的兄弟姐妹们没有任何关系，他们是无辜的，我对不起他们，更对不起走了的林语风哥哥。”元哲说道。大厅里一片肃静，人们没想到一个刚刚成年的高中生，竟有如此气量，可叹中更多的是悲悯和自省。

王月抹着眼泪，想着儿子瘦弱的肩膀如何能扛得起这样的罪责，李安宁从大成巷被带走的那一幕在她脑海里闪现着。“这孩子，真是随了他早逝的爸爸了，哎，我对不起他们父子俩，我有罪，我有罪！”她自言自语道。戚雨蝶在一旁泣不成声。

“公诉人，你还有补充意见吗？”

“没有。”

“金三多，你还有什么要说的吗？”

“我，我没什么说的。”

……

全场的沉默宣告着审判的尾声，龚平与两边的法官窃窃私语了片刻，他冷冰冰地看着前方，高高举起了木槌，凝固着周围的空气。

“等等，我有话说！”芜影从后排站了起来，大声喊道。她纹丝不动地站在那里，凄美的大眼睛挂着未干的泪痕，美丽中饱含着天使般的柔弱，感动着所有人，观众席上一片喧嚣，大家看着这个稚嫩的少女，惊愕不已。

“请肃静，请肃静，务必遵守法庭秩序，法警，请把这位姑娘送出去。”龚平双眉紧锁，猛击木槌，全场恢复了平静。

“我是证人，我有紧急情况，我要作证，李元哲冤枉。”芜影看着走近的法警，高喊道。

“法官，她的确是证人，有紧急情况，我申请她即刻上庭作证。”辩护人言辞恳切地分辩道。

龚平犹豫了片刻，他打量着这个稚嫩的女生，从眉宇间可以感受到她的纯洁，善良和超凡脱俗。龚平想起了被癌症夺走生命的女儿，内心坚固的冰山慢慢开始融化。两边的法官不动声色地等待着他的决定，空气里弥漫着紧张的节奏。

“你叫什么，请走过来。”龚平终于打破了沉默，话音回荡在审判庭的上空。

“我叫芜影。”芜影跟着法警走上前去。

“你的职业。”

“学生，就读于京都五十中高二（3）班。”

“出生日期。”

“一九九五年十月八号。”

“你是未成年人，不适合单独作证人，你是怎么进来的。”

“我，我都十七了，跳芭蕾，自己养活自己。我也不知道怎么进来的，反正没人拦着。”

“那你说说，你有什么证据证明李元哲是无辜的。”

“我借了高利贷，他们那晚要绑架我，是李元哲救了我。”

“谁要把你带走，你能指认吗？”

“是他，还有他，中间那个大个子，那个有山羊胡子的。”芜影转过身子，很快认出那晚绑架他的人。

“当时为什么不报案？”

“他们穷凶极恶，我们只顾逃了。”

“你为什么要借高利贷，怎么找到他们的。”

“我妈妈得了重病，需要一大笔钱，所以就。”

“法官，这样的指正毫无根据，也不符合法律程序。”对方的辩护律师争辩道。

“法律面前人人平等，作证是每一个人的义务，她能主动站出来，履行作证的义务，又是一个未成年人，本身就值得钦佩，在特殊情况下，法的精神超越法律本身。”龚平掷地有声地回应道。

“李元哲，你认识站在你面前的这位姑娘吗？”

“是的，芜影，是我的同班同学。”

“你还记得绑架的具体时间和地点吗？”

“大约是二〇一二年一月十三号晚上十点钟，我在五柳巷的马路边上坐着，听到有人喊救命，后来发现是芜影，我冲上前去，把芜影带走了。”

“你一个能对付四个人？”

“我开着摩托。”

“毛四喜，‘啸天狼’，你们绑架过这位女生吗？”

“没有，没有的事。”毛四喜右手缠着绷带，挂在胸前，不屑地说道。

“法官，他们胡说。”“啸天狼”龇牙咧嘴地嚷嚷着。

“流氓，流氓，你胡说八道。”芫影情绪激动起来。

“芫影，请注意用词，法庭不允许人身攻击。”龚平说道。

“那晚，我用头盔砸中了中间的那个大个子，应该是右脚踝的位置，如若不信可以验证一下。”

“啸天狼”一阵心虚，慌了神，他的谎言眼看着就被戳穿了，急忙辩解起来：“那晚，那晚我们没有绑架那个女孩儿，只是想催她快点还债，所以发生了一些争执。”

“怎么，又承认有这么回事，‘啸天狼’，你知道在法庭上做虚假陈述的后果吗？”

“我知道，我知道。”“啸天狼”结巴着回应道。

“法网恢恢，疏而不漏，你老实交代吧。”公诉人义正词严地呵斥道。

“啸天狼”的心理底线终于崩溃了，他和盘托出了那晚的事情。龚平庄严的敲响了木槌，高声宣布：“休庭。”

“铁院长，您有何指示？”龚平接起了电话，揣摩着对方的心思。

“宣判了吗？”

“还没有，正休庭。”

“法律面前可来不得半点情感，要守住我们的底线啊。”

“铁院长，那您看这个案子怎么判？”

“我看，从重处罚，尤其是对于主犯要严判！这样才能起到警示作用。像那个什么李元哲，年纪不大，却如此胆大妄为，造成这么严重的后果，必须严判！”

“那判多少为妥。”

“这个嘛，还是你这个主审法官拿主意，依我看，判个十年以上也不为过！”

“铁院长，我明白您的意思。”龚平心里咯噔一下，挂了电话轻声骂道：“老不死的。”龚平在私下里是个讲义气的中年男子，行侠仗义似乎成了他日常生活的组成部分，无形中影响着他的世界观。

宣判就要开始了，全场的人凝神静气，等待着结果。龚平和几个法官依次落座，环视了一下四周，目光聚焦在李元哲身上。他内心里有种说不出的感觉，这个男孩儿身上散发着某种特殊的光芒，触动着他的心灵。不知不自觉中，他被吸引到一个超越人性的世界里，迷失了自我。

“龚法官，开始宣判吧。”旁边的法官提高了嗓门提醒道。

“哦，我知道了。”

龚平犹豫着，他突然起身离开了审判席，走出了法庭，全场一片躁动。不一会儿，他带着改好的判决书，重新来到了法庭。他走上审判席庄严地宣布：“李元哲，聚众斗殴，判处有期徒刑五年。汪雨涵，聚众斗殴，判处有期徒刑三年，缓刑三年，蓝可儿，不予起诉……“啸天豹”，故意伤害致人死亡，判处无期徒刑，金三多，聚众斗殴，判处有期徒刑五年……”

王月听到对李元哲的宣判，晕厥了过去。等她醒来，已躺在医院的病床上。戚雨蝶守在旁边，面容憔悴，她觉得像是一场梦，眼前空荡荡的，只有零星的回忆让她感到生命存在的意义。

梅芳凝哭了整整一夜，家里能砸的东西，都被她砸光了，一片狼藉。她坐在地板上，披头散发，自言自语。穆瑶靠在门边上，筋疲力尽，看着女儿如此痴情，难过至极。她有些后悔，可想想女儿的前途，也只能如此，长痛不如短痛。梅芳凝突然起身，用力把门关上，反锁了门，就当穆瑶不存在似的。穆瑶猛推房门，喊着：“宝贝，给妈妈开门，宝贝，开门……”

“滚，滚，你们都滚。”

“妈妈尽力了，妈妈对不起你。”

“叛徒，叛徒，你们是叛徒。”

穆瑶哽咽着，轻轻地放下了手，靠在门上一阵眩晕，她吃力地转过身，摇摇晃晃拖着步子走下楼梯，一个踉跄栽倒在地，额头冒出的鲜血瞬间染红了地毯，萨沙扑过来，狂吠着，舔舐着她的伤口。电视里正播放着情人节的画面，一对对情侣嬉戏拥吻，在烟火斑斓中销魂一刻。

二十六、死亡之夜

穆瑶把车停在了看守所门前，她戴着墨镜一动不动，并没有下来的打算，梅芳凝砰地一下把门推开，径直上了台阶，门口早有穿制服的民警等候多时。“请走这边。”民警和气地说道。梅芳凝穿着大衣，戴着口罩，从上到下把自己裹得严严实实，她紧跟着这位女民警，东绕西绕，走了一圈，停在了上了锁的防盗门前。女民警拿出一串钥匙，开了门，屋里走出一个男民警，他冲女民警使了个眼色离开了，梅芳凝站在门口朝里张望着。“进去吧。”女民警指着手表说道。

屋里摆放着沙发，茶几，写字台，书柜，几把椅子，还有一张单人床。李元哲坐在床头，望着窗外，眼神呆滞，丝毫没有注意到梅芳凝的到来。

“元哲，元哲，你好吗？”梅芳凝摘掉口罩，脱下大衣，噙着泪水喊道。

元哲慢慢扭过身子，吃惊地望着梅芳凝，他没有想到能在这个时候见到梅芳凝。梅芳凝冲上前去，抱住元哲一阵痛哭。

“我以为这辈子再也见不到你了，想你！”梅芳凝声泪俱下道。

“没想到，你会来看我，你爸妈知道吗？”元哲抚摸着她的脸颊问道。梅芳凝点点头。

“我明天就离开这儿了，去天城监狱服刑。五年很快就过去，别哭了，你看我还好好的，别难过。”

“不，我不许你去，就不许你去，别离开我。”

梅芳凝想到这漫长的五年，在人生中最宝贵的时光里，她和心爱的人要彻底分开，心如刀绞，那种痛让她变得失去理智，几乎疯掉了。她紧紧抱着元哲，泪如雨下。元哲搂着梅芳凝，想象着未来的五年独自在一个陌生的地方度过，心里不免凄凉了许多，他也跟着掉下了眼泪。

时间一分一秒地过去，所剩的时间不多了，梅芳凝的手机响起，她知道这是母亲在提醒她。她想尽办法说服穆瑶成全她能见元哲一面，因此做的种种保证至今还历历在目，其中一条就是："在考上大学之前，不会再去见元哲。"

半年很快就过去了，考上大学是能见到元哲的唯一希望。可世事难料，谁知道半年以后会怎样，也许一切都会改变。

梅芳凝拿出一个包装精致的小礼盒，她放到元哲手里，难过地说道："我没有给你过十八岁生日，这是送你的礼物，就当是给你补过吧，快把它拆开。"元哲解开丝带，打开盒子，是一块镶嵌着钻石的手表。梅芳凝亲自把表给他戴上，一阵心酸。

"戴着它，你会听到我的心跳。"

"亲爱的，我们什么时候还能见？"

"得有一段时间。"

"那是多久？"

"说不好，也许几个月，也许半年，高考的日子不多了。"

"别耽误了你，你考上了，我会很开心的。"

元哲眼眶红红的，强装着微笑。梅芳凝扑上去，狂吻着元哲，做最后的诀别。天下没有不散的宴席，她清楚，这一别不知何年何月才能相见，唯有心交给彼此，或许是最好的安慰了。有人敲门，看来时间到了。梅芳凝的眼泪再次夺眶而出，她依依不舍的从元哲怀里撤出，望着元哲，喊道："元哲，我爱你，我爱你！"

"我也爱你。"

"别忘了我的生日，给我写信。"

"不会忘的，10 月 28 日。"

梅芳凝松开了元哲的手，脸颊掠过一丝淡淡的笑容，噙着眼泪，匆匆离开了房间，楼道里传来呜咽声。李元哲刚要去追，两个警察已堵在了门口。

"谁蹲号子，有这个待遇。你小子知足吧，到此为止。"警察边说边给元哲戴上手铐和脚链，把他押回了牢房。

天阴阴的，飘着雪花，元哲和几个犯人坐在一辆大巴车里赶往天城监狱。他们默默无语，靠着冰冷的铁栏杆，盘算着自己的心事。前面一辆警车，打着警灯为大巴车开道。元哲看着满天飞舞的雪花，隐约中想起了似曾熟悉的场景，脑海里不停地闪回，可记忆的碎片总是无法拼凑完整，令他惆怅难耐。

车一路颠簸着终于来到了传说中的天城监狱。很久以前，据说它是一座城堡，后来发生了一次大地震，城堡消失了，只留下断壁残垣，关于它的各种传说甚嚣尘上，成为千古之谜。一九四九年以后，因其独特的地理位置，才逐渐改造成监狱。它的围墙一眼望不到头，大约有五米高，墙体坚固冰冷，墙头上驾着黑漆漆的铁丝网，不远处能看到岗楼里的士兵端着枪，虎视眈眈，俯瞰监狱。大门口两个哨兵荷枪实弹，望着前方，愈发显得森严庄重。

又高又沉的大铁门咣当一声缓缓开启，车开进了天城监狱。不远处的广场中央立着一块正方形大石碑，上面刻着“坦白从宽，抗拒从严”八个大字。广场的西侧是两个标准篮球场，北边矗立着一栋三层钢混结构的楼，东边是一个大操场，还有密密麻麻的灌木丛。

大巴车绕了一个大圈，来到三层楼的背后，大约再往北一百米，一堵红墙挡在了前面，墙头上同样挂着铁丝网，大门是红色的，两边写着：“认真改造，重新做人。”门早已打开，几名警察等候在一边。车停下来，犯人陆续下车。一位中年警官开始清点人数，履行交接手续。

“587 号，陈秋颖。”

“到。”

“588 号，范友新。”

“到。”

“589 号，刘明明。”

“到。”

“590 号，李元哲。”

“到。”

元哲低沉无力，警官看了他一眼，继续喊道：“590 号，李元哲。”元哲看着那位警官，咳嗽了几下，抬高了嗓门说道：“到，到。”

“你们都看一下这几个字，大声朗读一遍。”

“认真改造，重新做人！”四个新进的犯人大声读道。

“很好，从此刻起，你们将开始新的人生，洗心革面，痛改前非，不是一句空话，做到它很不容易。你们务必要遵守监规，服从命令，争取早日从这里走出去，成为一个对社会有用的人……”

不远处的天尽山，一片白茫茫，山顶依旧蒙蒙雾霭，充满了神秘的敬畏。元哲跟着警察走进了三监区，换上囚服，正式成为天城监狱的一名囚犯。五年的时光似乎很快就会过去，可对于驾驭“魔天轮”、飞跃时空的元哲来说，这一切无疑比让他去死还痛苦十倍。本是青春年少，指点江山，激扬文字，现如今却牢笼于此，接受命运的惩罚。看着巍峨绵延的天尽山，风语社的伙伴们仿佛驰骋其中，挥手向他告别，灵光的“魔天轮”在空中穿梭自如，渐行渐远，梅芳凝给她戴上手表时那淡淡的微笑变得越来越模糊，戚雨蝶爽朗的笑声犹如漫天雪花，洋洋洒洒，融化在这大千世界……

“你聋啦？别装！”一个三十岁左右的男子，舔着大肚子，眦眉瞪眼，冲上前去给了元哲一脚，元哲冷不防摔倒在地，嘴角发青，流着血。他慢慢站起来，看着对方，幽怨的眼神里带着一副傲骨。“你小子，刚进来就装大爷，以为这是什么地方，你以为你是谁，不服管教是吧。”周围的犯人，冷眼看着这一幕，盘算着各自的心思。

“刘哥，他刚来，年纪还小，不懂事，多说说他就行啦。”一个戴眼镜的小后生，来到刘铁心面前赔着笑脸解释道。

“兄弟，不是我难为他，刚才都吩咐了，下午监狱领导要来检查卫生，我都布置过了，这小子当耳旁风，一动不动，不知道想干什么，怎么，跟我过不去啊！”

“嗨，哥们，我叫王良，来这儿两年了，组长的话，你不听？这可是违反规矩的，还不赶紧动起来。”王良使着眼色，示意元哲赶紧认个错。李元哲看都没看一眼，拿起扫帚干了起来。

“这活不是你干的，去冲厕所吧。”刘铁心嚷嚷道。

“老鬼头，老鬼头，你来扫地吧。”

一个近五十岁的中年男子，佝偻着身躯，一瘸一拐地从监房里走了出来，极听话似的，拿起扫帚就是一顿狂扫。王良接了一大桶水，跟李元哲来到了露天的公用厕所，把水桶放下，喘着粗气说道：“我说兄弟，你这刚进来，可得忍着点，千万别对着干，干吗得罪他啊，他是有名的吊死鬼，整人那可是一等一的。瞧，这活可是没人愿意干的，摊上你了吧。”

厕所里的臭味直往出冒，令人难以忍受，监区里两百个人都在这儿上厕所，统共就那么几个坑，屎尿遗漏在外头在所难免，元哲捂着嘴，看着地上白白的蛆虫，三三两两爬出厕所，宣誓着这里的主权，哇的一声吐了出来。

“兄弟，你没事吧。”

“没事，你去吧。”元哲吐着，费力地说道。

他捂着嘴，进了厕所，粪便和尿液横流在外面，有些已被吹干，颜色发黑。他闭着眼睛，拿起铲子，踮起脚，把粪便一点点铲进了茅坑。桶里的水很快用完了，元哲走到水房去接水，浑身散发着臭味，他的鞋和裤子，还有衣角沾满了污秽之物，其他人捂着鼻子躲到了一边，冷嘲热讽。

“这是怎么啦，偷懒是吧。”一个体型粗壮，皮肤黝黑的家伙，从警官办公室里走了出来，嘴上叼着烟，右眼明显已经瞎了，瞳孔周围泛着一片白，怪吓人的。他环视周围，众人低着头干起了活。

“老大，那新来的，偷懒，扫厕所，扫了一身粪便，瞧，都躲着他呢。”刘铁心屁颠屁颠地跑了过去，赔着笑脸耳语道。

“他叫什么？”

“好像是什么，元哲，对了，李元哲。”

“原来是他呀。名声在外啊，跟金利斗，有种。”独眼龙往地上吐了一口唾沫，阴森森地望着元哲。独眼龙是京都“飞车党”的二哥，汉文。因为瞎了一只眼睛，江湖上管他叫“瞎二”。后来“飞车党”解散了，“风语社”顺势而起，取而代之。不过与“飞车党”不同的是，风语社从不作奸犯科，仅仅是对摩托情有独钟罢了。“瞎二”是三监区的一号人物，也算是个头，犯人们有三分惧他，从前打群架很是出名，误杀了人，自己的眼睛也弄瞎了一只，私底下没人敢乱嚼舌头，一切看似变得井井有条。

他走到元哲跟前打量了一番，阴阳怪气地问道：“厕所打扫干净了吗？”元哲看了他一眼，抬起水桶就往前走，冷冰冰地抛出一句：“干净了，冲最后一次。”

“还挺拽。”

“老大，收拾他。”几个五大三粗的后生围了过来，气势汹汹的样子。

“就这么个小毛贼，犯得着吗。还得遵守规矩不是，不然，队长找我的麻烦，谁替我扛着？”瞎二调侃道。

瞎二走到厕所跟前，捂着鼻子，龇着牙，前前后后看了个遍。

“嗨，嗨，你这叫打扫啊，厕所这么臭，怎么让人进。”

“厕所难道是香的？”

“呵，敢顶嘴啊！你还是头一个。”

“初来乍到，有对不住的地方，还请这位大哥多包涵。”

“那好吧，我包涵你一次，今儿这厕所它就得没有臭味，你看着办。”

瞎二把话撂下，扭头走了，几个犯人走过来，像监工似的，盯着元哲。

“小子，早干完，早没事，今天大检查，别拖后腿。”

“该死！”

“你说什么？你说什么？”他们围住元哲嚷嚷起来，推搡着，准备动手。

“嚷嚷什么，要造反啊！”办公室的门打开了，两名警官一前一后走出来，打头的人高马大，瘦得跟麻竿似的，略微驼背，喉结高高凸起，鼻子大得快要盖过了嘴。他眼睛深邃阴冷，看起人来从不眨眼，谁心里有事，都瞒不过他。前些年有犯人谋划越狱，都被他及时预见到，避免了监所的重大事故，令人叹服，熟悉的人都叫他贵哥。他就是三监区的监区长，葛福贵，四十出头，军队转业干部，来监狱已有十个年头了，唯一的爱好就是篮球，可惜监狱里能打的寥寥无几。

“小陈，你去看看怎么回事。”

“好。”

陈忠戴着眼镜，文绉绉的，大学毕业就来到这儿，一干就是八年，圆圆的脸蛋子，可爱的让人想咬一口，个头中等，监区里一有空就端着书看，大伙给他送了个外号“书蛋子”。他一路小跑过去，扒开这几个闹事的犯人。

“这是要干什么，想打架是吧，来跟我打。来呀！怎么都孬种了吧。都靠墙站好了。”陈忠发起火来，一点不像个书生。

“尤其是你，新来的，还没焐热板凳就闹事，胆子够大的，怎么，想关禁闭啊！”

“我，我。”李元哲想说什么，又咽了回去。

“我什么我，来到这儿的第一件事，就是遵守监规，服从指令。没什么狡辩的。”

瞎二急急忙忙跑了过来，打了个喷嚏，解释道：“陈队长，这个新来的不听指挥，扫厕所，也吊儿郎当，说了他两句，还顶撞。”

“你叫李元哲吧，听好了，这是监狱，首先要学会服从，再说别的！这是分配下去的任务，既然分到你头上，那就要老老实实做好了。去，接着打扫，直到合格为止，我也不想听你解释。还有，你们几个老实点，都回去，干自己的，谁给我闹事，我关他禁闭。”

几个人灰溜溜地散开了，陈忠看了一眼元哲，扭头走了。葛福贵站在门口，观察着动静，监区里安静了许多。

“头儿，没什么事，新来的男孩儿，可能有些抵触情绪，先磨磨他的性子。”陈忠走到跟前笑了笑说道。

“这个小后生，与众不同。我们还是要因势利导，不可操之过急啊。”葛福贵点了根香烟，呼呼地冒着，陈忠点点头。

李元哲终于洗完了厕所，臭味渐渐褪去，可他身上却沾满了污秽粪便，味道奇臭无比。他累瘫在地，龌龊不堪，那样子还不如乞丐。手表的指针发出清脆的嘀嗒声，他贴近那块手表，嘴唇在表盘上轻轻滑动，心底荡漾着一丝暖意。还没走到监房，一股恶臭的味道四散开来。他刚要进去，监房的门砰地关上了。从门里传来了话音：“洗了澡，换了衣服再进来。”元哲站在那儿一动不动，窝着火。瞎二使了个眼色，有两个犯人冲元哲走了过去。

“小子，走，我们给你洗澡去，瞧你这待遇，跟皇帝似的。”

“我不去，也不用你们给我洗。”

“那可不行，检查卫生，你这形象肯定死翘翘了，三监区不能因为你一个人拖后腿对吧。你瞧瞧你，我们哥几个忍着恶臭，你都不领情。”

元哲一扭脸奔着淋浴室走了过去，那几个人悄悄跟着，他们躲在门外头，顺着门缝往里瞅。元哲脱掉了衣服，性感的身材顿时让门外的人傻了眼。倔强的脖子长而圆润，带有几分挑逗的诱惑。

“乖乖，这是人间极品啊。”

“尤物，绝对的尤物。”

“怎么，想上啊！”

“你看他的臀部，难道不性感吗？”

“哎呀，贵哥知道了，不得扒了我的皮！”

“机不可失，失不再来。”

“哎，还是忍忍吧，哪天找他聊聊，你情我愿，还是没啥风险的。”

“看你那熊样，还你情我愿呢。老公鸡都能下蛋了。哈哈。”

“你敢嘲笑我，看我不弄死你。”

两人的动静惊动了不少犯人，他们围过来看热闹，欲望在他们心中蠢蠢欲动，一个老光棍居然控制不住，要冲进去，被众人拦了下来。

“你疯了。”

两个手疾眼快的把老光棍送回了监房，地下居然留下一摊黏稠的白状物。

“这个死老鬼，真无耻。你们瞧瞧，这凑性。”

众人一阵偷笑。一个瘦子居然趁人不备偷偷溜了进去，他们瞪大眼睛，观望着，刺激中带着惊惧。没想到这家伙悄悄拿走了元哲的衣服，捂着鼻子跑了出来。

“你行啊。”

“快把这衣服处理了，他就要出来了。”

众人散了，各自躲在一处，看着李元哲怎么收场。突然，葛福贵和陈忠从办公室里走了出来，陈忠吹起哨子，这是查寝的哨子，众人立刻赶回监房里依次立正，等待警官的检查。

“今天监区卫生大检查，监狱长亲自考核，我们提前吹哨子，先查一遍，不留死角。请大家各就各位，把自己的一亩三分地收拾好了。听清了没有？”葛福贵拿着大喇叭喊着。

“听清了。”

“怎么，稀里哗啦地，没精神啊，听清了没有。大声喊三遍。”

“听清了，听清了，听清了。”监房里传来阵阵呐喊声。

葛福贵和陈忠一前一后的查验监房，陈忠拿着花名册，仔细核对，瞎二跟在后头。犯人们矗立在监房，一动不动，早已习惯了这样的检查。

元哲赤裸着，在淋浴室焦急万分，衣服找不到了，怎么办，怎么办，这样子出去，非得捅娄子不可。他顺着缝隙望着门外，院子里空荡荡的，只有警官的皮鞋声不紧不慢的震动着空气。元哲在118监房，还差三个，还差三个就到了，他恨不能一下子跑过去，可惜为时已晚。没多久，他们来到 117，陈忠对着花名册逐个核验。

“578 号，齐小强。”

“到。”

“579 号，夏仁义。”

“到。”

“580 号，尚无极”

“到。”

……

葛福贵走进监房，上上下下仔细查看着，他趴到床底下，仔细用鼻子闻着，发出嘶嘶声。

“这是什么味道，这么臭。打火机。”

瞎二也趴到床下，把打火机点着，四处晃着，几个陈旧的大箱子，塞满了床底。“把箱子先搬出去。”瞎二费了半天劲，把箱子一个个挪了出来。“照亮点，对，那个角，谁的内裤，给我扔出去。”葛福贵动怒了。瞎二拿起内裤，吓傻了，大喊起来：“妈呀，我的妈呀！老鼠，啊！”一只死老鼠，浑身上下爬满了蚂蚁，有的地方还生了蛆虫，发着怪异的酸臭味。葛福贵钻了出来，脸色铁青，训斥道：“这样的卫生，行吗？我都看不过去了！就这熊样，你们还要接受监狱领导的检查，丢人都丢不起，我们三监区今年的先进几乎要断送在你们手里了，都趴下去看看，好好看看，117 扣五十分。”

屋里的人挨个爬了下去，发出啧啧声。只有尚无极站着。他将近七十岁了，鹤发童颜，脸颊红润泛光，留着长胡须，耳垂极大，像弥勒佛，比值的腰板看起来蛮结实，他闭着眼睛，似乎在养神。

“老尚，以后你就别站了，年纪大了，还这么要强，快坐下。这些箱子都是你的吗？”

“监区长，都是我的，全是书。你是知道的。”

“你看看书有没有被啃过的，里头有只死老鼠，保不齐啃过你的书。”

尚无极心里偷着乐，偷书贼终于归西了，这是他半年多来跟这只鼠王斗智斗勇的胜利成果。尚无极假装查看着，摇摇头。“估计没啃过我的书，一定是前些日子，老鼠闻到了饭菜香味，夜里来偷吃，我还记得当时这家伙受了伤，快被抓住了，结果愣是死活不见了。嘿嘿，现在可终于清静了，一报还一报啊！”

“行了，我不听你啰唆了，你们赶紧处理吧，领导马上要来，仔细着点。老尚，明早带着我练练太极，还得劳烦你起个早。”

“监区长，放心吧。怎么样，我说的没错吧，这东西还挺上瘾。”尚无极捋着胡须说笑着。葛福贵又仔细检查了一遍，匆忙离开了。他们来到了118，屋里的人早已站好，不过看上去紧张了许多。

“紧张什么，做什么亏心事了。”葛福贵警惕起来。

“581号，钱自留。”

“到。”

“等等，等等。”葛福贵瞪大了眼睛，青筋暴跳，他一个箭步跨了进去，打量了一番。

“刘铁心，出列。”

“报告，刘铁心在。”

“在什么在，你的心还在吗？被狗吃了！590，李元哲呢，人呢。”

“他，他在洗澡。”

“我看你这个组长不想当了，那就换人。”葛福贵急匆匆地走了出去，直奔浴室而去。陈冲刚要清点人数，大门开了，一群警官，簇拥着一位身材魁梧的长者进来了。葛福贵立马调转方向，忙跟陈忠使着眼色。他一路小跑来到了这群人面前，笔直地行了军礼，大声说道：

“热烈欢迎各位领导莅临三监区指导工作。”

“小葛，你们辛苦了。我又回来了，多么熟悉的地方。”监狱长孙大成精神矍铄，声如洪钟。他从警三十多年，是一位正直的老干警，七十年代末期来到天城监狱，那时候，还是个乳臭未干的小伙子，如今却过了天命之年。

“领导，这边走。”葛福贵笑得很不自然，心底发了慌。

“我这次先检查你们监区，是临时做的决定，有个人我一直惦记着。”

“是谁，我帮您找。”

“不用了，我们四处转转，兴许就碰到了。”

葛福贵额头渗出了汗，这下子可糟了，李元哲目前还没人影，一旦发现，那就是重大事故。他的心跳骤然加速，腿有些站不稳的样子。孙大成随意查看着，他跟犯人亲切交流，握手寒暄，温暖着所有人。不过，他似乎感觉到了其中的蹊跷，只是没有表现出来罢了。

李元哲冻得瑟瑟发抖，终于忍不住了，他推开门，赤裸着狂奔出去，惨白吓人，监房里一片哗然。孙大成，葛福贵，还有众多的警察赶巧撞到了这一幕，他们惊呆了。

“太放肆了，这是什么人，还不快抓起来。”监狱政委怒不可遏地喊道。几位狱警直接扑了过去，把他摁倒在地。

“赖政委，这是刚来的，可能不太熟悉监规。”葛福贵慌忙解释道。

“这种情况还从没发生过，一定要严惩，小葛啊，你这是要捅娄子的。”政委赖汉生，六五年生人，二十年前就谢了顶，左手拎着公文包，长一对招风耳，眼睛一大一小，左眼总是睁不开的样子，说起话来，歪着嘴，一本正经。

“先让这孩子穿上衣服，你们快放了他。”孙大成说道。他走过去看了看元哲，把自己的大衣脱下，给他披上。元哲哆嗦着，他看着孙大成，似乎想说什么。

“你还记得我吗？”孙大成面带微笑，说道。李元哲点点头。“快回屋里穿上衣服。”葛福贵跟着元哲回到屋里。

“衣服呢，你的衣服呢？”

“找不到了，他们偷了我的衣服。”

“你，你说话得有凭有据，出了事，把责任推在别人身上，就凭这一点，也得关你禁闭。”

“588，去我房间，找一身我的衣服，给590穿上。”

“是，队长。”

元哲穿着葛福贵的衣服，身体暖和起来。监房的其他人用异样的眼神瞅着他，刘铁心嘟哝着：“丧门星一个。”此时，孙大成拍着尚无极的肩膀，感慨万千。

“老尚啊，这一晃，四十多年了，你就不想着出去？”

“领导这么关心我，说心里话，这么多年待惯了，哪儿也不想去。”

“只要你打报告，我这儿一路绿灯。”

“多谢，多谢，这里没什么不好，吃得饱，穿得暖，有地方住，一分钱也不花，还有这么多人陪着，大家乐乐呵呵，热热闹闹，这日子舒坦，我哪儿也不去，就这儿了。我一个没用的孤老头子，能有这个福气，也是赶上好时候了。”

尚无极双手合十，一副悠然自得的样子，孙大成指着他笑了笑，离开了。

“小葛，那个小伙子什么情况？”孙大成问道。

“还没有查清楚。”

“有情况跟我汇报，我们对待犯罪的人，要用心去感化他们，惩戒只是不得已的辅助手段。人心都是肉长的，感化过来的人，一定会造福于社会，我们让他们懂得感恩，懂得奉献，敬畏法律，这是我们做警察的最大功德。”

“领导，我记住了，放心吧。”

“我们是同志，别总那个样子，同志关系就简单如水，没那么多尊卑贵贱。”

“是。”

葛福贵目送孙大成离开了三监区，长舒了口气。陈忠捅了一下葛福贵，小声问道：“没事吧？”

“我怎么知道，没那么简单。”

葛福贵的电话突然想起：“福贵啊，我是赖汉生，刚才的事情很严重，天城监狱这么多年来，还没发生过这样的事情，你要实事求是地调查清楚事情的来龙去脉，拿出一份有力度的处理决定，对相关人员一定要严惩不贷，形成强大的威慑力，如果牵涉到干警，也绝不能包庇，监狱党委会密切关注此事的进展。”

“是，是的，我一定会认真查清楚，给领导一个满意的交代。”

葛福贵点着香烟，吧嗒吧嗒猛吸了几口，看了看陈忠，无奈地说道：“你去查这事，今晚务必拿出结果上报，以免夜长梦多。”陈忠点了点头，转身离开了。葛福贵坐在台阶上，思绪万千。他在想自己也许真不适应这里的环境，十年了，十年了，还是没适应。不惑之年的他，已经没有了朝气蓬勃的斗志，只有坐等生命的残余。

陈忠调查了整整一个下午，一点线索都没有，李元哲看样子也不像是撒谎的人，可并没有证据证明他是清白的。问题变得棘手起来，陈忠抓耳挠腮死活理不出个头绪。李元哲的囚服在眼皮子底下就这么不见了，他仔细搜查了每一个角落，甚至在监房里翻箱倒柜，始终也没找到。看来这黑锅只有让元哲一个人背了，他思前想后，来到葛福贵身边，叹了口气说道：

“老葛，没有结果，他们死活不承认，590 纵然是清白的，也百口莫辩。”

“让我再想想。把 549，汉文叫过来。”

瞎二跟着陈忠，来到办公室，装着没事似的。葛福贵没有说话，盯着瞎二看了半天，瞎二最怕葛福贵的眼睛，这下子，他有些慌了神，眼睛也开始打起转转。葛福贵阴沉沉的样子，似乎嗅出了其中的味道。他把帽子一摘，摸了摸头，冷冷地问道：“549，你有事瞒着我？”

“我，我怎么敢，我吃了豹子胆了，贵哥你还不不知道我啊！”

“说话正经点，你的小九九我一眼就看出来了，老实交代吧。”葛福贵给瞎二扔过去一根烟，帮他点着了火。

“队长，这事我如果真知道，一定会老实交代，您看我一下午都忙着检查卫生的事，哪有工夫啊？”

“我不信，难道没有人跟你通风报信？”

“哎呀，我的队长，这事闹这么大，谁敢不报啊。再说那偷衣服的人，敢在您面前玩儿这一手，那他也不是省油的灯。”

“这黑锅，恐怕得李元哲背了。”葛福贵不情愿地压低嗓门说道。

“这对他是不公平的。”

“小陈，我知道对他是不公平的。可我们目前没有找到任何对他有利的证据。

上边催得又紧，也只有这个下策了。”

“他才刚十八，因为这件事，接受惩戒，对他的改造是不利的。”

“这个我明白，我们尽可能减轻惩戒，降到最低。”

“是要关禁闭吗？”

葛福贵没有说话，他站起来走到窗前，望着院子里的灯光，心酸起来。

“关三天禁闭，不知道上头能否批下来。”

“我们还没实行过三天禁闭，最少七天。”

“你的文笔好，碰碰运气吧，这样的事，我们还是头一次碰到，没有先例可循。”

“只能这样了，也怪我们太大意了。”

葛福贵出了门，站在院子中央，望着满天星辰，踱着步子，他想起了自己在部队时被关禁闭的情形：十五天的禁闭几乎让他疯掉了，当他从黑屋子里走出来的时候，跪在地上，号啕大哭，那场景，一辈子都无法忘却。

第二天，文件下来了，禁闭是躲不过去的。禁闭元哲七天，这或许是最好的结果了。监狱的禁闭室都满着，李元哲被安排到三监区厨房隔壁的小屋子里。

这间小屋子没有窗户，比一般的禁闭室要大一些，可以走动，地面铺着方砖，屋顶有三米高，原来是厨房的储藏室，总有老鼠，后来改造成了临时禁闭室，几乎很少有人被关在这里，五年前有一个抢劫犯被关了七天，出来没几天，得了一场怪病，医治无效死了。这间房子也就变得邪性起来，可谁都不愿意提起这事，久而久之也就没人记得了。

孙大成向葛福贵强调了一下：伙食要好点，还特意送了一台收音机给元哲。元哲跟着警察，提着行李，黯然离开了监房。尚无极端着书站在门口，偷偷瞅了一眼元哲，一种不祥的感觉笼罩在周围。他合上书，脸色沉沉的，捋着胡须，若有所思。

铁门咣当关上了，元哲走进小屋，没有开灯，径直坐在了床上，茫然不知所措。未来的七天里，没有光明，没有自由，只有黑暗和空气可以做伴。‘魔天轮’，小伙伴，心爱的恋人像是一场梦，弥漫在黑暗的空气里，越来越模糊，嘈杂的嗡嗡声回荡在空气中，变得扭曲怪异，最后连同这梦一起消失了。

“妈妈，妈妈，你在哪儿，你在哪儿，我想吃烧牛肉。妈妈你在哪儿？”元哲在黑屋里大喊着。“妈妈，我想你，妈妈，我想你！”他很久没掉眼泪了，忍不住哭了，郁积在心中的愤懑像火山一样喷发出来。他使劲捶打着墙壁，歇斯底里的嚎叫。那些熟悉的面孔闪现在他面前，又很快消失，他呼喊着：“你们回来，你们回来，别不理我，别扔下我！你们回来……”元哲用头撞着墙壁，像戴了紧箍咒一样痛苦。他摔倒在地上打着滚，抽搐着，呻吟着，仿佛恶鬼上身。

戚雨蝶的话语回荡在小屋里，清纯甜美，像春天的泉水。她的眼睛绽放着生命的火焰，清澈的融化掉一切。那磁性的微笑释放着永恒的爱语，让你无法远离。突然，她变得幽怨起来，她的眼泪化成血水流淌而下。她扑倒在元哲怀里，诉说着委屈："元哲，你离开我很久了，这黑暗的夜本不是你的未来，可你终究选择了这黑暗，你舍弃了我，来到这冷漠的世界，究竟是为了什么，究竟是为了什么？我是爱你的，你可曾知觉，我的爱藏在心底，你可曾感知。"

梅芳凝远远走来，变成了白天鹅，翩翩起舞，像精灵般神游在雪白的世界里。天空飘起了雪花，她寻找着自己的王子，雪花变成了泪水，凝结在空中，倾诉着她的缠绵。

"元哲，你还记得我吗？我是你的白天鹅，还记得我吗？我才是最爱你的，你擦亮眼睛好好看看，我的心里装着全是你。"

"你在哪儿，你在哪儿，我的梅，我怎么看不到你，你别躲着我，别离开我，我感觉自己快要死了。"

"我就在你身边，是你的眼睛欺骗了自己。"

"我的眼睛？我的眼睛什么也看不到。"

突然，天空乌云密布，雷声滚滚。戚雨蝶远远走来，哭诉道："元哲，元哲，你醒醒吧，快醒醒，你已陷入深渊，不能自拔，是她把你害了，就是她！"

"是谁？你说的是谁？"

"就是她，那只伪装的白天鹅！"戚雨蝶指着梅芳凝，义愤填膺。

"不会的，绝不会是我的梅。"

"你还执迷不悟，你醒醒吧，元哲，难道你还不懂我的心？"

"她胡说，元哲，她在胡说，她想把我们拆散，她要横刀夺爱，你别上她的当，只有我才懂你，我才是最爱你的。"梅芳凝尖叫着辩驳。

李元哲几乎要疯掉了，难辨真假。戚雨蝶委屈地扭过身子，呜咽着，血色染红了她的周围。梅芳凝的白羽毛一层层脱落，在空中飘落。一声惊雷，从天空划过，元哲一阵眩晕，眼前一片漆黑，一切都归于沉寂，原来是一场梦。

小屋里发出咚咚声，元哲慢慢清醒过来，月光顺着门缝射进小屋。咚咚声似乎深埋在地下，忽远忽近，忽大忽小，令人不寒而栗。他坐了起来，那声音又消失了，他去开灯，灯亮了，突然一个黑影从他眼前闪过，很快又消失了。他一屁股坐在床上，张着大嘴急促地呼吸着，"啊，难道是我眼花了，还是见鬼了。"元哲的心七上八下，突突跳着。他想去喊人，想想还是算了，已经够丢人了。

灯就这么一直开着，他心里有些发慌，感觉那个黑影随时会出现。他没有看清那个黑影的模样，只记得它像是站了很久，一见光就消失得无影无踪了。元哲靠着床头，望着天花板，没有睡意。一天没说过一句话的他，此时盼望着能有个说话的人，他想起了雨涵，兰青……还有篮球队里的小伙伴们，王子腾，云天……美好的时光似乎又回到了眼前，元哲闭上了眼睛，回忆着往事。他笑了，笑的那样豪放，像是遇到了故人，犹如回到了过去。

"兰青，上次一别，过去了好久，不知道什么时候还能见到你。"

"怎么，你想我了。"兰青笑嘻嘻地说道。

"不告诉你。"

"说心里话，我还真想你，咱们聊起来蛮投缘的。"

"恩，没错，跟你聊多久都不会累，舒服。"

"我会去看你的，你等着我吧。"

"好，我等你，你要快点来啊！"

"瞧把你急的，我尽快去！"

"你不知道，每天都快憋死了，没个说话的。"

"好，好，好，我知道了。"

"雨涵，你怎么也来了。"

"风哥走了以后，你也离开了我们，大家很难过，没了主心骨，就要散伙了。"

"别，千万别，等我，要等我。"

"元哲，你也知道，出了那事以后，我们的日子也不好过，四处被打压，真是没法再过下去了。"

"雨涵，还记得风哥的话吗？我们是为风语社而生，为风语社而死的。你们要坚强啊。"

"我懂，我懂，我会等你出来的。"

"蓝可儿，她们怎么样。"

"自从风哥走了以后，蓝可儿得了重病，现在心灰意冷，脾气变得暴躁了许多，哎。"

"都是我不好，都是我不好。"元哲难过起来。

"元哲，我们都好担心你，你在里边怎么样。"

"我很好，你们别担心我，等我几年就出来了，把他们照顾好，尤其是"凤凰"和"梧桐"，她们还小，更需要你去关心。"

"我知道了，元哲，你的话，我记在心里，你就放心吧。我们会去看你的。"

"多写信，我们保持联系。"

"一定。"汪雨涵眼里闪着泪花，慢慢消失了。

王子腾和云天拍着篮球走上前来，哈哈大笑。

“阿哲，还想打不？”王子腾调侃着。

“打，打，好久没碰我心爱的大篮球了。”

“是你离开了我们，我们几个兄弟很想你，哎，你真狠心。”云天抱怨道。

“好兄弟，别这样，篮球当然是我的最爱，可我不能没有风语社，她让我有了家的感觉，她在我生命里燃烧着永不熄灭的火焰，她让我着魔，她让我疯狂，你明白这种感觉吗？”

“我们是曾经的篮球五虎，是最好的兄弟，你离开了我们，这篮球五虎变得残缺了，明白我们的心吗？”王子腾伤心起来。

“恩，我们是最好的兄弟，我对不起你们，真的对不起你们。”元哲痛哭流涕，语无伦次。

“元哲，你什么时候还能陪我们再打球？我们几个好兄弟等着你归来。”云天眼眶红红的，眼神里满是爱。

“快了，快了，你们等着我，要等我！五年很快就过去了！”

元哲说完“五年”，他们两个便消失了。

“你们别走，你们别走，等等我，等等我，我还有话没说完！”元哲伸出手大叫着，可他们再也没有出现。

“你们都去哪儿了，怎么都躲着我，你们跟我说话好吗？你们跟我说句话吧，我好寂寞，这儿没有了我所爱的人，没有了‘魔天轮’，没有了篮球，没有了我生命的火焰，我可怎么活下去啊！你们都在哪里？我快不行了，感觉我的生命就要停止。你们看，我在黑暗中摸索，浑身哆嗦着，一点力气都没有，这是死亡的征兆，我真的不行了。”

元哲闭着眼睛，脑海里不停地产生幻觉。他浑然不知，灯已灭，那黑影慢慢袭来，一步一步地靠近，犹如末日幽灵，发出恐怖的嘶鸣。那幽灵冷笑着，露出白牙血口，眼睛像是被掏空的无底洞，放出红光，她扑向元哲，一点点占有他的肉体和灵魂，吸尽他的血肉精髓，以此获得一副完美的躯壳。

一只老鼠啃咬着元哲的脚趾，他腾地坐了起来，惊恐喊道：“谁，谁，谁。”那黑影站在一边，若隐若现，贪婪地想把面前这个鲜活的生命化为自己的精元血气。元哲仿佛听到了她得意的冷笑和长鸣，不禁哆嗦起来。老鼠在床上惊慌失措的游荡着，那毛茸茸的东西在他手边擦过，发出吱吱声。他尖叫着滚下床，屋里一片漆黑，他拼命去拉灯绳，灯绳被拉断了，小屋在黑暗中变得恐怖起来。他扑向铁门，地板下传来咚咚声，地面开始震颤，房子摇晃起来，感觉快要塌了。元哲冒着虚汗，双眸在惊恐中被黑暗吞噬。

清晨，一丝曙光射进小屋，打在冰冷的地面，元哲慢慢苏醒过来，一股热流在他体内翻腾，他张开口，一摊血喷了出来。元哲显得有些虚弱，不过，感觉舒服了很多，他想着昨晚发生的情形，慢慢恢复了记忆。元静寺的钟声从远处传来，那声音隐隐中带着某种神性，穿越时空，统御万物，永不停歇。元哲想起了昨晚奇怪的咚咚声，仿佛是被这钟声激起，在黑暗中完成它的使命。

“590，准备洗漱，吃早餐了。”尚无极提着饭盒，跟在警官后面，给元哲送来了早餐。尚无极是这里的老厨子，三监区的厨房，由他来掌管。昨晚，他一夜无眠，禁闭室的动静让他有所觉察。他特意给元哲送饭，想一探究竟。尚无极对这里的一切似乎并不陌生，他的眼神里充满了睿智诡谲。禁闭室里死一般的寂静，警官拍打着铁门，里面没有任何动静。

“这小子，还真能睡。”警官拿出了一串钥匙，把门打开。一束强光射在元哲的脸上。元哲站在门口，表情恐怖的吓人，瞳孔放大，脸如死灰，两只手张牙舞爪定格在胸前。

“哎呀，我的妈呀，见鬼了。”警官被这一幕吓得直往后退。

“590，你这是干什么，吓我啊，装神弄鬼，想干什么。”

元哲一动不动站在那里，表情却在发生着扭曲变形，他的眼睛泛着白，开始往里陷，样子怪异恐怖。尚无极，立刻放下饭盒，把手放在了元哲的天灵盖上，默念了几句，然后用力一推，把元哲推到了床上，一股青烟嗖地一下从元哲的鼻孔冒出，迅速消失了。元哲的表情恢复了原状，大喘着气，连他自己都不知道发生了什么。

“你这浑小子，玩儿什么鬼。”警官怒气未消，指着元哲训斥道。

元哲只是看着他，没有任何反应，像是在另一个世界。尚无极走到警官跟前，仔细打量着元哲，犀利的眼神仿佛把元哲的前世今生看了一个遍。

“大刘子，这个小孩儿中了点邪气，你可别太在意。”

“老尚，您都这么大年纪了，别总是搞得这么邪乎，这世道哪有什么神呀鬼呀的，都是编故事哄人的，你呀，别跟着瞎起哄了。”

“刘警官还是无神论者啊，我要向你学习了。”

“尚老哥，别介，你老人家读书那么多，我得多请教了。”

尚无极诡谲地笑着。他走到跟前，拍拍元哲的脸蛋，说道：“小伙子，吃饭吧，你还好吧。”元哲看着面前这位鹤发童颜的老顽童，傻乎乎的，他冥冥中感觉似曾相识，但又无从想起。

“老尚，你看着他吃完再走。”我过一会再来。大刘子把门锁上，出去了。两人对视着，仿佛在黑暗中才能看清彼此。尚无极突然发笑道：“哈哈，我们两个鬼怎么就在这儿相遇了，真是奇了！”

“大叔，你在说什么？”元哲惊疑地看着尚无极。

“你瞧瞧，灯绳都被你拉断了，一晚上可够折腾的吧。”

“我没折腾，大叔，你可不能赖我。”

“那这灯绳是怎么断的？”

“反正不是我，这屋里头有贼偷东西。”

“小伙子，你可别睁眼说瞎话，你瞧瞧这屋子，有窗户吗？没有。这铁门连只蚊子都飞不进来，哪里来的什么贼啊。”

“反正我觉得有人在，当时还把我吓了一跳，难道是我眼花了？再就是撞鬼了。”

“哈哈，你也会编故事，哄我这老头子啊！”

“没有，是真的，他黑乎乎的，很吓人，一见光就没了，我可不相信有什么鬼，只觉得这个人有异能。”

尚无极倒吸一口凉气，暗自思忖：“这家伙，命可真大。”，他似乎早已料到这一幕的发生。

“哦，也许是幻觉吧，昨晚我睡了好久，做噩梦了。”

“那还是嘛，这灯绳一定是你拉断的。”尚无极把灯绳接上，打开了灯。他审视着周围，感觉一双恐怖的眼睛正窥视着他们。

“快吃吧，这是我特意给你做的。”

“大叔，谢谢，那我不客气了。”元哲大快朵颐地吃起了早餐。

“他们都叫我老尚，你呢？”

“李元哲，叫我元哲吧。”

“犯什么事进来的？”

“打架。”

“怎么，伤了人还是死了人？”

“都有。”

“小小年纪可以啊，家在哪儿？”

“大成巷。”

尚无极咯噔一下，几乎要跳了起来。“没想到，来得这么快！”元哲张着嘴，嘴里的饭食都快流了出来。心想：“他没事吧，怎么这里头不是疯子就是傻子。”

“大叔，你这是？”

“哦，我没事。你父亲是？”

“我没见过爸爸，他早不在了。”

“他叫什么？”

“李安宁。”

尚无极的眼眶红了，师兄一生坎坷，几次入狱，没想到他的骨肉也逃不过劫数。他老泪纵横，哽咽道：“好孩子，好孩子，你爸爸他，他不容易啊。”

“大叔认识我爸爸？”

“嗯，我叫尚无极，你妈妈跟你提起过吗？”

“啊！”元哲的筷子从手里滑脱，他像是回到了过去，回到了那个疯狂的年代。他想到了父亲，想到了那些为幸福抗争的人，想到了命运对他们的无情。他大声喊道：“爸爸，你受委屈了，儿子来晚了！”那哀号惊天地，泣鬼神。尚无极搂着元哲，既心酸又激动。

“孩子，大叔终于等到你了，四十三年零一百三十一天。老天爷还眷顾我这个臭老头，我没白活，没白活啊！”尚无极疯魔似的大喊着。

“叔，你是在等我吗？”元哲眨着大眼睛，不解地看着尚无极

“对，在等你，等了很久。”

“你怎么知道我要来。”

“这都是命，上苍早已安排好了。”

“安排什么了？”元哲半信半疑地问道。

“以后你就知道了。孩子，昨晚没吓着你吧？”

昨晚的情形立刻又浮现在眼前，元哲大惑不解。

“叔，我真是撞到鬼了吗？”

尚无极沉默了片刻，他想：“这孩子，命够大的，这么折腾居然还能活着。今晚，那东西还会来找他，恐怕凶多吉少。”

“不是，不是，别胡思乱想。来，叔，送你个见面礼。”尚无极摘下脖子上的佛珠，给元哲戴上。那佛珠透着灵气，透过它发出的灵光，仿佛能超越宇宙轮回。

“这是你的护身符。”

“叔，这怎么行，这是您随身戴的，我可不能要。”

“这是你的，我替你戴了多年，终于找到它的主人了。”

“叔，你别哄我，我可不信那些。”

“瞧你这傻孩子，信不信由不得你，以后你就知道了。”

“老尚，完事了没？”

“完了，完了，这就好。”

铁门开了，尚无极收拾好碗筷，看着这个可怜的小男孩，既高兴，又难过。他真不想走，可是也由不得他，一切都让老天爷来决定吧。他在门口说道：

“可别摘下那珠子，孩子，他能除妖降魔，保你长命百岁。”

“哎呀，我的尚老爷子，别总讲那个神啊鬼啊的，都什么年代了。”

“大刘子，你可要当心啊，今晚是你的班。”

“你这话什么意思，我就不信那个邪，不信咱们走着瞧。”

“好吧，那就明天见。”

尚无极心事重重，对大刘的话并不在意，倒是担心起李元哲来。师兄李安宁走了，李元哲又何尝不是他的骨肉。尚无极心情变得复杂起来，激动之余更多的是焦虑。天城监狱隐藏着一个天大的秘密，只有他知道其中一二,四十多年来，他一直保守这个秘密：这个监狱是通天之狱，是在现实与虚幻之间，神性与魔性之间，超越轮回与时空的一个大磁场。这个磁场的巨大能量，时隐时现，神秘不可捉摸，令人既向往又惊惧。保护元哲，已刻不容缓。

下午就要过去了，突然刮起了大风。院子里刚栽的小白杨也被连根拔起，歪倒在地上。大家都躲在屋子里，紧闭大门，等着风停。

“老尚，你说怪不怪，往年这个时候，冷是冷，可从没见过这么大风，你看这天的色都变了，满天的沙子，按理说这沙尘暴也得到四五月份了，这可倒好，提前了两个月。”白川把两手插在袖口里哆嗦个没完，冬天对他来说始终都是漫长寒冷的，两年前，因盗窃锅炉厂的炭取暖，他进了监狱，不过，没多久就要出狱了。

“瞧你，有这么冷吗？这屋里的暖气摸着还烫，你就是个冻死鬼。”萝卜头坐在床上咧着嘴哈哈笑着。

“你也就这德行，除了不偷女人，什么都偷，我看你就在这儿陪老尚待上个三五十年，安度晚年吧。”白川回嘴道。

“那你偷个女人试试，偷呀，给大伙偷一个。”屋里顿时热闹起来，大家吼吼起来。

“老大，我认输，认输了，还不行？”

“你还偷吗？偷女人，也得看看家伙中不中用，就你那点出息，还偷，省省吧。我说了不算，弟兄们做主。”萝卜头蹲在地上，拼命拉着腰带。其他人还是不依不饶。

“别吵了！”尚无极站在窗前，脸色阴沉，屋里的一切都与他无关。众人立刻安静下来，他们对老尚还是格外尊敬的，都知道他有两下子，不是一般人。天空渐渐黑了下来，不过透着一丝暗红，增添了几分恐怖。

“老尚，这天是怎么啦，会不会是地震，从没见过。”

“别说话！”尚无极喊道，他头也没回，看着天空，呼吸变得沉重起来。众人也向外看，屋里不觉暗了下来，灯都亮了，大家看着突然而至的奇观，指指点点，似乎预感到不祥的兆头。葛福贵走出房间，那风迎面而来，他几乎被吹倒，赶紧又回去了。

尚无极来到床前，俯下身子，把一个大箱子从床下拽了出来。他打开箱子，取出一个包袱，起身拉开门，朝后院走去。大伙面面相觑，猜想着会发生什么。他走得很快，紧紧抓着包袱，大风也没把他奈何。大刘躲在房间里，来回踱步，他最烦刮风，尤其是值夜班。晚上一听到风声，他总是心神不宁，像有什么东西在跟着他。尚无极猛砸了几下大刘房间的门，门开了，尚无极蹿了进去。

“老尚，这天还出来，有啥事？”

“我今晚在厨房值班吧，这么大的风，万一出个什么事。”

“您都多大岁数了，快别操这个闲心，有我呢。”

“大刘，多一个人，总是多一分安全，我又不是没在厨房值过班。”

“我一会跟老葛打个招呼。”

大刘心里还是热乎了许多，虽说他不信邪，可这三监区的后院死过人，挺邪性的，这又是他第一次来后院值班，心里多少有些阴影。况且从这里出去的人都传后院邪，所以大家没事不会去，厨房和那间小屋子就设在了后院，平时格外的清静，也就成了老尚的私家领地。

尚无极推开铁门，后院一片漆黑，只有风在耳边呼啸，像是魔鬼的耳语。菜窖的铁锁被风吹得咣当直响。早在日伪时期，这块地方是地下掩体，一九四九年以后，为了应对冷战，进行了大规模扩建，令人奇怪的是，扩建刚刚完工，这里就发生了地震，掩体几乎全部损毁，只留下一处院子大小的空间，经过整修，变成了地下室，开始只是存储一些杂物，后来这一块地上建了厨房，掩体自然也就派上用场，成了菜窖。

菜窖的钥匙在尚无极手里快四十年了，天城监狱的秘密也许就在这把钥匙里。尚无极拿到这把钥匙后，再也没想给过别人，也就更不想离开这里。今天他预感到一场大祸会从天而降，事关元哲的生死，他决意拼死也要避免祸事的发生，让元哲躲过这次劫数。

元哲躺在床上，眼睛微闭着，白炽灯一闪一灭的制造着幻觉，收音机发出沙哑的嘶嘶声，播着蔡琴的“被遗忘的时光”。他渐渐昏睡过去，像着了魔似的，想要回到过去，回到那个无拘无束的时光。

尚无极使劲拍打着禁闭室的门，里面没有任何动静，他越发担心起来，如果元哲睡着了，也许再也无法醒来。他趴到地上，顺着门缝判断着里面的情形。那灯闪了几下，再也没亮，“糟了，糟了，元哲入魔了！”他立刻爬起来，跑到院子中央，打开菜窖的铁盖子，一股浓重的尸腐味扑鼻而来，他把头扭过去，哇哇地吐了起来。“什么玩意儿。”

他扶着栏杆，摸黑走了下去，楼梯发出嘎吱嘎吱的声响，仿佛已无法承受更多的负重。尚无极摸到了开关，灯亮了，不过，比平日里微弱了很多，地上竟然有老鼠惊恐地穿过，这是不多见的，像是发生了什么事。冬天的白菜土豆，放在一筐一筐的编织篮里，靠着墙。过道很开阔，他走到尽头，移开几筐菜，露出红砖砌好的一面墙。尚无极抽出中间的一块红砖，把手伸了进去，那墙缓缓沉入地下，一间敞亮的明堂呈现在眼前，长明灯放在香案中央，冒着黑烟，香炉摆在一边，香案后面是一堵封死的水泥墙。几十只肥硕的死老鼠横尸在香案周围，血淋淋惨不忍睹，尚无极把这些死老鼠装在麻袋里，收拾干净。

大刘睡眼惺忪地走了过来，无精打采地说道："老尚啊，昨晚没事吧，我怎么一晚上做噩梦，天摇地动的，刚刚出了一头汗，吓醒了，现在还晕着呢。"

"一切都过去了，都去过去了！"

"你说什么呢？我怎么听不明白？"

"要那么明白干什么，没听人说难得糊涂吗？"

"590，没事吧，我得去瞅瞅。"

尚无极有气无力地跟了过来，大刘打开门，一下子惊呆了，元哲赤裸着，浑身都是淌血的伤口，不省人事，衣服撕成了碎片，散落一地。

"糟了，出事了，出事了！老尚，快去喊人！快去！"

元哲受伤的事很快传遍了整个监狱，各种说法传得沸沸扬扬。有人认为，这是属于自残行为，还有人说得了怪病，只有少数人觉得是中了邪。几天以来大家争论不休，监狱成了辩论的赛场。在葛福贵和尚无极的极力争取下，李元哲回到了监房，由尚无极亲自看护，他的病渐渐好转起来。尚无极专心护理元哲，绝口不提此事，一晃就是三个月，期间大刘得了一场病，现在整个人跟从前大不一样，少言寡语，憔悴了许多。

二十七、绿皮车

清晨一缕阳光照进 117 监房，李元哲伸了伸懒腰，从床上跳了下来，尚无极拿着芭蕉扇，坐在门口翻看着那本古书《星象地宫图谱》。

“叔，我不喝药了，你看我都好了。”元哲看着方桌上还冒热气的煎药，眉头紧皱。

“喝了它，你这个病可没那么简单，光看表面哪行，病毒深入到骨髓精元，一时半会感觉不到的。这草药费了好大劲给你调制，其他人可没这个待遇。”

“叔，还得喝多久啊，我每天都想吐，这药难喝得要死。”

“再喝一个月吧，忍忍，良药苦口利于病。”

“啊，还得一个月啊，那我非得死了不可。”

“你要是不喝，离死也就不远了。”

“叔，我这是得的什么病，怎么还没好。”

“很怪的病，你看医生都说没办法，但又找不出病根，我也只好倚老卖老替医生做回主。”

“叔，你怎么说话总是遮遮掩掩的，什么怪病，就告诉我吧。”

“臭小子，别瞎想，我吓唬你呢，皮肤病而已，快把药喝了。”

“哎，真羡慕他们，出去干活多好，能到外面走走，都快憋死了。”

李元哲边喝边望着窗外，院子里冷清了许多，所有人都去干活了，整日里只有他们两个，无聊地打发时光。尚无极醉心于他的古书，并没搭理他，只是笑笑，继续研究。

葛福贵抱着篮球走进院子，刚刚参加完监狱篮球赛，显得有些疲惫，表情沮丧，耷拉着头，默不作声。看着尚无极专注读书，便走了过去。

“老尚，学习呢。”

“哎呀，您回来啦。打得怎么样？”

“甭提了，又输了。”葛福贵苦笑着。

“小伙子，怎么样了？”葛福贵看着元哲说道。

“队长，好多了，我觉得能出去干活了。”

“再等两天。”

“队长，我能拍两下吗？”

葛福贵看了他一眼，把球扔给他。李元哲看到球，眼睛都发绿了，他双手把球端在胸前，一会把脸贴上去，一会又是亲吻，激动之情溢于言表。葛福贵并没有在意，跟尚无极说起来，没完没了，以排遣心中的郁闷。

元哲想起了从前的篮球五虎，伤感起来。他走到院子中央，眼前一片模糊，泪水打湿了双眼，仿佛又回到了昔日的球场。岿然不动的篮球架仿佛矗立在前方，五虎穿插配合，收放自如，青虎（王子腾）飞身盖帽，云虎（萧逸）跳投三分，黑虎（雨浓）飞身扣篮，金虎（云天）转身过人……他们嬉笑怒骂，热烈飞扬，一幕幕，一场场闪现在元哲面前。

“白虎，接球。”

“哦，来了。”

元哲仿佛出现在赛场，他接住云虎（萧逸）的球，运球、转身、过人、假动作，飞身扣篮，动作娴熟流畅，完美无比。那球重重砸在地面，弹起老高，慢慢落下。葛福贵站在一旁看呆了，他没见过这么会打篮球的孩子，这简直是超级天才。

“乖乖，你，你在哪儿学的？”

“云虎，青虎，你们看我进步了吗？”元哲沉浸在回忆中，自言自语，没有搭茬。

“这孩子入魔了，待会儿就没事了。”尚无极打趣道。

“金虎，翼虎你们看到了吗？你们在哪儿？看到了吗？”

“你们跟我说句话好吗？求求你们，跟我说句话好吗？”

元哲大喊着，伤心地哭了起来。入狱以来，这是他头一次大哭，压抑了许久的愤懑终于释放出来，他抱着篮球痛哭流涕，满脸都是泥土，葛福贵走了过去，把手帕递给他，坐在地上陪着这个可怜的孩子，体会着他的伤痛。

“怎么，想起伤心事啦？”葛福贵抬头，望着眼泪汪汪的元哲。

“嗯，出丑了。”

“唉，没什么，来，坐下。”葛福贵把小马扎递给了元哲。

“我从前是学校篮球队的主力中锋，想起了我的队友，心里不好受，您可别笑话我。”

“我像你这么大的时候，还是个兵娃子，记得有一次犯了错误，关了禁闭，放出来的时候，号啕大哭，比你厉害多啦，你可别笑话我啊。”

元哲心情渐渐舒坦起来，他看着葛福贵沧桑的面庞，感觉温暖了许多。

“队长，我可以借你的球玩儿吗？”

“好啊，这球我就送你了。”

“啊，这怎么行。”

“怎么不可以，打篮球多阳光啊！不过，你要答应我一件事。”

“好啊，没问题。”

“帮我提高篮球水平。”

“我帮您？”

“那当然，你这身手，一看就是非常的专业。”

“我行吗？”

“怎么不行，我说行就行。”

“那行，我试试看。”

“没什么试的，你一定行。”

“好，一定行。”

葛福贵高兴得乐开了花，他掐了一下元哲的脸蛋，哼着小曲回屋了。三监区的大门开了，送信的老王头，抱着一堆信件报纸气喘吁吁地走了进来。

“来，小伙子，接一下。”

“好嘞，王大爷。”

“还有你的信，我都成了你的专职邮差了。”

“谢谢大爷，等有机会，给你吃我妈做的烧牛肉。”

“甭客气了，我跟尚老头是老交情了，我们算是患难与共的老哥俩。”他瞅着尚无极，像个老顽童似的，忍不住笑了起来。尚无极依旧沉浸在他的世界里走火入魔，无论谁都难以撼动。尚无极的手不停地比画，像是在运算什么，他时而抬头，时而低吟，跟疯子没什么区别。

“这个老东西，每天神神道道的，你不烦他呀。”

“大爷，是有点烦，不过呀，这里面没个烦你的人，还不得憋死啊！哈哈。”元哲喜笑颜开，踅摸着那一大堆信件，翻了好半天，终于找到了他的信件，落款处签着“梅缄”。李元哲眼睛亮了起来，立刻抽出了信封。

“怎么，还是那个叫梅缄的给你写的？”

“大爷，她不叫梅缄。”

“不管她叫梅什么，反正是你的小情人，对不？”

李元哲红着脸，揣着信就往回走。“她叫梅芳凝，是我女朋友。”元哲故意把声音拖得很长，宣泄中带着无尽思念。他趴在床上认真地读了起来，眼神里充满了爱。

“……亲爱的，再有几天我就解放了，高考完，我想去看你，好想你。感觉有一个世纪没有见到你了。你知道吗？妈妈管得我很严，每天像个监工似的，现在不能住校了，一点自由都没有……

我报了京都大学，最后一次模考，考了年级第一，老师说我一定考上京都大学的金融专业。哎，其实，我才不想上什么大学呢，你骑着‘魔天轮’带着我周游世界，那该有多好。你在监狱里要乖乖的，有人欺负你了，就告诉警察叔叔，他们一定会管的。或者你告我一声，我找人给你通融一下啊……

元哲，我写完这封信的时候，流了好多眼泪，你看这信纸都皱了，那是我的泪水，我把这藏着爱的泪水送给你，你摸着她就是在摸着我，我相信你看这封信的时候也在流泪，我们的泪水融在这信纸里，永不分离……”

元哲的泪水打湿了信纸，他就要哭出来了，可还是忍着，把头蒙在被子里，抽搐着。尚无极走了过来，拍拍元哲，没有动静。他坐到床边，把耳朵凑到跟前，能感觉出元哲肚子里的委屈。想起了李安宁在监狱的那些日子，不觉老泪纵横。

“哎，你爸爸在监狱里可没掉过一滴眼泪。他是一个好男人，是，是真英雄。”尚无极有些哽咽。

“爸爸，我爸爸。”元哲一骨碌从被窝里钻了出来，他揉了揉湿湿的眼睛，急切地恳求道：“无极叔，我爸爸他怎么啦，给我讲讲爸爸的事，给我讲讲吧。”元哲摇着尚无极的胳臂，眼神里满是期望的痛楚。尚无极本不想回忆那个年代的往事，可总是挥之不去，他看着元哲的双眸想起了李安宁坚毅的眼神，话匣子不由得打开了。

尚无极颤巍巍说着过去的事，元哲仿佛回到了过去，体味着那个错乱的年代，还有他未曾一见的父亲。

“记得有一次，我偷了厨房的一块儿红薯，那是专门留给监狱长吃的。这下子可闯祸了，监区所有犯人，挨个审查，最后还是怀疑到我头上，我还在缓刑期，如果查出是我所为，那我就活不到现在了。我几乎要崩溃了，一夜间头发全白了，行为也变得怪癖，竟然说起了疯话，你爸爸看到我这个样子，急迫地问了起来。”

“无极，你这是怎么啦，快说呀，快说。”

“师兄，我没事，真的没事，你别瞎操心。”

“你别想瞒过我，你的眼睛里藏着事，我虽然看不大清，但你那眼神早已穿透了我的眼睛，来到这儿。”李安宁指着自己的心脏痛彻地说道。

“师兄，你为我们受了那么多苦，我心里难受，难受啊！”

“你别啰唆了，快说到底什么事？怎么，红薯是你偷的？”

“我饿，你知道，咱们那点口粮，哪里够啊！”

“行了，你别说了，这事你就别操心了，我来扛。”

“师兄，千万别，千万别，我不能对不起你！”

李安宁一句话也没说，转身离开了，再见到他的时候，已是二年以后的事。他被关进了黑牢，在那段漫长的岁月里，只有黑暗是他的朋友，跟黑暗对话，成了他唯一的交流方式。后来，孙大成在墙角的隐蔽处，凿了一个拇指大的洞，每天把短暂的光明送给这个坚强的汉子，让他呼吸自由的空气。当李安宁出来的时候，胡子拖到了胸前，头发披散着，脸色惨白，只有呆滞的眼睛证明他还活着。黑牢的墙壁上刻满了密密麻麻的字“爱，自由。”他嘴里说着胡话：“我爱自由，自由爱我，我们爱自由，自由爱我，我爱你，你爱我……”大家都说他疯了，又过了半年他被释放了，尚无极的刑期也减为无期徒刑……

“爸爸，你在哪儿，我想看看你，我想让你抱抱。”元哲几天来一直做同样的梦，总是喊着爸爸。“爸爸，爸爸，你有什么委屈跟儿子说说吧，说出来就会好受些，爸爸……”元哲浑身哆嗦着，不停地磨牙。窗外叮叮当当的敲击声，传进屋里，把梦中的元哲带回了现实，元哲揉了揉眼睛，看着窗外，突然坐了起来，他的眼睛像着了火似的，明亮起来。一个破旧的篮球架矗立在院子中央，几个工人挥舞着大小器具安置这个庞然大物，葛福贵站在一边指指点点，可爱至极。李元哲跳下床，穿着内裤就跑了出去，走到跟前，抚摸着篮球架，又唱又跳像一个天真的孩子，旁边的人都乐了。

“队长，这不是做梦吧。”

“当然不是，这是我费了半天劲给大伙申请的。”

“噢，噢，噢，以后可以打球了，可以打球了。”元哲高喊着，兴奋地直扑到篮球架上，不停地抚摸。葛福贵最近爱上了篮球，在元哲的悉心指导下，进步神速，感觉他要在监狱里掀起一场篮球风暴。元哲回屋换了球鞋，拿着球飞奔了出去。他像一个飞人，表演着各种扣篮和过人动作，葛福贵站在一旁眼睛都直了，他不自觉地比画着，着了魔。葛福贵所做的这一切似乎都是为了这个神奇的少年，很多时候连他自己都不知道怎么回事。

“嗨，嗨，这是怎么啦，玩上瘾啦，不学习啦。”尚无极捧着书，走到元哲跟前叨叨着。

“叔，我就玩儿一会儿嘛，你看这篮球架子，我都一百年没摸过了。”

“你这小子，每次都说一会儿，你这一会儿，就得小半天，怎么不听叔的话啦。”

“听，听呢。”元哲拍着球，偷偷乐着。

“老尚，就让他玩一会，我看着他。”葛福贵说道。

“只给你半个小时。孩子，记住，你爸爸可不希望你没文化。”尚无极撂下话走开了。元哲听到“爸爸”两个字，心里顿觉沉甸甸的，不到十分钟，他放下球，走到屋里，跟尚无极读起了书。

“叔，哲学里的‘道’，我不是太明白，给我讲讲吧。”

“在老庄哲学里，‘道是万物的本源，什么是本源呢，就是宇宙万物产生的母体。’”

“那整个宇宙是由道产生的吗？包括，地球，月亮，太阳，人，大海，老虎……所有的一切。”

“是的，所有的一切，大到银河宇宙，小到尘埃细菌都是道产生的，就像我们的母亲一样繁衍了我们人类。”

“那道是什么样子呢，是母亲的样子吗？”

“恩，我想想，问了一个很深奥的问题，竟然把我这个老头子难住了。”尚无极乐道。

“叔，道是有形的吗？还是无形的？”

“一个问题比一个问题刁钻啊，你的学习有长进，而且进步很大。”

“你快说嘛，快说嘛，我想了好久都没想明白。”

“傻孩子，有些事，恐怕一辈子，甚至几辈子，都想不明白，‘道’这个问题多少年来，没什么人能够彻底想明白，正因为想不明白，所以这个问题一直在不断地被思考，不断地启发我们的智慧。”

“那想不明白，还怎么读懂下面的内容。”

“哈哈，其实这个问题如果太明白了，反而没有味道了，也体会不出那种超然的境界。”

“叔，你怎么越说，我越不明白。”

“‘道’既是有形的又是无形的，它无处、无时不在，但你又摸不着，看不到这个母体，只有用心，用超脱的心慢慢地、一点点去接近它，融入它。”

元哲看着尚无极咯咯发笑，他这是怎么啦，走火入魔了。不过，这样的走火入魔在元哲看来，似乎亲切了许多，也许在他们的身体里都有着共同的气味，这是常人难以觉察的。尚无极回过神来，摸着元哲的小脸蛋，心里热乎乎的，师兄的基因果然超凡脱俗，在元哲身上，他看到了师兄的睿智超然，也看到了这个身边的小男孩儿是一个非凡的天才，他是上天赐给我的，不，是我们的超人。

李元哲终于等到了出工的日子，兴奋得一夜都没睡好，这一个月他都要早起，跟三监区和四监区的人，去黑桥车站装煤。黑桥火车站是一个老站，在天尽山的西端，坐落在黑桥镇的边上，那里荒无人烟，只有一座一百多米长的明代石拱桥通到山里的黑桥镇。镇子里的人口不多，有一千二百多户，全靠这座车站通往外界，本来要关闭的黑桥车站，恰巧镇子里发现了露天煤矿，车站继续运营。黑桥镇的人坐着慢悠悠的绿皮火车，要花半天时间进城。他们看起来总是与世隔绝，但又不觉得被孤立，世外桃源的小镇生活让他们颇为满足。

第二天一大早，一辆大卡车，两辆大巴车，外加一辆警车，浩浩荡荡来到黑桥车站。货运车早早停在了那里，每节车皮前堆放着二米多高的炭块，二十五个车皮整整齐齐排列着，车皮的门大开着，火车司机在车头里把腿跷得老高，打起了盹，车底冒着白烟，锈迹斑斑的车轨在晨曦的照耀下，发着灰暗的光泽，古老的车轮盎然屹立，炫耀着工业文明初期的雄浑。

“今天，我们一百个人，要完成比以往更艰巨的任务，把这些炭全部装进车皮，用我们的奉献精神为山区老百姓谋福利，大家有没有信心啊？”指导员刘德锁面对着一百个拿着铁锹的犯人，信誓旦旦地发表讲话。

“有。”大家齐声喊道。

“这个底气不像是有信心的，到底有没有？”

“有，有，有！”

“好了，这还差不多！不过，我把丑话说在前头。第一，注意安全，如果谁违反我们的安全规定，严惩不贷。第二，发扬不怕苦，不怕累的精神，有偷懒者，严肃处理。第三，也是我特别强调的，谁也别给我动什么歪脑子，你的小算盘想躲过我的眼睛，还得修炼几百年，我们的十名干警都是火眼金睛，你的所有举动都别想逃过我们的眼睛。一旦发现有越轨行为，我还是那句话，你的好日子到头了。在我这里只认两个字‘规矩’，有谁胆敢越雷池一步，我眼里绝不揉沙子，不管你本事有多大，有什么样的后台，在我这里没用！记住了吗？”

“记住了！”大家扛着铁锹，带着草帽，一动不动地盯着刘德锁，他的话语里释放着浓重的火药味，让人感到了夏日里的寒意。刘德锁眼神阴冷，他用手捂着嘴打量着每一个人，足足一分钟，不少人低下了头，没有勇气去碰撞他的眼神，元哲站在最后一排，他的眼睛直视前方，没有丝毫畏惧。刘德锁冷笑了一下，摆摆手喊道：“开工！”

一百号人，四人一组，走到二十五个车皮面前，爬上煤堆，齐刷刷的开始往里铲煤，煤炭砸落的声响震撼着车站。没多久，黑乎乎的煤尘扬起在半空。刘德锁坐在远处的高地上，吸着香烟，他戴上墨镜，虎视眈眈地望着前方。

元哲卖力地挥动铁锹，兴奋感逐渐消失了，汗珠子不停地往下淌，炭块儿似乎变得越来越多。太阳开始升起，炙热的阳光让人感到浑身乏力。他喘了口气，抬起头望着大大的日头，盼望着能早点结束。王良挥汗如雨，干起活来很内行，黑炭在空中连续飞出，方向和落点分毫不差，连续的动作给视觉带来流动的弧线感。元哲瞅了瞅王良，也跟着加速，扬起的煤尘把他们一个个染成黑色金刚，在阳光下闪闪发光。

一晃两个小时过去了，元哲已是气喘吁吁，四肢无力，他看了看王良问道："嗨，咱们什么时候休息？"

"得指导员说了算。"

"你们不累吗？"

"习惯了，你以为劳动改造是每天读书，打球啊，也只有你特殊。"

"我可以请一会假，休息片刻吗？"

"别，千万别，指导员是个暴脾气，你可别招惹他。"

元哲忍了忍，还是挥起铲子接着干活，他的速度明显放慢了，佝偻的身躯几乎要跌倒。烈日当空，风带着热浪不断袭来，空气变得黏稠，让人喘不过气来。

"指导员，是不是该歇歇了？"陈忠提醒道。

"今天的工作量比往日多了不少，镇里的老百姓还指着煤生活，我们得抓紧，休息的时间要延后，争取在天黑前完工。"

"那，不会有中暑的吧。"

"我们中午停工，就是为了防止中暑。现在还不到时候，十一点半，我们休息。劳动改造吃不得一点苦，那可不行，再坚持半个小时。"

陈忠悻悻地离开了，刘德锁和葛福贵素来不和，两个人的做事风格截然不同。葛福贵更懂得刚柔相济，多一些江湖性情。指导员却显得霸道，城府颇深。看着这些年轻的后生在烈日下挥汗如雨，陈忠有些难受，作为警察服从命令当然是天职，可不近人情无论如何是他难以接受的。陈忠走到车皮前，巡查各处的情况。突然，元哲上气不接下气地走了下来，陈忠吃了一惊。

"590，你要干什么。"

"队长，我要请假，实在是干不动了。"元哲弯着腰，有气无力地说道。煤堆上的人停下了手中的活，望着这一幕。几个警察也围了过来，形势立刻严峻起来。刘德锁把烟头扔在地上，面带怒气走来。

"你先回去，我来请假。"陈忠急促地说道。

“你是叫李元哲吧，第一次出工，就想罢工啊！”刘德锁摘下墨镜厉声喝道。

“指导员，实在是太累了，我想请假休息一下。”

“590，你把监狱当成什么地方了，度假村吗？我告诉你，休息不休息，不是你说了算。在这里，劳动改造、服从命令是你的本分，打球、睡懒觉的时候，就没想到其他人在毒日头下也要休息吗？没见过你这样的劳动改造！我告诉你，没我的命令，你不能休息，去，继续干活。陈忠，其他人开始午休，唯独李元哲不可以。”

陈忠吹起了哨子，大伙把铁锹撂在一边，撒丫子跑到阴凉处，享受着午间的惬意。元哲矗立在煤堆上挥着铁锹，颤颤巍巍，空旷的煤堆像一条黑色长龙吞噬着他。刘德锁把对葛福贵的不满转移到了元哲身上，暗暗地骂道：“还打篮球，把监狱当成什么地方了，我就不信这个邪，整不了这个歪风邪气，别仗着有人给你撑腰，就无法无天，天城监狱还不是你葛福贵的天下。”刘德锁看着烈日下的元哲，怨气满腹，他的拇指不停地摁着打火机，火苗在他眼前一闪一灭，成了他宣泄的对象。

“指导员，590恐怕要中暑了，你看他快要倒下了。”陈忠再次提醒道。

“他这歇了三个月，歇了个富贵身，你别惯着他，再等会。”

“你，指导员，出了事你负责！”

“当然是我负责，陈忠，别在我面前耍威风，还轮不到你教训我！”

陈忠义愤填膺地走开了，刘德锁得意起来，权力在他手里成了发泄的工具和摆弄的玩物。“去，把汉文叫过来。”汉文屁颠屁颠地跑过来，一副谦恭的样子，他最怕的还是指导员，汉文知道，刘德锁报复心极强，一旦得罪了他，恐怕没好日子。

“指导员，有何吩咐。”汉文堆着笑脸说道。

“去接盆凉水过来。”

“指导员，这是要洗脸吗？”

“别啰唆，快去！”

汉文端着一大盆水吭哧吭哧走来，放在地上，笑嘻嘻地等待刘德锁的指令。

“煤堆上那个，你认识吧。”

“认识，认识，三监区的嘛。”

“你过去，给他浇盆水，他快中暑了。”

“指导员，这不合适吧，让他休息不就行了吗？”

“怎么，我的话说了不算数？”

“不，不，不是，好我这就去。”

汉文也顾不了许多，端着水来到煤堆上。李元哲几乎跪在了地上，铲把上沾满了血，双手布满血泡，汗水把粘在身上的煤尘一道一道刷下来，像水墨画似的。汉文也顾不了许多，劈头盖脸把那盆水倒在了他身上。元哲再也没力气爬起来，叭在煤堆上喘着粗气。陈忠实在看不过去，拿着伞来到元哲跟前，给他撑起了伞。

“590，你没事吧。”

元哲趴在那儿，脸上沾满了黑泥，他没有说话。突然，他慢慢爬了起来，拿起铁锹继续干活，嘴里发出痛苦的嘶嘶声。陈忠站在一旁，无法再看下去，伸手去夺他的铁锹，元哲紧抓不放，依旧吃力地铲煤。他的自尊心受到了伤害，憋着一股劲硬撑着。其他人都看起了热闹，刘德锁不知道该怎么收场。他连续干了四个小时，还是倒下了，打破了这里的记录。很多人暗暗为他叫好。陈忠大喊着：“快来人，快来人，把他抬回去。”

三监区的几个人飞奔过来，把李元哲抬了回去。刘德锁不屑地看了一眼元哲，阴阳怪气地说道：“装吧，好好装吧。”陈忠看了看刘德锁，气不打一处来，质问道：“指导员，你看看这手，你看看他这样子，像是装吗？你的肚量还装不下个孩子吗？”

“陈忠，你怎么说话呢，我警告你，别以为有人给你撑腰，你就猖狂。”

“有没有人给我撑腰，我都要讲个天地良心。”

“你说什么，你说什么。”

“我想不会是你指导员吧。”

刘德锁走到跟前推搡陈忠，两人就要干起架来。几个干警跑了过来，把他们拉开了。整个中午，车站闹得沸沸扬扬。汉文看着李元哲，念叨着：“你小子，还真行，警察都为你打架，以后呀，我看你这好日子还在后头呢。”元哲躺在椅子上，昏昏沉沉。

“瞧瞧，还得我侍候你，平时，我可是不侍候人的。”汉文拿了块湿毛巾给他擦洗着。转眼已是下午三点钟，大伙又开始干了起来，午后的阳光依然娇艳，令人难以忍受。元哲躺在椅子上不知过了多久，终于睁开了眼睛。刘德锁走过来，瞥了一眼元哲，说起了风凉话：“怎么，还没装够啊，接着装，我就当没看见。”李元哲吐了一口唾沫，挣扎着坐了起来。他把背心扯成长条，裹在手上，一瘸一拐地走到煤堆，冲着其他三个人喊道：“你们下来休息，我来干。”

“那可不行，指导员没有命令，谁都不能停下的。”

“指导员已经说过了，让我干，你们休息。”

“不行，这活你一个人干不了。”王良说道。

“你们都下去，都下去。”元哲爬上了煤堆，猛砸着他们的铁锹，像个疯子似的。三个人下去了，站在一边无所适从。

“590，既然能干，就让他一个人干好了，你们分到其他组去。”刘德锁喊道。

“指导员，那他干不完怎么办？我们还是帮帮他吧”王良问道。

“你们去帮别的组，他干不完就一直干，这是他自找的。”

三个人索性离开了，刘德锁吹着口哨愈发得意起来。他摆弄着打火机，不知不觉一个下午就要过去了。太阳眼看就要落山了，只有元哲还在干着，其他人整装待发，准备返回天城监狱。刘德锁发表了讲话：“今天，大家出色地完成了任务，说明我们的精神面貌是积极向上的。但，有个别人却自以为是，把这里当成了疗养院，目空一切，偷奸耍滑，对于这样的人，我们只能用铁的手腕来改造他，大家看看，这就是下场。”刘德锁威风凛凛，指着李元哲。陈忠站在一旁，火冒三丈，恨不得上去抽他一百个大嘴巴子。“陈忠，你带一个人留下，看他干完再回去。”陈忠没有搭理刘德锁，心里骂着娘。

大队人马眨眼工夫回去了，只有陈忠和另外一个干警留在元哲身边。车站一下子变得安静了许多，元哲挥舞着铁锹，发出沙沙声。“李元哲，你逞什么能，你下来。”陈忠喊道。他继续干活，丝毫没有停下的迹象。一个人远远走过来，到了跟前，陈忠发现是葛福贵。他刚要说什么，又咽了回去。葛福贵表情凝重，已然知道所发生的一切。他拿起地下的铁锹，走上煤堆，同李元哲一起铲起了煤。陈忠和另外一个警察跟着拿起铁锹也干了起来，四个人干活快了很多。李元哲突然哭了起来，他有说不尽的委屈想说出来，可还是忍着，只能偷偷地抹眼泪。葛福贵眼眶红了，元哲跟着自己受了委屈，心里当然不是滋味。

晚上八点钟，终于忙活完了，镇长赶过来拉扯着葛福贵嚷着要喝酒，李元哲已经无法站立，他靠在椅子上一动不动，手上沾满了血。“先给这孩子包扎一下，就到旁边的小五月吧。”葛福贵给李元哲的手消了毒，拿出绷带给他包扎起来，那手鼓的像熊掌，这时才感到疼，他嘴角不停地抽搐着。

“孩子，疼吗？”

“嗯，有点。”

“饿了吧，今天你非常出色，好样的，下馆子犒劳你。”

“老葛，这样可以吗？是不是……”陈忠提醒道。

“是不是什么，有我呢，天塌不下来。”

几个人一行来到小五月，这是黑桥镇唯一的饭馆。老板是镇长的侄女，二十多岁便守了寡，人长得标致，有几分狐媚，眼睛天生会勾人，因出生在五月，大家都叫她“小五月”，饭馆的名字也就叫“小五月”了。

“瞧这是谁来啦，我们的葛大队长，您可是贵客呀。”老板娘迎了出来，直往上扑。

“别招呼我，去给这孩子洗洗刷刷，收拾干净了给我带出来。”葛福贵瞪着老板娘一本正经地说道。小五月领着李元哲来到后院，忙活了一阵，地上流满了黑水。“瞧这脏的，你这是受什么罪了。”她擦干净了元哲，抬头一瞧，惊呆了，这是天上掉下来的美男子，她从来就没见过这么俊美的男人，眼睛都看直了。

“老板娘，我们头喊你呢，快点。”陈忠探出头催促道。“哦，哦，知道了。”小五月回过神来，满脸羞涩，拽着元哲匆忙往里走，她不时地回头偷看着元哲，露出万种风情。屋里满满一桌菜，就等元哲上席，镇长一看元哲，立刻站了起来。

“这孩子，生得好啊，谁家的孩子？”

“镇长，我们喝酒。”葛福贵站起来，端着酒杯。

“头儿，我们就不喝了吧。”陈忠勉为其难地说道。

“怕什么，有事我担着。”

“老板娘，给这孩子夹菜。”

“大队长，这孩子是你什么人。”

“别多问，照顾好他就行。”

“您就是不说，我也心甘情愿，这个小帅哥，人见人爱。”小五月把筷子伸进元哲的嘴里，趁机凑到跟前，靠着元哲。

“姐姐，我自己来。”元哲的脸变得通红，他勉强拿起筷子，慢慢夹着菜，一脸痛苦的表情。“小伙子，喝一杯吧。”镇长把酒杯端了过去。元哲看着葛福贵，不动声色。葛福贵瞅瞅元哲，停顿了片刻，发话道：“元哲，想喝就喝一口，今天特殊。”元哲端起酒杯，忍着伤痛把酒灌进肚子。小五月一边给元哲夹菜，一边陪葛福贵喝酒，她红着脸，有了几分醉意，要给元哲敬酒。葛福贵摆摆手，把酒杯夺了过来，自己喝了进去。

“头儿，不能再喝了，你醉啦。”

“我没醉，你们都喝，喝。”

“不行，我不能喝了，这要是出个事，我可担不起这个责任。”陈忠辩解道。

“你个孬种，我告诉你，就是我们都喝得酩酊大醉，他李元哲也决不会做出对不起我们的事。”葛福贵把杯子摔在地下，突然哭了起来，陈忠看着葛福贵难过的样子，把杯中的酒一饮而尽，他知道老葛是为李元哲的事难过。陈忠拨通了监狱司机的电话，没过多久，一辆面包车来到车站，他们驾着葛福贵上了车。此时，一辆绿皮车缓缓驶进车站，笛声长鸣，回荡在夜空。元哲隐隐听到车站里喧嚣的声音，心想，这么晚了，难道还有列车？他透过车窗，看到古老的绿皮车，冒着白烟，灯光灰暗，车厢里人头攒动，仿佛回到了二十世纪。

夜里，元哲躺在床上，辗转反侧。他的双手，像着火似的，发出嘶嘶声，一种说不出的感觉由内而外浸透着他全身。绷带冒起了烟，似乎燃烧起来。他用牙齿咬开绷带，双手的样子顿时令他惊恐起来。一处处结痂的伤口，冒着火星，血肉里像是流动的岩浆红透了整个手臂。尚无极立刻从床上跳了下来，他抓住元哲发烫的胳臂，既吃惊又困顿。元哲的胳臂烫的发麻，开始震颤起来，像是要脱离肩膀似的。尚无极立刻从枕头底下抽出他摘抄的金刚经黄布条，裹在了元哲的整条胳臂上，两只胳臂变得消停了许多，火星也被压了下去。

“叔，我这是怎么了，我是不是快死了。”

“嘘，这不是说话的地方。”尚无极拽着元哲，来到了院子。

“孩子，你的血液可能出了问题。”

“叔，严重吗？会住院吗？”

“没事，没事，过一阵就好了。但要记住，可别再弄破了。”

“嗯。”

“请几天假，这活你最好别干了。”

“不行，我得去，别让人看不起。”

“瞧你说的，没那么严重，别去理会。”

“叔，我一定得去，别操心了。回去睡吧。”

尚无极没再接着劝，他心情似乎比往日里沉重了许多。他从来没见过这种现象，根据他的猜测，元哲的血液已经发生了变化，这个变化从哪里来的，似乎还不能做出结论，但与红魔冲撞的那天有很大的关系。尚无极翻来覆去，几乎要疯掉了。那天夜里，他辗转反侧，不停地念叨着：“这可怎么办，这可怎么办，红魔……”

“嗨，这老爷子，念叨个没完，这都几点了，还说梦话。”

“哎呀，看人家多悠闲，每天养精蓄锐，有吃有喝的，咱们什么时候能熬到头啊！”

“你就知足吧，饿着你了，还是冻着你了，你怎么不想想自己做的缺德事呢。还跟老爷子比。”

“好了，好了，别他妈婆婆妈妈的，出工了，出工了。”

元哲跟着117的人嚷嚷着来到院子里，全体集合点名，葛富贵一声令下，大伙出发了。火车站的煤，堆得像小山一样高。毒辣的日头从一大早开始就娇艳无比，令人心烦意乱。大家各就各位，抡起铁锹噼里啪啦地往车皮里铲。

“元哲，我看你还是休息吧。”葛福贵说道。

“我没事，习惯就好了。”

“那行，不舒服就吭一声。”

元哲点点头，也开始干起来。一晃，半天过去了。元哲的那个车皮居然快装完了，葛福贵大吃一惊，他走到跟前仔细检查了一番，没有发现任何遗漏的痕迹，嘀咕道：“这真是奇了怪了，一天的活，半天就干完了，还有个病号。”李元哲所在那个组，早早在阴凉处歇着，羡煞了很多人。整整一个下午，他们都在那儿悠闲地说笑，谁也不知道发生了什么。王良瞪着大眼睛，瞅着李元哲问道：“你的胳臂神了，铲起来像搅拌机，我的眼都快看花了。你这力气从哪儿来的，不是还憋着一肚子气吧。”元哲只是笑笑，继续看着尚无极给他的书。

一周过去了，元哲的所在那个组，总是早早收工，让很多人既纳闷又羡慕。他们纷纷贿赂那个组的人，能帮衬一把，元哲只是把多出来的时间去看书，其他的人则“大发横财”，兜里的烟卷，碗里的肉，明显比以前增多了，有时还能摸到酒瓶子。连那个欺负元哲的小组长都跟哈巴狗似的围着元哲转，想尽了办法要把元哲请回去。

三监区顺势召开了提高生产效率的会议。李元哲被树立成典型，希望所有人都能像他那样成为高效率的劳动能手。会上，葛福贵提议由李元哲负责监督生产，并协助干警管理。指导员刘德锁当即否决，事情最后不了了之。

将近一个月过去了，元哲一个人半天的时间能装一个车皮，其余的人分派到出活慢的小组，效率大大提高，每天大伙早早收工，午休也延长了一个钟头。元哲成了大家心目中的男神。他提出的要求从来没有人反对，也许人们怕他，也许人们爱他，很难说清楚。

元哲和梅芳凝约定见面的日子就要到了，他兴奋得一晚上都没睡着。到早晨，还是乐得合不上嘴。今天，他没想出力，想看着精神点，好去见梅芳凝。大家没怎么为难他，心照不宣地干自己的活。

“590，你这是要罢工啊。”刘德锁嚷嚷道。

“指导员，我，我今天不舒服。”元哲辩解道。

“怎么，这是开始倚老卖老啦，别以为你能干，就想颐指气使。”

“指导员，你这是对我有偏见。”

“我还对你就是有偏见，今天你必须得干，而且不能休息，直到所有人干完。”

“你这是明摆着欺负人。”

“我还就欺负你了，你可以告我。”

“该死。”元哲低声骂道。

“你说什么？你有种。你们几个下来，让他一人干，你们去别的组。”

元哲乖乖地爬上了煤堆，顶着大日头开始干了起来。说来也奇怪，别的组也放慢了速度，就等着元哲他们来帮衬，有的甚至装病。这倒好，指导员直接发了话："有病的就下来歇着。"几乎一半的人都躲到了阴凉处，在那儿装病。指导员冷笑着："看你这杂种怎么收场。"

整整一个上午，元哲装完两个车皮，看着高高堆起的煤，他彻底崩溃了。梅芳凝和林美娇中午十二点准时出现在"小五月"餐馆，等到下午两点都没见一个人影。梅芳凝变得焦躁起来，她一会站着，一会坐着，手里的大学通知书，都被揉搓得不成样子了。

"亲爱的，你就安静点吧，也许被什么事绊住了。少安毋躁啊！"林美娇安慰道。

"不行，也许出什么事了，他会不会生病了，还是被人欺负了。"

"你就别瞎想了，踏实点，在这儿等着吧，这才几点，再说了，以后来一次也不容易，就多等会呗。"

一晃又是三个钟头过去了，梅芳凝气得快哭了，直接骂了出来："见个人就这么难，这是什么鬼地方，这是什么鬼地方。"

"小妹妹，话可不能这么说，你还让我做生意吗？"小五月歪斜着眼睛看着这两个小女生。

"老板，她不是那个意思，您可别误会。"

"我看就是那意思，坐在我这儿有半天了，既然是鬼地方，那就滚得远远的。"

"你说什么？凭什么，为什么，这饭馆就是接客的，客人就不能发个牢骚，我还就不走了。"梅芳凝气正没处发，这可倒好，终于有发泄对象了。

"对不起，我要打烊了，今儿这生意我不做了。"

"我还就不走了，说打烊就打烊，凭什么你说了算。"

"美女姐姐，您消消火，我这位姐妹，今儿心情不好，你有什么气就发在我身上吧，我代她赔不是。"林美娇上前，把小五月拉到一边好言相劝道。

"心情不好，就拿我撒气，什么东西。不行，赶紧给我走。赶紧走！"

"我就不走，我死也不走，我就等着元哲，说什么我都不会走，除非我死了！"梅芳凝激动起来，飙着泪。

"她说什么，什么元哲。"小五月听着有些耳熟，问了起来。

"姐，这么跟你说吧，她是在等男朋友，在天城监狱服刑呢，我们一个学校的，那男孩儿叫元哲。他运气不好，没上完高中，就蹲进去了。"

"是那个白白净净的大个头小伙子，眼睛很大对吧。"

"姐，你怎么知道的，你们认识？"

小五月点点头，心情沉重了许多。她也喜欢这个男生，只是看到他如此境遇，更多的是心酸和同情，那份野性也收敛了许多。

“他就在站里，你们跟我来。”小五月眼圈红红的，像是她在等这个小伙子。

两个小丫头跟着小五月来到车站，长长的货车，像是一堵无形的墙隔开了两个世界的人。她们跳下铁轨，跌跌撞撞，翻到了货车的另一侧。元哲一个人站在煤堆上，拼命地往里铲煤，汗水把他的脸画成了花，他戴着草帽，喘着粗气，腰板耷拉着，浑身黑的跟炭似的。

梅芳凝站在远处寻找着她的恋人。那个站在煤堆上高大的身影立刻吸引了她的注意。她越瞧越像元哲，这场景，她实在无法忍受，大喊起来：“元哲，元哲，元哲，是你吗？……”边说边往前走，速度越来越快。

元哲抬起了头，看着梅芳凝走来，眼泪流淌下来。他摘下草帽，那黑黝黝的面庞，早已不是从前那个白白净净的小男生，他刚要迈步，腿一软，跪在了煤堆上，费着吃奶的劲喊着：“芳凝，梅芳凝，梅。”元哲的声音变得沙哑起来，只有口型表达着他的思念。梅芳凝哭喊着往前跑，整个人快要疯了。人们炸开了锅，起哄的声浪此起彼伏。

“乱了，全乱了，成何体统！快，快，把那姑娘拦住！”刘德锁指挥着，赶紧站了起来大声喝道。两个警察直接冲了上去，愣是把梅芳凝拦在了一边，任凭梅芳凝哭喊。元哲自个装了五个车皮，他的脚底淌着血，只剩下一点悲伤的气力，爬也爬不起来，无助地望着前方。

小五月和林美娇，把梅芳凝劝了回去，三个人在酒馆里，喝着闷酒，闹了一个晚上。梅芳凝一时无法接受这样的现实，回到家里，偷偷哭了整整三天。她一度想死的心都有，看着元哲那堆来信，她总算坚强起来，发誓要等元哲出来。

近来，穆瑶一直观察着女儿，似乎猜出了她的心思。一天，她趁梅芳凝不在，溜进她的小屋，翻箱倒柜，搜寻着他们交往的蛛丝马迹。一本厚厚的书引起了她的注意，那本书放在床头，被揉搓得不成样子，只有“挪威的森林”字迹还能辨认出来。她打开书本，傻眼了。一封封来信按时间先后粘在一页页纸上，折叠着。她一口气读到了最后，一封女儿没写完的信从书里掉了出来，她打开信札仔细看了起来。

“元哲，看着你的样子，我的心都快碎了。你为什么不早点告诉我，为什么？你说你过得很快乐，可为什么，我见到你时，却是另一番景象，就像钢针扎遍了我全身。如果你过得不好，我活着的意义也就荡然无存了。九月份，我就读大学了，还好离你不算远。我可不想做张凤芝，虽说跟她是一所学校。我希望毕业的时候，你可以娶我，那时你也该出来了。所以，我不在你身边的日子里，你要坚强，要挺住，我还要去看你，想把我的初夜给了你，你准备好了吗？亲爱的，我想你，我把一生的幸福都交给你了，无论如何你也要陪着我走完，千万别把我一个人抛下，我害怕，我害怕，我怕自己成了张凤芝，我怕你是尹大渊，我怕……”

此时的穆瑶，已泣不成声，她没想到女儿陷得这么深，本以为这样可以阻断他们的来往，消磨他们的意志，没想到事与愿违，他们更紧紧地纠缠在一起，难以分离。她默默离开了房间，咬着牙，脸颊微微发颤，两眼一黑跌倒在地。

元哲的那件事影响很大，也许因祸得福，他暂时不被允许出工，跟着尚无极干些杂务，学着做饭，悠闲的时候还能陪葛福贵打球。

二十八、地窖里的秘密

夏日的院子里空落落的，喜鹊在院子里飞来飞去，叽叽喳喳闹个不停，像是有什么喜事降临。尚无极瞅瞅葛福贵的屋子，里头很安静，想必他是睡着了。他来到元哲跟前，悄悄说道：“跟我来。”元哲把手头的书放到一边，瞥了一眼尚无极。

“叔，这是要干吗呢？”

“别废话，快点。”

“好吧，好吧。”元哲跟在尚无极后头到了后院，他把门插上，看了看门外，显得很诡异。

“终于逮着机会了，老天有眼。”

“叔，你说什么。”

“元哲，今天我要告诉你一个天大的秘密，你能守口如瓶吗？”

“啊，什么秘密，叔，你快说。”

“你发誓，无论如何不会泄露给第三人。”

“我李元哲对天发誓，决不泄露给第三人。”元哲多了些神秘感，看着尚无极的眼睛，似乎被什么吸引着，不能自拔。

尚无极打开地窖的门，他们走下台阶，来到明堂。长明灯一直亮着，整个屋子像一个飘缈的世界，让人晕头转向。

“叔，你这是要去哪儿？”

“别说话。”

尚无积换上袈裟，盘坐在地，念起了《心经》。明堂立刻变得扭曲起来，眼前的一切都像是空气做的，似有似无。李元哲感觉有些头晕，不自觉地坐在了地下。忽然，那堵墙消失了，一片空旷的世界呈现在面前，宽阔的红石岩路在水滴的浸润下发着光，一眼看不到尽头。两边堆满了土堆岩石，上面长满了金丝兰。尚无极拉着元哲的手一步一步往前走，敬畏极了。

元哲的魂魄似乎飞出了躯壳，身体飘荡，跟着前行。萤火虫不时从身边飞过，像是从天空坠落的星辰，黑漆漆的世界亮堂了许多。

“醒醒，醒醒！”尚无极拽着元哲的衣袖，庄重地看着前方。

“哇哦，这是哪里，我怎么到这儿的。叔，我是在做梦吗？”元哲迷迷糊糊地问道。尚无极没有说话，拉着他的手，继续往前走。元哲四处观望着千奇百怪的大岩洞，惊叹中又憋着一股莫名其妙的兴奋。

“叔，你，你这是要越狱吗？”

“傻小子，我还用得着越狱。”

“可这都是明摆着，这个洞难道不是你开凿的吗？”

“你只说对了一半，这个洞天造地设，深埋于此处，千万年来一直在等待他的主人。”

“他的主人？”

“对，他的主人。你没发现自己有什么变化吗？”

“我，我没什么变化。”

“你的手真没变化吗？你再想想。”

元哲拿起了手，紧握着拳头，回忆着这段时间所经历过的一切。他的力气变得惊人，超过常人的数倍。他的手臂在夜晚总是膨胀，能看到涌动的烈焰在血管里燃烧，他不知道这是怎么了，像是被什么召唤着，在煎熬中感受着来自未知世界的改变。

“叔，难道我得了不治之症，将不久于人世吗？”

“元哲，你可得撑住了，红魔吞噬过你的血液，你可能被感染了。”

“啊，什么红魔，红魔，我怎么没见过。我要死了，我要死了。不！我不想死，我不想死。”元哲额头上渗出了汗珠，语无伦次地喊着。

“孩子，你不会死的，只是会跟从前不一样，我也不知道你会变成什么样子。带你来到这里，就是想告诉你，这是红魔的必经之路，只有他才知道答案。”

“红魔，红魔，红魔在哪儿，我不想变化，我就要从前的我，我就要从前的我！”

“我的孩子，也许这是天意，你要坚强啊！”

“不，不，我要死，我不想活了，我看不到未来，看不到我的世界，我要死了！”元哲像是生了病，昏迷过去。

尚无极挖了三十年岩洞，挖出一个深不可测的奇异世界，这个世界，也许才刚刚开始绽放它的神奇与力量，恐惧与魔性也随之而来。摧毁原来的一切，塑造一个新的时代。它等待着奇伟之人，去揭开这世界的面纱，在吞噬与被吞噬的惊天动地中改变自我，在人性与魔性中蜕变重生，颠覆原有的表象，催生一个全新的超我。

李元哲无法睁开双眼，他的世界一片混沌，他在迷失中寻找着出口，想大口地呼吸新鲜空气，他的所有脏器几乎被堵了个严严实实，比死还难受。冥冥中传来水流激荡的声音，他不停地挣扎，想要冲出这压迫，那水流声越来越近，越来越大，犹如一股巨浪向他袭来，他伸开双手扑向前方，慢慢睁开眼睛，一幕从天而降的大瀑布映入眼帘。他腾地坐了起来，喊道："我是谁，我是谁？我在哪儿，我在哪儿？"

"孩子，看着我，你还记得我吗？"尚无极把他的身子扭过来。

元哲痴呆了好半天，终于回过神来。他看着从天而降的瀑布，慢慢站了起来，走到跟前，飞溅的水花淋透了他全身。那瀑布闪着灵光，引诱着他，却又让他无法看透，瀑布中透着一股寒气，潜在中却释放着巨大的热流，仿佛是一个万能的磁石，随时可以把你吸附进去。尚无极把元哲拉了回来，心事重重地说道："我挖了这么多年洞，挖到这儿怎么也挖不下去了，但总感觉在它的后面一定蕴藏着一个巨大的秘密，这个秘密可能超出了我们人类智慧。"

"叔，那后面会是什么呢，是古墓葬，还是古生物化石？"

"这个，恐怕很难判断，也许你能解开这个谜。"

"我，为什么是我呢？"

"是我的直觉。"

"叔，你可真神，凭直觉来判断。"

"准确地来说，是我的心象告诉了我。"

"心象是什么？"

"在我看来，它是我冥冥中的心感。"

"叔，你越说我越不明白了。"

"红魔没有把你吞噬，反而让你获得了重生，这真是一个奇迹。"

"红魔是什么？我怎么没有见过？"

"那个时候，你是见不到他的，或许在梦里会感受到，但却是无意识的。有一天，你会见到的，因为你来到了他的世界。"

尚无极话音刚落，整个岩洞晃了晃，像是地震的前奏。"不好，快走。"尚无极拉着元哲的手，迅速往回赶。尚无极居然忘记了出来的时间，心里有些发慌，这个时间恐怕红魔已经苏醒，会感知他们的存在。尚无极拉着元哲气喘吁吁地跑了大约一刻钟，终于回到了明堂。他把一个包袱抛了出去，那堵墙又出现了，包袂里的《金刚经》落在了他怀里。元哲瞪着大眼睛，就像看魔术似的，觉得好玩儿极了。

“我们赶紧上去，估计他们也差不多回来了。记住喽，嘴巴严实点，这可是要命的事。”

“叔，你放心，就是杀了我，也不会说。”

乌怏怏的大队人马进了院子，大家集合点名完毕，排着长队冲凉。尚无及和元哲把五层高的大笼屉放在了火上，两人紧紧张张抬着大铁锅，放在另一个炉灶上，加了两桶水，半袋米，把火点着，开始准备晚餐。

“快去，把那几颗大白菜，洗剥干净了。”

“好嘞，叔，今晚要炒大白菜吗？”

“来不及了，炝拌大白菜吧。”

“叔，感觉你特能，总是物尽其用。”

“大热天，喝个粥，吃点清火的小菜，多好。”

“嘿嘿，我可是想吃肉呢。”

“等等吧，肉可是高档消费品，吃多了会上瘾。”

“叔，你一定有办法的。”

“你小子。”

元哲笑着，两人前后忙活了一个来小时，几百人的晚餐准备齐当，尚无极看看时间，刚刚好，他擦了擦额头的汗珠，走进小院，敲起了开餐锣。大伙排着长队，拿着饭盆，排起了长队。

“兄弟，还是待着舒服吧。咱哥俩换换如何？”瞎二调侃道。

“老大，就别拿我开涮了，我还真想换换，快把我憋死了！”李元哲给瞎二盛满一大碗稀饭，偷偷多给他塞了一个馒头。

“兄弟，多谢了。给你透个风，瞧见了没，那边蹲着抽烟的那几个，刚从二监区转来，小道消息啊，可能冲你来的，中间那个胖子叫‘大麻’，在那边儿都管他叫麻哥，贩毒进来的。据说案发时，为了销毁罪证，打伤了警察。旁边那个大个头，是刚进来的，道上的人都叫他‘宝爷’，散打出身，替人收黑钱被抓了。那边留着小胡子的，诈骗惯犯，都叫他‘小诸葛’，专门出歪点子整人。你要多加小心，有事跟我说。”

“多谢好意！”元哲咯噔一下，不安起来。他瞅了瞅那几个，刚好他们的眼神交织在一起，火药味十足。元哲躲开他们的眼睛接着干活，心里有些发虚。打架可不是他的长项，万一打起来，那可是寡不敌众，死吃亏。那几个人没有过来打饭，“宝爷”拿出个大包，一人分了一桶肉罐头，几个人偷偷喝了两口，溜进了监房。

晚上的月亮特别圆，元哲把凉席铺在院子里，躺在上头看着满天的星辰，想起了风哥。那最亮的星星就像是他的眼睛，明亮的让人想去拥抱。

“风哥，你还好吗？我进去了，没法照顾兄弟姐妹们了，请原谅我！”

“元哲，你受苦了，男子汉，要经得起这点苦，挺过来，你就是真正的英雄。”

“风哥，我现在很麻木，不知道如何度过未来的日子，只是在消磨时光而已，英雄对我来说太遥远了，能好好活着，已经是万幸了。”

“这么悲观，可不是我们风雨社的风格，记住，你要驾驭我们的‘魔天轮’，登顶天尽山。我虽然去过，可也许运气好，赶上了好时候，那是一座充满魔幻的佛境，是天外的神山，他无时无刻不在变换，你要去领略他的变换和神奇。他的惊涛骇浪、壮伟奇观等着你去拥抱。”

“风哥，我会的，我一定会的。你放心吧。”

元哲说着梦话，葛福贵蹲在一边发笑，“这傻小子，又在奇思妙想了。”他推了推元哲，没有任何反应。葛福贵拿着篮球，在月光下拍打起来，发出有节奏感的韵律。李元哲从梦中醒来，篮球的拍击声回荡在耳边。他从床上跳下来，跑了过去，夺了葛福贵的球，一个飞身扣篮，动作连贯舒展，球哐当入篮。月光照在他身上，泛着淡淡的光，鲜活俊朗。练球的时间到了。

“蹲伏不要过大，臀部略收，转身，投篮。”元哲对着葛福贵，一边陪练一边指挥。葛福贵气喘吁吁，却乐此不疲。“呼吸，呼吸，做深呼吸，呼吸频率不要太快。手，手举过头顶，舒展，全身舒展。你看，你的腿总是绷得那么直，怎么发力。”元哲做着示范，葛福贵四肢僵硬，不听使唤。

“双腿要张开，对，张开，太大了，略微超过肩膀，这样才能迅速运球。注意你的眼睛，眼睛要盯着球，一刻都不能走神，用余光看着我，往前冲，晃过，起跳，投篮。”

“哎呀，总算完成这个动作了。”葛福贵大汗淋漓，喘着粗气，弯腰看着元哲，心里美滋滋的。

“有进步，不过，身体的协调性和速度上还需要继续改进，不然打比赛的时候，肯定被拦下了。”

“小子，我老了，哪有那么大的劲，能拿着球跑跑就很知足了，你这家伙还真像个教练，我呀，越来越上瘾，你可要对我终身负责哦。”

“我的大叔，这话怎么该是我说呢，可别反了，哈哈。”

110 监房早早熄了灯，显得与众不同。不过，屋子里却阴森森的，像是有什么惊天阴谋孕育着。三双黑黑的眼睛，隔着门帘盯着院子里的元哲，不动声色，沉默还是被打破了。大麻点了根烟，嘶嘶地喷云吐雾起来。

“老大，那小子有大队长罩着，恐怕不好下手吧。”宝爷低声试探道。大麻没有说话，表情诡异，盯着元哲，吐着烟雾。

“麻哥既然来了，就一定能把事做成，别忘了利哥跟咱们老大的交情。”小诸葛挑起了话题。

“答应利哥的事，没有做不到的，其他的事就别考虑了，我想利哥都替我们想好了。”大麻终于开了金口。

“这么说，我们也有人罩着？老大，透露一下，心里有个底。”宝爷眼前亮了起来。

“这个，你就别操心了，我们能折腾到这儿，也不是随随便便的事，你懂的。”大麻轻蔑地笑了笑，胜券在握的样子。

“小诸葛该看你的了。”

“老大，主意我已经想好了，就等着动手了。”

“你个人渣，怕是要修成仙了。”

“大哥，这不是跟您混嘛。”

三个人嘻嘻哈哈，连说带笑，筹划着他们的阴谋。夜深了，月亮忽明忽暗，树影斑驳，光与影在静悄悄的院子里来回变换着，透着恐怖阴森。元哲沉浸在梦乡，月光淌在他脸上，宣泄着爱的蜜意。监房里，鼾声四起；窗外，夏蝉低吟，蛐蛐缠绵，更增加了浓浓的睡意。

二十九、怪病

李元哲感到隐隐的痛，却又无法苏醒过来。他似乎听到了皮肤撕裂的沙沙声，如火烧一般。身体悬在空中，像被掏空了似的。他想睁开双眼，可眼皮子像是被缝起来似的，一动不动。他的大脑像是被灌了铅，沉沉的，在膨胀与收缩中天翻地覆。他在无意识的反抗中，呻吟着，双手不停地挥舞乱抓。突然，他的手像是陷进了岩浆，灼热难忍，只听一声凄厉的长鸣，那火热的岩浆迅速游离，元哲喘着粗气腾地坐了起来。院子中央一个红衣人影在月光的照耀下恐怖地发笑，只是你根本看不到他的脸，听不到他的声音，只有那细微的知觉传来他的意识，元哲揉了揉眼睛，还以为在做梦。那影子嗖的一下子，弥散在空气中，紧跟着，天摇地动起来。

“地震了，地震了，快跑。”其他监房里传来了惊恐的呐喊声，院子里很快挤满了避难的人，有些人赤身裸体，吓得魂不守舍，震动持续了短短几十秒，但却威力无比，像是八级以上大地震的节奏。人们不禁想起了几年前的汶川大地震。

“麻哥，现在是动手的好时候，趁乱给他一下子，人不知，鬼不觉。”小诸葛提醒站在身边的大麻。大麻直视混乱的人群，地震对他来说似乎是天赐的良机。碎玻璃撒了一地，大麻蹲下身子，捡起一块手掌大的玻璃攥在手里，宝爷立刻明白了他的意思。“老大，我来。”他夺过那块玻璃，往人群中走去，大麻带着小诸葛紧随其后。“老大，他在那儿，身边有一老头。”小诸葛指着不远处喊道。“快，包抄。把那老头引开。”大麻下了命令，三个人穿插在人群中，志在必得。

尚无极担心的事终于发生了，红魔居然越界寻找过来，大肆报复，这是多少年来从未有的现象。李元哲这孩子恐怕活不了太久了。看着眼前乱乱糟糟的人群，尚无极心烦意乱，他想解释发生的事情，可又有谁会相信他呢？他拉着元哲向着人群走过去，突然，人群像炸了锅似的混乱起来。大麻他们推搡着前面的人，趁黑制造着混乱。他们越来越近，大麻低着头扒开前面的人，宝爷紧随其后，手中的碎玻璃带着一丝寒气，直接刺向元哲的臂部。尚无极用余光看着四周，感觉到了暗藏的危险。他转过身子，一把抓住了宝爷的手腕，较上了劲。大麻混在人群中，使劲往前撞，尚无极防不胜防，踉跄着松开了手。他推了一把元哲，宝爷拿着碎玻璃，在元哲的脊背划了一道大口子，鲜血顿时冒了出来。元哲剧痛无比，跌倒在地下，场面更加混乱。

政委赖汉生带着警察赶到，他举起手枪，在空中鸣枪三响，人群立刻安静下来，几十把手电筒射向人群。“全部蹲下，全部蹲下！”赖汉生拿着喇叭大喊道。呼啦啦一片，大伙蹲了下去。

“天灾人祸，地震了，捍卫生命是第一位的，我还是强调那句话，无论什么时候，生命都是最宝贵的。可越是在最艰难的时候，有个别人就越要趁火打劫，贼心不死，要知道法网恢恢，疏而不漏。你的所作所为，是躲不过我们的眼睛的。有人趁地震，制造混乱，甚至越狱，这是极其恶劣的。你们看看，看看其他监区，没有任何混乱，大家一如既往地待在监房，而我们这里却成了火药桶，马蜂窝。怎么啦，这是怎么啦，要造反吗？”

“赖政委，这恐怕不是地震。”

“谁在说话？哦，是你呀。”

“是有邪的事情发生了。”

“你就别再讲那套东西了，封建迷信的玩意儿这里不需要。”

“有人趁乱捅人，你看这孩子，全身是血。”

“你就别在这儿制造混乱了，怎么还想找理由为他开脱，够了！”

“我就要是说，希望这孩子能得到保护。”

“难道保护的还不够吗？你信口开河。告诉你，不要以为你待得时间长，就可以倚老卖老，在这里，你说了不算，而且，以后你也不能再这么放肆了。葛福贵，关他三天禁闭。”

“政委，这？”

“这什么这，赶紧的。”

“不能这么草率，他是有些问题。不过，没做什么缺德事，更没有违法乱纪，一向表现良好，这禁闭可以缓缓，改成批评教育还是合适的。”孙大成拿着手电筒走了过来，铿锵有力地说道。

“老孙，你这是包庇纵容他，这样还有没有规矩可言，又谈何警察的威信。”

“老赖，关禁闭的事也得经过党委认真讨论，我们做的每一件事情都要经得起法律的考验，至于说威信嘛，我倒是认为公平正义就是警察的威信，意气用事，鼠肚鸡肠恰恰是威信的天敌。”

“老孙，你，你这是拆我的台。”

“我，你的台，什么台，公平正义的台，我们永远不能拆，破坏公平正义的台，我们见一个拆一个，见十个就炸他十个。”

赖汉生把喇叭扔在一边，嘴里骂着娘，愤愤离开了。“地震”的事就这么过去了，赖汉生跟孙大成的矛盾公开化了，监狱里也开始了画线站队，矛盾冲突时有发生，简单的事情往往也变得复杂起来。孙大成还是那股子牛脾气“邪不压正”，这似乎是遗传了父亲的基因。葛福贵多了几分焦虑，他知道政委的手腕，更不用说他的复杂背景。稍有不慎，很多工作就无法展开。他现在似乎变得弱势起来。

元哲的背伤恢复得很快，他下了床，伸伸懒腰，在院子里练起了球。大麻躺在床上被篮球吵醒了，拿起水杯子摔在了地上，宝爷从床上坐起来问道：“老大，什么事？”

“能有什么事，那小子越发得意了。”

“那我现在就去干他。”

“等等。小诸葛，你怎么说？”

“直接出去这么解决，恐怕被人抓住把柄，我看这样吧，咱们也出去打球呗，见机行事，这样就说不清了。”

“咱们三个出去，那不是明摆着欺负他吗？”

“再拉一个。”

“拉谁？”

“瘪三呀，在街面上的时候，他可是在你的地盘混。如今他在这儿享福，这小子隔三岔五就歇着，今儿又没出，你瞧，他那屋帘子还拉着。”

“我可听说，他有点门道，这儿有人罩着他。”

“大哥，这你就不懂了，这个时候正是他巴结你的时候，回到街面上，他还不得求着咱们老大。”

“小诸葛说得有道理，大哥，就把他拉进来得了。我去找他。”宝爷穿着拖鞋，吧唧吧唧地跑到瘪三的房前，敲起了窗户。

“谁呀，还让不让人睡了。”

“兄弟，我，刚来的，李宝军。”

“什么玩意，我管你呢，滚远点。”

“兄弟，给个面子，麻哥让我来找兄弟。”宝爷忍着，往地下啐了口唾沫，把气咽了回去。

“谁，麻哥，大麻？”瘪三拉开窗帘，揉着眼睛问道。

“没错，西城一带的大麻哥。”

“哎呀，慢待，慢待，稍等啊。”瘪三慌慌张张穿上短裤，跟着宝爷来到监房。

“大哥，您这来了，也不说一声，小弟我好给大哥效力。”

“就你嘴巴甜，哈，这儿，我还得靠兄弟多抬举。”

“大哥，看你说的，我这一路走来，还不都是大哥抬举我呀。”

“行了，废话不跟你说了，有事跟你说。”

“大哥，有事尽管吩咐，我没得说。”

“看见了没，院里那小子，得罪了我一兄弟，想教训他一顿。”

“他呀，进来时间不长，不过，似乎有些怪异，没什么人愿意招惹他。敢问大哥，是哪档子事？”

“怎么，你怕了？”

“没，没，没有。大哥既然有难言之隐，那我就听大哥的，你说怎么收拾他，我就怎么收拾他。”

“哈，兄弟还是蛮仗义的，俗话说得好，众人拾柴火焰高，我看这事，咱们一起来。”大麻靠在瘪三耳朵根子上，嘀咕了几句。几个人心知肚明，笑嘻嘻地散开了。

过了一会儿，他们四个人陆陆续续来到院子，看着元哲打球，交头接耳商量着对策。

“兄弟，一起打行吗？”小诸葛放话道。

“没问题。”李元哲瞥了他们一眼，飞身扣篮。

“真牛啊！”瘪三奉承道。

“接着。”元哲把球扔给了瘪三。瘪三抱着球，直接往筐里砸，那球碰着篮筐，飞起老高，大麻箭步上前，接住球，做了个假动作，把球投进了篮筐，几个人吹起了口哨，为大麻喝彩。

“大哥身手不错。”元哲说道。

“兄弟，过奖了。咱们打个比赛？”

“可以啊，怎么比？”

“我们四个一伙，你一个人如何？”

“大哥，你真逗，一打四，我还没玩儿过。”元哲笑着说道。

“我们刚才都看到了，以你的身手，我们四个也未必是对手啊。”

“大哥既然这么说了，那我试试，咱们互相切磋。”

“兄弟，手下留情哦。”

大麻跟其他几个使了个眼色，他们心知肚明。篮球赛就这么开始了，元哲气势如虹，迅速穿插晃人，如入无人之境，眨眼间已进了三个球。大麻捅了捅宝爷，他立刻心领神会。宝爷跑到元哲身后，装作抢球的样子，趁势将元哲拦腰抱住，其他三个人扑了上来，把他摁倒在地下。瘪三捂着元哲的嘴，其余人一顿拳打脚踢，元哲鼻青脸肿，嘴角流着血。宝爷打得起了劲，情绪已失控，他用戴着大个戒指的手猛戳元哲的背部，嘴里不停地嘟囔着："弄死你！"

元哲的伤口喷出鲜血，宝爷大叫着，脸上沾满了元哲的血，灼烧似的疼。李元哲一动不动，看上去已不省人事，瘪三有点担心起来，宝爷捂着脸嚷道：

"这是什么血，我的脸没事吧。"

"兄弟，还是看看这家伙吧，别死了。"

他们俯下身子，正要把元哲翻过来。突然，李元哲咆哮着飞身跃起，他们瞬间被打翻在地，不省人事。元哲的表情怪异极了，眼露凶光，表情恐怖至极。这声怪叫惊动了监狱，警察蜂拥而来，看着这一幕，他们把元哲五花大绑捆了起来，等着监狱长的到来。尚无极跑了出来，看到此景，立马扑了上去，大喊道："你们放开他，放开他。"他被警察拦住，老泪纵横。

孙大成和赖汉生闻风赶到，他们见到此景，也惊呆了。赖汉生顿时火冒三丈，厉声呵斥道："你的庐山真面目终于暴露了。老孙，你看到这样的惨状有何感想，这个小子，早就该严惩不贷了，你一味地纵容，就是这样的结果，这四个人被他打得一动不动，生死未卜，你要承担责任的。"

"医生什么时候到，不惜一切代价抢救生命。"孙大成没有理会赖汉生，他心急如焚，把生命看得比天还大。

"在路上。"刘德锁愈发得意起来。

"监狱长，元哲满身是血，一定是被他们欺负了，不得已自卫的。"

"老家伙，你就别血口喷人了。"赖汉生气急败坏地说道。

"我血口喷人？你玩忽职守，元哲被捅那天，你难道忘了吗？这是有预谋的。"

"你胡说，简直无法无天了。"

尚无极看着赖汉生那张嘴脸，想起了赖文昌，他近乎发疯似地挣脱开警察，冲到赖汉生跟前，抬起腿就是一脚，赖汉生几乎跌倒在地。周围的警察猝不及防，扑过来把尚无极摁倒在地。赖汉生挥起拳头砸向尚无极，孙大成眼明手快，抬起胳臂挡住了赖汉生的拳头。

"政委，你不能冲动，这是犯罪。"

政委嚷嚷着，定要报复尚无极。医生赶到了，做了紧急处理，那四个人只是被打晕了过去，并无大碍。他们当堂对质，死死咬住：是元哲先动的手，他们不得已自卫。奈何架不住他们人多，元哲百口莫辩。

“老孙，李元哲这可是犯罪行为，你说怎么处理吧。如果你不严肃处理，我只能提请检察院公诉了。”

“政委，这么大的事，我们要上会讨论，按照组织程序来，绝不姑息任何一个人。”

“越是在困难的时候，越要坚强。我们是解决问题的，不是来斗气的。需要我们伸张正义的时候，我们绝不能退缩。需要我们惩恶扬善的时候，我们也绝不手软。在这个时候，我们只有冷静，再冷静，尽到我们的职责，才能对得起这顶帽子上的国徽。”孙大成拿起葛福贵的帽子，给他戴了上去。

“那孩子，时运不济，哎，我心疼啊！”葛福贵眼圈红了，泪珠子顺着脸颊滚落而下。

“嗨，我这是头一回见你掉眼泪，跟个娘们似的，不像个堂堂的监区长，男儿有泪不轻弹，你这倒让我大开眼界，哈。”孙大成把纸巾递了过去。

“说实在的，我们成天在这里待着，你说说，我们跟犯人的区别大吗？都快成疯子了，进来的人总归要出去，可我们呢，要待到退休，一晃就是半辈子。真不容易，跟判了无期差不多，等自由的时候，也就不中用了。”

“福贵，你这话，我不同意，我们的工作虽说平凡，艰辛甚至复杂危险，但却是伟大的，为什么？因为我们是在救人，医生是在挽救人的生命，我们是在挽救人的精神，如果只是挽救了生命，而没有了精神，那是可怕的，也是可悲的，所以从某种意义上来说，我们的使命是伟大的。”

“这个我懂，我只是想说，我们之所以能坚持在这里，正是有像元哲这样的孩子，是他们给了我们坚持下去的理由和希望。”

“你呀，偏心眼，还蛮重感情的，其实还是有点小私心，难道不是因为篮球吗？当然，你说得也不无道理，人嘛都是有感情的。不过，能让你我坚持下来的，不仅仅是这些孩子们，而是我们的信仰，是对真、善、美的那份执着。”

“难道，你没私心吗？你不是也在袒护着你看重的人吗？包括那个元哲。”

“怎么要跟我大辩论啊，你只说对了一部分，其实我们的任务之一就是要保护那些良心还没有泯灭的人，让他们看到希望，早日从这里走出去，奉献国家、社会。好了，不说这些了。我还正想着让你来，你跟我可是节奏一致啊！出事的时候，政委的举动引起了我的注意。还没有调查，他就断定是元哲的过错，这个事情很蹊跷，我想让你帮我查查，这四个人的来历，他们是怎么进来的。”

“哦，你说到这里，我似乎也有点明白了。我这就下去查。”葛福贵恍然大悟的样子，挥舞着手，双眸顿时明亮起来。

元哲浑身上下缠满了绷带，像个布娃娃。不过，大家听说他一个打翻了四个，都暗自佩服。元哲的监房每天门庭若市，探访者络绎不绝，就连瞎二这样的“老大”也变得恭敬了许多。刘铁心为了讨好元哲，把自己最爱吃的腊肉偷偷给元哲送了过去，千叮咛万嘱咐地说道：“兄弟，你可别说这是我给你的，这玩意贼好吃，好不容易才弄到手。”

“兄弟，多谢你的好意，还是留着给弟兄们吃吧。”

“你是病人，这是给你弄的。”

“刘哥，你就别客气了，我其实没什么事。”

“都成这样了，还要强。”

元哲无意中露出了一部分胳臂结痂的伤口。刘吉利顿时惊呆了，那伤口完全被鳞片状的黑色固体覆盖着，透过它似乎能看到流动着的血液。“啊，啊，这是什么。”刘铁心吓得张嘴大叫，跌跌撞撞躲开了。元哲瞪着大眼睛看着自己的伤口，他用手轻轻碰了一下，那鳞片下面立刻发出嘶嘶声，鲜红的热流直往上涌，皮肉通红，像要炸裂。

元哲心慌起来，他感觉自己的病情比从前更严重了，这究竟是什么病，难道我将不久于人世吗？这个世界，他还没有看够，还没有爱够，就这样走了，不知会留下多少遗憾。

李元哲得怪病的消息，不久便传开了。处理打架的事情也不了了之。监狱里派来了医生，对元哲做了全面检查。除了皮肤上有鳞状的伤疤外，并没有查出其他的病症。监狱为了防止意外，把元哲隔离开来，安排在小院子的禁闭室里，从那天起，夜晚总会莫名传来令人惊恐的怪叫声，既像狼，又像虎，有时甚至混杂着传说中古龙的嘶鸣。

夜里，尚无极总是心跳极快，突突突地被惊醒，他有一种不祥的预感，但又说不清楚是福还是祸。令他更奇怪的是，红魔再也没有骚扰过任何人。他去给元哲送饭，门却总关着，似乎故意躲他，剩饭越来越多。“这孩子，到底怎么啦，难道他得了厌食症？也不像啊，他说话的声音也变得浑厚了许多，似乎蕴藏着无限的能量。难道跟红魔有关吗？”尚无极思前想后，总感觉有什么地方不对劲。

“老尚，元哲的信。”

“放下吧。”尚无极心不在焉地应付道。

“嗨，老小子，你这唱哪出啊，绷着个脸，怎么，你老家伙还有犯难的事？”

“老鬼，想起从前的事了。谁写的？”

“还是那位，叫什么梅的。说也奇怪，元哲写了那么多信，怎么一个月了才回了一封，可不像从前三天两头来一封那个热乎劲。”

“小孩子的事，你就别掺合了，没事，走人吧。”

“嗨，你这死老头子，更年期还没过完呢，老不死的，哈哈。”老王头抱着一大摞邮件走开了。尚无极把信塞到了“禁闭室”，没想到，屋子里整整一天都没了动静。

夜里，明月皎皎，院里出奇的静，不时传来鼾声、呓语，伴着小风，吹拂着梦中人。忽然，元哲跑出了他的房间，大哭起来，他把信撕得粉碎，嘴角抽搐着，他心潮澎湃："梅芳凝，梅芳凝，你在哪儿，你在哪儿？你给我出来，你给我出来！我是那么的爱你，爱的你都忘记了我自己，为你去死我都心甘情愿！你怎么能狠心抛下我一个人。没了你，我活着还有什么意义！为什么这么对我，为什么？你说好的等我，说好的！我能够感受到你对我的爱，我的心都是在为你跳动，真的，你看看，你看看我的心跳，你来看看呀！我也想摸摸你的心，你在哪儿？你在哪儿啊？我知道我们的心在一起跳动，难道不是吗？你就这么跟我分手，你忘记了我们的诺言吗？你骗了我，你为什么骗我，为什么？不，你一定是受人指使，不得已这么做的，你是被逼的，梅，你在哪儿，你在哪儿，我要你出来，你快出来！梅，我知道你受了很多委屈，我会去找你，我一定会去找你！你要等我，等我啊……"

元哲哭天抢地，不知不觉地发出了奇怪的嘶鸣，那声音悠长深远，恐怖至极。他耗尽了最后的力气，吐出一口鲜红的血，晕倒在地。陈忠匆忙从房间里出来，看到葛福贵正好也出来。

“这是什么声音？够吓人的。”陈忠说道。

“怎么，你也怕啦？”

“有点，从前还只是狼呀，豹子什么的声音。这个声音可是从来没有听到过，人听了会做噩梦的。”

“看来，天尽山的自然保护工作还是做得不错，这个或许是某个稀有物种重现了吧。”

“但愿吧，还不睡？”

“我就不睡了，习惯了。你去眯会儿，总得有个睁眼睛的。”

“哎，那就辛苦你了。”陈忠跑回了房间，继续他的小睡。

尚无极却睁着眼睛，一宿没睡。他早早爬了起来，来到了后院。李元哲坐在院子里发呆，根本没有注意尚无极的存在。“孩子，你没事吧。”尚无极走过去寒暄道。元哲双目失神，整个人像被勾了魂似的。“难道被红魔附身了？还是被吓着了？”尚无极暗自思忖。他伸出手摸着元哲的前额，凉凉的。“元哲，谁招惹你了，告诉你叔，我替你出气。”元哲依旧冷冰冰地直视前方，仿佛尚无极不存在似的。

尚无极眉头紧锁，焦躁不安地走来走去。李元哲站了起来，义正词严地说道：“我要出工。”他的样子着实把尚无极吓了一跳。

“孩子，你的伤还没好呢。”

“叔，无论如何我要出工。”元哲说完，走出了后院，来到葛福贵的住处。他直接推门而入，葛福贵躺在椅子上正打盹，一下子被惊醒，哆嗦了一下说道：“你这是要干吗？”

“葛队长，我今天要出工。”

“不行，你的伤还没好。”

“我没伤。”

“胡说，你身上缠的是什么？”

元哲二话没说，把身上的绷带撕了个粉碎，几乎赤条条地站在那儿。葛福贵惊呆了，元哲的身体光滑无比，已看不出落下的伤痕。只是在血肉里似乎还留着模糊的瘀青。“乖乖，好得这么快，我不是在做梦吧。”葛福贵站了起来，用手摸着元哲的肌肤，的确很光滑，只是有一丝灼热的感觉。

“葛叔，求你了，我实在憋不住了，想去干活，这样子会把我憋死的。”

“容我考虑一下。”

“你不答应，我就坐这儿不走。”

“胡闹，威胁我！”

“没有，我就是想干活，想接受改造。”

“改造有很多种方法，没有必要非得劳动改造。”

“我只能接受劳动改造。”

“为什么？”

“待在这儿，我会想起爸爸，他以前也在天城监狱服过刑，我出生的时候他就走了。葛叔，你懂我的心吗？”

葛福贵看着元哲，心里酸酸的。他对李安宁的事略有所知，打心眼里心疼这个孩子。“你等等。”葛福贵拿起电话，说道：“钱大夫，你过来一趟，看看我们这里的那位小病号恢复得怎么样了。”葛福贵放下电话，准备起了早餐，他把热好的牛奶跟麦片混在了一起，加了蜂蜜、核桃和巴达木，拿出蛋糕，说道：“过来吃早餐。”

“葛叔，你吃吧，我不想吃。”

“怎么，嫌早餐不好啊。”

“不，不是，这是你的早餐，我怎么能吃，再说我也不配吃这么好的早餐。”

“什么你的我的，这就是给你准备的早餐，哪有什么配不配，再说这样的话，我看你就别想出去了。”

“葛叔，你同意啦？”元哲兴奋起来。

“吃了再说。”

元哲走过去，津津有味地吃了起来。“慢点，慢点，没人跟你抢。”不一会，一大块蛋糕被吃了个干净，葛福贵在一旁笑着，“好吃吗？”。元哲抹着嘴说道：“嗯，嗯，好吃死了。”大夫走了进来，给元哲做起了全身检查，他只是摇着头，却也没看出什么毛病，不确定地说道：

“看来是没什么事了。”

“没事就好，老钱，辛苦了。”

“不客气，分内的事。”大夫离开了。

“我可以出工了吗？”

“你说呢？”

“那就是行啦！”元哲眼里闪着泪花，兴奋起来。梅芳凝仿佛走来，哭诉着自己的委屈。这一次，葛福贵没有看出元哲的心思。当人动了情，或许会失去理智的判断，被假象迷惑，元哲的第一步计划实现了。

今天的太阳比往日毒辣了许多，还没出门就憋出了一身汗，葛福贵拿着毛巾擦拭着浑身上下，散发出酸酸的汗臭味。

“这么热，这还能出门吗？”葛福贵抱怨道。

“今天最高温三十九度，估计地面温度得有五十度。”陈忠冒着汗，发着牢骚。

“做好防暑准备，告诉司机，多带水，人手务必一顶草帽、两瓶水，还有防暑的必备药也带上，老钱能过来吗？”

“估计够呛，最近病人不少，他走不开。”

“准备出发。”

陈忠吹响了集合哨，清点了人数，葛福贵带着众人，顶着烈日，出了监区，等候的两个封闭式大巴车已到位，犯人们依次进去。警车在前开道，车队浩浩荡荡，驶出了天城监狱。元哲趴在窗口，望着监狱的大门，五味杂陈，也许这是最后一次看到天城监狱了。

黑桥镇快被晒化了，高高堆起的煤层，令人压抑，刚刚过了八点钟，大大的日头像燃烧的火焰山，炙烤着大地，一切似乎在扭曲变形中迎合着骄阳的狂傲。

“老葛，这个天气，恐怕会中暑的。”陈忠用草帽扇着提醒道。

“这个我知道，但我们必须完成任务，看来得想个一举两得的法子。”

“今天的工作量比往日还要大，你看那煤堆，都超过了火车皮。”

“让我想想。”葛福贵点着香烟，蹲在地下沉思着。

“老葛，590，李元哲有事找你，让他过来吗？”狱警跑过来询问道。

“让他过来吧。”葛福贵掐灭了烟，站了起来。

“监区长，我有情况汇报。”元哲一本止经地说道。

“你说吧，什么事？”

“这么干，会中暑的，那炭的温度至少得六十度以上，鞋子踩上去，用不了多久就会烤焦的。”

“中暑的事，我们都考虑到了，没你说得那么严重，你回去吧。”

“等我。”元哲飞奔似的跑到煤堆前，拿起一块儿黑炭，双手来回倒替着，又跑了回来。他把炭抓在手里，没过多久，手就开始发出嘶嘶声，被炙烤的皮肉，冒着一股黑烟。

“快放下，快放下。”葛福贵一下子把那块炭拨到了地下，端起元哲的手看着，手心处的皮肉有些发红，像是被烫伤的样子。

“没事吧？”

“还好，不影响干活。”

“你先归队吧。”

“我有个主意，一举两得，保证管用。”

“好啊，说说看。”

“我们实行轮班制，每班两个人，二十分钟一班，早晨十一点停工，下午五点开工，晚上九点左右基本能结束。”

“这个，我还真没想到。”葛福贵犹豫起来，一时拿不定主意。

“老葛，这倒是个办法，不过，时间是个问题，我们不会拖延那么长。”

“我担心的是，今天完不成任务，那就麻烦了。”

“葛叔，你信得过我的话，就听我一回。”元哲插嘴说道。

葛福贵看着高高堆起的煤块，烈日几乎让那些黑金燃烧起来，他开口说道：“我信你一回。”元哲悬着的心落了下来。梅芳凝离他越来越近了，仿佛在像他招手。葛福贵走到远处，拿起电话向上级请示。过了大约十分钟，他走过来，对着所有人宣布了今天的工作流程，采纳了元哲的轮班制。

上午的几个小时很快过去了，烈日逼着众人提早半个小时收了工，葛福贵看着高高堆起的煤层，有些沉不住气了。

“干了这么点活，这要是下午五点开始，我们得干到什么时候。”

“老葛，就是再接着干，恐怕也干不了多少，你看现在的温度。”陈忠把水泼到了地下，还不到一分钟，那地已变得干硬。

“我们可否提前两个小时开工。”

“三点钟恐怕是最热的时候，那时候开始降温，但却是最热，还是五点吧。”

葛福贵站了起来，走到各小队开始巡查，大家按部就班的躲在阴凉处歇息，还是难挡烈日的毒辣，很多人，不停地往身上浇水，水管附近排起了长队，负责警戒的干警嘴唇干裂，汗水浸透了全身。“快，先给站岗的同志端几盆水。”葛福贵，把水端起来，给站岗的同志浇着，短暂的凉爽至少能避免中暑的发生。就这样熬到了下午五点钟。

“全体集合，准备开工。”葛福贵拿起了喇叭高喊道。“各小队，在自己的工作面上先浇水。”大伙把准备好的水，一盆一盆地往上泼，煤层冒起了黑黑的烟尘，不过，很快又干了。大伙给自己又浇了水，开始了轮班制。元哲把自己小组的人分到了工作效率低的小组，甩起膀子一个人往车皮里铲煤。他不时地看着手表，等待着那个时刻的到来。不到两个小时，他的车皮已经装满，自己却变成了黑人。他坐到一边，计算着时间，望着其他车皮的进度。“绿皮车”晚上九点到站，九点十分发车，只要在九点钟装完车就有机会开溜。要保证九点钟准时铲完，既不能过早，更不能过晚，保持最多三分钟的误差，是有难度的。他望向远处，有三个车皮仅仅铲了三分之一，他计算好时间，立刻跑了过去。

“哥两个，你们下来，我上。”

“你一个行吗？”

“你们下来我就行。”

“呀，那么我们倒要瞧瞧了。”

元哲拿起铲子，走上了煤堆，他二话没说，干了起来，很快，他周围扬起了遮天蔽日的煤尘，伴着连续咣当的砸落声，吸引了周围其他小组的注意。

“这是谁啊？”

“一打四那个。”

“他怎么来这儿了？”

“他那堆早早完工了。”

“神力。”

“各位大哥，你们帮其他小组去，这儿的交给我了。”元哲喊道。

“得嘞，多谢。”这个车皮的六个人心里偷着乐，终于可以偷懒了。

过了大约半个小时，这个车皮的煤堆全部装完。元哲把铲子扔到一边，坐在地上喘了口气，他很快又到了另外两个进展缓慢的车皮，同样迅速地把煤装完。差一个钟头儿点，剩下十个车皮没有装完。大家都嚷嚷着让元哲来帮着装，元哲看了看手表，坐下来，喝起了水。大伙开始抱怨起来，“兄弟，你可是偏心眼啊，怎么不帮我们啊！”元哲只是笑着，他身边围着的人越来越多，都求着元哲帮忙。有的拿着扇子给元哲扇着，有的给元哲按摩，有的拿着私藏干货“孝敬”，有的给元哲擦着满身的臭汗和煤尘，此时的元哲俨然成了这里的老大，大家都看着他的眼色。独有大麻那几个不服气，有气无力地挥动着铁锹。

时间过得很快，眨眼只剩半个小时了，葛福贵焦虑起来，他看着那十个没有装完的车皮，皱起了眉头。看着这帮累得已经爬不起来的家伙，也只能望洋兴叹了。突然，李元哲站了起来，拿起两把铲子，对周围的人说，“把你们的人撤下，我来。”大伙一片欢呼，葛福贵看着这些苦干了一天的后生们，能有这么开心，也凑了过来。

“怎么，有什么好事？”

“大队长，您就瞧元哲的好吧。”

葛福贵纳闷起来，元哲走到煤堆上，两把铲子同时抡起，风扇似的不停地旋转，车皮里发出连环机关炮似的砸落声，五分钟，只用了五分钟，一节车皮就干完了，他迅速跑到另一节车皮挥起铲子在天昏地暗的煤尘中大干一番，很快又完了一节，大伙坐在一边欢呼着，掌声和口哨此起彼伏，干警们都看呆了。葛福贵看傻了眼，还没见过有如此神力的，这家伙这是怎么啦，真是疯啦，是一个来自天外的疯子，他想过去拦住，可看这架势，根本无法阻挡。还有十分钟到九点，元哲看着大麻那边的煤堆，说道：“哥们，你们歇着吧，我来。”

“凭什么，怎么，就你有蛮力？”宝爷不服气。

“要不你们比比？”瞎二调侃道。

大伙跟着吵吵起来，“比比，比比，比比。”喊声响彻了车站。大麻他们六个人都站在了煤堆上，准备好比赛的架势。元哲看了看手表，只是不屑地笑了笑。瞎二数着：“1、2、3，开始。”大麻他们六个发了疯似的装着煤，元哲不紧不慢地擦着身上的臭汗，没把这个当回事。还剩五分钟，大麻他们的煤堆也所剩无几，他们几个气喘吁吁，但丝毫没有松懈的迹象，心里都憋着一口气，誓死不服输。元哲看着手表，有些着急起来，怎么还不来，怎么还不来，这个时候是能听到火车鸣笛声的。他铲煤的速度明显放慢了，大伙唉声叹气，以为他精疲力竭。大麻那伙人就要装完了，他们看着元哲，嘀咕起来：“跟我们比，还嫩着呢。”

“来这儿装大爷，不撒泡尿照照。”

“自不量力的傻帽。”

忽然远处传来了火车的鸣笛，那声音悠扬浑厚，穿透力极强。李元哲像中了电似的，甩开膀子，两把铲子飞舞在空中，扬起了煤尘，遮天蔽日。大伙被元哲突如其来的精气神震撼着，大麻喊了声“快，这小子疯啦，要超我们。”还剩下最后半分钟。元哲的铲子犹如巨大的车斗，煤炭像天上倾泻而下的黑河，高高扬起，高高落下，壮观奇伟。大伙站了起来，大声欢呼着：“元哲，元哲，元哲……”葛福贵激动起来，这个小子的神力居然掀起了生产热情的高潮。元哲精准的掐着时间，还差十秒钟已全部装完。大家纷纷聚拢过来，抬起了元哲，为他创造的奇迹感动惊叹，大麻他们也装完了，只是已经累得爬不起来，也不得不佩服这个曾经被他们暗算的男孩儿。

绿皮车进站了，车站里弥漫着浓浓的白烟。梅芳凝在烟雾里忽隐忽现，忧伤的面庞挂着泪痕。“梅，我就去，你等我，你等我！”元哲心底急切地呐喊。他想去勾住梅芳凝伸出的手，可那手很快消失了，只有梅芳凝传来的恸哭回荡在周围：“元哲，我们要永别了！”元哲大声解释着：“梅，别，别扔下我一个，这样我会死的。”元哲掉下了眼泪，他挣扎着从人群里出来，消失在烟雾里。

天也暗了下来，车站里，缭绕的白烟在新上的弯月下，透着微弱的光。大伙集合起来，等待着收工。葛福贵脸上挂着笑意，他看了一下手表，已是九点五分，陈忠给他递过来喇叭，他清清嗓子，说道：“我不想多说什么，因为你们太优秀了，优秀得无法用词汇来形容，尤其是590，李元哲，他出了很多的力，让大伙能够顺利完成任务，值得我们每一个人学习。好啦，大家辛苦啦，我们回家。”

各小组开始清点人数，数字很快报了上来，独缺李元哲。葛福贵脑袋嗡的一下几乎要炸了。“陈忠，你再去找找。快。”葛福贵警觉起来。一种不祥的预感笼罩在他周围。“老葛，590 消失了。”葛福贵的心几乎要跳了出来。“立刻封锁消息，加强警戒！”陈忠把葛福贵的命令迅速的传达了下去。人群中弥漫着恐慌的气氛，警察变得严肃起来，四处张望着，生怕再发生什么事情。

“立刻上车！”葛福贵发话道。

“是，那向上面汇报吗？”

“先不急，给我留两个人。”

“是。”

陈忠率领着大队人马离开了车站，葛福贵跟着另外两个警察开始了搜寻。他把李元哲前前后后的言行又分析了一遍，不禁打了个冷战，暗暗想道：“这是他设计好的，早有预谋，我被他蒙蔽了！”他拿出了烟，还没点就把它揉碎了，“这小子，要闯祸了，枉费了我对他的信任！”

白烟拂过葛福贵的面颊，他越想越不是滋味，情绪激动起来，大喊道：“李元哲，你给我老老实实的回来，李元哲，我把你当亲人看，你就这么忍心把你的亲人丢一边吗？元哲，现在回来还不晚，还有希望，我知道你有很多委屈，你跟我说，我尽力帮你，只要有我在，你永远都是我的亲人。元哲，你回来吧！”

绿皮车晚点了十分钟，沉重的汽笛声打破了车站的寂寞，葛福贵透过淡淡的蒸汽，望向对面将要驶出的绿皮车，似乎感觉到了某种异样。那车在烟雾中慢慢驶出，仿佛蠕动的蛔虫。葛福贵望着前方，开始失望起来。车站昏暗的灯光照在车皮上，透过时断时续的白烟反着古怪的光。

一个黑乎乎的东西扒着车尾，只有那双眼睛闪着晶莹的泪光。葛福贵揉了揉眼睛，再仔细一看，像是他，他举起手电筒直射过去，那白烟又扑了过来，挡住了视线。葛福贵直往前跑，穿过了白烟，那手电的强光远远打在元哲的脸上。

“你给我回来，元哲，给我回来。”葛福贵眼圈红了，扔下手电筒直追绿皮车。他跳下站台，奔跑在铁轨上，元哲看着追来的葛福贵，冷漠地无动于衷，他的眼里不停地闪过梅芳凝。绿皮车的速度越来越快，葛福贵没有丝毫放弃的迹象。他拼命奔跑着，希望元哲回心转意。夜幕把一切都藏得严严实实，一辆急速行驶的列车与绿皮车相向而来，葛福贵紧盯着元哲，没有什么能引开他的注意力。相向而来的列车开始了长时间的鸣笛，离葛富贵越来越近了，那声音变得刺耳起来，像是发怒的雄狮，要把葛福贵吞掉。

鸣笛再次响起，火车踩了急刹，只听一声巨大的震动，列车晃动着几乎要从铁轨上滑落。那对车头大灯照在葛福贵的脸上，他一阵眩晕，“啊”地叫了一声，像是要跟这个世界告别，这个告别是如此仓促，让他惊恐不安。元哲看着葛福贵苍白的脸，犹豫着。他想跳下去，可另外一只手拉着他，让他无法前行。那鸣笛伴着急刹的晃动，把那张满是渴望和善良的脸要吞噬掉。那个对篮球，对生命执着的中年汉子，从此就要消失于这个世界。

元哲挣脱开栏杆，龇着牙大喊道：“闪开！”他像空中的野马飞奔过去，把葛福贵扑倒在一边，只听那列车轰隆隆，像地震似地在他们面前滑行了数百米，慢慢停了下来，空中满是飞舞的火星，白烟。

葛福贵慢慢爬起来，紧紧抱着元哲：“你疯啦，你傻呀，你不要命了，我的心都快从嗓子眼跳出来了。”

“葛叔，对不起，我错了。”

“一句对不起，就行啦，你这是犯罪，你知道吗？”

元哲失神地望着前方，麻木冷漠。警车早已堵在了车站周围，大批警察赶到。孙大成和赖汉生指挥着众人布控。葛福贵拉着元哲的手，慢慢走来。

“拷上！”赖汉生指挥着警察，阴沉着那张老脸。

“慢，我有情况汇报。”葛福贵挡在元哲面前，大声喊道。

“老葛，你这是严重失职，徇私枉法。”赖汉生急切地吼道。

“政委，先听他说什么。不要妄下结论。”孙大成提醒道。

“这孩子因疲劳过度，摔倒在站台下，当时大伙都忙着庆祝，根本没注意到。您知道今天车站的地面温度是多少吗？六十度，六十度啊，人都要烤化了，这个任务是不可能完成的，但我们完成了，如果没有李元哲的办法，今天恐怕会出人命的，你看看这孩子的鞋，看看，都快被烤化了。”葛福贵拿起李元哲的鞋，解释道。

“有目击证人吗？有目击证人吗？”赖汉生指责道。

“难道我不是目击证人吗？怎么我的话都不信了，那我还穿这身‘虎皮’干什么？”

“你，你简直是胡闹。这是包庇，你会害了他，也会害了自己，我的葛福贵同志。”

“政委，我都这么一大把年纪了，害人害己的事，我心里有数。你如果不信，可以看看这孩子的伤。”葛福贵把李元哲拽到了前头，元哲浑身黑不溜秋，臭汗的味道扑鼻而来。

“这件事不能就这么算了。”赖汉生退后一步，捂着鼻子嚷嚷道。

“政委，这件事，我首先做自我批评，没有尽到监管责任，您处分吧，我毫无怨言。”

“我们党委会上讨论决定吧，人没出事就好。”孙大成缓和着气氛。

已是深夜了，一行人消失在夜色中。葛福贵为这事，给了记大过处分，元哲始终没有把自己出逃的原因说出来。葛福贵思前想后，总觉得有什么地方不对，难道元哲得了什么怪病，还是精神出了问题，他这一辈子根本没见过这样的人，希腊神话中的阿喀琉斯也不过如此。他为了安全起见，还是让元哲与众人隔离，单独住在小院里。尚无极向葛福贵发了誓，一定把元哲看护好，这事也就过去了。

自那以后，李元哲总是坐在小院子里，拿着梅芳凝给他的最后一封信，翻来覆去地看个没完，有时愣半天神，感觉整个人的魂都丢了。尚无极看他的眼神都不对了，开始叨叨起来：“人这一生，为情所困的时候，也许会干出傻事。但，成不了大事，你呀，真是个傻孩子。”元哲依旧愣着神，突然他站了起来，望着远处的天尽山，说道：“我会出去的！”尚无极吃惊地看着元哲，担心起来。

三十、交易

梅新心烦意乱，在客厅里踱着步子，听着女儿从小屋里传来阵阵哭声，寻死觅活的呐喊不绝于耳。穆瑶从女儿房间出来，脸色难看极了，她下了楼梯，险些摔倒在地，扶着栏杆心急火燎地说道："你瞎走什么，也不过来扶我一把，就盼着我倒霉！"

"你省省吧，还不是你那馊主意惹的祸，什么找人模仿笔迹，这都是什么事啊，现在可倒好，孩子成了那样，成天里闹个没完，出了事，你负责！"

"梅新，你别过河拆桥，当初是你坚决不同意的，现在你又说我的不是。我告诉你，出了事，我找你没完，是谁千方百计要拆散他们，谁心里有数。"

"你就小点声吧，孩子听见了，还不得出人命啊！"

"你也知道害怕啊，既然胆子小，你就别鼓捣着别人干那缺德事，瞧你那怂样吧。"

梅芳凝砰的一声把门打开，拿着那封元哲的诀别信，哭着鼻子嚷嚷道："我告诉你们，如果我们散了，我也不活了。"

"宝贝，你可别吓着妈妈，没有你，我活着还不如死了算了。"

"我要去见元哲，你们尽快给我安排，不然我就死。"

"宝贝，他对你都那样了，你还要去求她，咱们家的面子可丢不起啊！"梅新劝解道。

"什么面子，我就不要这面子了，赶紧给我办，不然我就死给你们看。"

"好，好，我的宝贝，你想怎么着就怎么着，爸爸尽快给你解决。"

梅芳凝摔门躲进屋里，再也没出来。两口子大眼瞪小眼地看着。"这可怎么办，这可怎么办？他们见了面可就麻烦了，到时你我这做父母的可怎么向女儿交待。哎，这叫作茧自缚！”梅新有些撑不住气了。

“事是死的，人是活的，你就不动动脑子，怎么当的市长！”

“那你说怎么办？”

“别让他出来不就得了……”穆瑶凑到梅新耳朵跟前，小声嘀咕着。

第二天，梅芳凝跟着母亲来到天城监狱，赖汉生提前做好了安排。他把母女俩带到了会客区。“请稍坐，我去通知人犯。”赖汉生一副巴结的嘴脸，生怕有不周的地方。过了一会，他带着一名干警神色慌张地走了过来。

“董事长，不太好办，那孩子不想见人。”

“你没跟他说是见我吗？”梅芳凝激动起来。

“说啦，还就是专门说的，梅芳凝，我没叫错吧。”

“我不信，我不信，你骗我，你们都是骗子。”梅芳凝咧着嘴呜咽起来。

“宝贝，怎么能这么说话，可别冤枉了赖叔叔。”

“闺女啊，你可不知道，我们苦口婆心地劝了半天，那个李元哲死活不肯见，哎，我总不能绑着他出来吧。”

“那我进去，我进去见他！”

“这是严重违反监规的，出了事，我们可担不起这个责任，你是要让叔叔砸了这个铁饭碗吧。”

“我不管，我就是进去见他，我就是要进去！”梅芳凝声泪俱下地嚷嚷道。

“我的宝贝，他都死了心了，你就别这么念念不忘了！这不是咱们家，你就这么进去，那可是犯法的事，谁也承担不起这个责任。要不咱们以后再想别的办法，哪天，他兴许一高兴就见你了。”

穆瑶连推带拉，把女儿劝了出去。赖汉生紧跟在后头，堆着一副生硬的笑脸送别了市长夫人。他心知肚明，李元哲在市长那里就是一颗灾星，他的使命就是让这颗灾星不再影响市长，而这也是他往上爬的又一条捷径。他挥着手，春风得意，像是攀上了高枝儿，沉醉在成功的喜悦中。

半年过去了，王月变得愈发沉默寡言，想起自己的丈夫和孩子，就忍不住黯然神伤。没有征兆地自言自语，还嬉笑怒骂，像是得了精神病，沉浸在过去的回忆中，仿佛儿子回到了她身边。可这一切对她来说都是幻觉，她清醒的时候，在无助中变得异常脆弱冷漠。忆童年成了她唯一的依靠。

自从元哲进了监狱，戚雨蝶大病了一场。一夜之间，头发白了许多，从前的美丽一去不复返，她想见到元哲，但又害怕见到。憔悴、煎熬布满了她那张柔弱的脸，皱纹日渐增多。她整宿的睡不着，后来开始不停地咳血，始终都不见好。

探监的日子又到了，她这次终于下定决心要去一次。一大早就爬了起来，对着镜子照来照去，可总是不满意。一次又一次地擦了重化，化了又擦。白发好歹遮挡起来，可这皱纹怎么甩也甩不掉，她的手机响了。

“戚老师，我是芜影，您今天去看元哲吗？我想跟着您一块儿去。”

“哦，是你呀，你来我宿舍吧。”戚雨蝶病怏怏地说道。

“好嘞。”

戚雨蝶挂了电话，无意中看到了她跟李元哲的合影。那时候，她是多么灿烂娇艳。可如今，看着镜子里的自己，苍老的可怕，连她自己都没有勇气再看下去。突然，她感觉一股热流从嗓子眼里直往上涌，灼热得像是烈火在燃烧。她无法忍受，嘴一张，鲜红的血直喷在了镜子上。她一阵眩晕，镜子滑落在地，自己滚落在床边，不省人事。

“老师，老师，你怎么啦，你醒醒。”芜影费了半天劲把戚雨蝶扶到了床上，看着那一摊血，她难受地哭了起来。戚雨蝶慢慢苏醒过来，她指着桌子上的药轻声说着：“给我……”

“老师，咱们还去吗？”芜影扶着雨蝶，吃完了药，喘着气问道。

“去，去。”

“可你这身子，怎么去啊！”

“哎，还是你替我去吧。”戚雨蝶惨淡地笑了笑。

“啊，老师，我，我一个人不敢去！”

“没什么可怕的，你都是大姑娘了，马上就读大学了。”戚雨蝶咳嗽起来，浑身震颤，芜影在一旁抱着她，飙着泪。

“别哭，我没事，昨晚失眠了，又忘了吃药，哎。”

“老师，您就别说话了，我看着你这样，心里特难受。”

“你是不是喜欢他。”

“没，没有。”芜影脸变得通红。

“你的心思，我早看出来了。”戚雨蝶咳嗽了几声。

“老师，他只是帮过我，也是因为我才进去的，我对不起他，是我把他的青春葬送了。”芜影声泪俱下，泣不成声。

“怎么是你呢，不是的，你别瞎想了，这也许就是命吧。”

“老师，你需要我做什么，我都愿意！我不会离开你的。”

“你见了元哲，告诉他，我们大家都很想念他，盼着他早日重获自由，一定要坚强，我们永远爱他！”

“嗯，我知道了。”

“去吧，对了，好好去爱他吧。”

芜影看了一眼戚雨蝶，不知道该说什么，扭转身子离开了。戚雨蝶看着天花板，泪水顺着脸颊落下，元哲活蹦乱跳的景象又浮现在她眼前，这一切感觉像是一场梦，让人难以割舍。

天城监狱的门口排着长长的队伍，探监的人比往日里多了不少。一拨人出来，一拨人又进去，芜影站在人群中，格外扎眼，男女老幼总是想回头多看她两眼，私底下指指点点。

“这是谁家的孩子，跟个天仙似的，哎，怪可怜的，才多大岁数就来这地儿。”

“你别说，真是个美人胚子，你看那眼睛水灵灵的，脸蛋白嫩嫩的，可惜了，准是没人疼的孩子，不然一个人也不会来这儿。”

站在前头的一对夫妻不时地回头看着芜影，想想自己的孩子住了进去，不觉也伤心起来。

“瞧见没，瞧瞧，那小妞多俊，看一眼，魂都被勾走了。”

“得嘞，赶紧的，去要个联系方式，能要出来，今天爷做东。”

“小子，您就瞧好吧。”

小混混们看着芜影起哄，人群顿时炸开了锅，其中的一个混混冲着芜影走来。芜影却心无旁骛，一心只想着早日见到元哲。她看着如迷宫般的监狱，想象着李元哲会经历怎样的煎熬，内心不免沉重了许多。“嗨，小妞，能跟你交个朋友吗？”走过来的混混在芜影面前晃悠着。芜影冷不丁哆嗦了一下，眼睛里满是惊恐的眼神，她下意识地往后一闪，踩到了汪雨涵的鞋上。

“哎呀，我的妈呀，骨头踩断了。”

“对不起啊，对不起啊。”芜影扭回去，惊慌失措地道歉。

“你是？好面熟啊。想起来了，你是元哲的同学，我们在法庭上见过，你会跳芭蕾舞。”

芜影瞪着大眼睛看着他，似乎想起了什么，内疚的情绪立刻涌上心头。

“你帮我找过住的地方，对吧。”

“你终于想起来了。”

“哎，是我连累了你们。”

“过去的事，就别提了。”

“你来看元哲吗？”

“嗯，你呢？”

“我也是来看他的。”

“巧了，那咱们一起吧。”

“嗯。”

旁边的小混混看到此景，立刻傻了眼，灰溜溜地回去了。那帮人又开始起哄，逗乐子，执勤的警察立刻制止了他们。大约等了一个多钟头，汪雨涵和芜影被传到了会见区，大厅里，坐满了家属和犯人，警察在一边维持着秩序。李元哲坐在那儿，望着前方，心情难以平静。

警察带着芜影和汪雨涵走进大厅，他们四处张望着。穿过几排之后，一张空桌子边上坐着的一个光头、黝黑的男孩子。“那就是，你们过去吧。”警察指着元哲说道。李元哲站了起来，双眸闪着泪花。魁梧的身躯和结实的肌肉让他变得沉重有力，他已不再是那个篮球场上活蹦乱跳的小男孩儿了。

“元哲，元哲，你好吗？”汪雨涵一下子扑过去，抱住元哲，热泪盈眶。

“雨涵兄弟，终于见到你了。”

“请坐下。”警察说道。

“元哲，你还认得我吗？”芜影眼眶红红的，想起了那个晚上。

“芜影，真没想到你也会来。”

“是我害了你，我想来，但又怕你难过。”

“别这么说，能来看我，就很开心了。”

“里头吃得好吗？看你都晒得这么黑，是不是还要干活？”

“你看我这么结实，不就明白了。我最快乐的时候就是能在阳光下，自由自在地劳动了。你看我这胳臂。”元哲把圆鼓鼓的肌肉露出来炫耀着。芜影把手伸了过去，摸着那厚实饱满的肌肉，看着元哲黑黝黝的脸庞，既难过又激动。汪雨涵看着他们俩，感觉怪怪的，怎么，难道他们俩又……

“嗨，我说元哲，你怎么不看看我啊！”

“我这不是在看着你嘛。”

“不对，明明是看着大美女呢，还顾得上看我。”

芜影立刻把手缩了回去，满脸羞怯。她半低着头，散发着少女的气息。

“对了，你什么时候出来的。”

“刚出来没多久，算是提前释放吧。”

“那其他人呢。木涯，蓝可儿，‘凤凰’，‘梧桐’他们呢？”

“哎，他们过得也不好，大都在外地，京都是不能待了，你懂得，只有蓝可儿还没走，她忘不了风哥，总是在我们待过的地方徘徊，我替她难过。”

“你下一步有什么打算？”

“我也不知道啊，不过，还是想到外头先待一段时间，没有你，我们就是一盘散沙。”

“我妈和忆叔怎么样。”

“忆叔还好，只是你妈她。”

“我妈怎么啦，你快说呀，快说呀。”

“你妈她不大好，精神总是恍恍惚惚，哎，我不想再往下说了。好歹，由忆叔照顾着，你就放心吧。对了，这是忆叔让我转交给你的。”

元哲想着自己的母亲，难过地哭了起来。“元哲，你别哭了，我照顾你妈妈，你别哭了。”芜影拿出手绢给元哲擦着眼泪，也跟着难受起来。汪雨涵拿出一个信封递给了元哲，警察立刻走了过来，把信封拿了过去。

“不能留这么多钱，让你们来已经是破例了。”

“叔叔，他妈妈生病了，恐怕不能来看他了，求求您，就让他拿着吧。”汪雨涵恳求道。

“叔叔，求求您，他太可怜了，现在就是一孤儿，您就让拿着吧，我们来一次也不容易，他现在正是长身体的时候，需要营养。”芜影哀求的样子，令人心酸，警察有些动心了，开始犹豫起来。葛福贵远远走来，拿起了信封，只看了一眼，又放下了。

“钱不少，我替他收着吧。”

“老葛，这事那我就不管了。”

“没事，由我顶着，在这儿，我就是他父亲。”

两个小孩儿看着葛福贵，心里暖洋洋的，“叔叔，你真好，这是我们戚老师给元哲的，您也帮他收着吧。”芜影拿出戚雨蝶给元哲的红包，交到了葛福贵的手里。葛福贵从红包里抽出一个存折，上面写着“工资卡”，里面存着整十万元。还有一封信在里面。葛福贵拆开信，上面写着：“元哲，你好吗？你走的这些日子，我很难过，本来还想看着你上大学，还想让你陪我一起打球，还想去大成巷听忆叔讲故事，还有那儿的拉面，我没吃够。可这一切就像做梦一样，烟消云散了。我很难过，很想去看你，可我怕忍不住，怕自己太伤心，就让芜影代我去，这是我的工资卡，够你这五年花了，我自己还有一些积蓄，也够我用了。密码就是我的生日，你记得。在里头，好好改造，我们都等着你，我们会一直爱着你，你可别忘了我，忘了那个痴迷篮球的老师。我还是你的粉丝。”

葛福贵把信递给了元哲，心里沉甸甸的，他看了看手表跟旁边的警察低声说道：“时间快到了，再多给他们十分钟。”

“好，有我在呢，没事。”

李元哲看完了信，声泪俱下，字里行间里，他似乎看出了那份深深的爱意，他终于明白了那是一种怎样的爱。“元哲，别哭了，你难过，我也难过。”芜影拉着元哲的手摇晃着。

“戚老师，还好吗？”

“她，她本来是要来的。”

“她怎么啦？”

“她，她卧病在床，早晨还吐，吐血了。整个人都憔悴得不成样子了。”

“是我不好，是我拖累她了，我有罪，我有罪啊！”元哲大喊起来，周围的人都看着他。芜影看着元哲激动的样子，后悔当初把那事跟他说了，害他蹲号子，可天底下哪有后悔药吃。她紧紧抓着元哲的手，感受着他的痛苦。

“你们时间快到了，收拾一下结束吧。”警察说道。

“叔叔，求求您，再宽限一会儿好吗？”

“你这小姑娘，就顾得自己个谈恋爱了，不知道其他人还在外头排着队啊，都已经超过十分钟了，赶紧的，这是违反规定的。”

“那就再给五分钟好吗？叔叔，求求您了。”芜影面红耳赤地看着警察，警察的话让她既惊又喜，她宁愿相信这一切是真的，汪雨涵丈二和尚摸不着头脑，盯着他们俩，犯了迷糊。

“好吧，五分钟，多一秒都不行，我这儿看着表，你们有什么要紧的赶紧交代。”

“就你们俩聊了，把我撂在一边，重色亲友吧。”汪雨涵想缓和一下气氛，开起了玩笑。“雨涵，我那“魔天轮”还在吗？”元哲抹着眼泪说道。“哎呀，你就别伤心了，都是一爷们了，还这么娇气。你那宝贝，在忆叔那搁着，他可是每天都给你擦擦洗洗，新着呢。”汪雨涵眼眶也红了，他知道李元哲吃了不少苦，能这样坚强地活着，已属不易。

“我的生命是风语社，还有“魔天轮”，离了它，我什么也不是，也许只有等死。”

“别瞎说，你会有的，只要你好好活着，我们等着那天。”汪雨涵想起了风语社的那些日子，感慨万分。

“你们要等我出来，一定要保护好自己，你要去关心兄弟姐妹们，我们还会再见的，我们的风语社一定还会重振雄威的。”李元哲边说，边把存折推给了汪雨涵。

“这些钱，你拿着，接济有困难的兄弟姐妹。”

“这可不行，真不行，你需要它。”

“我说行，就行，听话。”

“我不要。真不要。”

“你还当我是老大的话，就拿着，风哥的话，你还记得吗？”

汪雨涵犹豫了半天，还是把那存折拿了起来。“芜影，回去别跟老师说钱的事，你知道，没有了风语社，我是活不下去的，我也没法向我的大哥交代。替我捎个话，我不会让她失望的。”元哲强装着笑脸，拉着芜影的手，依依不舍地告别。芜影点点头，抱着元哲痛哭起来。“行了，行了，时间又超了，回去吧，下次再来。”警察催促着。芜影就是抱着不放，她用带着泪水的红唇吻了元哲的脸颊。警察过去还是把他们拉开了，带着李元哲走出了会客区。

“元哲，元哲，你别走，你等等我，我爱你，我爱你！”梅芳凝远远看到了这一幕，大叫着几乎晕了过去，兰青在旁边扶着她。赖汉生在后边摆摆手，示意警察赶紧带走元哲。李元哲听到这熟悉的声音，刚把头扭过来，警察已把他推了出去。“求你了，我要去看看，我要去看看，就是看看。”元哲奋力想冲进去，警察关上了门，他被带回了三监区。

梅芳凝看着元哲从她视线里消失，在大厅里尖叫起来，她挣扎着冲向前方，希望再看一眼元哲，哪怕只有万分之一的希望。可是那个模糊的轮廓像是幻觉，消失得无影无踪。她失声痛哭，像丢了魂似的，昏昏沉沉。警察过来好言相劝，她发了疯似的四处抓着。芜影在远处默默注视着，心里不是滋味，她发现自己不知不觉爱上了元哲，那是一种无形的力量，一点点吸引着她，让她越陷越深，不能自拔。她看着梅芳凝的惨状，内心也充满了内疚，也许她不该这么自私。但“爱”这个东西，一旦开始占据你的世界，也就顾不了许多了。

芜影慢慢走出大厅，可就在这个时候，一阵急促的脚步声紧跟过来，她还没来得及转身，重重的一记耳光抽在她的左脸颊上，她雪白的脸蛋瞬间红彤彤的。

“是你害了元哲，就是你。”梅芳凝也顾不得平日里端庄典雅的形象，大骂起芜影。芜影捂着脸一动不动，泪水直往下流，她的伤痛在冷漠中愈发显得令人爱怜。梅芳凝看着面前这个什么都跟她争的女孩儿，心生万丈怒火，恨不能把她杀了。当她举起手准备再次发威的时候，汪雨涵挡住了她的胳臂。“芜影，你快走，快！”芜影抽泣着，站在那儿无动于衷，汪雨涵推了她一把。梅芳凝挣扎着，长长的指甲在汪雨涵的脖子上划出了三道血印子。兰青把梅芳凝拉到一边，用身体挡着她，让她把心中的愤懑发泄出来。芜影看着失控的梅芳凝，无奈地离开了，她越发明白了一个道理，真正的爱是奋不顾身的。梅芳凝泣不成声地尖叫着，晕倒在大厅。

汪雨涵忍着痛，想去说两句，最后还是离开了，爱对他来说越来越远，何况是别人的爱情，他更看不懂了。现在成了这个样子了，大家天各一方，他的痛让他忘记了那些个儿女情长，只有回忆才让他感到一丝安慰。

夜很深了，元哲翻来覆去，死活睡不着，那声音萦绕在他脑海里，仿佛在向他倾诉无尽的哀怨。他坐了起来，推开门，望着满天的星星，黯然神伤，那星星就像是梅芳凝的眼泪，晶莹剔透，飘洒在浩瀚天际。

“梅，我一定会去找你的，你等我，你要等我，我不相信你这么无情。天上的星星告诉我，你在为我伤心。我爱你，会为你而死去！”

元哲默念着，他的心像飞出了九霄云外，在宇宙中寻找着爱，寻找着让他梦魂萦绕的梅芳凝。离她的生日还有不到两个月了，在生日那天，我一定要见到她，把所有的爱都给了她。

他回到屋里，悄悄拿出那本熟烂于心的《心经》，看了一眼酣睡中的尚无极，直奔地窖去了。他照着尚无极的样子，顺利地穿越了那堵墙，《心经》消失在空气中，像是无形的天网，横亘在现实与虚幻之间。他举着手电筒，挎着做饭的铲子，顺着一根绳子，在空旷漆黑的世界里前行。

他的血液开始变得汹涌，血管在膨胀，心跳在加速，仿佛要穿透这个躯壳，在时空中自由驰骋。萤火虫成群的飞来，突然变得五彩斑斓，又成群的飞离，带着红光染红了这里。元哲健步如飞，远处隐隐传来低沉的嘶鸣，在风中变换着节奏。他突然停下了脚步，那低吟又消失了，像是遥远天际之音。

水流的声音越来越大，如惊涛骇浪震颤着地洞，元哲加速了前进的步伐。洞里怪石嶙峋，蜿蜒崎岖。他七绕八绕，终于看到了倾泻而下的大瀑布，它像一座山峰挡住了元哲的去路。

那瀑布将近半里地的宽度，深不见底，抬头望不到顶，像是从天倾泻而下的长河，泛起层叠的浪花，遮住了元哲的眼帘。他耳朵里嗡嗡响个不停，全身被水汽浸透。

“我一定要出去，梅，我会见到你的，你千万别想不开，等我，一定要等我。”元哲看着眼前的万丈瀑布，暗自发誓，要去找回那丢失的爱。突然，整个地洞开始摇晃起来，他紧随泛着红光的萤火虫奔跑，躲在了一块奇形怪状的巨石下。成群的萤火虫飞向了高处，元哲顺着它们发出的红光放眼望去，那墙壁和洞顶没有完全一样的地方，它们沟壑纵横，突兀森郁，千奇百怪，恐怖奇险，像是一个颠倒的世界。墙壁的岩石开始脱落，夹杂着水声，山崩地裂，如同世界末日。

元哲闭上了眼睛，紧靠着山石，聆听天地的怒号，感受着他的喜怒哀乐。他沉浸其中，看到了林语风的笑脸，聆听着天鹅湖的舞曲，一只白天鹅正翩翩起舞，向他走来。

“你们在哪儿，等等我，等等我，风哥，风哥，你别走啊！白天鹅，你到底是谁，你到底是谁啊！是我的梅，不，你不是。是芜影吗？我知道你也是白天鹅，你快说呀，你是谁？”

山洞里只有元哲的呐喊声在回荡，周围静得出奇，砸落的山岩，遍布四处。萤火虫在高处飞着，光芒四溢，元哲抬起头，张望着。“啊，那是什么。”元哲吃惊地望着前方，他抬起了手电筒。墙壁上居然铺满了山石，一条蜿蜒无尽的石路通向瀑布的深处。

“这条路到哪儿呢？难道会通向外头！不行，我得去瞧瞧。如果真的通向外头，那该多好。”元哲攀上巨石，把绳子打了个结，往上一抛，卡在了石头上，用脚一蹬，荡起了秋千，借着摆动的力量，嗖地一下扒在了峭壁上，顺着高低不平的崖壁，爬了上去。

萤火虫嗡嗡地向他扑来，围着他，红光四射，仿佛天神降生。他摸着墙壁，边走边爬，眼看着就到瀑布跟前了，萤火虫却纷纷退去，巨大的水流带着满世界的水花，让他窒息。瀑布周围形成巨大的气场，他还没接近，已被打了回去。他一次又一次地冲向瀑布，却被气浪和水花重重打回来。元哲的身上青一块，紫一块，气喘吁吁地坐在石头上看着瀑布，望洋兴叹。

突然，那萤火虫发出的红光隐隐地穿透瀑布，在元哲的双眸里闪烁，几乎要把他的魂勾走。“难道前面还有路，莫非是通天之路？”他站了起来，眼神格外透亮，他把绳子拴在了铲子上，一使劲甩了出去。那铲子穿过瀑布，落在了另一边。元哲使劲拽着，铲子并没有插在山石的缝隙中，又拉了回来。他继续碰着运气，铲子依旧没有固定在前方。

他把衣服脱了下来，包起一块石头，捆绑在铲子上。这一次，他铆足劲把铲子甩了出去。铲子飞向空中，穿过瀑布，直插在前方的山石里。元哲使劲拔了几下，确信已固定好。他打量了前后的距离，心里有了谱。他往后退了大约五十米，只剩下绳子的头。他深呼了一口气，开始拼命加速，快要接近瀑布时，迎着气浪和水花，他跳下了石路，借着摆力穿越瀑布。让他没有想到的是，瀑布倾盆而下，像一堵无边的雨幕拍打着他全身。他几乎窒息了，骨头像被碾成了粉末，疼痛难忍。当他穿过瀑布时，终于松了口气，庆幸自己能够躲过这一劫。

元哲使足了劲，身体往上一欠，就要落地了。忽然，咔哧一声，铲子从缝隙里滑落出来，连人带绳栽入深不可测的湖底。他随着瀑布急速坠落，脑子一片空白，生与死，对他来说已无意义。他只想着在离开这个世界时，能把肚子里的话都说出来，不要留下遗憾。他的鼻孔里，嘴里灌满了水，只等着闭眼的那一刻。

就在这时，湖底掀起血色巨浪把元哲卷入其中，不断收紧。他的周围像被一块满是鲜血的肉体夹裹着，透不过气来，越收越紧。那血一般的巨浪翻出千百个血红的深洞，黏附在元哲的周身，刺破他的皮肉，开始吮吸他的精元血肉。元哲的血像火焰般直喷入那数不尽的深洞，他无力挣扎，眼珠子变成了红色的血球，被吮吸着。他无法喊叫，那深洞紧紧堵着他的七窍，饕餮着盛宴。

血液染红了元哲全身，他的眼珠子眼看着被吸了出来。突然，他张开了大嘴，发出巨兽般的嚎叫，撕咬着黏附着他的黑洞。他嘴里满是鲜血，手开始挣扎撕扯，那深洞在疯狂地号叫，他们你死我活的争斗着，瀑布被染成了血水，周围地动山摇。

那黑洞缠绕着元哲，杀红了眼，发出怒吼，元哲拼命反抗，狠狠撕咬着。黑洞缩了回去，发出尖叫。元哲被甩了出去，摔在山石上，赤身裸体，不省人事。

昏迷，他听到远处传来鬼魅魔音。那声音充满了仇恨、诅咒。他睁开眼睛，眼前昏天黑地，只有那声音变换着调子忽大忽小，怪异邪性，令人胆寒。

“是谁，你是谁？”元哲惊惧着大喊。那声音突然消失了，只有冷风嗖嗖的吹来。忽然沙石漫天，乌云密布，狂风大作，那声音由远及近，像核裂变时的巨响，能把人碾成粉碎，元哲捂着耳朵，痛苦至极。

“我倒要问问，你究竟是谁？敢闯我的地盘，你还是头一个。”红魔无形无影，咆哮，泄愤，把整个世界变成了血红的世界，让人喘不过气来。四周天翻地覆，像漫天血水，恣意流淌，那血水在空中呈现出红魔的心声，既像是挑战，又像是哀求。

“地盘，什么地盘，我只是想穿过去。你是人，还是鬼，怎么总跟我过不去。你看我身上的伤疤，都是拜你所赐。”

“嘴够硬的，小魔头，你怎么死不了，你怎么死不了。”鲜红的世界开始震颤，表达着红魔的愤怒。

“我是人，不是魔头，我叫李元哲，蹲了号子，跟死了差不多。”

“你不是人，你根本不是人，你就是魔，在你的血液骨髓里，流淌着魔的灵魂，它翻天覆地，无所不能，你要跟我斗，那就来吧。”

“我不想跟你斗，你究竟是谁，我们为什么在这里相遇。我只想出去，我只想出去！”

“我是古月龙国的守护神，记住，井水不犯河水，通天之路我放你一马，这下地之路，你休想闯入，否则我跟你同归于尽，魔头，你好自为之吧。”

那鲜红的血顿时四散了，他坐了起来，揉着眼睛，回忆着刚才发生的事情，它近在眼前，又远在天边，似梦非梦，令人神痴。前方的瀑布，舒缓了很多，模糊中能看到崖壁上的石路，通向黑漆漆的远方。元哲清醒过来，看了看时间，已是下午六点，“坏了，要点名了。”他不顾一切，狂奔回去。当他走出地窖时，尚无极早已坐在院中，默念着什么。

“叔，叔，点名了吗？”元哲气喘吁吁地喊着，竟忘记自己一丝不挂。尚无极站了起来，吃惊得一句话也说不出来。“叔，你这是怎么啦。”元哲走过去，打量着尚无极。

“你，你，你到哪儿去了。”

“叔，你没事吧，怎么一惊一乍的，我只是下去走走，看把你吓的。”

“你可真把我吓死了，你没事就好，下去看到了什么？”尚无极面对着赤身裸体的元哲，竟然没有一丝尴尬。

“我什么都没看到，只是晕了一阵子，然后就醒了。”

“不对，不对，你真没看到？”

“真没看到。”

“那你的衣服呢，你瞧你这样子，赤身裸体，还想受罚。”

元哲看着自己的样子，满脸通红不知所措，陈忠大老远地喊着他们俩的名字，眼看就要闯了进来。“来不及了！”尚无极脱下自己的汗衫和裤子，匆忙递给元哲，“快，快穿上。”元哲慌慌张张地穿上了衣服，显然不合身，不过，关键部位还是遮住了。尚无极却光着膀子，露着三角裤头，扇着扇子。

“哎呀，老尚，你这又是唱哪出啊，怎么连衣服都不穿啊！”陈忠无奈地嚷嚷道。

“陈同志啊，我们这些个老家伙，就怕热，你瞧瞧这天，热得让人都喘不过气来。”

“天是热，可我们这里也是有规定的，这次就当我没看见，你还是赶紧穿上吧。”

“是，队长。”

尚无极拉着元哲匆忙回了屋，陈忠看着他们其乐融融的样子，满腹的牢骚顿时也没了。

“590，好像有你的信，一会来取。”

“哦，我这就去。”

元哲还没来得及穿上衣，就急忙往出走，他边走边穿，追着陈忠来到了办公室。

“队长，信呢？”

“瞧你心急的。”

陈忠把信递给了元哲，他像抓住了救命稻草似的，紧握着信封，梅芳凝仿佛又出现在眼前。他迅速把信拆开了，一张照片滑落在地板上，他捡了起来，看得入了迷。原来是芜影的芭蕾舞剧照，时光一下子回到了过去。排练大厅里灯火辉煌，一只白天鹅翩翩起舞，等待着她的王子，可王子终究还是没有到来，她的眼泪化成了白雪，洋洋洒洒弥漫在空中。白天鹅再也跳不动了，慢慢地倒下，倒在了空旷的荒野中，在绝望中呻吟。

元哲拿着照片，手在颤抖，心都碎了，喊着：“白天鹅，白天鹅，你在哪儿？”

“你这是怎么了？”

陈忠走过去，拿起照片仔细看着，忍不住赞叹起来，“真美，简直就是天使，难道她就是白天鹅？”元哲并没有答话。陈忠无意中翻到背面，上面居然有留言，“我是你的白天鹅，为你舞，为你痛，陪你一起走过白茫茫的世界。”陈忠居然把它读了出来。元哲一把抓了过来，阴沉沉地离开了。

“元哲，以后不能擅自下去了，太危险，万一出了事，我无法向你父亲交代。”尚无极边说边拿着大勺子搅和着大锅里的小米粥。元哲看着照片，一句话没说。“想什么　呢？”尚无极捅了他几下。

“哦，哦，叔，没想什么？”元哲把相片收了起来。

“你有事可别瞒着我。”

“叔，没有。”

“我不信。”

“真没有。”

“你把衣服脱了。”

“为什么？”

“让你脱你就脱，别废话。”

元哲乖乖地把衣服脱了下来。尚无极走到跟前，用手贴在他的胸前，立刻发出嘶嘶声，元哲的全身逐渐通透起来，像是岩浆在涌动，尚无极立刻把手拿开，看着古怪发生。他的伤痕在皮肤下隐约显现，布满了全身，伤口形状千奇百怪，深浅不一，可怕至极。

“孩子，你可别再去了，不然你的小命就没了。”

“谁要我的命，我怎么不知道。”

“你仔细想想，你到底遇到过什么？”

元哲低头不语，他潜意识中似乎想起了什么，但又不敢肯定，表情呆滞。

“孩子，叔也不能瞒你了，这个地方，有上古幽灵，魔性极大，它差点要了你的命，看你身上，跟常人完全不一样，就像变了个人似的。”

“叔，我不觉得疼，有时候会变得失忆，像是睡过去了，可又不像，总觉得有什么东西在跟我说话。”

“孩子，那是红魔，存在了很久，被它害过的人，死状极惨，你看看你的样子。”

“红魔？我怎么没见过！叔，也没什么呀，就是皮肤红了点。”元哲看着自己通红的肌肉，并没有看出什么不同。

“孩子，疼不疼？”

“不疼，没有任何感觉。”

“这到真奇怪了，没想到你能挺这么久！”

“叔，你在说什么呢，我怎么听不懂？红魔长什么样？”

“你真没见过吗？”

“我也不知道，感觉被什么东西控制过，特别痛苦。”元哲渐渐找到了潜意识中留下的痕迹。

“看来红魔找过你，你可千万别再去招惹它，不然你会死的。”尚无极看着元哲，越来越纳闷，心想：“红魔折磨过这孩子不止一次，怎么跟没事似的？”

“叔，我可不想招惹谁。”

“那就别下去了，这是它的地盘。”

“叔，我发现了一条路，不知道通向哪里？”

“什么，有路，这么多年，我怎么不知道。上次带你去，大瀑布跟前就是尽头，哪里有路。”

“我也不知道怎么出现的，只记得像是发生了地震，震出来的一条路，不过是在上面。瀑布下面是一个极大的水潭，深不见底，当时我掉下去了，可不知怎么，醒来的时候是在地上。”

尚无极瞪着大眼睛，眨也不眨，听得入了迷，像是有了什么惊天的大发现，沉浸在他渴望已久的世界里。

秋夜，微风吹来，不觉有了一丝凉意，蝉声也变得低调了许多。尚无极看了看熟睡中的元哲，悄悄关住房门，背着包裹，拎着一根绳子，打开手电筒进了地窖。突然，有人拍了拍他的肩膀，尚无极倒吸一口凉气，转过身子喊道：“谁？”

“我，是我，叔。”

“你怎么来了，快回去，不要命了。”尚无极看到元哲，松了口气。

“叔，你就带着我吧，我给你带路，还有个帮手。”

“不行，太危险了，快回去。”

“叔，我都来过两次了，你看还是好好的，你说的那个红魔也没把我怎样，你就带我去吧。”

尚无极犹豫了一会，他冥冥中感到，这孩子也许就是红魔的克星。

“跟着我吧。”

“好嘞，叔。”

他们带着工具，走进深洞，一路来到瀑布跟前。尚无极看着成群的萤火虫，把黑洞渲染成缤纷的世界，惊奇中多了几分遐想，这些萤火虫不像是地球的生物，它们来自于另一个世界，究竟是来自于哪里呢？

“叔，你在想什么。看，西北角，那就是路。”元哲把手电筒指向了西北角上方。尚无极回过神来，看着西北角，瀑布在那里变得微弱了，隐约中能看到一条石头堆砌的路贴着崖壁穿过瀑布，杂乱无章，伸向远方。“走，我们上去。”尚无极带着元哲爬上了崖壁的石路。他们小心翼翼地往前走，不时有石块掉落。萤火虫越来越少，路变得愈发难走，他们贴着墙壁，脚下随时都有踩空的危险，滑落的石头落入潭底，只能听到微弱的涟漪声。

“叔，这湖有多大，都走了很久了，感觉还在湖上。”

“孩子，不知道啊，这个湖可不简单，深不可测。”尚无极变得沉重起来。

“叔，路越来越窄，怎么办。”

“孩子，你怕吗？”

“叔，我没事，倒是担心你，要不我们还是回去吧。”

“别担心我，活到这把年纪已经知足了，况且我也野惯了。”

“叔，好像快没路了。”元哲拿着电筒往远处照去。

“走过去看看。”

前方一百米左右，突然没有了路。脚下黑洞洞的，深不见底。忽然，尚无极怀里发出嗡鸣声，元哲下意识地转过了身子。

“叔，怎么啦。”

“别说话。”

尚无极从怀里拿出了一个方盒子，他揭开盖子，一个刻满字的圆盘，金光四射，上面的指针不停地摇摆，像是被某种无形的力量吸引。尚无极变得紧张起来。元哲看着这个神奇发光的东西，充满了好奇。他刚想去摸一下。只见那东西突然爆开，散成烟火，像流星般滑入黑洞洞的湖底。尚无极还没来得及反应，湖底居然掀起了阵阵巨浪，整个山洞地动山摇。两人紧紧抓住崖壁的缝隙，眼前一片空白。在他们头顶上方，一双眼睛蓝光闪闪，阴气逼人，一步步向他们靠近。

“叔，你看。”元哲指向头顶说道。

“糟了，上古巨蟒。孩子，你快走。”

“叔，我不走，我不怕。”

那条巨蟒长约百米，粗如烟囱，吐着蛇信子，在洞顶上疾驰而行，石头不停地坠落，丝毫没有阻挡它疾驰逶迤。尚无极看在眼里，急在心里。巨蟒张开大口，如饥似渴地看着下方的猎物，拼命向他们扑来。巨蟒像长了翅膀盘旋在空中，蛇鳞泛着青光，像块黑云压了过来。忽然，潭底掀起冲天巨浪，巨蟒被打翻在空中，卷入冲起的红幕。巨蟒发出咆哮，挣扎了几番，便消失得无影无踪了。红幕渐渐沉入潭底，发出令人毛骨悚然的嘶鸣声。他们被眼前的景象惊呆了。

“孩子，你没事吧。”

“叔，我还好，你呢。”

“彼此，我们够幸运的，不然就一命呜呼了。”

“叔，那条巨蟒为什么是上古巨蟒呢。”

“古书里面曾记载过一种巨蟒，爬行于洞顶，可在空中翱翔，发着青光，已经消失一万多年了。”

“那刚才它怎么消失了。”

“它被卷走了。”

“被浪花卷走了吗？”

“不，绝不是，水奈何不了它。”

“那是被什么卷走了？”

“红魔，一定是红魔，对它构成任何威胁的事物，它都不会放过。”

“那它为什么没攻击我们呢？”

“我也在想这个问题，那条巨蟒一定对它构成了威胁。难道跟这个湖有关？”

“叔，你的那个东西怎么着火了，还掉到了湖底。”

“那是我自制的天圆地方罗盘，我也纳闷，好好的居然爆炸了，而且是落入水里，真奇了怪了。”

“叔，难道这个罗盘发现了什么，不然也不会发出响动爆炸啊。”

“对了，对了，罗盘针不停地摆动，最后指向潭底。”

“难道这个潭底有什么秘密吗？”

“红魔是潭底的守护神，巨蟒和罗盘无形中也许威胁到了它，所以才遭此厄运。”

“可是我们呢？我们不也到了它的领地吗？”

“这也是我很奇怪的地方。”

两人沉默片刻，尚无极耳朵像是听到了什么，他看了看元哲，声音像是从他那里发出。他不顾一切地把元哲的衣服扯开，一下子惊呆了。元哲浑身上下泛着红光，皮肤下处，血潮涌动，皮肤像爆裂般释放着体内的能量。

“叔，我这是怎么啦，这是什么病。”元哲极度惶恐。

“你这个恐怕不是病，也许你跟红魔有前世的渊源吧。我终于明白了，红魔为什么一直没有把你怎么样。”

“叔，为什么？为什么？”

“你们之间没有契约吗？”

“契约，什么契约？”

“你仔细想想，想想。”

“我什么都想不起来了，感觉被什么东西包裹着，对了，也许跟水有关，这个潭底不知道有什么。谁都不能靠近，我当时掉在水里，可醒来却是在岸上。难道，我们只要不接近这潭水，就没事吗？”

“红魔不能把你怎么样，他在你的潜意识里也许跟你做了一次交易。”

“叔，我似乎想起了什么，但又是模模糊糊的，当时的确是一种奇怪的声音在跟我对话，我不知怎么也被这声音迷惑了，懵懵懂懂说了啥都忘了。”

“孩子，我现在也糊涂了，你究竟是人还是魔，真是令人匪夷所思。”

“叔，快看！”元哲望着脚下喊道。

“这，这简直不可思议，咱们这是到哪儿了？！”

尚无极揉了揉眼睛，前方的脚下五彩斑斓，萤火虫铺就的路通向前方。“叔，我们往前走吗？”元哲眼里充满好奇。尚无极却愣在那儿，一动不动。元哲不自觉地迈出了步子。“回来，快回来！”他像中了魔似的，没有理会尚无极，两眼放着光，慢慢往前走。尚无极等了一会，终于迈出了步子，跟在元哲后面前行。

他们大约走了十分钟，仍然没有发现石头路。不免心虚起来，忽然前方的萤火虫四散飞去，眼瞧着就到他们跟前了。元哲惊呼道：“叔，赶紧回去，萤火虫飞了，快跑。”尚无极拉着元哲说道：“孩子，你快跑，叔跟着你。”元哲转过身拉着尚无极飞速往回跑，萤火虫铺就的路快速消失，它们在空中四散，犹若星河，照亮了整个山洞。眼看下面的路就要消失了，尚无极气喘吁吁，累得已无力前行。

“叔，我来背你。快。”元哲蹲下去说道。

“孩子，你快走，别管我，我这把老骨头已经活够了。”

“叔，你不走，我也不走，要死一起死。”

“不行，孩子，我不能对不起你爸爸，你一定要活下去，快，你快跑！”尚无极推搡着元哲。元哲顺势把尚无极背了起来，拼命前行，脚下的路变得脆弱黯淡起来，像飘在风中，摇摆不定。他抬起头无意中看到了墙壁上刻着奇怪的符号，下意识地念了出来：“阿迪斯图亚特，巴鲁潮汐纳尼……”他们终于踏上了石路，尚无极看着元哲，又看了看那些符号，大吃一惊。那些符号怪异极了，根本不是人类的文字，元哲居然能念叨着，这是中了什么魔。“孩子，孩子，你怎么啦。”元哲依旧念着这些符号。尚无极拍了几下元哲，他没有反应，边跑边默念着。他们到了安全地带，元哲把尚无极放在一边，原路返回，像被某种力量控制着，失去了意识。任凭尚无极怎么呼喊，他始终没有回头。尚无极默念咒语，还是无济于事。他看着元哲不由自主地远去，老泪纵横，昏厥在地。

元哲像着了魔似的，默念着墙壁上的古怪符号。他来到了断头路，已经无法自控，眼看着就要跌入深谷，却依然默念，神游于符号的魔力中。突然，那符号的墙壁开始坍塌，一具白尸，游荡在其中。她看到元哲，发出一声怪嚎，如幽灵般扑上去，贪婪地吸取他的血气。前面的墙体继续坍塌，引来了千百具白冥灵尸，它们一股脑的向元哲扑来，以期获得重生。

李元哲被众多白冥灵尸包围着，它们榨取他的躯体，变换着色相，淫浪狂暴。他被一种无形的魔力控制着，沉迷于此，不能自拔，变得惨白，憔悴，几乎成了皮包骨头。白冥灵尸兴奋的号叫着，恐怖至极，元哲眼看就剩一副皮囊。突然，巨浪冲天而上，惊天动地，震撼着周围。白冥灵尸立刻安静下来，他们看到此景，吓破了胆，四散而去了！红魔是这里的主人，它的领地不容任何人冒犯。

元哲昏昏沉沉，眼前一片断壁残垣，像是做了一场噩梦。他站了起来，眼前闪过一片红，正要看个究竟，却早已不见了踪影。他慢慢清醒过来，四肢无力，像是被抽干了血，没有一丝气力。他扶着石壁往回走，终于见到了尚无极，两人搀扶着返回了监狱。

从此，元哲一天天变得憔悴起来，判若两人。大家逐渐开始疏远他，就好像没这个人似的。元哲也变得古怪另类，令大家感到一丝不安。他每天跟中了邪似的，一睁开眼，便叨念着那些个古怪的符号，像是有什么东西吸引着他。尚无极明白其中的隐情，但丝毫没有解决的办法。夜晚，尚无极把他捆起来，可没有任何作用，他总是能够挣脱开，稍不留神，便消失得无影无踪。

一天夜里，尚无极悄悄跟在元哲身后，随他来到了地洞。他被眼前的景象惊呆了，石壁上的断头路，已经延伸了很长。李元哲像幽灵般在前面走着，白冥灵尸紧随其后，她们与元哲用奇怪的声音交流着，吸收着彼此的精气。他像是救世主，把这些白冥灵尸成群的从山岩里解封出来，那路便伸向远方，无穷无尽，蜿蜒曲折，犹如通天之路。

三十一、诀别

梅芳凝走在京都大学的林荫路上，夕阳照耀着泛黄的枫叶，辉煌而又凄婉。她感受着四十多年前那段刻骨铭心的爱与恨。张凤芝和尹大渊的生死恋仿佛是昨天发生的，历历在目。她想到了元哲，想到了他们的悲欢离合，难道命运跟他们开了一个大大的玩笑吗？秋风夹裹着片片枫叶缓缓落下，擦过她的发梢。她捡起一片叶子，闻着枫叶的清香，眼前闪过了年轻时张凤芝为爱情，执着而又胆怯的模样。她看着黄澄澄的枫叶，仿佛看到了麻婆的煎熬、苦难、无助，以及对爱无限渴望的沧海桑田。梅芳凝黯然神伤地走着，她不相信这就是至爱的命运，她不相信自己也是这曾经为爱而生、为爱而疯、为爱而死的张凤芝，想到这些，她的眼圈湿润了。她的元哲，她的心上人此时还惦记着自己吗？时间残忍得让人无法呼吸，她想回到过去，回到那一个个温暖而又心动的夜晚。

吴凡教授的报告就要开始了，京都大学报告厅里，人潮涌动，早已水泄不通。梅芳凝慕名而来，拥挤在人群中。这位刚刚留学回国的青年才俊在经济领域已经是赫赫有名的学者，十五岁就读世界级名校，二十五岁，拿下了哈佛的博士学位，二十七岁已经是京都大学的教授了。梅芳凝使劲地往前冲，大家都想靠近点，目睹这位英俊的才子，聆听他魅力四射的话语。

吴凡从前排走向了在主席台，台下一阵欢呼，会场里响起了雷鸣般的掌声。梅芳凝费了半天劲，终于站在了前排的人群中。吴凡只是微微一笑，那迷人的眼神再次引起会场的骚动，学生们激动得像是见到了自己的偶像，尖叫和欢呼声不断。

吴凡像一个巨人站在主席台上，他没带讲稿，儒雅中带着十足的自信。他舞动着双手，明亮的大眼睛像夜里的一束光，照亮了每一个人的心。他的声音有若洪钟，震颤着会场的每一个角落，大家的眼神里流露着渴望、兴奋和惊奇。人们不知不觉中被这神奇的话语带入了一个新的世界，在那里自由地徜徉。

“总有人问我，如何判断股市的未来，我告诉他们。你一定要谈一场轰轰烈烈的恋爱，天翻地覆，无问西东，爱就是我的答案。我和经济学的一次恋爱，将是一场有始无终，前无古人、后无来者的伟大恋爱。谢谢大家。”

掌声再次响彻会场，人们摩肩接踵，跃跃欲试。跟听众亲密互动是吴凡教授讲座的精彩之处。工作人员把话筒递给了中间一位穿风衣的男生。“请问吴教授，下一次经济危机会发生在什么时候，它是由什么引发的。”会场安静得出奇，大家都把目光投向了这位敢于提出刁钻问题的男生。吴凡莞尔一笑，似乎并没有被他的问题难倒。他的世界似乎早已有了答案，只是等待这个提问者的到来。“这位同学务实而又尖刻，是我们京都大学的风格。”吴凡的诙谐引得众人哄堂大笑。

“引发经济危机的原因很多，它就像一个多病缠身的老年人，往往由于一种疾病而引发致命性病变，最终导致死亡。而如此现象的根本原因恰恰在于过度全球化，各种病症汇集于一身，动一发而全身。至于你说到的时间问题，或许是一个伪命题，久病不治的人，随时都可能会死亡，如果非得说个时间的话，那就是2019 年，繁荣的背后就是风险的积聚，2019 年触发全球危机的可能性是极大的，十年就得大病一次，这已经是全球经济发展的常规模式。就像我们人一样，每年到了一定时候，总会病那么几天。”大家为吴凡的敏锐判断鼓起了掌。

梅芳凝站在人群中，踮起脚跟把手高高举起，工作人员并没有注意到她。吴凡犀利的眼光无意中看到了梅芳凝，心有所动。经过几轮问答，吴凡终于开口，他把最后一个问题留给了梅芳凝。

“请把话筒给了第二排，对，是她，靠安全门的这位女生。”吴凡看着梅芳凝，仿佛能听到她的心跳。

“请问吴教授，您刚才为什么说谈一场轰轰烈烈的恋爱，才能判断股市的未来，两者有必然联系吗？您的股市预测难道是在跟女朋友的热恋中推演出来的吗？”

梅芳凝犀利地提问惹得会场一阵大笑。吴凡像是打了鸡血，按捺不住内心的激动，他并没有对梅芳凝的质疑心神不安，相反，却文思泉涌，充满激情。

“爱情是人类最伟大的发明，也是人类独有的。千百年来，爱情的内涵不断丰富着、发展着，她很神奇又很现实，很神圣又很淳朴，她是上天送给我们的最好的礼物。她是我们人类开启智慧之源的发动机，有了她，我们成了神，成了宇宙的奇迹。她的千变万化就像是宇宙的化身，把宇宙的灵光输入了我们的心灵和血液，让我们的心跟宇宙一起跳动。爱就是宇宙的心声，她能窥测万物，体悟苍穹，她能驾驭四海，穿透时光，如果真正得到了她，请注意，我说的是‘真正’！那你就是宇宙之神，可以看透一切，可以预知未来。”

会场里，所有人默不作声，被这神奇的语言折服。吴凡看着梅芳凝，被她散发出来的绝伦气质深深吸引。掌声响起时，他似乎徜徉在被爱的世界里，幻想着那个牵着他手穿越银河的天使。

梅芳凝像是被什么击中了似的，眼前一片空白，她的内心此起彼伏，久久不能平静，在矛盾中淡忘着过去，在煎熬中慢慢抚平伤痛。大家纷纷索要吴凡的签名，只有梅芳凝无动于衷。“亲爱的同学们，我的办公室在双子大厦B座520，每周四下午都在那里办公，如有问题，可以给我发邮件或者预约到我办公室，大家要关注我的微博，谢谢，谢谢。”话筒里传来吴凡的声音，他应接不暇地为同学们签名，希望能再次看到梅芳凝，只是未能如愿。梅芳凝落寞地走出会场，消失在秋风吹起的层叠枫叶中。

宿舍比往日安静了许多，几个女生早已进入梦乡，只有梅芳凝把头埋在被窝里，揣着手机，翻看着吴凡的微博，她渐渐被他的思想吸引，眼睛愈发明亮起来，终于忍不住给吴凡留言，就这样她颤抖地打开了另一个世界的大门，小心翼翼地迈着步伐前行。

一个多月的时间里，元哲跨越了白冥灵尸区和绝地谷，淌出了一条奇险逶迤的通天之路，他像一个夜间幽灵，攀援在奇险诡异的世界里，感知着宇宙生命的跳动。还有几天就是梅芳凝的生日了，无论如何他要寻找到出口，见到他朝思暮想的恋人，哪怕只看一眼。他抚摸着黑漆漆的岩壁，呼吸着阴冷的空气，他的双眼似乎已经习惯了黑暗，穿透着漫长而无边的夜。

不远处，一丝微弱的光若隐若现照射进来。元哲向着光的方向前进，他的攀援技能在短短几十天里有了长足进展，像一只长臂猿，飞一般的往高处爬去，光越来越近了，他有些睁不开眼睛，但还是奋力向上攀爬，终于爬到了洞顶，他踩在岩石上，可就是看不到光从哪里来。他从背包里，取出斧子，敲击着四周的岩壁。那光像是从极细的岩缝中穿透过来，有时刺眼，有时微弱。难道这是幻觉，元哲寻思着。

忽然，他发现左侧不远的岩壁上，有一束光，很快消失了，又忽然出现，就这样一闪一灭地吸引着他。元哲犹豫了片刻，还是小心翼翼地爬了过去。他摸着这些发光的岩壁，不时有小石子往下掉。这里的岩壁似乎并不坚固，难道它藏着什么秘密吗?元哲拿出斧子试探性的敲击，小石子不停地往下掉。他用尽了全身力气，向上敲去，大块的石子开始脱落，周边的岩石也出现了裂痕，元哲奋力敲击，半个小时过去了，石块儿不停地往下掉，光线越来越强烈。

那光线像是带着杀伤力，越是强烈，掉下的石块越大，洞顶在持续的强光下终于崩塌了，连带着岩壁轰然倒塌，刺眼地光从天而降。伴随着天摇地动，数不尽的金沙、宝石铺天盖地倾泻而下，短短的几分钟里，五彩斑斓的宝石、金沙铺就了一条望不到头的通天之路，元哲被埋在其中，不省人事。

昏迷中的元哲，感觉被一团黑黑的东西压迫着，那团黑东西发着奇怪的声音，元哲在下意识中解读着其中的奥秘，他挣扎着想苏醒过来，却总是在黑漆漆的压迫中回转到那个半梦半醒的世界里。一阵大风吹来，撩开了那个大大的黑团，一束灵光闪现，他发出惊天的呐喊。元哲凭借着对先前那些岩壁符号的默念，似乎听懂了这呐喊。元哲闭着眼睛无意识地喊道："月龙王者、月龙王者……"那束强光照在他脸上，他闭着眼睛，慢慢坐起，跟随着那束光，沿着金光铺满的路向前走去。那束光在说着什么，元哲也跟着默念道："月龙在舞、月龙在舞……"

也不知道走了多久，突然，元哲的手表发出嘀嘀声，那束光一下子消失了。元哲倒在了地上，喊着："月龙在舞。"他慢慢睁开了眼睛，恍如隔世，看着远逝的光，直纳闷。手表还在响，他意识到，点名的时间就要到了。金沙、宝石发出的光芒并没有吸引元哲的注意，他只是想着尽快回去。他拼命地奔跑，前面的路突然出现了分岔，往左还是往右，元哲犹豫了半天，他向右拐，继续奔跑，令他奇怪的是，眼前的路，越来越平坦，光亮不断地增加。"这不是回去的路，一定不是，这是哪里。"元哲自言自语道。他也顾不了许多，迎接着光明冲出了山洞。清晨的阳光洒在他的脸上，他站在洞口的山崖上，眺望远方。"黑桥镇，黑桥镇。"他欣喜若狂地呐喊着。绿皮车穿梭在白烟中，像一条蜿蜒的长蛇游荡在山脚下。"绿皮车，绿皮车。"元哲大笑起来，重获自由的惬意荡漾在他的脸上。突然，脚下的岩石崩塌，元哲掉下了深渊。

尚无极推着元哲，元哲赖在床上，喃喃自语，总也醒不来。尚无极干脆使劲掐了一把元哲的屁股，这下子终于醒了。"要点名了，还赖床。"尚无极嚷嚷道。元哲一头雾水，还在回忆着刚才的梦，几天来都是做同样的梦，不过今天的梦终于给出了答案，他暗自发笑，心想："老天有眼，老天有眼，黑桥镇，我来了，我来了。"

"傻小子，做梦呢。"尚无极有些纳闷，但已感觉到，用不了多久，这孩子将会发生天翻地覆的变化。

"叔，没点名吧。"

"再不起，估计就要把你背出去点名了。"

元哲笑笑，他还是惦记着梦里的发生的事情，经过近两个月的开拓，地洞里的通天之路似乎有了答案，那些在梦里发生的事情，元哲都经历过，只是梦里的路，无意中给他带来了惊喜，分叉向右就是出口。他高兴得合不拢嘴，居然咯咯笑了起来。尚无极看着元哲，他猜测，地洞的奥秘正被这孩子解开，自己的使命就要结束了，这个新的世界属于元哲，而自己只是引路人罢了。

到了深夜，元哲悄悄离开了房间，尚无极眯缝着眼，假装熟睡，这一次元哲格外精神，换了个人似的，从前那种被某种力量控制的夜晚，一去不复返了。他驾轻就熟地走向深处。洒满了金光珠玉的通天之路渐渐映入他的眼帘，他看到路的分岔，回来是向右，进去是向左，毅然向左前行。他一边走一边计算着时间，指针的嘀嗒声穿过他的大脑，汇聚成无形的时空，引领着他走出黑暗。出来了，终于出来了，满天星斗伴着明月，照亮了夜空，山崖树林间，泛着淡淡的光。远方的黑桥车站传来汽笛声，冒着白烟的火车呼哧呼哧的驶进了车站，在灰暗的灯光里慢慢蠕动。

"对，是这辆绿皮车，再有十个小时，准时开往京都市区。"李元哲恨不能立刻坐进车里，他看了看手表，现在已是凌晨四点钟，明天就是梅芳凝的生日了，他一定要见到梅芳凝。他望着绿皮车心绪起伏，大喊了一声："梅芳凝，我爱你，我爱你，你听到了吗？你听到了吗？"山间几只夜莺飞出树丛，鸣唱着飞向远方。他最后看了一眼绿皮车，原路返回。还有一天，再忍一天，再忍忍，他哭了，也不知道这委屈憋了多久，哭声回荡在山崖树林间，悠长惨烈。

元哲的出行计划，就连尚无极也没察觉，他在忐忑与兴奋中度过了一天。夜晚，他躺在床上，难以入眠，望着窗外的夜空，等待着黎明的到来。此时此刻，他的心早已飞向远方，飞到了京都大学，来到了梅芳凝的心里，与她神交心汇。他一晚都没合眼，只是躺着，一动不动，安静得出奇。

尚无极偷摸地看着元哲，不觉纳闷起来。早已习惯了元哲半夜出行的他，看到元哲反常地窝在被子里，怎么也想不明白。天终于亮了，晨光一点点摄入小屋。元哲梳洗打扮，显得比往日精神了许多。尚无极猛地坐了起来，揉揉浮肿的双眼，盯着元哲。

"叔，起得好早，你不睡啦。"

"啊，不睡了，不睡了。"

尚无极彻夜未眠，连连打着哈欠，心里总感觉不踏实，暗想："这小子，又要干什么，别闯祸就好。"他从枕头底下拿出那本破旧的《地宫古星象图谱》无聊地翻看着。当他读到"流火暗藏，月龙消亡"时，不禁紧锁眉头，大惑不解。这本书虽然是上古流传下来的书籍，真实性无从可考，不过，凭借尚无极的睿智，还是能窥测其中一二的。"流火曾经隐匿过，给当时的地球带来过灾难吗？月龙，又是什么，是古国，还是别的什么。月龙和流火又是什么关系。"尚无极神经兮兮地念叨起来，仿佛回到了上古的时光，"流火，月龙，流火，月龙……"

"叔，你说什么呢，神秘兮兮的。"

尚无极还是一个劲地在那儿念叨着，丝毫没理会元哲。他有些好奇，走到床前，瞅了瞅，

“月龙，月龙，在舞。”

“孩子，你说什么？你说什么？”尚无极一骨碌爬起来，瞪着元哲大呼小叫。

“月龙啊。”

“不对，还有，还有。”尚无极有些激动，紧紧抓着元哲的手。

“月龙，月龙，月龙，在，舞。”

“对，就是它，就是它，月龙，在舞。”

“叔，这是什么意思。我怎么感觉在哪里听到过它。”

“我想起来了，我想起来了。”

“想起什么了，叔。”

“那是你前些日子说过的梦话。”

“梦话，什么梦话。”

“它或许是一个新的世界，孩子，你离它越来越近了。”

“叔，还好吧，我怎么越来越不懂您了。”

“你会懂的。”

元哲呆呆地看着尚无极，丈二和尚摸不着头脑。那块手表无意中反射到阳光，晃了一下他的眼睛，元哲立刻凑到表跟前，仔细瞧着，生怕错过什么。

“叔，这都七点了，怎么还不点名。”他显得有些焦急。

“怎么，你有事。”

“没，没事。我们不都是七点准时点名吗？”

“你有事可要跟叔讲啊，别瞒着我。兴许，今天有什么特殊情况。”

“七点是雷打不动的，再大的事，也不能耽误了点名啊。”

“再等等。”

时间一分一秒地过去了，到了八点还没有通知点名，这可急坏了元哲，赶不上绿皮车，将无法到达京都大学，他望着窗外，在屋里踱着步子。尚无极在院子里凝神静气，打着太极，沐浴着晨光。又过了半个小时，还是没有点名的迹象。元哲坐不住了，他推开门，心急火燎地要去找值班警察。他刚要出院门，被眼前的景象惊呆了，荷枪实弹的警察在每个监房门口站了岗，不时地有警察进出，像是出了什么大事。陈忠远远望见元哲，急忙跑了过来，郑重说道：

“赶紧回去，老实待着。”

“陈队，出了什么事，这么大阵仗。”

“不该问的事，别问。”

“还点名吗？”

“点名，点什么点，有人跑了。”

“啊，这样啊！”

元哲咯噔一下子，感觉情况不妙，他神色慌张地跑到尚无极面前，欲言又止。

“怎么啦，脸色这么难看。”

“没，没事。有人跑了。”

“那你紧张什么。”

“我，我紧张吗？”

“看你，这都深秋了，还淌汗呢。怎么，你放跑的？”

“叔，都这个节骨眼了，您还开玩笑。”

“今天这么反常，心里有事吧。”

“叔，您就别拿我说事了，我，我没事。”

“没事，鬼才信。不过，叔相信你不会做傻事，更不会做对不起我的事。”

“叔，是谁跑了。”

“跟你闹过的那几位主。”

“大麻那伙人？”

“他们可不是善茬，早有预谋，现在乱成一团了，压根没有发现出逃的线路，邪乎得狠。”

元哲低垂着头，像霜打的茄子，他双拳紧握，眉头紧锁，暗自思忖道：“无论如何，我也要见到梅芳凝。现在是最后的机会了，一会盘查起来，想走都走不了。如果再发现这个天大的秘密，那就全完了。”他的拳头握得越来越紧，两眼直视前方，脸色阴沉，目光犀利冷峻，像要参加一场生死决斗。他看了看手表，九点已经过五分了。不行，无论如何也得走了。他看着尚无极走进房间，便像光一般消逝在地洞里。

“元哲，元哲，来和面。”尚无极在厨房里喊了两声，没有一丁点动静。他拿着菜刀，慌慌张张走了出来，院子里仍然没有元哲的踪影。他推开房门，屋子里空空如也。他转身来到院子中央，地窖的门虚掩着，锁挂在上面晃荡着。“糟了，这孩子越狱了！”尚无极手中的菜刀跌落在地上。他进入地窖，底下一片漆黑，安静得掉根针都能听到。他掏出打火机，进入密室，那堵无形的墙安然矗立在那里，迎接着能越过它的每一个人。尚无极担心起来，他不希望元哲真的越狱，他更不希望元哲遭遇什么不测。尚无极愣了半天，两眼失神地望着那堵墙，等待着最坏的结果。他把地窖做了简单的处理，走了出来。

“老尚，590 呢？”陈忠带着几个武警和警察来到小院。

“啊，他，上厕所去了，拉肚子。”尚无极打着马虎眼，灰溜溜地进了厨房。

“这里有两个做饭的，也是三监区的，平时就住这院里，方便给大伙做饭。”陈忠给周围的人介绍着情况。赖汉生火急火燎地走了进来，看了一眼的周围的情势，气势汹汹地说道：“不留一处死角，就是把这里掘地三尺，也要把这几个逃犯挖出来！”大家望着赖汉生，变得愈发严肃起来。赖汉生在院子里四处走动着，查看可疑之处。

“陈忠，这里有几个人。”

“两个人，负责三监区的伙食。”

“把他们带出来。”

“尚无极，你们出来一下。”

“就来。”

尚无极心虚起来，极力掩饰着，他站在地窖门口，刚要张嘴解释。赖汉生一把推开他，瞪大了眼睛看着地窖，像是发现了宝藏，一下子变得激动起来。“把门给我打开，快去！”尚无极跑到厨房，从墙上取下钥匙，急匆匆地跑来，开了地下室的门。他们打着手电进了地窖，土豆、白菜和胡萝卜整齐摆放着，散发着泛潮的菜腥味，一群人查遍了地窖，仍然没有发现任何蛛丝马迹。赖汉生看着前面的砖墙，仿佛嗅到了什么。

“把这堵墙砸开！”

“啊，赖政委，这墙可不能砸啊！”

“为什么不行，你说了算，还是我说了算，这里一定有鬼。砸。”

“这里是日伪时期的地下掩体，一九四九年后因改扩建，曾发生过地震。现如今早已封存多年，可千万别再地震了。”

“危言耸听，一派胡言。”

大伙拿来了镐，铁锤。赖汉生抄起一把镐头就砸了起来，其他人也跟着一起砸。墙体开始摇晃，土石噼里啪啦往下掉。尚无极心急如焚，如果发现了这个秘密，那就全完了。赖汉生砸得正起劲，忽然，地窖震动起来，顶上的石块沙土开始不停地往下掉。

“不好，恐怕是地震。”陈忠嚷嚷道。

“慌什么。”赖汉生故作镇静。

“我们还是撤吧，会出人命的。”

陈忠话还没说完，地窖剧烈震颤，像是要塌的样子，一块石头砸在赖汉生的额头上，顿时鲜血如注。大伙扔下镐头，扶着赖汉生慌慌张张离开了。尚无极总算松了口气，这事也就暂时过去了。他希望元哲平安无事。

漆黑的洞里，只有阴冷与孤独伴随着元哲。他连跑带爬了几十公里，累得不成样子，喘着粗气，豆大的汗珠直往下淌。离洞口还有一段距离，他几乎无法站立，就要坐倒在地。那手表又开始报时，已经是下午一点了，距离开车时间不到一个小时。元哲咬着牙，继续前行，绿皮车仿佛就在他眼前，转瞬即逝。时间不知不觉地过去了，他终于摸到了洞口，大喊着:“我出来了，我出来了！”火车站安静的矗立在山下，绿皮车似乎等待着他的到来。元哲把绳子套在树上，沿着崖壁快速滑下。就在这时，隆隆的汽笛声传来，那辆绿皮车冒着白烟，缓缓离开。

元哲的心像被扎了一下，几乎要哭了出来，他迅速下滑，希望能赶上这趟列车。情急之中，他一脚踩空，摔下了山崖。大概过了半个小时，元哲苏醒过来，他被挂在一棵老槐树上，脖颈处，额头左上角，有明显的划痕，淌着血。他渐渐恢复了意识，顺着树干爬了下去。元哲跌跌撞撞，跑到了车站，那辆绿皮车早已远去。他跪在道旁，泪水滑落在铁轨上，浸润着风雨侵蚀的锈渍。

天空下起了小雨，小镇炊烟弥漫，黑桥镇在烟雨蒙蒙中烘托着悲伤。一辆装煤列车远远驶来，元哲听着汽笛声，遥望远方，他眼睛一亮，似乎看到了希望。火车越来越近，他没有丝毫躲开的迹象。火车再次鸣笛，他依旧无动于衷。眼看着火车就要经过，他突然甩开膀子加速往前跑去。火车像头疯牛并没有减速，元哲也没有丝毫停下的迹象，他和列车并肩赛跑，眼看着列车超越自己，就要远去。元哲一个纵身飞跃，牢牢抓住了车尾的栏杆，贴着急速行驶的列车，消失在烟雨蒙蒙的远方。

梅芳凝坐在双子大厦前的长凳上，凝视地面，眼神里流露着惆怅。今天是她上大学的第一个生日，她关闭了手机，陷入沉思：所有的祝福对于她来说已经没有任何意义，只有元哲能给她带来生命的激情。可他又在哪里，他或许再也不属于自己的世界，只是一场梦，令人无法忘却。整整一个下午，她就这么一直坐着，在挥之不去的往事中寻找一丝安慰。

一个惊雷从天划过，打断了她的沉思。她像只受伤的小鸟，战栗着。雨点噼里啪啦，像一把把尖刀戳着她脆弱的心。很快，雷电交加，大雨倾盆，她站在雨中，呐喊哭泣，让这雨水冲淡过往的一切。楼道里避雨的人们指指点点，看着在大雨中被浸泡的女生，唏嘘不已。

吴凡在学生的簇拥下，从电梯里走出，楼道里的喧嚣吸引了他的注意。他走到近前，透过大玻璃窗，立刻认出了这个让他心动的女生。他冲了过去，迎着扑面而来的大雨，跑到梅芳凝跟前，脱掉上衣，给梅芳凝遮风挡雨。但梅芳凝无动于衷，仍然放声哭泣。他一下子把梅芳凝拽入怀里，任由她排遣自己的委屈。

元哲在大雨中淋成了落汤鸡，他找遍了学校的每一个角落，仍然没有放弃。

他看到一个女生在大雨中靠在男人的怀里，想起了梅芳凝靠在自己怀里的那些个日日夜夜。他走上前去要看个究竟，那个男人居然把女生背起，向他走来。梅芳凝披散着头发，天旋地转，在风雨中迷失了自我。当他们路过元哲时，元哲一下子认出了梅芳凝。他像被闪电击中，大喊着梅芳凝的名字，被这雷雨声吞噬殆尽。

元哲望着梅芳凝被抱入车里，几乎要疯掉了，他拔腿冲向开动的汽车，可为时已晚。汽车溅起的水花，浇透了他的心。元哲伸出手去摸那冰冷的汽车，眼前一黑，晕倒在地，汽车远去的画面定格在他永恒的记忆里。

雨渐渐小了，月色在湿湿的路面上泛着青光。元哲仿佛听到有人向他召唤，“魔天轮”的嗡嗡声忽远忽近。不知过了多久，他终于醒了，借着微弱的路灯，他看到了周围冲他微笑的少男少女们。看到元哲醒来，他们欢呼雀跃，“魔天轮”嗡嗡作响，表达喜悦之情。这帮孩子是元哲的粉丝，曾经是风语社的崇拜者。他们一眼认出了元哲，把他救醒，买来了牛奶，蛋糕和水，一点一点喂着他。

“元哲哥哥，元哲哥哥，你还好吗？”其中的一个小女生带着两行热泪追问道。

“我们还可以跟着你吗？”一个小男生激动地说道。

“风语社，风语社还在吗？”

“风语社，在，还在。”元哲有气无力地开了口。

“太好了，太好了，我们要加入风语社。”

“对，我们要加入风语社。”

大家围坐着元哲，群情激奋，元哲身心俱疲，勉强微笑着。他突然站了起来，晃了晃，就要摔倒，大伙上前搀扶着他。

“哥哥，你要去哪儿，我们带你过去。”

“带我到大成巷。”

元哲看着消逝在暮色中的京都大学，心碎不已，这是一次无声的诀别。他感觉呼吸愈发沉重，嘴一张，一口浓血从喉咙里吐了出来，顺势趴倒在那个小女生的背上。“哥哥，你没事吧。”元哲哼唧了几声，晕了过去。大成巷到了，他们把元哲哥哥扶下车，等着这位车神苏醒。手表开始报时了，那声音清脆悠远，仿佛能穿透遥远的时空。元哲慢慢睁开了眼睛，他听到了报时声，像换了个人似的，他知道点名的时间快到了，如果到时不见了人，后果无法想象。“快，把我带到前头，快！”小姑娘动作麻利，瞬间便来到了麻婆的门前。他猫身钻进了小院，麻婆的屋子亮着灯，依旧重复着几十年来没有变过的对话和唱腔。他四处踅摸着，最后走进父亲曾经居住过的小屋，打开火机，一团黑漆漆的大物件，放在墙角处，蒙着厚厚的灰尘。他走过去，把黑布掀开，立刻让他惊呆了，他的坐骑，这就是他的坐骑！它像一个被遗弃的精灵，冷酷而又高贵，在月色下英气逼人。

元哲热血沸腾，生命的种子在他心底又一次燃烧起来，他扑过去抚摸着他的宝贝，浑身震颤着！时间不等人，他带上头盔，启动了“魔天轮”，像一阵风似的冲出小院。那些少男少女们眼前一亮，齐刷刷地紧随元哲，飞出了大成巷。他们远远落在了后面，情不自禁地大喊道：“元哲哥哥，我们怎么找到你啊！”

“我会去找你们的，放心吧！”

他驾着“魔天轮”，在暮色中渐行渐远。

三十二、古月龙国

那天奇怪得很，居然没有点名。不过，监区里格外严，增派了不少干警步哨巡查，像是一座兵营。元哲侥幸躲了过去，也把尚无极吓出了病。他很内疚，全身心地照顾老爷子，不出一个月，老爷子恢复了精气神，痊愈了。“魔天轮”藏在地洞里，每隔几天，他像是被勾了魂似的，总要驾着“魔天轮”驰骋在漆黑的山崖绝壁上，呼吸着洞里的夜风，聆听着遥远时空里的召唤，冥冥中感到有一个新的世界，等待着他的到来。

芜影每周寄一封信给元哲，元哲起初并没有当回事。信封拆都不拆就搁在一边。后来堆积得多了，有时也随便拆一两封，瞅瞅。元哲的伤痛慢慢逝去，看着这一封封来信，他的心渐渐敞亮起来。

“谁没事给你三天两头写信啊，怎么，还是那个叫什么梅的？”尚无极看着那堆信封不解地问道。他低着头看信，没有吱声。

“傻小子，叔问你话呢。”尚无极抬高了嗓门。

“啊，啊，叔，什么事。”元哲还没回过神来，支吾道。

“看看，看看，这信，有来头吧。”

“信，哦，这是我同学写给我的。”

“是一般同学？”

“嗯，一般同学，一般同学。”元哲脸红了起来。

“我看不像，怎么，原来那个没戏啦？”

元哲没作声，脸色变得阴沉起来。尚无极像是明白了什么，忙着调转话题。

“元哲，你听说了没，越狱的那几位主，被抓回来了。”

“啊，谁抓的，这么快啊。”

“老葛他们。”

“哦，哪里抓到的。”

“黑桥镇。”

“啊！黑桥镇。”

元哲慌了神，心想：难道我被他们跟踪了？不可能，绝不可能，他们是无法进入的。他拿着信的手有些发抖，脑袋耷拉下来。

“叔，他们关在哪儿。”

“禁闭，据说他们带上了电子脚链，报应。”

“他们怎么出去的，招了吗？”

“这个不清楚，听说他们死硬，死活不招，不知中了什么邪，整个人变得邪性起来。”

“不可能，不可能，绝不可能。”

元哲嘟嘟囔囔走出了房间，不免担心起来，他们怎么出去的，难道有什么东西在作怪吗？如果真是那样，那太危险了。他不由自主地来到葛福贵办公室，敲了敲门，没人应答，门却开了一道缝，虚掩着。元哲悄悄溜了进去，葛福贵坐在椅子上睡着了，连日来抓捕逃犯，令他疲惫不堪。元哲没想打扰他，刚要转身走，桌上写有“机密”字样的文件引起了他的注意。他还是没有抑制住好奇心，悄悄凑过去，迅速瞄了一眼。原来近期要把宝爷和大麻等几个逃犯转入重刑犯监狱，严加看管，防止再次越狱。

忽然，陈忠急急忙忙地冲了进来，着实吓了元哲一下。

“你在这儿干什么？”

“我，我找葛队说篮球的事。”

“你先出去吧，以后可不能擅自进入办公室了。”

“一定。”

元哲灰溜溜地走出了屋子，听到陈忠说“检察院”三个字，后面的内容听得不太真，还想听下去，却不敢逗留，只好回去了。没多久“葛福贵停职检查”的消息传遍的了整个监狱。大家私下里都在说葛福贵将被检察院起诉，扣了很多帽子和罪名，诸如不安心本职工作、玩忽职守等说法。

“叔，葛队他没事吧。”元哲问道，显得有些焦虑。

“哎，不好说，老葛仗义，不玩心眼。”尚无极边搅和锅里的小米粥边说道。

“叔，你的意思是，葛队是被陷害的吗？”

“以我的直觉，被陷害的可能性很大。”

“你怎么知道的。”

“指导员那天生病，老葛顶他的班出的事，这难道是巧合吗？”

“是有点，不过。”

“不过什么，那几个主可都是指导员安排进来的，可最后却没他的事。”

“叔，那葛队被冤的可能性很大。”

尚无极拿起勺子，敲了几下，愁容满面。元哲眼圈红了，他知道，葛队被整跟他脱不了干系，可自己却无能为力。这一年多来，葛福贵就像他的亲人，处处照顾他，保护他，让他感到了温暖和希望。他越想越不是滋味，跑到院子里，偷偷抹眼泪。

“有你的信。”老王头进了小院。元哲麻木地站在那儿，像个木头。老王头拿着信在元哲眼前晃了晃，他把信塞进裤兜，出了小院，一句话都没说。

“这小子，连句好话都不说。”老王头一脸不悦。

“他呀，有心事。”尚无极打着圆场。

“小伙子脾气见长，不把我这个老头子放在眼里了。”

“都一把老骨头了，还跟小伙子计较。跟你说实话吧，他呀，是担心咱们的老葛，你瞧那失魂落魄的样子，老葛在他心中分量不轻啊！”

“原来是这样，老葛的事，你也知道了？”

“我当然知道了，怎么，你有什么内部消息，透露一下吧？”

“检察院的专门来过，询问过他，而且内部争论得很激烈，老孙主张挽救，赖政委主张严办，都快打起来了，现在等上头的消息，就看老葛的命了。”

“哎，好人总是受欺负。”

“听天由命吧，我得走了。”

老王头走出小院，路过葛福贵的办公室，瞥了一眼。李元哲坐在屋里，看着葛福贵说着什么。

“葛叔，我知道你是冤枉的，你是个好人，别难过，我一定会替你申冤的。”元哲眼圈红红的，情绪激动地说道。

“傻孩子，别这么说，我没什么事，即使有事，你也要安心改造，早日出狱。”

“葛大叔，没有你，我也不会走到今天，你要陪着我走下去，我舍不得你。”泪水模糊了元哲的眼睛。

“孩子，千万别哭，我会陪着你走下去的。你看我的篮球水平多亏了你，你的任务很重，要继续提高我的水平。”

“嗯，会的，我一定陪你打一辈子篮球。”

“好孩子……”葛福贵抓着元哲的手，分外感动。

院子里突然吵吵起来，葛福贵推开门，看着眼前的景象默默无语。元哲听着吵闹声，也走了过来。三四个工人正在拆篮球架子，旁边围满了人，指指点点。元哲看不过去，要出去评理，葛福贵一把拦住了他。

“孩子，别干傻事，这不是你管的事。”

“不行，他们太欺负人了，我就要去评这个理。”

“别冲动。你这么冲动，以为是对我好啊，这么一来，反而让我会更被动。记住，坚韧，自强不息，一定会取得最后的胜利。”葛富贵拽着元哲的手，按捺着他的情绪。

“葛大叔，我可以一直这么叫你吗？”

“可以，我喜欢你这么叫我。我是大叔，你就是小叔。”

“小叔，小叔，我还是头一次听人这么叫。好，我就叫小叔。”

陈忠远远走来，忧心忡忡，看样子没好事。

“小叔，你先回去，我们改日再叙。”

“嗯，大叔，你保重。”

元哲难过地离开了，他边走边扭头看着葛福贵，就像看着自己的亲人，让他想起了父亲。夜里，元哲打开芫影的信反复看着，一只小天鹅仿佛跃然纸上，翩翩起舞，为他歌唱，欢笑，忧伤，他带着微笑进入梦乡。

探监的日子又到了，天气也变得炎热起来，芫影挽着发髻，披着白纱巾，戴着墨镜走进了会客区，大家都在打量这个气质非凡的女孩儿。芫影目空一切，直视前方。大厅里坐满了人，有哭有笑，秩序井然。不远处的一个角落里，一个长满络腮胡子的大汉子坐在那儿，纹丝不动。警察端坐在一边正襟危坐，汗珠子直往下淌。芫影看着那个大汉子，有种似曾相识的感觉。她往前走了几步，终于认出了大汉子就是元哲。一年不见，人都变得快不认得了，她摘掉墨镜，喊道：“元哲！”元哲慢慢站了起来，吃惊地看着面前这位白皙的女孩儿。芫影早已不是从前那个稚嫩、柔弱的小女生了，成熟、热烈、鲜活的色彩在她身上绽放。元哲也不是从前那个白净、活泼、腼腆的小男生了，深沉、坚韧、粗犷的力量笼罩在他周围。

没等他反应过来，芫影一下子扑了过去，靠着他，激动不已，居然哭了起来。

“还以为你不会出来见我的。”芫影带着哭腔诉说着。

“你写的信，我都看了，谢谢。”元哲一下子还无法适应，身子有些颤抖。

“你们俩赶紧坐下，好好说话。”警察不耐烦地说道。

芫影有些不情愿，只好跟元哲分开，面对面坐下来。

“元哲，你黑了，比从前结实了很多，我都快认不出你了。”

“我也差点没认出你，没想到，一年的时间，变化会这么大。”

“我总给你写信，是不是让人很烦？”芫影眼圈红红的。

“没有，我看了你的信，睡得很香。”

“我怕你熬不下去，就想给你写信，让你坚持下去。”芜影的眼泪掉了下来，哽咽道。

“谢谢你，谢谢。”元哲也伤感起来。

“看到你的样子，我终于放心，只要你健康地活着，那就是最大的幸福。”

“我很好，真的很好，你还跳芭蕾吗？”

“我跳芭蕾，我会一直跳下去，只要你喜欢，我愿意给你跳一辈子。”

“我有好久没有看到芭蕾舞了，你那时的样子，我现在还记得。”

“是在学校排练厅吗？”

“嗯。”

“只要你愿意，我随时都可以给你跳《天鹅湖》。”

“京都大学有《天鹅湖》吗？”

“有，艺术学院的传统表演项目。”

“那你一定是白天鹅了。”

“嗯。”

“这回，你可是如愿了。”元哲微笑着。

“我是为你而跳，只有你才配得上欣赏白天鹅！”

“谢谢你这么赏识我。”

“我的心愿就是能为你跳一辈子《天鹅湖》。”

“谢谢，我真高兴你这么说。”元哲伸出手勾着芜影的指头，仿佛回到了从前，回到了白天鹅的世界。芜影的脸蛋红红的，两人互诉衷肠，时间过得很快。

“还有五分钟，捡要紧的说。”警察提醒道。

“叔叔，我看他一次要走很远，能延长一会吗？”芜影祈求道。

“小姑娘，这可不行，这是违反纪律的。”

“叔叔，这些我都知道，可他从小没了父亲，中学没毕业就蹲号子，妈妈孤独无助，精神也出了问题。多可怜啊！我也是一个学生，是一个刚刚读大学的新生，他是我心爱的人，只有我会陪着他继续走下去。您看看在座的人，哪一个不是三五成群，拖家带口，也只有我们孤苦伶仃，就看在我们还是孩子的份上，多让我们待一会吧，我的好叔叔。”芜影声泪俱下地诉说，感动了警察。

“好吧，看在你上学的份上，给你们再延长十分钟，可不能再长了。现在是九点半，九点四十五，准时结束。”

“谢谢，叔叔，谢谢。”

元哲看着芜影，被她感动了，他越来越发现，爱是对生命的信仰，对未来的执着，是暴风雨后盛开的花蕾，美丽绽放。元哲紧紧拉着芜影的手，感到一股暖流融人自己的心底，温润着全身。他摆了个口型想要说什么，可又收了回去，芜影似乎看出了他有话要说，便拿出了矿泉水，喝了一口，故意洒在桌子上。元哲眼疾手快，蘸着水写下了“Tomrrow night，12，heiqiao station.（明晚十二点，黑桥车站）”芜影看到这些，开始没有任何反应，后来又表现出惊异；最后，她终于明白了，悄悄指了指元哲和自己，两人会心一笑。警察有些警觉，站了起来，元哲立刻抹掉了桌上的字迹。他站了起来，挡在了警察面前，兴冲冲地说道：“叔叔，我们谈完了，不给您添麻烦了，谢谢叔叔。”警察很纳闷，但又没发现什么。芜影走到他跟前，踮起脚跟，深情地吻着元哲，就在那一刻，元哲紧紧抱住芜影，吻着她的唇，感受着她的心跳。警察尴尬至极，周围的人被这一幕吸引，大厅里一阵骚乱。

“这儿不是热恋的场所，赶紧散了，别给我添乱。”警察不好意思地提醒着。

芜影脸颊泛红，整个人变得性感，透着被爱滋润的成熟。她一步一回头地离开了元哲，兴奋中洋溢着羞涩和对爱的渴望。整整一天就这么过去了，既短暂又漫长，那一晚元哲彻夜无眠。

第二天，元哲和芜影接吻的事传遍了整个监狱，三监区的人炸开了锅。放风时间，元哲拍着篮球被围了个水泄不通。

“那是啥滋味啊，能说说吗？让我们大伙也想象一下跟天使接吻的情调吧。”

“快讲讲吧，你看我都四十了，还没接过吻，就当给我解解馋吧。”

……

“小叔，小叔，那个天使不是你嫂子吧。”

大家开始起哄，院子里欢声笑语，没有了往日的森严和单调。元哲并没有理睬他们。他站在曾经放置篮球架的地方，继续练球，仿佛篮球架依旧屹立在那里。他怀念那些日子，怀念与葛福贵朝夕相处的分分秒秒。当听到有人喊“小叔”两个字的时候，元哲抱着球转了过来。“谁叫我‘小叔’，谁？”大伙都嬉皮笑脸地瞪着元哲。瞎二在人群中喊道：“是我，是我。”其他人都跟着喊起来，“是我”……元哲在大伙的起哄中，想起了从前在“风语社”的日子。看着这些个调皮捣蛋的兄弟们，他大声说道：“你们就叫我‘小叔’吧。”

“小叔，小叔，小叔……”大伙把元哲抬起来，绕着院子吼着。葛福贵走了出来，看着他们快乐的样子，不忍心阻止，慢慢拿起喇叭，喊道：“把小叔放下，把小叔放下！”大伙放下了元哲，惊奇地看着葛福贵，没想到老葛居然喊这个名字，他们看着老葛，断定他还算正常，也就放心了。“小叔”也就这么叫开了。

元哲倒在床上，回想着大伙对他的称谓，倍感亲切和荣耀，他想一定要对得起这个名字。一夜无眠的他，还是闭上了眼睛。一道白光闪过，像磁石般吸引着他。他跟着白光，飞向远方，不知飞了多久，停在了一个没有边际的大湖边上，湖上烟雾缭绕，水波荡漾，仿佛在哪里见过。元哲的脑海里闪现着过去一幕幕场景，渴望找到大湖的来龙去脉，他费尽心思，仍无法解开大湖之谜。那白光早已没了踪影，只剩他一人游荡在这一望无际的湖边。忽然，从弥漫的烟雾中传来话音，这话音越来越近，熟悉而亲切，像是在喊他的名字。

“元哲，元哲，元哲。”

“谁，你是谁？”

“元哲，你不记得我了，再想想。”

“你在哪里，我怎么看不到你，好熟悉你的声音，你究竟是谁？”

“我就在你身边，风随你心而动，天尽山的约定，你还记得吗？”

“天尽山，风之子，林语风，风哥，我的风哥，是你吗？”元哲激动地哭了出来。

“是我，元哲，你还好吗？”

“风哥，风哥，你在哪儿，你在哪儿，我怎么看不到你！”

“元哲，我就是风，是光，是你的翅膀，我们在心里相知，在彼岸相会，那个时刻一定会到来的。”

“风哥，彼岸是什么地方，我要去，我要与你相会。”

“彼岸是很远很远的地方，要去彼岸，必须赶在万亿光年的大结点。”

“万亿光年的大结点？我不懂。”

“宇宙破灭与重生的时间点，会在万亿光年的结点，瞬间存在，你要赶在这个时刻进入宇宙的大循环中，我们在那里相会。”

“在什么地方？”

“在月龙湖，月龙在舞。”

“月龙在舞，我好像在哪里听到过。”

“天尽山山顶，就是月龙湖，月龙是古月龙国的时光之子，他被红魔封在了月龙湖，你只有与他合二为一，才能到达彼岸。”

“风哥，你第一次去月龙湖，没有看到时光之子吗？”

“时光之子，只会出现一次，那就是你的到来。”

“可是我还在服刑，怎么出得去？”

“元哲，上天真的赐予了你无穷的力量，那神秘的地洞，就是通往月龙的暗道。你要小心红魔，它是你最大的障碍，要战胜它！元哲，我在彼岸等着你。元哲，元哲……”话音渐渐远去。

“风哥，风哥，别走！你等等我，等等我！”

睡梦中的元哲呓语着，伸着胳膊，像是在拉着什么。他看着白光渐渐消失，捶胸顿足，痛哭流涕。尚无极轻轻摇着元哲，分辨着呓语中的奥秘。足足有一刻钟，元哲渐渐醒来。他很伤感，回想着刚才的梦，现实与梦境令他恍如隔世。他慢慢坐了起来，擦干泪水，看着尚无极说道：

“叔，我做了个奇怪的梦，特别奇怪，知道了月龙湖，知道了月龙在舞，还梦到了我的风哥，他要跟我在彼岸相会。”

“给你托梦了，你去吧，你就是宇宙之灵，回到过去，走进未来，是时候了。”

“叔，你说的我不太懂，不过，今晚我有一个约会，你能替我保密吗？”

“今晚不去，恐怕就错过了万亿光年的大结点，你一定要去，一定要见到时光之子。”

“叔，你怎么说的跟梦里的一样，你真神。”

“时间不早了，快去吧，对了，拿上这本《心经》，你会用到它，红魔最怕它。”尚无极从箱子里拿出了一个黄布包递给了元哲。他打开黄布包，里面金光闪闪，眼都无法睁开。

“叔，这书怎么会发光。”

“这是金沙做的。”

“啊，哪里的金沙？”

“当然是洞里的金沙，其实它不是我们所说的金沙，它是火星石坠落到地球，经过千百万年风化而成的，它的亮度是金子的十倍，比金子更像金子。”

“叔，难道你也去过那个地方吗？”

“你被魔灵附身的时候，我一直跟着你，担心你有危险，不过你却发现了天大的秘密，这一切我都看在眼里，天意，天意啊！”

手表的报时响了起来，已是晚上十点钟，元哲准备好行装，告别了尚无极，消失在夜色中。

黑桥镇出奇的安静，昏暗的站台里，列车员目送最后一趟列车远去，习惯性地伸了伸懒腰，走进了候车厅。白烟渐渐散去，信号灯在夜色中闪烁，远处，偶尔传来几声犬吠，显得愈发空旷冷清。候车厅的座椅上，空荡荡的，这时，那两扇老式的镶嵌着玻璃的木门被推开了，哐当一声，门摆了几摆，立刻恢复了原状。一位披着红色斗篷，带着黑色贴脸面具的女子如风一般走了进来。她个子修长，挽着发髻，系着红头绳，提着皮包，犹如复活的阿弗洛狄忒，候车厅愈发显得渺小起来。列车员瞬间惊呆了，他揉了揉眼睛，上下打量着这位像是来自古希腊神话里的人物，困意荡然全无，颤巍巍地问道：“你，你，你找谁？”对方并没有回应，只是望着四周，寻找着什么。列车员惊慌失措地离开了，要去搬救兵。女子依旧站在那里，心无旁骛。

不一会，几个列车员走了进来，要盘问这位神秘的女子。他们居然也被这样的装扮惊呆了，以为是在做梦。他们朝她走来，神秘女子并没有发现他们的到来，站在那里一动不动。忽然，车站外传来震天的轰隆声，那声音像是一道惊雷，震颤着整个车站。神秘女子像被电到一样，突然转过身子，吓坏了围过来的列车员。她像一阵风似的冲了出去，那扇门哐当了几声，便不见了她的踪影。

元哲站在“魔天轮”旁，摘下头盔四处张望着，时针刚刚指向十二点，他看了看表，担心起芜影来。这时，候车厅的门被推开了，一位复古装扮的女子，出现在他面前。两个人就这么对视着，感受着对方的气息。神秘女子慢慢摘下面具，露出了真容，原来是芜影，元哲瞪大眼睛，惊喜地望着她。芜影解下了斗篷，一身白天鹅的装扮呈现在他面前。元哲站在那里，仿佛走进了天鹅湖，凝神观照间，痴迷自醉。芜影看着痴呆的元哲，心潮澎湃，她终于忍不住，一下子扑了过去，紧紧抱着他。

元哲看着洁白无瑕的芜影，一下子把她抱了起来，芜影尖叫着，开怀大笑。她贴着元哲，吻着他的脸颊，把隐藏了很久的爱，一点点释放出来。

“时间不早了，我们得赶路。”

“我们要去哪里？”

“到很远的地方，看你跳《天鹅湖》。”

“啊，是真的吗？是真的吗！”芜影紧紧抱着元哲，深情地看着他。

“当然是真的，小天鹅。”元哲轻轻地吻了芜影。

“那你不回去了，要我跟你亡命天涯吗？”

“你会吗？”

“我会的，带着我远走高飞，走遍千山万水，我只要你！”

元哲默默看着对方，眼里闪着泪花，被芜影的一腔热血感动，他的泪水滑落在芜影的脸颊上，把他们紧紧连接在一起。

“我得回去，你要等着我自由地出来。”

“那你今天出来只是为看我跳天鹅湖吗？”

“嗯，在月龙湖上看你跳天鹅湖，与天地日月共舞。”

“啊，月龙湖？在哪里啊？”

“我也没去过，像是在梦里见到过。”

“那我们怎么过去，你知道路吗？”

“凭着我的直觉应该能找到，我们也许会经历一场万亿光年的大结点。”

“你在说什么？我怎么越来越糊涂了，而且感觉离我好遥远，元哲，我有点害怕。”

“你相信我吗？”

“嗯，信。”

“那就跟我去领略一次亘古奇观吧，你怕吗？”

“我怕，但我会闭着眼睛。只要你陪着我，就是死了，我也愿意。”

他刮了刮芜影的鼻子，把脸颊凑到跟前。他们鼻尖碰着鼻尖，感受着彼此的呼吸和心跳。

“影，我怎么会让你死呢。我就是你的守护神，陪着你一起跨越银河万里和宇宙变迁，感受我们生命的意义。”

“我虽然不太懂你在说什么，但我会一直陪着你。是生是死都不重要了，我们的爱超越了所有。”

“你会懂的，爱让我们明白了一切，让我们成为纯洁的人。”

“嗯，我相信你！”

几个列车员莫名其妙地看着这对恋人卿卿我我，他们并不明白，这是一次跨越时空的热恋，是一次经历生命永恒之旅。元哲发动了“魔天轮”，载着芜影消失在山峦丛林中。

元哲风驰电掣般地跨越了黑桥镇的卧虎山，带芜影来到了神秘的地洞。芜影紧紧抱着元哲，她没有睁开眼睛，让爱融化着恐惧。忽然，一道强光直射而来。芜影睁开了双眼，惊叫道：

“元哲，元哲，那是什么，我怕。”

“别怕，那是火星石，闭上眼睛，我们冲过去。”

千万颗火星石爆发出耀眼的光芒，令人眼花缭乱，他们的身体也快速升温，犹如燃烧的烈火。他们加快速度，火星石风化的金沙，像暴风雨般倾泻而下。元哲的双眸里像着了火似的，奇痛无比。呼啸而来的金沙，夹杂着蓝紫、橙绿、青红的宝石，如流星雨般砸向了他们。元哲撑开高大的身躯为芜影遮挡着，鲜血浸透了他的衣衫。此时，一股神奇的力量突然翻滚而来，燃烧着他全身。“魔天轮”借着这股神力，腾空而起，在空中疾驰前行。元哲慢慢睁开了眼睛，他被眼前的景象惊呆了。

“睁开眼睛，你快看呀，快看呀。”元哲喊道。

“啊，这是银河吗？我不是在做梦吧。”芜影睁开了眼睛惊叹道。

在他们的脚下，已不是扬起的金沙，而是星光灿烂的壮观奇景，犹如流淌的银河，奇伟无比。

“元哲，真是太美了！我们为什么在飞，难道我们离开地球了吗？”

“没有，我不知道自己怎么啦，总有一种神奇的魔力燃烧着我，令我无法自控。”

“好美啊，我虽然害怕，可我更愿意拥有这灿烂的世界！爱你，我的元哲。”

“我也爱你！”

不知“魔天轮”飞了多久，他们沉醉于绮丽的世界里，体验着跨越时空的爱。一阵风吹来，斑斓的世界渐渐消失，“魔天轮”落在了地面上疾驰。月影婆娑，他们沿着月光穿过峻岭峭壁，冲出地洞，仰望星空，浩瀚星辰尽收眼底。他们停了下来，摘下头盔，一起大喊着，尖叫着，声音回荡在崇山峻岭间。

一颗流星滑过，快速坠落，点亮了夜空。“元哲，快看，流星！”元哲望着逝去的流星，想起了流星谷的盟誓，

“同生共死，赴汤蹈火……风语社是我的灵魂……”

“元哲，你说什么呢。”

“啊，我在跟风哥说话。”元哲很痴迷的样子。

“风哥是谁啊。”

“风哥，是我的神，他在彼岸。”

“元哲，你在说什么呀，你可别欺负我无知啊！”芜影搂着元哲，聆听着他的心跳，酥软的没有一丝抵抗力。

“我说什么了，我说什么了。”

“刚说过的，你就忘了，走火入魔了。”

“你说对了，我疯疯傻傻的，说过的，做过的，很多时候都记不得了，要说无知，那也应该是我呀，你可别欺负我的无知啊！”

“你坏，你坏！我看你一点也不傻，是个小魔头，小精灵。”

芜影使劲挠着元哲，两人嬉戏欢愉间，拥吻彼此，融入这万籁俱寂的夜中。又一颗流星滑过夜空，在同样的位置坠落，天空刹那间亮了许多。

“元哲，你看，那颗流星好大啊！”

“准确地说，那是火星。”

“火星？火星不是在很远的地方吗？”

“我说的火星是来自千百万年前的大火星。这是天尽山，天尽山到了！”

“元哲，快看，快看，又一颗，还有一颗，哇，又是一颗……今夜星光灿烂，五彩斑斓，奇美壮观。”

“这是火星雨。我们离流星谷不远了，出发。”千百颗流星在夜空中滑过，坠落，天尽山变换着色彩。他们赶到了流星谷，月牙山矗立在前方，巍峨壮观。

“元哲，你看，两座月牙，好高啊。”

“我们到流行谷了，这是月牙山，不过我们上次来的时候，月牙山没有这么高，这才一年多的时间，长高了这么多！”

“月牙山是人工建筑吗？它们高耸对称，你看中间还有一个很大的断裂。”

“它是大自然的杰作，没人会知道这里。”

“元哲，你们上过牙尖顶部吗？”

“当然，不过，当时很危险。”

“这次还能上去吗？我也想去。”

“啊，你不怕吗？”

“只要你在，我就不怕。”

元哲看着月牙山，感觉陌生了许多，它长的实在太高了，几乎都不认识了，这里到底发生了什么，火星坠落的地点感觉比上次近了许多，坠落地点是哪里，难道它在下沉吗？也许是我记错了，不，我没有记错，月牙山那时只有百八十米高，如今却有近千米高，成了真正的月牙山，如果不是流星雨，哪里会看到这样奇诡杰作。元哲陷入沉思，多了几分忐忑。

“元哲，元哲，要上去，一定要上去。”

“谁？”元哲回头，一束白光消失了。

“我呀，我在喊你，你在想什么呢？”芜影说道。

“不，不是你。”

“元哲，你这是怎么啦，仔细看看，是我，是我。”芜影摸着他的脸颊说道。

“是风哥，一定是风哥。走，我们上月牙山。”

“你真的答应我啦？”

“嗯，你怕吗？。”

“太棒啦，太棒啦，元哲，我爱你！我才不怕呢。”

元哲望着月牙山，仿佛林语风在向他招手。他载着芜影奔向前方，红沙被风卷起，漫天飞扬。

“抓紧了。”

“嗯。”

“准备好了吗？我要爬坡了，闭上眼睛。”

“嗯，闭上了。”

“魔天轮”的速度很快超过了三百。漫天红沙像是被吸了过去，围着“魔天轮”如旋风般前行。元哲开到了山底，时速已超过四百，“魔天轮”上了弯道，加速向上穿行。照这样的速度，能上到一半就不错了。“魔天轮”爬到了两百米处的时候，开始减速。元哲担心起来，如果持续减速的话，“魔天轮”就会坠入谷底，车毁人亡。爬到了三百米，速度就要跌破两百，太危险了。跌破两百，坠落的可能性是极大的。弧度越来越越大，坡度越来越陡，天旋地转，芜影开始呕吐眩晕。“元哲，我恶心，恶心。”元哲听到芜影微弱地呼喊，变得焦虑起来。难道要放弃吗？回去了，就再也没有前进的勇气了。怎么办，怎么办。元哲调转了方向，往回返。芜影难受的样子，令他心疼不已，只能放弃了。

“元哲，元哲，你要干什么，我要陪着你上去，我真的没事。”

“不行，你熬不住的。我们回去。”

“不，不要回去，我要上去，实现我的愿望好吗？”芜影有气无力地说道。

“魔天轮”在加速向下滑行，很快超过了四百。元哲眼前亮了起来，如果按照这个速度，到达对面的月牙一定会依着惯性爬到五百米的高度，如果从五百米的高度再返回到对面的月牙，一定会爬到月牙尖上。流星雨依旧绚烂多彩的滑过夜空，给人带来奇幻和希望。元哲下定决心，依靠惯性来加速。飞速下滑的“魔天轮”，擦出了耀眼的火星，时速早已超过了元哲的预料。到达谷底时，“魔天轮”几乎擦着地面穿越到对面的弧道上。没想到这一次“魔天轮”达到了五百米的高度，真是奇迹！元哲立刻掉头，再次冲向对面的月牙。扬起的红沙夹杂着擦出的火星，像一道闪电穿梭于红沙中。元哲浑身发热，一股慢慢升起的力量燃遍了全身。“魔天轮”居然喷出了火焰，照亮了前方的道路。很快到了五百米的高度，“魔天轮”仍在加速。芜影的心都快跳出来了，此时的她由恐惧变得兴奋起来，仿佛经历了一次重生。

“元哲，我们要上去，一定要上去。”

“会的，我们会的。”

元哲忽然发出惊雷般的吼声，冲向前方，“魔天轮”如燃烧的火球，风驰电掣般向高处穿行，八百米，八百五十米，八百八十米。前方烟雾缭绕，隐约中传来落水声。流星坠落在前方，难道月牙尖上有湖？月牙，月牙，难道飞出月牙，就是月龙湖吗？元哲瞬间的灵动，让他恍然大悟，不能减速，继续加速。“魔天轮”似乎摆脱了地球引力，如火箭般飞出了月牙山。直冲云霄，浩瀚的湖面，水波荡漾，流星坠落激起的涟漪层层叠叠，状美极了。芜影尖叫着，热泪盈眶。

他们伴着流星雨落在了湖边，大口喘着气。芜影抱着元哲，被眼前的景象吸引，她像在梦里，如痴如醉。繁星点点，皓月当空，星雨长河，构筑着宇宙大变迁的前奏。“嘿，醒醒，醒醒。”元哲摇晃着芜影，看着她痴迷的状态，又好笑又可爱。“啊，下来了，终于下来了，看着流星雨，居然不知道已经落地，元哲，你真伟大！”芜影抱着元哲吻着他的脸颊。在斑斓多彩的世界里，他们与大自然分享这万年盛景。流星渐渐淡去，只有硕大的圆月映照在湖面，等待着这对恋人的到来。

“元哲，这湖有名字吗？”

“没有，不过，我想它叫月龙湖。”

“好，就叫月龙湖吧。你看这么大的月亮，感觉伸伸手就能够着，这是我这辈子离月亮最近的时刻。我不知道该怎么感谢你，这样美的景色就像梦里看到的一样。你看，这美丽的大湖，伴着月色，不正是天鹅湖吗。我要给你跳《天鹅湖》。”芜影看着元哲，解开斗篷，换上小白鞋，如天使降临。“真美，我的天使，你跳吧，这将是最美的舞蹈。”元哲抚摸着她的脸颊，就像是那只可爱的白天鹅偎依在自己怀里。

芜影脚尖触地，在圆月下舒展身姿，起舞轻盈，柔美万千。微风拂面，湖光潋滟，她随风弄影，渐入佳境。元哲屈膝而坐，陶醉其中。芜影腾空而起，如明月里的天河，千回百转，灵动如影。元哲的眼睛里，一只美丽的白天鹅正同明月共舞，与天地同行，这是天使的舞蹈，爱的绽放，如诗如画，令人神往。天籁之音仿佛幻化成舞曲，扬起动人的旋律，为天地山川作乐，为星河明月歌唱，这乐曲就像宇宙之光浸润着一切，激扬着心的呼唤。

元哲泪流满面，感受着爱和美的意境，这是自由之美，是千古之爱，没有世间的纷扰，没有黑暗的恐惧。明月为之倾倒，星河为之落泪，天地为之欢呼，山川为之妩媚。人与自然在爱与美的交融里，化成了宇宙万物的气息，生命的世界演绎出生命的史诗，让这爱和美成为瞬间的永恒。

芜影跪倒在地放声大哭，把久久压抑在中心的哀怨释放出来，如排江倒海，惊天地，泣鬼神。元哲抱着他的白天鹅，亲吻着，抚摸着，感受着她的哀痛，倾听着她的宿怨。爱情此时凝固了，把日月之精，星河之灵，同这天湖河海，化作晶莹，点亮这没有尽头的黑夜，温暖着没有边际的清冷。

“元哲，你看这月亮，洁白美丽，就像一面无瑕的宝镜，记录着我们的爱。”

“月亮的美，是因为你，是因为我的白天鹅，月亮没有了白天鹅，她会老去，会伤心而死。”

“元哲，你是诗人，是我心中的王子，我要嫁给你，让这星辰，皓月为我们作证吧”

“可我们还不到二十。”

“爱哪里有年龄的界限，纸质的婚姻是对爱的羞辱，在这里只有纯洁的爱。向天地日月许下的诺言，才是我们的婚约，让它永远留在山川日月间。”

他们彼此注视着，让天地之爱融化世间百态，宇宙万物，诠释着爱的意义。

“我李元哲愿娶芜影为妻，相爱一生，有明月为证。”

“我芜影愿嫁李元哲为夫，相爱一生，有明月为证。”

两个人跪在湖边，对天发誓，偎依在一起，感受着天地之爱。突然，电闪雷鸣，狂风大作，大浪冲天。元哲紧紧抱着芜影，为她遮风挡雨，给她温暖力量。一道闪电划破了夜空，惊雷万丈，湖面翻江倒海，就要把他们吞噬。一条晶莹剔透的白龙腾空而起，呼啸长鸣，发出耀眼的光芒，芜影吓晕了过去。白龙张牙舞爪，怒目圆睁，扑向元哲。元哲起身，摆出搏斗的架势，叫嚣着白龙。白龙掀起巨浪把元哲打翻在地，衔起他，冲入湖中。那白龙顿时化作一道光进入元哲体内，带着他飞入无尽的湖底。元哲被呛了几口水，慢慢适应了水底的呼吸。他立刻意识到自己被外物控制着前行。

“放开我，放开我，你要带我去哪儿。”

“我是时光之子，万亿光年的大结点仅此一次，我们一起同行。”

“你是时光之子？那你知道风哥在哪儿吗？”

“他在月龙国，是我的王国。”

“月龙国属于哪个朝代？”

“它不属于哪个朝代，它属于过去，连接着未来。”

“我还是不懂。它很远吗？”

“很远很远。”

“走这么远的路，就是为了带我过去吗？”

“只有你才能还我王座。”

“我，我没有夺你的王座。”

“你要帮我夺回王座。”

“谁抢了你的王座。”

“红魔，红魔把我封在了时空之外，亿万年来，我一直等着你。”

“红魔，我在哪里见过。”

“你的身体流淌着红魔的血，你是半人半魔的精灵。”

“你胡说。”

“那就走着瞧。”

元哲呼吸变得越来越困难，身体几乎要散架了。湖底犹如核聚变掀起的骇浪，深不见底。忽然，一道黑幕挡在了前方，像一张巨大的网，围堵而来。“小心，他们来了。”话音刚落，那黑幕把元哲卷入其中，越收越紧。元哲的骨肉开始碎裂，鲜血渗出。黑幕露出了千万颗无形的利齿拼命撕咬，吞噬着满是鲜血的世界，你却无法找寻他的踪影。元哲怒吼着，咆哮着，拼命还击。黑魔不断收缩，刺破元哲的皮肉，在兴奋中享受着盛宴。元哲的皮开始脱落，他的鲜血在体内快速流淌，幻化成神奇的力量。元哲以牙还牙，撕咬着黑魔，黑魔长鸣一声遁去了。

元哲的鲜血洒满了整个世界，身上的皮肉大面积脱落，惨不忍睹。

“你还好吧，要坚强，我们的战斗还没结束。”

“那不是红魔吗？”

“它不是红魔，是红魔的影子，红魔就在我们的前方，在月龙国的宝座上，在时光洞的死穴。他封死了我的生命，让我孤独地游荡了亿万年，只有你能帮我夺回王座。”

“我，我行吗？”

“你行，一定行。”

“我把心爱的人抛在一边，生死未卜，却来帮你！请给我一个帮你的理由吧。”

“我就是你的形，你是我的灵。”

“我就是我，你就是你，你我本来就是两个世界。”

“我们伪装着两个世界，其实是一个世界，我带你回到过去，你从过去走向未来。”

“我不想回到过去，我活在当下，我爱的人等着我，我不能离她而去。”

“风哥等着你。你不想见他吗？”

“在哪里，在哪里等着我！”

“在过去，在彼岸。”

“你骗我，你骗我。”

“我没有骗你，彼岸就是过去和未来的瞬间，是他让我来找你的！”

“我信你一次，只一次！”

他们在漆黑中前行，跨越时空的阻隔，飞向基始。前方越来越黑，压抑，沉闷，恐怖，让人窒息。还有多久，还要多远，仿佛遥遥无期。一束光在前方闪过，微弱无助，像是快要熄灭的死亡。“怎么不说话了，我们还要多久，还要多远？”元哲追问着。远处，那微弱的光奄奄一息，若隐若现，像在等待着什么。突然它化作白龙，掀起巨浪，地动山摇，怒吼着：“红魔，你休想得逞，我们不会被你分离。”

“那你就试试吧。”漆黑突然全部褪去，红浪滔天，席卷白龙。红魔露出可怕的面目，吞噬着白龙的光鳞，白龙在痛苦中挣扎着。“快，快来，红魔要把你我分离，阻断我们的时光之路。”白龙发出了最后的怒吼。元哲冲入红潮，追赶白龙，红魔遮天蔽日般狂泻而下。他被红魔吸进了无底魔渊，他的皮肉迅速剥落，白骨断裂，一点点被蚕食。他已无法呼吸，无力反抗，像一摊烂肉横在那里任由宰割。“孩子，坚强些，你是爸爸的骄傲，是我们的英雄，爸爸在等你……”远处传来熟悉的声音，这声音如无穷的磁力，一遍又一遍，唤醒着倒下的元哲。“元哲，我们在彼岸相会，你忘了吗？你一定要来，我们一起到未来的世界寻找时间的真相，你要来啊……”那声音充满了爱和力量，如惊雷般激起元哲的元灵。

消逝的白龙，带着伤痕累累的光驱，一点点靠近元哲。红魔吮吸着满世界的精元血肉，疯狂得忘乎所以，开始庆幸它的胜利。它狂暴的咆哮，暴烈的变形，魔性的扭曲，颠倒着时空，在血肉惨烈中狂舞。白龙隐忍前行，穿越红潮，在残暴中与元哲合二为一。

元哲终于听到了曾经的呼唤，他醒了，他醒了，却只有残缺的躯体，鲜活的心脏支撑着他的存在。他开启了冷血的魔性，释放着宇宙元力，红魔负隅顽抗，把时空扭曲，迷惑着元哲。他发出最强的宇宙元力，照亮失序的宇宙，瞬间摧毁了红魔，红魔在惨叫中化为红烟远去。

元哲穿越了时光洞，把白龙送上了王座。他在恍惚中看到了父亲走在游行的队列中，喊着口号，呼唤着光明，自由和正义，时间指向了一九七六年四月五日的中午。李安宁跟着游行队伍前行，丝毫没有注意即将到来的危险。“爸爸，爸爸，你快回来，你快回来，你快回来！”元哲焦虑万分，大喊道。随后，一群身份不明的黑衣人围堵上来，对李安宁拳打脚踢，捆绑着他上了汽车，消失在人群中。“爸爸，爸爸，我要去救你！你别走！”元哲看着自己的父亲被绑走，前去施救，可无论如何，他也无法冲破前面的藩篱。“你过不去，这是无法逾越的时光藩篱。”白龙解释道。忽然间，时光藩篱回到了一九三七年十二月十三日。南京沦陷，日军比赛杀人的场面再次出现，他们割下一个个中国人的头颅，挂在刺刀上炫耀着，狂笑着。妇女和儿童在哭天抢地中，遭受他们的奸淫虐杀，这是中华民族的受难日，惨绝人寰，千古未有。“啊，我要杀人，杀了这些畜生。”元哲声泪俱下，痛不欲生。历史的悲剧不断地上演，元哲在悲痛中寻找着破解之路。

“请告诉我怎么回去，我要去救我的父亲，去救那些无辜善良的人们。”元哲激动地说道。

“你一个人不行，你要找到能帮你的人。”白龙说道。

“你帮不了我吗？”

“我想帮你，可我不能离开这里，否则时序大乱，过去，未来将无法重现。”

“那我去找谁。”

“到彼岸，去找未来的主宰。”

“彼岸，彼岸在哪里。”

“穿过银河。”

“银河，什么样的银河。”

“火星汇聚的银河，亿万光年的大结点。”

“在哪儿，在哪儿？”

白龙突然消失了，眼前一片黑暗。前方不远处，银光闪闪，若隐若现。元哲仿佛听到有人在喊他的名字，那声音越来越近，越来越熟悉。

“元哲，元哲，你快来呀，快来呀。”

“风哥，是风哥吗？”

“我们不是有个约定吗？我带你去彼岸。”

“风哥，你来了，你终于来了。你在哪儿？”

“快到发光的地方来，快，亿万光年的大结点等着你去穿越，快。”

“我就来。”元哲奔向光亮处。

“风哥，你在哪儿。”

“伸出你的手。”

元哲伸出了手，那银光突然变得巨大无比，吸附着元哲，元哲的手被另一只无形的手拽着，进入扭曲的光团中。他感觉像被压瘪了，无法站立前行。那只无形的手，艰难地把元哲拽出光团。眼前的景象简直令人无法相信，千百亿颗星球不断地毁灭重生，汇聚成绚烂多彩的宇宙银河。“元哲，元哲，你还好吗？”林语风站在旁边微笑着。“风哥，风哥，你好吗？”元哲激动地扑了过去，却一无所有。“风哥，你怎么躲着我，我想你啊！”元哲泪流满面，哭了出来。

“元哲，我很快就消失了，要回到过去，回到古月龙国。”

“风哥，我们不是约定在彼岸相见吗？”

“这就是彼岸，我来只是送你一程，穿越这银河，你就到了未来。”

“我不要到未来，我要陪着你。”

“我很快就走了，你到了未来，再来找我，那时我们才会相聚。记住，去未来寻找主宰。”

林语风微笑着，慢慢消失了，元哲伤心欲绝。他伸着手，大喊道：“风哥，你等着我，我会回来的，你一定要等着我。”

三十三、小叔的时代

“元哲，你醒醒，你醒醒！”芜影不停地摇晃着元哲。晨曦洒在湖面，万物恢复了生机，一行大雁在空中长鸣，鱼儿在碧波里嬉戏，湖岸翠绿一望无际，银杏在风中摇曳，炫耀着古老的辉煌。“风哥，风哥，你等我啊！”元哲呓语着。芜影跪倒在旁边，吻着他的唇舌，给他带来清晨的鲜活。元哲慢慢苏醒过来，林语风的话语回荡在他耳边。

“我在哪里？”

“我们在湖边，你一直在做梦。”

“没有，我没做梦，我到了时光藩篱，在彼岸见到了风哥，他还跟我说话。”

“你真的是在做梦。”

“我见到了风哥。还与红魔大战，你看我的伤。你看呀。”元哲指着满身的瘀青说道。

“昨天的雷把我们击中了。好在不太严重，你看我也有瘀青。”

“不，那不是雷，那是白龙，他带着我回到了过去，指引着我来到彼岸，看到了亿万光年大结点。”

“元哲，你在说什么呀，我真的不懂！不管你说什么，我都不在乎，也许有一天我会明白的，我相信你说的。”

“我要穿越亿万光年大结点，去寻找主宰，回到过去，去拯救我的亲人，拯救那些受难的人们，我想我的爸爸，想风哥。”

“下次，你带我一起去好吗？”

“也不知道什么时候，也许这辈子都无法实现了。”

“一定会实现的，再说还有下辈子，下下辈子。”芜影搂着元哲安慰道。

太阳露出了半张脸，光焰四射。他终于回过神来，“不好，我们得赶回去，不然就出事了。”元哲观察了地形，带着芜影离开了。他回到了天成监狱，被眼前的景象惊呆了，这里刚刚发生了大地震，到处是残垣断壁，这些老房子损毁严重，可是人呢，人都去哪儿了，他四处搜寻着。

地面的瓦砾堆里传来敲击声，元哲趴到跟前大喊着，“有人吗？有人吗？”地下再次传来敲击声。元哲脱掉上衣，光着膀子，开始挖人，砖头、石板、钢筋被他一块块搬起，这一下救起了十几个狱友。大伙伤得都不重，只是满身的尘土无法辨认。“弟兄们，还能干活的，我们去救其他人，立功的时候到了。”在元哲的号召下，大伙齐心协力，又救出了一批狱友，元哲一个人翻起了三间屋子，救了近五十个人。元哲浑身是伤，手上滴着血，大伙围过来劝他不要干了。他大喊道：“我要救人，谁也别拦我！这里都是我的兄弟，我的血是给大家流的，你们知道，只有在我流血的时候，才是快乐的，我的力量才会释放出来。就让这鲜血为大家流淌吧。”大伙感动得落泪了，他们帮着元哲挖人，感天动地。尚无极风尘仆仆，突然出现在众人面前，他上气不接下气地说道：“元哲，元哲回来了吗？”

“老尚，他在救人，就在那边，跟瞎二他们，你看。”王良指着那堆高高堆起的瓦砾说道。

“孩子，不好了，你葛叔地震时受了伤，被大麻劫持了，目前去向不明。”尚无极跑过去，气喘吁吁地喊道。

“那警察呢，怎么都不在？”

“天尽山一带发生了大地震，通往这里的所有道路和通讯都中断了，这里仅有的几个警察，也被砸伤，有的还被埋着。”

“叔，我明白了，我去找人，这儿你帮我盯着。”

他话没说完，就跑进了地窖，飞一般的骑着“魔天轮”冲了出来，高喊道：“瞎二，你跟着尚叔，拜托了。”

“放心吧，这儿有我在，不会出事的。”

他很快离开了。他们会去哪儿呢？元哲四处搜寻着，没有发现任何蛛丝马迹。天尽山耸立在前方，层峦叠嶂，郁郁葱葱。忽然，几只山鸡飞出了树丛，像是受到了惊吓，立刻引起了元哲的注意。这些人有可能躲藏在那片树林里。元哲向前赶去。

“葛队，你老人家不是本事很大吗？有本事再把我们抓回来。”宝爷拿着枪指着葛福贵嚷嚷道。

“唉，你小子别拿枪指着我们的葛大队长，有点风度好吗？”

“老大，你忘了上次我们被抓的时候了吗？这个老家伙居然开枪了，他想要我们的命。”

“老东西，当时你真想要我们的命吗？”大麻邪恶地看着葛福贵。

“快说呀，快说呀，老东西。”旁边几个逃犯帮着叫嚣道。

“我看你是活腻歪了。”宝爷站起来威胁道。

“我既然干了这行，就没想要活着。人做事，天在看。”葛福贵望着天空，一脸不屑。

“这家伙嘴硬，我弄死你。”宝爷扣动了扳机。

“给我把枪收回去，疯子。”大麻拿起了一根粗木棍，向葛福贵走来。他举起棍子，重重地劈了下去。葛福贵闭着眼睛，微笑着。他想着，用自己的一条命换回战友们的几条命，已经足够了，面对着这些穷凶极恶的逃犯，他没有露出一丝畏惧，更多的是生命本身的意义。

棍子刚要落下，“魔天轮”穿过树丛，震天动地，腾空而起。元哲顺势夺下长棍，直接扫向这伙人。大麻还没来得及开枪，却已重重摔在了地下。其他几个躲在一边，做出还击的架势。元哲一百八十度大回旋，迅速夺下了大麻手中的枪。他举起枪，朝天开了三枪。这帮逃犯规规矩矩趴在了地下，有人居然尿了裤子。葛福贵看到元哲，激动不已。他知道这个孩子是一个行侠仗义、顶天立地的男子汉。“小叔，我没有看错你！”他一瘸一拐地走上前去，拥抱着元哲。元哲眼眶红了，他看着满是伤痕的葛福贵，知道他受了很多委屈。

“葛大叔，受苦了。”

“我还好，看到你平安，比什么都好。我们出发吧。”

“嗯。”

葛福贵拿着枪，元哲拿着长棍，押着这些逃犯回到了天成监狱，继续参加救援。在葛福贵和元哲的带领下，总共救起一百八十三名被困人员，他们的事迹轰动全国。几个月以后，元哲因重大立功表现，被提前释放。他走那天，几乎所有人都为他送行，很多人泪流满面，依依不舍。他们喊着：“小叔，小叔，小叔……”

走到监狱门口，葛福贵把他抱了起来，开心地转起了圈圈。孙大成也从医院赶到，只说了一句话：“你有一个好爸爸！你是爸爸的英雄！”元哲只是淡淡一笑，走出了天成监狱的大门。

不远处，风语社的骑手们欢呼雀跃。汪雨涵第一个冲了过来，其他几个紧随而至，木涯，颜夕，蓝可儿，白山，“凤凰”，“梧桐”悉数到场，他们与这个积聚着无限力量的领袖欢聚在一起，有的哭，有的笑，像是久别重逢的亲人。元哲的成熟愈发迷人，他仿佛就是从前的林语风。还有一个骑手最后一个赶到，她没有摘下头盔，只是望着元哲。

“你是谁？”元哲问道，旁边的人捂着嘴，笑个不停。

“我是谁不重要，重要是你要带着我们去月龙湖，畅游彼岸。”

元哲眼前一亮，恍然大悟。他走上过去，把这个神秘的骑手抱了起来，喊道：“她是我的白天鹅，她是我的天使。”

大伙开怀大笑，簇拥着元哲，迎着早晨八九点钟的太阳，驰骋在彼岸的大道上。